호란(胡亂)

오랑캐, 난을 일으키다

胡亂

김은미

오랑캐, 난을 일으키다

채륜서

서序

　천 년이 넘는 세월 동안 그들은 초원을 떠돌며 흩어졌다 모였다를 반복하는 구름과 같은 삶을 살았다. 그들을 부르는 호칭은 시대에 따라 여러 가지 이름으로 변했다. 숙신肅愼, 읍루挹婁, 말갈靺鞨로. 그저 불리는 대로 자신의 이름을 알고 지내는 아이처럼 그들은 자신의 명칭을 받아들였다. 그들이 숙신이나 말갈로 불릴 때 일부는 우리와 같은 울타리에서 한 나라의 백성으로 살았던 적도 있다. 어쩌면 우리는 먼 서쪽에서 갖은 고초를 겪으며 드넓은 초원으로 이주해온 한 무리였을지도 모른다. 그러나 초원에 머문 이와 더 멀리 떠난 이는 점점 멀어져 전혀 다른 이름을 가지게 되었다. 바다가 보이는 남쪽 끝까지 도달한 무리는 삼한을 세우고 저희들의 삶에 빠져 오래전 함께했던 초원의 무리를 잊어갔다. 초원에 남아있던 이들은 잠시 구름처럼 모여 중원을 차지한 적도 있으나 진정한 주인을 몰아내지 못하고 다시 흩어져야 했다.

　끝이 어디인지 알 수 없는 초원에서 그들은 부족한 소출로 긴 시간을 힘겹게 살아갔다. 그들이 여진女眞으로 불리던 그때 남쪽으로 떠났던 무리는 조선이라는 나라를 세웠다. 이제 그 두 무리는 서로에 대한 기억을 완전히 잊어버리고 말았다. 함께했던 시간은 짧았고 서로를 적으로 대했던 시간은 길었으므로. 조선을 세운 이들은 꼼꼼히 국가를 세우고 백성을 다스렸다. 조선의 시간이 삼백여 년 흐르는 사이에도 그들은 점점이 흩어져 중원의 주인인 명나라와 조선의 억압을 받으며 살아갔다. 이것이 그들과 우리의 역사였다. 천 년이 넘는 시간 동안 백년 남짓한 시간을 제외하면 초원의 무리는 남쪽으로 떠난 무리를 쉽사리 짓밟지 못했다. 그래서 남쪽으로 떠나 나라를 세웠던 무리는 그들을 계집녀가 들어간 이름으로 부르며 우습게 여겼다. 빈곤과 억압이 역사의 대부분을 차지했던 그들이 단단한 돌멩이처럼 굳건해졌을 때에도 조선은 그 힘을 너무나 우습게 보고 말았다. 그들은 자신의 힘을 더욱 키워 바위처럼 묵직하게 만들었다. 그리고 계집녀가 들어간 여진女眞이라는 이름을 버리고 스스로 자신들의 이름을 지었다. 초원을 넘어 중원을 지배하게 될 지배자, 만주滿洲로.

|차례|

서序 5

범의 탄생   8

강도의 겨울   37

성경으로 가는 길   61

청나라의 수도, 성경   87

다시 찾은 희망   112

경험방   130

황자의 탄생   152

송금전투   180

새 황제의 등극   208

산해관을 넘다   222

환향還鄉   258

재회再回   283

참고문헌   318

범의
탄생

깊은 밤, 두 마리의 말이 초원을 달렸다. 말을 타고 달리는 이들은 어둠을 두려워하지 않았다. 그들에게 빛이라고는 허연 달빛이 전부였지만 그 정도면 충분했다. 그들은 빛을 보고 달리는 이들이 아니었다. 그들이 쫓는 것은 오로지 반짝이는 금과 은 그리고 풍부한 물자였다. 어두컴컴한 들판을 달려 그들이 도달하려는 곳은 금나라였다. 요동에 등장한 새로운 범. 아직 새끼티를 벗지 못해 모든 것이 미숙한 범이었지만 그 이빨은 어떤 범보다 날카로웠으며 그 발톱은 집요했다.

7년간 조선에서 왜란이 벌어지는 사이, 요동에서 누르하치라는 걸출한 인물이 금을 세웠다. 새로운 중원의 강자가 등장했으나 조선은 북쪽에서 세력을 키워나가는 새끼 범을 알아보지 못했다. 조선이 왜란으로 국력을 잃어갈 때 새끼 호랑이의 몸집은 어느새 커져 있었고 더 많은 먹이를 필요로 했다. 덩치가 커진 범은 주변에 있는 모든 것들을 먹어치우기 시작했다.

범의 탄생은 우연과 필연이 겹쳐 이루어진 절묘한 사건이었다. 드넓은 평원에 흩어져 살던 여진족 부락에 누르하치라는 인물이 탄생하고 그 탄생과 맞물려 명과 조선의 운명을 뒤흔든 전쟁이 벌어졌으니.

왜란은 만주벌판에서 유목생활을 하던 여진족의 생리를 완전히 바꾸어 놓았다. 명나라는 전쟁에 참여하기 위한 물자를 지리적으로 가까운 여진에게서 얻었고 여진은 그 대가로 천만 냥에 달하는 은자를 확보했다. 유목생활을 하다 식량이 떨어지면 약탈을 하며 지냈던 이들이 어마어마한 은자를 확보한 후 상업에 눈을 뜬 것이다. 막대한 무역권을 가지고 있던 누르하치는 왜란으로 엄청난 재산을 축적하고 그 힘으로 다른 부족을 복속시켰다. 여진족을 통일한 누르하치는 본거지를 허투알라赫圖阿拉로 옮기고, 스스로를 '대칸大汗'이라 칭하며 국호를 '대금'이라 명했다.

왜란이 끝나고 나서야 명은 요동의 정세가 급변한 것을 알아차리고 금을 경계하기 시작했다. 하지만 이제 금나라는 손쉽게 제압할 수 있는 상대가 아니었다. 무력으로 금을 누를 수 없다고 여긴 명은 누르하치의 세력을 약화시키기 위해 금과의 교역을 금했다. 여진이 살아가는 만주 땅은 드넓기는 하였으나 식량소출이 적었고 직물 또한 부족했다. 먹고 입는 문제가 심각하니 나라가 제대로 유지될 리 만무했다. 이제 갓 태동한 신흥국은 태동하자마자 아사할 위기에 처한 것이다.

요동 땅을 헤집고 다니며 자신의 세력을 키운 누르하치는 이 난국을 타계하기 위한 대책이 필요했다. 이런 그의 마음을 꿰뚫어 본 것처럼 명의 감시를 피해 어둠을 뚫고 그들이 찾아왔다. 요동과 만주에서 활약하는 명나라의 상인 진상이. 진상은 상인들 중 유일하게 누르하치와 밀무역을 하고 있는 이들이었다.

깊은 밤, 진상의 행수는 명의 국경을 넘어 허투알라에 도착했다. 그의 목적은 오직 하나 누르하치와 단독으로 만나는 것이었다. 새벽이 다가오는 시각이었지만 누르하치는 금의 유일한 무역통로인 진상의 행수를 반갑게 맞았다.

"무슨 일로 나를 만나자고 했소?"

"드릴 말씀이 있어 뵙기를 청했습니다."

누르하치의 물음에 행수가 조심스럽게 자신의 속내를 드러냈다.

"밀무역으로 명의 물건을 공급받고 있으나 그 양이 턱없이 부족한 것을 알고 있습니다. 이렇게 계속 명의 눈치를 보다가는 금의 존속이 어려울지도 모릅니다."

한낱 장사치에 불과한 행수가 대금의 앞날을 점치고 있었다. 무례한 발언이었다. 그것도 금나라를 이끄는 '칸'앞에서. 목을 쳐도 그 벌이 가볍다할 언사였지만 누르하치는 행수의 말에 아무런 반응도 하지 않았다. 그저 그의 말에 귀를 기울일 뿐이었다.

"금은 더 이상 명의 눈치를 볼 이유가 없습니다. 명은 이빨 빠진 늙은 범에 불과하니 이제 막 장성하여 혈기 왕성한 범이 무엇이 두려워 늙은 범을 물리치지 못한단 말입니까?"

행수는 범으로 두 나라를 비유했다. 누르하치가 세운 금은 신생국으로 뛰어난 군사력을 가지고 있었다. 수많은 부족들을 통합하기 위해 치른 전쟁으로 군사들의 전쟁능력은 최상이었다. 행수는 그런 군사들을 이용해 명을 쳐도 좋다는 뜻을 내비친 것이다. 명나라는 먼 이국으로부터 물밀 듯이 들어오던 은자의 유입이 적어진 탓에 힘을 잃고 곤궁에 빠져 있었지만 나라를 이끄는 이들은 이 문제를 해결하지 않고 사치와 향락에만 빠져 있었다.

누르하치 또한 청년시절부터 무역으로 재산을 일구어 성공한 이였다. 전쟁에도 탁월한 능력을 가지고 있었지만 그는 상업에 대한 감각 또한 뛰어난 인물이었다. 그도 신생국인 금이 존속하기 위해서 더 많은 물자를 확보해야함을 알고 있었다. 교역을 할 수 없다면 농사를 지을 땅이라도 빼앗아야 했다. 하지만 지금 명과 전쟁을 벌이기에는 물자가 턱없이 부족했다.

"금이 전쟁을 치르기 위해서는 우선 많은 물자가 필요하오."

누르하치는 행수의 발언에 고충을 토로했다.

"진상에서 우선 그 물자를 대겠습니다."

"정말이오?"

"그렇습니다. 만약 전쟁이 시작된다면 저희 상단뿐만 아니라 다른 상단에서도 조건 없이 물자를 댈 것입니다."

행수의 발언은 파격적이었다. 모든 군비를 책임질 테니 전쟁을 하라는 말이었다. 진상은 조선에서 일어난 왜란과 누르하치의 정복전쟁으로 많은 이익을 얻었다. 그들은 평화를 바라지 않았다. 전쟁이 일어나야 적군이든 아군이든 대규모 물자를 소비할 테니. 누르하치는 이 천금 같은 기회를 놓칠 수 없었다. 교역을 금한 명을 치고 요서로 영토를 더 확장한다면 한인노예와 땅을 확보할 수 있었다. 땅과 노예를 확보한다면 지금의 어려움을 딛고 금나라는 더 큰 대국으로 거듭날 수 있었다. 진상행수의 전폭적인 지지를 받아 금나라는 명과의 일전을 준비했다.

누르하치는 2만 명의 철기군을 이끌고 허투알라와 가까운 무순을 공격했다. 기습적으로 벌인 작전은 무순의 성주가 바로 누르하치에게 항복함으로써 싱겁게 끝나고 말았다. 이 기세를 몰아 누르하치가 자신의 기병대를 이끌고 명이 지배하고 있는 요동지역을 공격하자 명군도 십만 명의 대군을 이끌고 출병했다. 명의 십만 군대에는 명의 군대만이 아니라 해서여진 이천여 명과 조선군 일만 삼천군이 포함되어 있었다. 명의 군대는 그 규모가 워낙 크기에 네 방향으로 나뉘어 누르하치 군대를 향해 진격했다. 이점을 간파한 누르하치는 허투알라의 북쪽 지역인 사르후와 자이위안에서 명군을 기다렸다. 명의 군대는 대군임에도 불구하고 서로 연락이 원활하지 못했으며 동서남북으로 갈라져 각자 진군해오니 사르후에 도착하는 날도 제각각이었다. 이에 누르하치는 십만 대군이 아니라 네 방향으로 나누어져 온 군대를 각개 격파하는 전략을 세웠다.

먼저 두송이 이끄는 서로군과 마림이 지휘하는 북로군이 금나라 군대에 의해 완전히 괴멸되었다. 두 부대의 패전소식에 명의 총지휘관인 양호는 남은 두 부대에게 후퇴하라는 명을 내렸지만 이미 적진으로 깊숙이 진격한 동로군 유정의 부대는 퇴각하지 않고 금의 군대와 일전을 벌였다. 누르하치는 허투알라의 남쪽 아부달리로 차남 다이샨이 이끄는 주력부대를 보내는 한편 여덟째 아들인 홍타이지로 하여금 별동대을 이끌고 유정부대의 후방을 공략하게 했다.

문제는 유정의 후발부대로 뒤늦게 출발한 조선군이었다. 조선군은 대부분이 조총부대였고 전면전이 아니라 후방에서 공격을 보조하는 역할을 맡고 있었다. 조선군만으로 금과 전면전을 벌이는 것은 무리한 행보였다. 하지만 만여 명의 조선군을 이끌고 있었던 도원수 강홍립은 조총부대로 어느 정도 철기부대를 막을 수 있다고 생각했다.

허나 이는 섣부른 오판이었다. 금의 기병들은 바람처럼 빨랐으며 명의 동로군은 조선군보다 앞서 전멸한 상태였다. 도원수 강홍립은 동이 트기 전에 결단을 내려야 했다. 그는 조용히 장막 안에서 밀지를 꺼냈다. 밀지에는 형세를 보아 향배를 정하라는 어명이 쓰여 있었다. 이는 곧 명의 요청에 의해 어쩔 수 없이 참전한 전쟁이니 무의미한 조선군의 희생을 막으라는 임금의 뜻이었다. 허나 이 밀명은 대소신료들의 뜻과 상반되니 투항을 한다면 조정의 대신들이 가만히 있지 않을 것이다. 명을 배신한 대가로 어떤 화가 미칠지 알 수 없었다.

칠흑 같은 밤, 홀로 밀지의 명을 고심하던 강홍립은 결국 부하들을 살리기 위해 투항을 결정했다. 전쟁은 명의 요청에 의한 참여일 뿐이며 조선군은 더 이상 금군과 싸우고 싶지 않다고. 금은 곧바로 조선군의 뜻을 받아들였다. 그들로써도 항복을 하겠다는 조선군과 싸울 이유가 없었으니.

병사들의 목숨을 살렸으나 지휘관들에 대한 처벌은 가볍지 않았다. 조선군의 투항은 명에 대한 명분과 의리를 저버린 행위였다. 명나라를 배신했으니 성리학적 윤리관에 기초한 사림들에게 강홍립의 결정은 패륜에 가까웠다. 광해와 뜻을 같이하지 않았던 많은 대소신료들은 명을 배신하고 투항한 강홍립과 다른 지휘관들의 삭탈관직을 주장했다.

광해와 친명파의 갈등은 이 사건 이후 극에 달했고 결국 이에 불만은 품은 이들이 반정을 모의하기 시작했다. 임금은 더 이상 임금이 아니었다. 유학의 나라에서 어찌 명을 배신할 수 있단 말인가? 광해의 밀명은 용납할 수 없는 죄였다. 명나라를 아버지처럼 여기는 조선이 명을 배반하고 오랑캐와 화친하였으니 말이다.

서인세력들은 이런 사림들의 불만을 이용하여 반정세력을 모았다. 이들은 광해군이 전쟁 중 군사들을 오랑캐에게 투항하게 하여 조선을 금수의 나라로 만들었으니 마땅히 폐위되어야 한다고 주장했다. 백성을 살리고자 한 왕의 뜻은 추악한 금수의 짓이 되었다. 백성의 목숨보다 명에 대한 의리가 더 중하다는 논리였다.

하룻밤 사이에 왕이 바뀌었다. 서인세력들이 이끈 반정은 성공적으로 마무리되었고 인목대비는 능양군을 새로운 왕으로 인정한다는 교지를 내렸다. 광해에 의해 영창대군을 잃고 경운궁에 유폐

되어 있었던 대비는 반정세력에 의해 그 존호를 회복했다. 반정세력의 지지로 왕좌에 앉은 인조는 중립외교를 멈추고 다시 명을 받들기 시작했다. 이미 그 기력이 쇠하여 죽어가고 있는 대국에 대한 허망한 희망을 품은 채. 대금과 명나라 사이에서 중심을 잡던 광해가 사라지고 나니 금은 다시 명을 괴롭히는 오랑캐가 되었다.

사르후 전투에서 대승을 거둔 금의 기세는 하늘을 찌를 정도였으나 대세는 누르하치가 원하는 방향으로 흘러가지 않았다. 누르하치는 회담에서 땅을 차지하기보다 명나라의 지원을 받고 싶다는 뜻을 밝혔지만 명은 그의 요구를 받아들이지 않았다. 명나라는 전쟁에서 진 울분으로 무역금지를 더 철저하게 했다. 전쟁에서 패했음에도 불구하고 금을 우습게 본 결과였다. 하지만 강한 군대를 보유한 금은 명의 의도대로 쉽게 사그라지지 않았다. 철저하게 고립되었기에 더 죽기 살기로 싸웠다. 패전은 곧 땅을 잃고 굶어 죽는다는 뜻이었다. 금의 전쟁은 배고픔을 채우기 위한 생존전쟁이었다. 이 생존전쟁에서 금은 강한 적만 상대하지 않았다. 명나라가 장악하고 있는 중원과의 서쪽 무역길이 막히자 동쪽과 서북쪽 그리고 남쪽으로 그 세력을 뻗어 나갔다. 후방을 점령하여 그곳을 자신의 세력으로 만든다면 늙은 호랑이를 잡기가 훨씬 수월할 테니.

환갑의 나이에 이른 누르하치는 자신이 세운 금을 안정시키기 위해 수많은 전투를 치렀지만 전쟁만으로 세력을 넓히진 않았다. 금의 서북쪽에는 아직 몽골이 위세를 떨치고 있었다. 기마민족인 몽골의 전투력은 여진족만큼이나 강력했고 만만히 볼 상대가 아니었다. 그런 점을 알고 있었기에 누르하치는 혼인으로 몽골세력과 연대를 해나갔다.

그 시기, 원나라의 후예인 몽골족은 막남, 막북 그리고 막서로 나누어져 있었다. 지역에 따라 나누어져 있는 세 세력 중 막남은 금과 지리적으로 가장 가까운 부족이었으며 막남 몽골의 중심세력은 차하르부였다. 이 차하르부를 지배하고 있는 링단칸은 원나라 태조 칭기즈칸의 후예로 자신이 몽골의 대칸임을 자임하고 있었다. 차하르의 동쪽에는 호르친과 내칼가가 자리 잡고 있었는데 이들 부족은 금과 직접적으로 국경을 맞대고 있었다. 차하르부의 수장인 링단칸은 폭압정치로 몽골의 통일을 이루려 했지만 막남의 부족들인 호르친과 내칼가는 오히려 금과 가깝게 지내며 금에 복속되는 길을 선택했다.

혼인은 금과 두 세력을 강하게 연결시켜주는 고리였다. 여진과 몽골의 혼맹은 여러 차례에 걸쳐 이루어졌다. 누르하치의 여덟째 아들인 홍타이지도 아버지의 뜻에 따라 호르친 부족의 버일러貝勒(귀족작위) 망구스의 딸 저저와 혼인했다. 저저는 자신의 지위가 높아져 호르친 가문에 힘을 보탤 수 있게 되었지만 마냥 기뻐할 수만은 없었다. 그녀와 홍타이지 사이에는 자식이 생기지 않았기 때문이었다. 저저가 자식을 낳지 못한다면 호르친 가문의 위세도 언제 꺾일지 알 수 없었다. 부족과 자신의 앞날을 위해 저저는 홍타이지가 호르친 가문의 다른 여인과 결혼하도록 주선했다. 신부는 저저의 조카인 다위얼이었다. 이제 막 열세 살의 나이가 된 다위얼은 고모의 남편과 혼인을 치르게 되었다. 그것도 자신보다 스물한 살이나 많은 남자와. 어린 소녀의 마음은 혼인의 의미를 온전히 이해하지 못했다. 그저 초원을 뛰어놀며 들꽃처럼 살았던 시절이 끝났다는 사실을 아쉬워할 뿐이었다.

다위얼은 오라비인 우커산과 호위대의 보호를 받으며 금나라로 향했다. 초원을 건너 허물어진 성곽들을 지나 달리자 어느덧 금나라의 수도가 있는 요양에 다다랐다. 선두에서 호위대를 이끌던 우커산이 말을 멈추자 그 뒤를 쫓고 있던 가마와 기병들도 말을 멈추었다. 오색무늬 비단으로 장식되어 있는 가마 주위를 빈틈없이 둘러싸고 있던 호위 기병들이 말을 세우고 우커산 주위에 모여 섰다. 멀리 언덕 너머에 금나라의 수도 동경성이 희미하게 보였다.

호르친에서 출발한 호위대가 동경성을 향해 다시 길을 떠난 시각, 동경성에서도 혼례를 치를 신랑이 신부를 맞이하기 위해 기병들과 함께 성을 나섰다. 동경성 성문이 열리자 홍타이지가 열여섯 명의 호위 기병들을 이끌고 성을 빠져나왔다. 홍타이지를 따르는 호위 기병들이 초원을 내달린 지 얼마 되지 않아 그들 앞으로 한 무리의 군사들이 먼지를 일으키며 달려왔다. 우커산 무리였다. 우커산과 호위대는 홍타이지 앞에 당도하자 말을 멈추었다.

"호르친에서 오셨습니까?"

홍타이지가 먼저 예의를 갖추어 묻자 우커산이 바로 자신의 신분을 밝혔다.

"그렇소. 난 호르친 부족에서 온 우커산이오. 그대는 누구요?"

"저는 칸의 여덟 번째 아들 홍타이지입니다."

"그대가 칸의 아들이었군. 고맙소. 이렇게 성 밖으로 마중까지 나와 주고."

"신랑이 신부를 맞이하러 나오는 것은 만주족의 오랜 풍습이니 응당 제가 해야 할 일이지요."

홍타이지는 정중히 답을 하며 우커산 뒤에 서 있는 가마를 곁눈질로 흘깃 쳐다보았다.

"신랑이 듬직하니 요양까지 동생을 데리고 온 보람이 있소."

우커산은 자신의 임무가 무사히 끝났다는 생각에 기분 좋게 큰 소리로 웃었다. 두 사람의 대화가 가마 안까지 들려오자 호기심이 동한 다위얼은 가만히 있지 못하고 창을 열어 밖을 살폈다. 우커산 옆에 서 있는 홍타이지의 모습이 눈에 들어왔다. 듬직한 체구에 단정한 얼굴이다. 그동안 궁금해 왔던 신랑의 얼굴을 보자 다위얼은 저도 모르게 얼굴이 붉어졌다.

다위얼이 자신을 훔쳐보고 있다는 것을 느꼈는지 홍타이지의 시선도 가마로 향했다. 두 사람의 시선이 마주치자 다위얼은 황급히 가마의 창을 닫았다. 어린 소녀의 부끄러움이 귀여워 보였는지 홍타이지의 근엄했던 얼굴에도 살며시 미소가 지어졌다.

신부가 동경성에 도착하자 누르하치는 몸소 버일러와 푸진福晉(부인)들을 이끌고 환영식을 베풀었다. 밤이 깊어져 칸과 푸진들은 모두 궁 안으로 들어가고 신부는 홍타이지의 버일러부에 머물렀다. 여진족 전통에 따라 혼례식 전날 신랑과 신부는 궁궐 밖에 머물며 혼례를 준비했다.

다위얼이 동경성에 도착해 성대한 환영식이 열리자 성안의 백성들은 몽골 공주의 미모가 일품이라는 말들을 떠들어댔다. 환영식에 참여하지 못한 도르곤과 도도의 귀에도 다위얼에 대한 소식이 전해졌다. 아직 천방지축으로 말썽을 부리는 두 아이는 혼례식이 열리기 전날 대푸진 아바하이의 명으로 처소에 갇혀 벌을 받고 있었다.

아바하이는 누르하치의 정비였으며 누르하치와의 사이에서 아지거와 도르곤 그리고 도도를 낳았다. 아지거는 이제 스무 살이 되어 곧 성년을 앞두고 있었지만 도르곤과 도도는 아직 미성년으로 각각 열넷과 열둘이었다.

잔치에 참여하지 못한 두 아이는 궁 안을 떠도는 소문에 호기심을 참지 못하고 빠져나갈 궁리를 했다. 도도가 망을 보고 도르곤이 먼저 처소를 빠져 나왔다. 두 아이가 살금살금 몸을 숨기며 궁 밖으로 향했지만 온 성안이 잔치로 들떠있는 터라 두 아이에게 관심을 가지는 이는 없었다. 손쉽게 궁을 빠져나온 두 아이는 한달음에 홍타이지의 버일러부를 찾아갔다. 몽골 공주의 미모를 두 눈으로 확인하기 위해.

　형제가 홍타이지의 버일러부에 이르렀을 때 성대한 환영식은 이미 끝난 뒤였다. 하지만 아직 잔치를 즐기는 이들이 많이 남아있어 버일러부는 여전히 혼잡스러웠다. 사람들이 드나드는 틈에 버일러부에 몰래 들어간 두 아이는 버일러부 안을 이리저리 탐색했다. 이곳저곳을 돌아다니다 보니 여러 채의 건물 중 유난히 많은 병사들이 지키고 있는 전각이 눈에 들어왔다. 병사들이 보초를 서고 있었지만 그들조차 환영식에서 마신 술로 한껏 취기가 올라 있었다. 예로부터 신부를 빼앗기지 않기 위해 여진족은 밤새 신부를 지켜 왔지만 지금은 작은 부족시절이 아니었다. 명군이 쳐들어올 정도가 아니라면 대금의 며느리가 될 여인이 납치될 일은 없었다. 이런 여유에 보초를 서는 병사들도 저희들끼리 모여 술을 마시고 떠드느라 도르곤과 도도가 신부가 머물고 있는 전각으로 다가가는 것을 알아차리지 못했다. 두 아이는 조심스럽게 창으로 다가가 얼굴을 들이밀고 안을 살펴보았다. 하지만 내실은 텅 비어 있었다. 텅 빈 내실을 보고 실망하는 사이 한 여자아이가 등 뒤로 다가와 매서운 눈으로 두 아이를 노려보았다.

　“너희들 정체가 뭐야? 당장 말하지 않으면 병사들을 부르겠어.”

　여자아이는 도르곤과 도도를 바라보며 앙칼지게 협박했다. 겁이 덜컥 난 도도는 그 성미만큼이나 재빠르게 도망을 쳤다. 머뭇거리던 도르곤도 뒤늦게 도도가 도망친 방향으로 달렸다. 병사들에게 들켜 궁을 빠져나온 것이 들통난다면 어머니뿐만 아니라 아버지에게까지 자신들의 잘못이 알려지게 될지도 모른다. 그런 일이 일어난다면 처소에 갇히는 정도로 벌은 끝나지 않을 것이다. 도르곤은 있는 힘을 다해 뛰었다. 잽싼 도도의 뒷모습을 바라보며.

전속력으로 뛰면 여자아이가 쫓아오지 못할 것이라 생각했다. 그렇게 방심한 순간 갑자기 무언가가 바람을 가르며 하늘에서 날라왔다. 공중에서 회전하던 그것은 정확히 도르곤의 발목을 휘감았다. 발목이 묶인 도르곤은 중심을 잡지 못하고 그대로 고꾸라졌다. 먼저 도망친 도도는 이미 사라진 뒤였다. 전각 앞에서 마주친 여자아이가 다가와 도르곤의 목에 칼을 겨누었다.

"네 정체를 말해!"

어린 여자아이였지만 눈빛과 목소리에서 거역할 수 없는 힘이 느껴졌다.

"난 칸의 열네 째 아들 도르곤이다."

비록 사냥돌에 발목이 묶여 쓰러져 있는 상황이었지만 도르곤은 당당하게 대답했다. 그 기세에 주눅이 든 것은 오히려 다위얼이었다. 그녀는 황급히 도르곤의 발목에 묶인 끈을 풀어주었다.

"칸의 아들이라고? 그런데 왜 너는 다른 왕족들과 돌아가지 않고 여기있는거야?"

"돌아가던 길에 한눈을 팔다 길을 잃어서…."

도르곤은 무안함에 대충 변명을 둘러댔다.

"길을 잃었다고?"

"형님이 사는 곳에 온 적이 없었거든."

"그렇구나."

다위얼은 고개를 끄덕이며 도르곤 옆에 앉았다. 그리고는 할 말이 있는 듯 뜸을 들이다 조심스럽게 물었다.

"여덟째 형님은 어떤 사람이야?"

다위얼은 그녀가 지금 가장 궁금해하는 것을 물었다. 기대감으로 가득한 소녀의 눈빛에 도르곤은 주저하다 자신이 알고 있는 대로 답을 해주었다.

"형님은 명석하고 진중한 사람이야. 다른 형님들과 달리 아버지의 꾸지람을 들은 적이 없거든."

"정말? 난폭하거나 못된 성격일까 봐 걱정했는데 다행이다."

다위얼은 도르곤의 대답에 만족해하며 진심으로 기뻐했다. 난생처음 온 곳에서 잘 알지 못하는 이와 혼례를 올려야 했으니 그녀의 어린 마음에도 불안감이 적지 않았던 것이다.

도르곤이 다위얼과 헤어져 버일러부를 빠져나오자 담 아래에서 도도가 기다리고 있었다. 도르곤은 먼저 도망친 동생이 괘씸해 도도의 머리를 쥐어박고는 어두운 밤길을 앞장섰다. 도도는 아픈 머리를 손으로 부비면서 형의 뒤를 따랐다.

다음날 성대한 혼례식이 거행되었다. 금과 호르친의 동맹을 더욱 굳건하게 만들어줄 혼인이 이루어진 것이다. 성안의 모든 이들이 이 혼례를 보기 위해 모여든 그때 도르곤과 도도는 꼼짝없이 처소에 갇혀 서책을 읽어야 했다. 옛 황제들이 나라를 건국했던 일대기를. 소년은 황제의 꿈을 품었고 어린 소녀는 '칸'의 며느리가 되었다. 자신들의 앞날을 전혀 내다보지 못한 채.

홍타이지와 다위얼의 혼례가 끝나고 한 달여 만에 금나라는 요양에서 심양으로 천도를 감행했다. 이는 혼맹으로 북쪽이 안정을 되찾은 지금 서쪽으로 나아가야 한다는 누르하치의 확고한 뜻에 의해서였다.

심양의 중심지에 궁이 세워졌다. 궁의 대문인 대청문 옆으로 높다란 담이 길게 이어졌다. 담 너머에는 칸이 대신들과 정사를 논하는 대정전인 팔각정이 세워졌으며 그 양옆으로 팔기들이 머물 십왕정이 지어졌다. 새로 지어진 궁에서 누르하치는 정사를 골몰했다.

혼맹으로 몽골을 자신의 편으로 만든 누르하치는 다시 요동에 남아있는 명의 세력을 공격했다. 비록 늙은 호랑이에 불과하지만 명나라에도 아직 날카로운 이빨이 남아있었다. 명의 관리인 원숭환은 요동에 남아있는 마지막 거점인 영원성을 철통같이 지켰다. 사르후 전투에서 패한 후 그는 군사요충지인 영원성을 요새로 만들었다. 상관인 고제가 만리장성 밖의 요동을 버리라는 지시를 내렸지만 원숭환은 이를 따르지 않았다. 성 밖의 명군이 모두 철수하여 만리장성 안으로 들어간 후에도 원숭환과 일만 명의 군사들은 영원성을 지켰다.

금의 군사들이 서쪽으로 명나라를 공격하기 위해서는 반드시 영원성을 지나쳐야 했다. 그런 중요지역을 포기하고 명군과 백성들이 모두 만리장성 안으로 피난을 떠나니 영원성은 고립무원이 되었다. 이런 상황을 지켜보던 누르하치는 기회를 놓치지 않고 바로 20만 대군을 이끌고 영원성을 공격했다. 이에 맞서 원숭환은 서양에서 들여온 홍이포를 성곽에 설치하고 성 밖의 가옥을 모조리 불살라 견벽청야* 책을 실행했다.

---

* 성벽을 굳게 하고 곡식을 모조리 걷어들인다는 뜻으로, 적의 양식 조달을 차단하는 전술의 하나.

이틀간의 격전을 치렀지만 누르하치의 군대는 영원성을 뚫지 못했다. 성안의 명군은 화살을 쏘고 불을 붙인 기름을 성벽 위로 쏟아부었다. 죽기를 각오한 명군의 살벌한 공격에 금의 군사들은 큰 피해를 입었다. 엎친 데 덮친 격으로 서양대포까지 쏘아대니 무서울 것 없이 날뛰던 철기군도 두려워 진격하지 못했다. 서양대포를 접해보지 못한 금군의 사기는 꺾였고 누르하치도 대포의 공격을 받아 부상을 입었다.

청년시절부터 무수히 많은 전쟁을 치른 누르하치가 집요한 명의 관리와 서양대포 앞에서 패하고 만 것이다. 들판에서 맞붙는 전쟁이 아니라 소수의 병사가 성안에 틀어박혀 방어전을 펼치니 철기군의 기동력은 무의미한 것이 되었다. 영원성 전투에서 부상을 입은 누르하치는 패전에 대한 울분이 쌓여 병을 회복하지 못했다. 그리고 얼마 후 안타깝게도 애계보에서 숨을 거두었다.

여진족을 통일하고 금나라를 세운 지도자가 죽었으니 금은 새로운 지도자를 뽑아야 했다. 진정한 대국으로 여진을 이끌어 줄 지도자를. 만약 제대로 된 후계자를 세우지 못한다면 금은 잠시 역사에 나타났다 사라진 나라가 될 터였다.

누르하치는 여러 아들을 두었고 그 아들들은 각자 세력을 가지고 있었다. 수많은 아들 중 단 한 명만이 버일러와 다른 왕족의 뜻에 따라 '칸'이 될 수 있었다. 누르하치는 자신이 일방적으로 후계자를 정하지 않았고 금을 이끄는 이들이 뜻을 모아 맹주를 정하도록 유언했다. 전공과 능력이 있는 친왕과 버일러만이 왕위를 물려받을 수 있었다.

장남인 추영이 독단적인 전횡을 일삼다 사형을 당한 후 누르하치는 둘째 아들인 다이샨에게 지휘권을 넘겨주었다. 다음 '칸'이 될 정도로 공적이 높고 그릇이 컸던 다이샨이었지만 그는 치명적인 실수를 저지르고 만다. 아버지의 4번째 정실부인이자 황후인 아바하이와 옳지 못한 관계를 가진 것이다. 아바하이는 누르하치의 대푸진*이었다. 질투심 많은 차비가 누르하치에게 다이샨과 아바하이의 관계를 고자질하여 다이샨은 황위 계승권에서 탈락하고 만다. 장남과 차남이 모두 황권에서 멀어지자 여덟 번째 아들이자 4버일러인 홍타이지는 후계자로써의 입장을 한 층 강화할 수 있었다. 그와 비등한 군권을 가진 2버일러 아민은 누르하치의 조카였고 3버일러 망굴타이는 지모가 부족한 데다 난폭한 성격을 가지고 있었다. 그러니 다른 왕족들로부터 존경을 받아 '칸'이 될 자격을 가진 이는 홍타이지뿐이었다. 홍타이지만이 칸으로서의 자격이 충족되었다. 다만 칸이 될 그의 앞을 가로막고 있는 사람이 있었으니 바로 대푸진 아바하이였다.

누르하치는 죽기 전 궁궐에서 쫓겨났던 아바하이를 다시 불러들이고 황후의 지위를 회복시켜 주었다. 그리고 죽는 순간까지도 성년이 되지 못한 도르곤과 도도를 염려해 다이샨에게 두 아들을 부탁했으며 자신이 보유한 양황기를 두 아이에게 나누어 주도록 명했다. 양황기는 '칸'이 소유한 군대로 팔기군 중 가장 뛰어난 군대였다. 그 군대를 아바하이의 아들들에게 나누어 주었으니 아바하이는 양황기의 기주인 두 아들의 모친으로 양황기의 주인이나 다름없었다. 따라서 홍타이지가 칸이 된다 해도 아바하이가 양황기를 소유하고 있는 한 그녀를 함부로 할 수 없었다. 만약 그녀의 두 아들이 장성하여 성인이 된다면 그땐 그들의 힘이 홍타이지를 위협할 수도 있었다. 그

---

* 황후. 대비.

러니 '칸'의 권력을 안정시키기 위해서라도 홍타이지는 이 위험을 제거해야 했다.

여러 명의 군왕과 버일러들이 참석한 공의제에서 긴 토론 끝에 아직 성년이 되지 못한 15살의 도르곤 대신 35살의 홍타이지가 '칸'의 지위를 차지하게 되었다. 홍타이지가 '칸'으로 등극한 그날, 누르하치가 남긴 또 하나의 유지가 공표되었다. 홍타이지가 누르하치의 유지라 말하며 아바하이의 순장*을 명한 것이다. 생각지도 못한 홍타이지의 명으로 순장을 당하게 된 아바하이는 예복을 입고 공의제에 참석해 유지를 받들 수 없다고 강하게 저항했다.

"선제의 유언을 따를 수 없습니다. 선제께서는 부상을 입고 심양으로 오는 내내 어린 도르곤과 저를 걱정했습니다. 그런 선제께서 어찌 그런 유지를 내리셨겠습니까?"

"그럼 제가 거짓으로 유지를 공표했다는 말입니까?"

홍타이지가 아바하이의 말을 강하게 반격했다.

여러 군왕들도 아바하이의 말에 일리가 있다고 생각했지만 그들은 새로운 '칸'의 뜻을 누구보다 잘 이해하고 있었다. 아바하이의 존재는 '칸'의 지위를 위협하는 위험요소였다. 그렇기에 누구도 그녀의 편을 들어주지 않았다. 새로운 권력이 자리 잡기 위해선 희생이 필요했다. 그리고 그 첫 번째 희생양은 선대 '칸'의 대푸진 아바하이였다.

아바하이는 양황기라는 가장 뛰어난 군대의 실질적인 주인이었지만 그녀는 정치를 알지 못했다. 그저 황후로 궁 안의 안주인 역할에만 충실했다. 그 결과 그녀가 순장에 처할 위기에 처했지만 양황

---

* 한 집단의 지배층 계급에 속하는 사람이 죽었을 때 그 사람의 뒤를 따라 강제로 혹은 자진하여 산 사람을 함께 묻던 일.

기의 대신들은 그녀를 돕지 않았다. 그녀가 자신의 편을 들어줄 왕과 대신들을 미리 포섭해 두었다면 순장을 당하는 상황을 모면할 수도 있었을 테지만 이미 때는 늦은 뒤였다. 누구도 자신의 편이 되어주지 않는 상황에 아바하이 또한 더 이상 순장을 당하지 않겠다고 버틸 수 없었다. 그녀는 죽음을 받아들일 수밖에 없었다. 허나 아들들의 장래는 포기할 수 없었다.

"선대 칸의 곁을 지키고 싶으나 아직 어린 두 아들들이 있어 쉽게 눈을 감을 수가 없습니다. 여러 왕들과 버일러들께서 제 아들들을 보살펴주신다면 그 약속을 믿고 기꺼이 칸의 옆에 묻히겠습니다."

모든 것을 체념한 그녀의 마지막 소원은 자신의 어린 아들들이 무사히 장성하는 것뿐이었다. 여러 군왕들과 버일러들은 그녀의 부탁을 들어주겠노라 약조했다. 홍타이지 또한 그녀에게 맹세했다.

"태후께서 순장을 받아들이신다면 도르곤과 도도의 목숨은 제가 보장하겠습니다. 그리고 태후의 세 아들을 모두 중용하겠습니다. 이 약속은 대금의 '칸'으로서 하는 약속입니다. 이 홍타이지가 '칸'으로 살아있는 동안 누구도 도르곤과 도도의 목숨을 빼앗지 못할 것입니다."

아바하이는 어린 아들들을 살리기 위해 스스로 죽음을 받아들였다. 그녀가 순장을 받아들이면 그녀의 아들들을 살려주겠다는 홍타이지의 약속을 믿고.

자신의 궁으로 돌아온 아바하이는 도르곤과 도도를 불렀다. 그녀는 슬픔을 애써 감추고 어린 아들들을 안아주었다. 두 아이를 품에 안고 그녀는 도르곤에게 마지막 당부의 말을 남겼다.

"도르곤, 살아생전 아버지는 너를 가장 총애하셨단다. 그래서 너와 도도에게 양황기를 물려준 것이야. 너는 총명한 아이이니 이제부터 네가 형제들을 지켜야 해."

"걱정하지 마세요."

아무것도 모르는 도르곤은 어머니의 말에 힘차게 대답했다. 아바하이는 마지막으로 두 어린 아들의 모습을 눈에 새겨 넣었다. 그리고 아들들에게 작은 주머니를 하나씩 건네주었다.

"이건 라마승들이 너희들의 운명을 점친 것이란다. 그러니 소중히 간직하고 있다가 마음에 새기거라."

죽음을 앞둔 어미로서 아바하이는 마지막까지 자식들의 앞날을 걱정했다. 아들들과 마지막 작별인사를 끝낸 그녀에게는 더 이상 삶에 대한 집착이나 미련은 남아있지 않았다. 도르곤은 그날 마지막으로 본 어머니의 눈빛을 오래도록 기억했다. 누군가를 위해 죽음을 받아들인 그 담대한 눈빛을.

아바하이는 홍타이지가 황제로 등극한 날 활시위로 목을 매 자결했다. 그녀의 죽음으로 이제 칸의 자리를 위협하는 존재는 사라졌다. 홍타이지는 누구도 대적할 수 없는 '칸'이 된 것이다.

칸이 되었지만 홍타이지가 물려받은 금나라의 사정은 그리 좋지 못했다. 명의 무역봉쇄로 여전히 금의 백성들은 곤란을 겪고 있었다. 설상가상으로 누르하치가 점령한 요동의 한인들은 노예로 전락한 자신들의 신분에 불만을 품고 도주하거나 도적이 되었다. 그러니 빼앗은 땅에서의 식량소출도 그리 좋지 못했다. 한족에 대한 누르하치의 억압은 한인들을 폭도로 만들 뿐이었다. 이 문제를 해결하기 위해 홍타이지는 한족을 예우하는 정책을 실시했다. 과거에 합격한 한족은 노예의 신분을 벗어나게 해주었고 항복하는 한족에게는 땅과 가축을 나누어 주었다. 이런 회유책에 요동한인들은 점차 금나라의 백성이 되어 갔다. 과거시험을 통해 관리가 된 한인들을 중용하면서 홍타이지는 명의 행정방식을 금에 접목해 나갔다. 한족 노예이면서 금의 관리가 된 범문정은 홍타이지에게 등용되어 대신의 자리까지 올랐다. 그의 학식과 충심을 알아본 홍타이지는 그를 중용하여 나라의 일을 결정할 때마다 그의 의견을 따랐다. 여진족 출신인 버일러와 왕족들이 불만을 품을 정도로.

　내치가 안정되자 홍타이지의 관심은 자연히 나라밖으로 향했다. 아직 영원성을 필두로 한 명의 서쪽 방어체계를 무너트리기에는 금의 힘이 부족했다. 그러니 만리장성으로 향하는 서쪽이 아니라 금의 남북을 차지하고 있는 나라들을 장악해 먼저 후방을 안정시켜야 했다. 명의 북쪽을 차지하고 있는 몽골과는 누르하치 때부터 혼인동맹으로 꾸준히 연대를 형성하는 한편 복속을 거부하는 부족에게는 확실히 보복을 가해왔었다.

　몽골부족은 각 부족마다 다른 특수성을 가지고 있었기에 각 부족을 장악하기 위해서는 다양한 전략이 필요했고 오랜 시간이 걸렸다. 하지만 남쪽에 있는 조선은 몽골과 달리 손쉬운 상대였다. 여러 부족으로 나뉘어 있지도 전쟁능력이 뛰어나지도 않았다. '칸'의 자리에 오른 후 홍타이지가 조선을 침략한 것은 어느 정도 예정된 일이었다. 허나 홍타이지의 조선침략에 직접적으로 불을 붙인 것은 공교롭게도 조선인 자신들이었다.

　금이 요동을 공격할 때 바다로 도주한 명의 군대가 있었다. 바로 모문룡이 이끄는 수군부대다. 모문룡의 부대는 3만 명에 달하는 군사에 함선과 대포까지 보유한 정예부대였다. 인조는 명의 책봉을 받아내는 조건으로 이들에게 둔전과 염전을 허락했으며 매년 10만 석의 군량미를 공급했다. 이렇게 조선의 도움을 받아 지내는 모문룡의 무리가 이따금 금의 영역으로 쳐들어와 약탈을 하고 소란을 피우니 금으로써는 그들의 존재가 눈엣가시와 같았다. 하지만 수군이 없는 금은 직접 모문룡의 군대를 칠 수 없었다. 그러니 그들을 돕고 있는 조선을 치는 것이 더 빠른 방법이었다.

홍타이지의 입장에서 조선은 해적들을 돕는 얄미운 존재였다. 게다가 조선은 명나라만 받들며 금과는 무역조차 하지 않으려 했다. 해적과 다름없는 모문룡의 무리를 약화시키고 조선과의 무역을 확대하기 위해서라도 금은 조선을 침략할 필요가 있었다. 이렇게 호시탐탐 조선을 노리던 홍타이지의 전의를 결정짓는 사건이 발생했다. 조선에서 이괄의 난이 벌어진 것이다. 조선 조정의 치졸한 권력다툼이 정묘호란의 불쏘시개가 되고 말았다.

이괄은 인조반정에서 큰 공을 세운 이후 부원수로 임명되어 평안도에 주둔하면서 금의 침략을 대비했다. 그러나 그 이듬해 그를 시기하는 이들이 이괄이 역모를 꾸미고 있다고 발고를 하였다. 역모자로 몰리게 된 이괄은 어쩔 수 없이 스스로 반란을 일으키고 한양에 입성하여 흥안군을 추대한다. 허나 반란은 곧 진압되었고 이괄의 난에 동조했던 이들에게는 대대적인 처벌이 내려졌다. 조선에서 발붙일 곳이 없는 이괄의 잔당들은 결국 금으로 망명을 하고 말았다. 스스로 금나라에 투항한 이괄의 무리는 광해군이 억울하게 폐위되었다고 호소하면서 금이 조선을 침략해 주길 청했다.

금의 침략을 막기 위해 관서지방에 파견되었던 이괄이 사라지고 없으니 조선의 북쪽 방비는 뚫려있는 것과 마찬가지였다. 임진왜란으로 단련된 이괄의 부대는 조선의 정예부대였다. 그 군사들이 모두 역적이 되어 죽으니 조선은 자신의 군대를 역적으로 몰아 죽인 꼴이었다. 모두 자신의 이익을 위해 정적을 제거하려 했던 공신들의 과욕이 부른 참사였다.

조선의 방어막이 허술한 사정을 알게 된 홍타이지는 이 기회를 놓치지 않았다. 광해군의 부당한 폐위를 벌주겠다는 명분까지 완벽했다. 정묘년(1627년) 정월 홍타이지의 명을 받은 2버일러 아민은 3만의 군사를 이끌고 폭풍처럼 조선을 점령했다. 금의 군대가 황해도에 이르자 인조는 강화도로 도망을 쳤다. 인조가 강화도로 들어가 버티니 수군이 없었던 금은 조선조정에 강화협상을 제안했다. 강화도에서 버티던 인조가 이 협상에 응하자 전쟁은 빠르게 종결되었다.

남쪽을 안정시켰으니 이제 홍타이지에게는 몽골세력을 완전히 복속시키는 일만 남았다. 명은 서쪽 방어에 심혈을 기울이느라 북쪽까지 완벽히 방어막을 구축하지 못하고 있었다. 그러니 막남 몽골을 완벽하게 장악하는 것은 중원공략을 위해 선결해야 할 과제였다.

대부분의 막남 몽골 세력이 금에 복속된 후에도 링단칸의 차하르부는 금과 완강하게 대치하고 있었다. 홍타이지는 링단칸을 정벌하기 위해 막남 몽골로 세 차례 군대를 보냈다. 금의 군대에 완패한 링단칸은 결국 추종세력과 함께 도망쳤다. 부족을 이끌었던 수장이 도주하자 차하르부는 힘을 잃고 점차 와해되었으며 타초탄으로 도주한 링단칸은 결국 병에 걸려 죽고 말았다.

열일곱 살의 나이로 첫 번째 원정에 참가한 도르곤은 도도와 함께 출정하여 대승을 거두고 천여 명의 포로와 가축을 사로잡았다. 세월이 흘러 몽골원정에서 큰 공을 세웠던 도르곤은 스물넷의 청년이 되었다. 크고 작은 전투를 겪으며 도르곤은 모략과 계책이 뛰어난 무장으로 변모했고 홍타이지는 그를 차하르부 잔당들을 정복할 원정대의 대장으로 삼았다. 도르곤은 원정대의 대장이 되어 대금의 군대를 이끌고 링단칸의 남은 세력을 치기위해 자리투로 쳐들어갔다. 그곳에는 링단칸의 아들 어저가 버티고 있는 곳이었다. 어저는 아버지를 계승하여 자신이 몽골제국의 후계자임을 자청하고 있었다. 원나라의 후예임을 내세워 스스로 대칸을 자청하고 있었지만 차하르부의 대부분은 이미 금에 복속된 후라 어저를 따르는 세력은 많지 않았다.

원정군의 기세에 눌린 어저의 생모 쑤타이 태후는 더 이상 금에 대적해봤자 승산이 없다는 판단을 내리고 아들과 함께 원정대에 항복했다. 이로써 차하르부는 완전히 금에 복속되었다.

차하르부의 잔족세력을 항복시킨 도르곤은 마지막 원정을 끝내고 금으로 돌아갈 계획을 세웠다. 도르곤의 명에 따라 기의 수장들은 철군준비를 시작했다. 그런데 도르곤의 원정대가 자리투를 떠나기 전날, 차하르부의 부족장이라는 이가 도르곤을 찾아왔다.

"대장군을 뵙습니다."

차하르부에서 작은 부족을 이끌고 있다는 부족장이 도르곤에게 예를 갖추었다. 이미 차하르부가 모두 투항을 한 이때에 부족장이라는 이가 원정대 대장을 찾아왔으니 그 속셈이 짐작되고도 남았다. 작은 부족이기에 세를 더 키우고 싶은 마음으로 원정대 대장을 찾아온 것임을.

"무엇 때문에 나를 찾아온 것이오."

도르곤은 무표정한 얼굴로 나이든 부족장을 내려 보았다.

"다름 아니라 대장군께서 꼭 알아야 할 비밀이 있기에 이렇게 찾아왔습니다."

"내가 알아야 할 비밀이라? 그것이 무엇인가?"

도르곤은 은밀한 부족장의 제안에 흥미를 보였다.

"차하르부에서도 몇 명밖에 알지 못하는 일입니다. 그러니 이 비밀을 털어놓는 대가로 제게 약속을 해주셨으면 합니다."

"약속이라. 그래 좋소. 그 비밀이 그렇게 대단하다니 원하는 바를 말해보시오."

부족장은 조심스럽게 자신이 원하는 몇 가지 조건을 제시했다. 그들이 지금 소유하고 있는 영토를 두 배로 늘려달라는 것이었다. 몽골 내에서 자신의 지분을 늘려달라는 것이니 금으로서는 손해 볼 것이 없는 장사였다.

"알겠소. 당신이 말하는 비밀에 그만한 가치가 있다면 모든 요구를 들어주겠소."

도르곤의 대답에 부족장은 마른 침을 삼켰다.

"어저에게 전국옥새가 있습니다."

"전국옥새?"

도르곤은 족장의 입에서 흘러나온 말을 무심코 읊조렸다.

중원의 패자霸者만이 주인이 될 수 있다는 옥새가 이렇게 가까이에 있다니 상상도 못한 일이었다. 한나라에서 원나라로 이어져 내려온 전국 옥새는 원의 마지막 황제인 순제가 명나라 군에게 쫓겨 몽골로 도망쳐 올 때 가지고 있었던 것이었다. 몽골로 도망 온 순제가 죽자 많은 이들이 옥새의 행방을 찾았지만 마지막 칸의 죽음과 함께 옥새의 행방도 불분명하게 되었다. 그런데 우연히 목동들이 이 옥새를 발견하여 링단칸에게 바쳤고 그 옥새를 링단칸의 계승자인 어저가 가지고 있다는 것이다. 만약 정말로 어저가 전국옥새를 가지고 있다면 옥새는 마땅히 금의 것이 되어야 했다. 이미 어저는 금의 신하가 되었으니.

도르곤은 다음날 아침 자신이 기거하는 장막 앞으로 어저를 불러들였다. 대장군 앞으로 불려온 어저는 자신이 불려온 이유를 알지 못했다.

"저 죄인을 당장 포박하라."

도르곤이 다짜고짜 어저를 잡으라 명했다. 대장군의 엄한 명령에 당황한 어저는 급박한 말투로 사정했다.

"도대체 왜 이러시는 것입니까? 대장군. 이미 저는 대금에 투항한 자입니다."

"네 말대로 넌 대금의 신하가 되기로 한 자이다. 그런데 그런 이가 어째서 옥새를 가지고 있는 것이냐? 아직 칸이 되려는 미련을 버리지 않은 것 아니냐?"

도르곤의 추궁에 어저의 얼굴이 창백해졌다. 역모의 의심을 받아 죽음을 당하기 일보직전이었으니. 모든 것을 체념한 어저는 바로 도르곤 앞에 무릎을 꿇고 머리를 숙였다.

"옥새에 대한 것을 미처 알리지 못한 것은 죄를 받아 마땅하나 반역을 꾀할 심산은 전혀 없었습니다. 믿어주십시오. 옥새는 바로 대장군에게 바치겠습니다."

어저가 소유하고 있던 옥새를 차지하게 된 도르곤은 전국옥새를 '칸'에게 받쳤다. 도르곤이 옥새를 찾아와 바치니 홍타이지는 도르곤의 공을 인정해 그를 예친왕에 봉했다.

차하르부를 괴멸한 것 이상으로 전국옥새를 확보한 일은 큰 사건이었다. 중원의 주인만이 소유해 왔던 전국옥새다. 대금의 '칸'인 홍타이지가 그 전국 옥새의 주인이 되었으니 이제 홍타이지는 '대칸大汗'을 넘어 천명을 받은 이가 된 것이다. 생존을 위해 감행했던 중원공략이 하늘의 뜻이 되었으니 이제 그 과업은 금 전체의 숙원이 되었다. 홍타이지 스스로도 자신이 천자가 되었다 믿었고 금의 친왕과 버일러도 그에 감화되어 칸의 뜻을 이루려 했다. 이제 천하의 주인은 금이었다. 금은 이제 중원을 정벌할 명분을 가지게 된 것이다.

전국옥새를 손에 넣은 후 천명을 받았다는 확신을 얻은 홍타이지는 더 이상 일개 독립국의 주인이 아니었다. 아직 중원을 지배하고 있지만 민심을 어우르지 못하는 명을 치고 새로운 제국을 건설할 황제가 되어야 할 존재였다. 이제 명의 멸망은 하늘이 정한 일이었다. 그러니 명을 치는 것은 마땅히 해야 할 천의天意였다.

전국옥새가 칸의 소유가 된 이듬 해 버일러와 대신들은 홍타이지의 황제등극을 촉구했다. 하늘의 뜻을 받았으니 이제 그 뜻을 이루기 위해 황제에 등극해야 한다는 뜻이었다. 칸의 자리에 오른 지 아홉 해가 되던 해, 홍타이지는 황제즉위식을 거행했다. 문무백관을 거느리고 심양의 천단에서 자신이 황제의 지위에 오른 것과 '대금'의 국호를 고쳐 '대청大淸'으로 개원한 사실을 선포했다.

즉위식이 거행되자 여러 버일러와 대신들은 좌우로 도열하여 황제에게 복종의 예를 행했다. 홍타이지는 이제 천하를 지배할 황제의 위에 오른 것이다. 이 즉위식에는 여진족뿐만 아니라 몽골족과 한족 그리고 조선에서 온 사신들이 참석했다. 몽골족과 요동한인들은 여진족과 함께 홍타이지의 황제등극을 인정하는 존호를 바치며 복종을 맹세했다.

"성스럽고 인자한 칸이자 황제께 충성을 맹세합니다."

여러 민족의 대표들이 모두 홍타이지에게 존경과 복종을 표하기 위해 절을 했지만 조선에서 온 사신들은 고개를 숙이지도 무릎을 꿇지도 않았다.

"어째서 조선 사신들은 황제께 예를 표하지 않는가?"

화가 난 청의 관리들이 황제에게 절하지 않는 조선 사신들을 나무랐지만 조선사신단은 대신들의 질책에도 자신들의 입장을 고수했다.

"조선은 명나라를 종주국으로 받드는 나라이니 어찌 두 명의 황제에게 복종을 하겠습니까?"

조선 사신의 말에 청의 관리들이 격분했다.

"사신으로 온 이들이 어찌 그런 망발을 할 수 있는가? 이는 대청의 황제를 모독하는 일이다."

"맞습니다. 이런 모욕을 받아들일 수 없습니다. 당장 조선 사신들을 참해야 합니다."

성난 관리들은 당장이라도 조선 사신의 목을 벨 기세였다. 하지만 이제 막 황제의 자리에 등극한 홍타이지는 신하들처럼 분노하지 않았다.

"경거망동할 필요 없다. 이들의 목을 벤다면 우리 스스로 조선과의 맹약을 파하는 것이니 그들을 모두 조선으로 돌려보내라."

홍타이지의 명에 따라 조선 사신들은 무사히 고국으로 돌아갔다. 사신들을 무사히 돌려보낸 홍타이지는 조선을 책망할 명분을 얻게 되었다.

조선에 대한 비난이 쓰여 있는 국서를 들고 귀국하던 조선사신단은 국서를 그대로 가져갔다가는 조정의 비난을 면하지 못할까 두려워 국서를 버리고 그 내용만 베껴서 보고했다. 국서를 가지고 오지 않았지만 단지 오랑캐의 국서를 받았다는 이유만으로 사신단은 모두 귀양을 가게 되었다. 이처럼 청나라를 오랑캐로 간주하고 멸시하는 조선 조정의 태도는 강경했다. 전쟁의 불씨가 점화된 상황을 뻔히 알면서도 조선 조정은 현실을 제대로 직시하지 못했다. 자신만의 아집에 갇힌 조정은 결국 청나라가 보낸 국서를 버렸다는 내용의 답을 청나라로 보내고 만다. 국서를 버렸으니 그 내용을 무시하겠다는 의도였다.

전쟁을 벌이기 전 청은 조선으로 최후통첩을 보냈다. 대신과 왕자를 볼모로 보내 화친을 청하면 전쟁을 일으키지 않을 것이라고. 하지만 이 마지막 기회마저 조선은 어이없게 날려버리고 말았다. 청에 사절을 보내냐 마느냐로 시간을 낭비한 것이다. 결국 화친을 논하기 위해 청으로 향하던 관리와 역관은 청으로 가기도 전에 조선 영토로 침공해 들어온 청군과 마주치고 말았다. 병자년(1636년) 12월, 조선의 의도와 상관없이 이미 전쟁은 시작되고 있었다.

강·
도
의
겨
울

하늘에서 희끗희끗 눈발이 날렸다. 구군복을 입은 무관과 한 무리의 군졸들이 종종 떨어지는 눈을 맞으며 동구 밖으로 향했다. 마을에서 동떨어져 있는 초가로 가는 길이다. 초가는 산으로 들어가는 초입을 지나 산허리쯤에 자리 잡고 있었다. 무관은 사립문을 열고 아담한 마당에 들어서자마자 대뜸 주인을 불렀다.

"의원 허임은 나와서 어명을 받으시오."

무관이 우렁찬 목소리로 허임을 불렀지만 집안에서는 누구 하나 나오는 이가 없었다.

"이보시오. 그 안에 있는 거 다 아니까 제발 좀 나와 보시오."

으름장을 놓던 무관이 애원조로 어투를 바꿨지만 무슨 배짱인지 집주인은 나와 볼 생각을 하지 않았다. 무관의 명령에 군졸들이 좁디좁은 허의원의 초가를 뒤지려 했다. 그때 창호문이 벌컥 열리며 어린 처녀 하나가 얼굴을 내밀었다.

"아버지는 집에 안계십니다. 이렇게 찾아오셔도 소용없습니다."

"그럼 허의원은 언제 돌아오시느냐?"

"그걸 제가 어찌 알겠습니까? 구름 따라 바람처럼 돌아다니시는 분인걸요. 저도 제 아비의 생사를 모르니 얼마나 답답한지 모릅니다. 끼니는 제대로 때우시는지 이 추운 날씨에 길바닥에서 동사하신

건 아닌지…."

"알겠다. 오늘은 이만 물러가마. 그래도 네 아비가 돌아오면 관청에 꼭 연통을 넣어야 한다. 알겠느냐."

"네 알겠습니다. 나리. 살펴 가십시오."

윤성은 사립문 밖까지 나가 멀리 무관의 모습이 사라지는 것을 지켜보았다. 군졸들의 모습이 까만 점처럼 작아지자 윤성은 집안으로 돌아와 마루에 놓여있는 뒤주 문짝을 열었다.

"아버지, 이제 나오세요. 모두 갔습니다."

허의원은 끄응 신음소리를 내며 뒤주에서 몸을 일으켰다. 윤성의 부축을 받으며 밖으로 나온 허의원은 나오자마자 마루에 대자로 뻗어 버렸다.

"이제야 살 것 같다."

"그러게 왜 숨으십니까? 어명을 받고 한양으로 가면 될 것을. 이 강도 촌구석에서 살지 말고 한양으로 갑시다. 도성에 가면 임금께서 집도 주고 녹봉도 준다하지 않으셨습니까. 지금 임금은 임금도 아닙니까? 쫓겨나신 선왕만 임금은 아니잖아요. 아무리 반정으로 임금의 자리에 올랐다 하지만 지금 임금도 어엿한 나라님입니다. 언제까지 이리 어명을 거역하실 겁니까? 그러다 역적 누명이라도 쓰면 어쩌시려고요."

윤성이 속내에 감추고 있었던 걱정을 털어놓았다.

"역적이 되어도 어쩔 수 없다. 의원에게는 모든 병자가 똑같지만 신하에게 임금은 한 분 뿐이다."

아비의 말에 윤성은 토를 달지 못했다. 의원이라는 직분만 생각하면 윤성의 말이 맞겠지만 신하로서 그 충을 다하려 한다면 아비의 뜻이 옳았다.

부녀간에 말다툼이 한풀 꺾일 즈음 허의원의 집으로 허름한 복장의 사내가 들어섰다.

"여기가 허 의원 댁이 맞소?"

"맞소. 맞소. 어여 들어오시오."

때마침 찾아온 사내가 구세주라도 되는 양 허의원은 사내를 방안으로 들였다. 한시라도 빨리 윤성의 잔소리에서 벗어나고자. 사내와 잠시 방안에서 몇 마디 말을 나누던 허의원은 급히 봇짐을 꾸렸다.

"산 너머 마을에 좀 갔다 오마."

"저도 함께 가요."

"따라올 거 없다. 다른 병자가 찾아올 수도 있으니 너는 집에 남아있거라."

허의원은 윤성에게 당부의 말만 짧게 하고는 사내와 함께 길을 나섰다. 윤성은 그리 떠나는 아비를 붙잡지 못했다. 이 한겨울에 산을 넘어갈 일도 걱정이고 밤길에 산속에서 길을 잃을까도 걱정되었지만 아비의 뜻을 꺾을 수는 없었다. 윤성이 만류한다고 해도 갈 사람이니.

해가 저무니 눈보라가 서럽게 울었다. 눈과 함께 휘몰아치던 바람이 작은 초가의 장지문을 뒤흔들었다. 바람이 문틈으로 비집고 들어오며 휘파람 소리를 내었다. 바람 소리가 거칠어질수록 윤성의 근심은 점점 더 깊어졌다. 돌아올 시각이 지났건만 허의원이 오지 않은 것이다. 사위가 어두컴컴해지자 윤성은 마음이 초조해 횃불을 들고 길을 나섰다. 아비가 지나간 산길을 타고 오르니 어둠 속에서 움직이는 불빛이 보였다. 번쩍이는 짐승의 눈빛에 놀란 윤성이 저도 모르게 비명을 지르자 그 소리가 어둠이 내려앉은 산 주위로 울려 퍼졌다.

산 너머 마을에 사는 김 생원의 처를 치료하고 돌아오던 허임은 올 때보다 더 쌓인 눈을 헤치고 산을 넘어와야 했다. 발목까지 푹푹 들어가는 산길을 걷다 보니 발밑에 구덩이가 있어도 알 수가 없었다. 결국 눈에 가려진 구멍을 알아차리지 못하고 발을 헛디뎌 넘어지고 말았다. 엎친 데 덮친 격으로 넘어지다 바위에 엉덩방아까지 찧어 넘어진 자리에서 몸을 일으키지 못했다. 움직일 때마다 찌릿한 허리 통증이 느껴져 제대로 몸을 가눌 수조차 없었다. 한참 동안 쓰러진 자리에 누워있던 허임은 통증이 잦아들자 급한 대로 부러진 긴 나무 막대에 의지해 한 걸음씩 앞으로 내디뎠다. 반나절도 걸리지 않는 길을 그리 걸으니 하루해가 다 지나도록 산을 내려오지 못했다. 그렇게 엉거주춤한 자세로 산을 내려오다 지쳐 바위 아래 앉아 숨을 고르고 있으니 멀리서 비명소리가 들려왔다.

"윤성이냐?"

허의원은 반가운 마음에 크게 딸의 이름을 불렀다. 적막한 산속으로 허의원의 외침이 메아리쳤다.

"아버지, 아버지세요? 지금 어디 계세요?"

"여기, 큰 바위 아래다."

윤성은 아버지의 음성을 쫓아 어둠 속을 횃불로 밝혔다. 그러자 커다란 바위 아래 앉아있는 아비의 모습이 눈에 들어왔다. 윤성은 한달음에 달려가 아비의 안색을 살폈다.

"어찌 된 일이에요?"

"산을 내려오다 그만 발을 헛디뎌 넘어졌는데 허리를 다쳐 움직이기가 힘들구나."

"그것 보세요. 제가 멀리 가실 땐 저도 함께 가자했잖아요. 혼자 산을 넘으시니 이리 봉변을 당하시죠."

허의원은 윤성의 타박에 그저 빈 웃음만 지었다.

"어서 일어나요. 여기에 더 앉아있다가는 둘 다 얼어 죽겠어요."

윤성은 몸이 불편한 아비를 일으켜 세웠다. 아비의 몸을 부축하며 걸으니 그 걸음이 한없이 느려졌다. 집에 다다르니 어느새 동이 터 오르고 있었다. 그날 이후 허의원은 자리에 누워 버리고 말았다. 긴 시간 동안 추위가 심한 산속에서 보낸 터라 잔기침은 깊은 해수가 되었고 허리통증은 쉬이 낫지 않았다.

"한사寒邪가 깊이 들었으니 이제 병자 볼 생각은 하지 마세요."

윤성은 당부에 또 당부를 했다. 윤성이 탕약을 달여 마시게 하고 침을 놓으니 허의원은 조금씩 몸을 추스를 수 있었다.

며칠 동안 사방을 할퀴던 눈보라가 사라지자 맑은 겨울해가 모습을 드러냈다. 이른 아침 해가 떠올랐지만 밤새 쌓인 눈길은 얼음장처럼 차가웠다. 소복이 쌓인 그 정갈한 눈길을 한 여인이 성급하게 걸으며 산허리를 올랐다. 아랫마을에 사는 말순 어미 박 씨 부인이었다. 허의원 댁이 가까워지자 말순 어미는 허연 입김을 연신 내뱉으면서 걸음을 더 재촉했다. 허겁지겁 아침 댓바람부터 허의원의 초가를 찾아온 그녀는 마당에 들어서자마자 대뜸 허 의원을 불러댔다.

"의원님, 의원님."

방안에서 아비에게 탕약을 드리던 윤성이 문을 열고 나와 그녀를 맞았다. 윤성을 보자마자 말순 어미는 상기된 표정으로 다급하게 사정을 설명했다.

"의원님 계시면 빨리 우리 집으로 갑시다. 말순이가 숨넘어가게 생겼소."

"말순이가요? 얼마나 아픈데요?"

윤성의 물음에 박 씨 부인은 숨도 쉬지 않고 말순이의 병세를 설명했다.

"며칠 지나면 고뿔이 나을 줄 알았는데 열이 떨어지지 않고 더 펄펄 끓지 뭐요. 지금 우리 말순이 숨이 꼴까닥 넘어갈 지경이요."

"알겠어요. 제가 채비를 하고 나올게요."

"왜? 의원님은 안가시고?"

"아버지는 지금 허리를 다쳐서 운신을 못하세요."

"아니 어쩌다가."

말순 어미는 허의원이 가지 못한다는 말에 서운한 기색은 보였지만 한시가 급한 터라 윤성의 말을 따랐다. 방안으로 들어온 윤성은 급히 쓸 약재와 침을 챙겼다.

"아버지, 말순네 좀 다녀올게요."

"알았다. 혹시 모르니 경험방도 가지고 가거라."

윤성의 아비의 말대로 서안위에 놓여 있는 의서를 챙겼다. 경험방이라고 부르는 그 책은 그동안 허임이 병자들을 치료하며 효험이 있었던 치료법을 정리해 놓은 의서였다.

윤성이 짐을 챙겨 밖으로 나오자 말순 어미는 한시도 지체하지 않고 앞장섰다.

말순이는 또래 아이들에 비해 체구가 가냘프고 병치레가 잦았다. 말순이가 아플 때마다 박 씨 부인은 허 의원을 찾았고 그때마다 말순이는 어려운 고비를 넘기고 병을 이겨나갔다. 그래서 말순 어미는 마을 사람들에게 허의원이 아니었으면 자신의 딸은 이미 죽은 목숨이라고 떠들고 다녔다. 숨이 끊긴 말순이를 다시 살린 적도 있다며 때때로 말을 보태어 소문을 내기도 했다. 그 소문 탓에 허의원은 강도에서 죽은 이도 살리는 명의로 통했다. 허의원이 어디서 그런 뛰어난 의술을 통달했는지 사람들은 아는 바가 없었지만 그가 어의까지 지낸 신술이라는 소문은 곧이곧대로 믿었다. 그런 허 의원에게는 딸이 하나 있었는데 그 딸이 윤성이었다. 윤성의 어미는 난산으로 실혈이 심하여 허의원이 손 쓸 틈도 없이 세상을 떠났으니 부인을 고치지 못한 것이 허의원의 유일한 오점이었다. 어미는 없었지만 윤성은 동냥젖을 먹으며 무럭무럭 자랐다. 열 살이 되자 아비의 가르침을 받아 12경맥과 주요 혈 자리를 외우기 시작했다. 가느다란 침을 잡기 시작한 것은 열두 살 무렵으로 아비를 스승삼아 조금씩 침술을 익혀 나갔다. 허임이 먼 곳으로 출타를 하면 그때마다 윤성은 집으로 찾아오는 병자를 대신 치료해 주곤 했다. 병자를 하나둘 고치다 보니 열여섯이 된 윤성의 의술도 나날이 늘어 마을 사람들은 윤성을 작은 의원으로 불렀다.

아침 댓바람부터 눈길을 걸어 아랫마을에 다다르니 말순이네 초가집이 보였다. 건넛방에 들어가 보니 말순이는 고열로 정신이 혼미하여 윤성을 알아보지 못했다. 한사가 깊은 곳까지 침입하여 상한병이 생긴 듯했다. 윤성은 아비에게 배운 대로 말순이의 몸에 침을 놓았다. 일각이 지나자 말순이의 거친 숨소리가 조금씩 평온해졌다. 말순이의 병세를 진정시키고 윤성은 가져온 약재를 달이기 시작했다. 말순은 윤성이 지어 준 탕약을 마시고 그날 한고비를 넘겼다. 말순이의 병세가 점차 좋아지자 안절부절 못하던 말순 어미도 다시 마음의 평온을 되찾았다.

말순 어미에게 약제비를 받은 윤성은 곧바로 포구 앞 어시장으로 향했다. 약제비를 받은 날이면 윤성은 옹기종기 모여 있는 좌판을 헤집고 다니며 흥정을 하곤 했었다. 여느 때처럼 포구에 도착한 윤성은 좌판부터 찾았다. 하지만 지친 몸을 이끌고 간 포구에는 물고기는커녕 사람 그림자도 찾아볼 수 없었다. 생선을 늘어놓고 파는 이들도 없었지만 생선 값을 흥정하는 이들도 보이지 않았다. 그저 갯벌조개를 파는 아낙 몇 명만이 포구를 지키고 있었다. 윤성은 쪼그리고 앉아 손님을 기다리는 한 아낙에게 다가가 그 이유를 물었다.

"아이고, 젊은 처자가 아직도 소식을 못 들었나 보군."

"무슨 소식이요?"

"청군인가 뭔가가 쳐들어와 한성이 발칵 뒤집어졌다고 하더만."

"청군이요?"

"그럼 난리가 난 거예요?"

"난리가 나긴 난 거지. 그래도 여기 강도는 아무도 못 들어오지. 정묘년에 전쟁이 났을 때도 이 강도만은 오랑캐 놈들이 못 들어오지 않았어."

자신만만한 아낙의 말에도 윤성은 불길한 기분을 좀처럼 떨쳐낼 수 없었다. 어시장을 나와 마을을 지나는 길에서도 윤성은 좀처럼 행인을 볼 수 없었다. 간혹 지게에 짐을 잔뜩 이고 마을을 떠나는 이들만 보일 뿐이었다. 정묘년 이후 십여 년간 조용했던 조선에 다시 전운이 감돌고 있었지만 강도의 사람들은 전쟁이 어떻게 진행되고 있는지 자세히 알지 못했다. 그저 간간히 본토에서 온 사람들이 전하는 말을 통해 소식을 전해 들을 뿐.

사람들이 말하길 청군의 황제가 이미 평양을 지나 한성으로 향하고 있다고 했다. 한양이 곧 청군에게 점령당할 것이라는 소문이 파다했지만 강도의 사람들은 그 영향이 강도까지 미칠 것이라 여기지 않았다. 비빈과 대군이 강화행궁으로 피신을 왔음에도 강도를 지키는 관군이 별다른 대비를 하지 않고 있기 때문이었다.

전쟁의 기운과 동떨어져 있는 강도와 달리 바닷길 너머 본토에서는 긴박한 긴장감이 흐르고 있었다. 여진에서 만주로 이름을 개칭한 팔기군을 비롯 몽골군과 한군이 합쳐진 12만 명의 군대가 압록강을 건넜다. 대군이 조선으로 들어와 전쟁이 시작됐지만 이상하게도 전투는 벌어지지 않았다. 기마병의 무서움을 알고 있던 조선군이 모두 성안으로 들어가 농성전을 대비하자 청군이 성읍을 모두 지나쳐 곧바로 왕이 있는 도성으로 향했기 때문이었다. 그러니 전투가 일어나지 않은 것이다. 홍타이지가 이끄는 중앙부대가 출발하기 전 마부타이가 이끄는 선발대는 조선 왕이 강도로 피난을 가는 것을 막기 위해 불철주야를 달려 한양 서쪽에 도달했다. 도성으로 파발이 도착하기도 전에 청군이 남하하니 조선군은 전쟁 상황을 전혀 파악하지 못하고 있었다.

정묘호란 이후 조선 조정은 한성의 방어가 어려울 경우 강도로 파천하여 종묘사직을 지키고 남한산성에 입거하여 항쟁을 유지한다는 방침을 세우고 있었다. 강화도는 고려 때 몽골군이 침공해 왔을 시에도 오랜 시간 항쟁을 벌인 곳이었다. 강화도는 강폭이 1리가 넘지 않는 염하를 경계로 육지와 격리되어 있었다. 이 염하에는 예성강, 임진강, 한강의 어귀가 모두 위치해 있어 군사적인 이점이 있었다.

병자호란이 발발하자 파천을 결정한 인조는 강도로 떠나기 위해 궁을 나섰지만 임금이 한성을 버리고 떠난다는 소문이 퍼지자 수많은 백성이 길을 나섰다. 도성 주위에 살고 있는 백성이 동시에 피란을 떠나니 한성 안 밖은 아수라장이 되었다. 청군이 이미 강화로 가는 길목을 막고 있다는 소식이 전해지자 인조와 세자는 결국 남한산성으로 입거하고 미리 떠난 비빈과 왕자 그리고 대신들만이 종묘사직 신주를 모시고 강도에 도달할 수 있었다.

강도의 최고 책임자는 검찰사 김경징이었다. 그는 전쟁이 벌어진 상황에서도 전혀 대비를 하지 않고 매일 잔치를 벌였다. 보다 못한 다른 관리들이 그를 만류했지만 김경징은 귀담아듣지 않았다. 김경징이 매일 주연을 벌이며 술을 마신다는 소식을 들은 비빈과 대군들도 불안하기는 마찬가지였다. 종실들과 대신들도 김경징의 행태에 불만이 많았다. 대신들은 김경징을 벌해야 한다고 말을 높였다. 결국 이를 해결하기 위해 봉림대군이 김경징을 찾아가 청군을 방비할 대책을 논의하기로 했다.

인조의 둘째 아들인 봉림대군이 친히 김경징이 잔치를 벌이고 있는 곳으로 찾아갔지만 술에 취한 김경징은 대군을 본체만체했다.

"청군이 한성에 다다른 지경에 이르렀는데 검찰사께서는 어째서 이리 방비를 소홀히 한단 말이오."

대군이 김경징을 엄하게 꾸짖었지만 이제 겨우 열일곱인 어린 대군의 말을 김경징이 들을 리 만무했다.

"대군께서는 왜 그리 걱정을 사서 하십니까? 이 강도는 몽골군도 막아낸 천하의 요새입니다. 십 년 전 정묘호란 때도 오랑캐가 오지 못한 곳입니다. 청나라 기병이 아무리 강하다한들 그건 육지에서나 해당되는 말이지요. 수군이 없는 청군이 어찌 이 강도를 쳐들어오겠습니까? 그러니 대군께서는 걱정하지 마시고 저와 술이나 한 잔 하시지요."

김경징은 인조반정의 일등 공신이자 군정과 행정의 총 책임자인 체찰사 김류의 아들이니 그의 말에 봉림대군도 토를 달 수 없었다. 김경징의 말을 받아들일 수밖에 없었던 봉림대군은 잔치가 벌어지는 곳을 벗어나 왕족들이 임시로 머물고 있는 행궁으로 발길을 돌릴 수밖에 없었다.

행궁으로 향하는 봉림대군의 심정은 비참했다. 일국의 왕자였지만 적을 피해 작은 섬에 피신해 와있는 신세인 데다가 섬의 책임자라는 이는 적을 방비하지 않고 태만하게 굴었다. 이런 상황에도 벙어리처럼 신하를 질책하지 못하니 자신의 신세가 처량하고 답답했다.

대군은 행궁으로 향하던 발길을 돌려 외성으로 향했다. 막막한 마음에 자신이라도 성 밖의 상황을 확인하고 싶었다. 산등성이를 따라 이어져 있는 성벽 문루에 올라 주위를 둘러보았지만 성벽 너머로 적의 모습은 아직 보이지 않았다. 그저 본토와 강도 사이를 흐르는 염하가 보일 뿐이었다. 성 밖으로 보이는 염하는 그저 잔잔하기만 했다. 옹기종기 모여 있는 초가들도 그저 평상시와 달라 보이지 않았다.

'정말 김경징의 말이 맞는 것일까? 청군은 바다를 건너지 못하는 것일까?'

아직 앳된 얼굴을 간직한 봉림대군의 얼굴 위로 수심이 사라지지 않았다. 짭조름한 바닷바람을 맞으며 대군은 해가 지도록 성루를 내려오지 못했다.

청나라는 조선을 침략하기 위해 네 개의 군대를 편제했다. 마부타이가 이끄는 선봉부대는 압록강을 건넌 뒤 곧바로 한성으로 입성하여 인조를 사로잡는 책무를 맡았으며 도도가 지휘하는 좌익군 삼만은 선봉대의 뒤를 받치며 한양과 삼남 지방의 연결을 차단했다. 황제 홍타이지가 직접 이끌었던 본진 오만 명은 좌익군의 뒤를 따라 남하하면서 의주, 안주, 평양, 황주 등지의 산성을 공략하고 조선인 노예를 포획했다. 마지막으로 우익군인 도르곤의 부대 이만여 명은 강화도를 공략하기 위해 문산을 거쳐 통진으로 향했다.

이만 명이 넘는 도르곤의 부대는 강화도로 가는 길목을 향해 밤낮으로 달렸다. 도르곤이 이끄는 정백기의 함성소리가 천지에 울리고 그들의 말발굽 소리가 땅을 진동시켰다. 팔기군의 부대 중 정예부대인 도르곤의 군대가 지나갈 때마다 조선백성들은 두려움에 떨었다. 쉼 없이 달리던 우익군이 김포반도에 도달했지만 강도와 반도 사이를 흐르는 염하는 한겨울에도 얼지 않았다.

염하를 바라보는 곳에 진을 설치한 도르곤은 황제 홍타이지의 아들 호거와 함께 대책을 논의했다. 호거가 먼저 도르곤의 뜻을 물었다.

"왕야, 어찌할 생각이십니까?"

"염하를 둘러보고 온 공유덕 장군의 의견을 듣고 방책을 의논할 생각이오."

도르곤은 아직 스물다섯 살의 청년이었지만 수많은 전쟁을 경험한 이였다. 그는 어느 때보다 강화도 공략에 신중을 기하고 있었다. 도르곤이 맡은 임무의 성사여부가 이 전쟁의 승패를 결정할 수 있기에.

강화도와 본토 사이를 흐르는 바다를 살피고 돌아온 공유덕은 지체 없이 자신이 살피고 온 상황을 보고했다.

"섬과 본토의 거리가 멀지 않아 그 폭이 좁고 낮으니 작은 배로 움직이는 것이 안전하겠습니다."

"알겠소. 그럼 우선 강들을 샅샅이 뒤져 당장 쓸 수 있는 배를 모으고 부족한 배는 직접 건조하도록 하시오."

도르곤의 명에 따라 청군은 임진강과 한강에 산재되어 있는 배들을 모으는 한편 목재를 조달하여 수백 척의 배와 뗏목을 건조했다.

정묘호란 때 금의 군대는 수군이 없었기에 조선 왕이 강화도로 피신을 하였음에도 바다를 건너지 못했다. 하지만 십 년이 지난 지금 청의 군대는 더 이상 바다를 두려워하지 않았다. 모문령의 부하였던 공유덕이 청의 수군을 지휘하고 있기 때문이다. 명의 장수였다 해적이 된 공유덕이 수군을 이끌고 대금의 군대가 되니 대금은 막강한 수군을 보유하게 되었다. 육지뿐만이 아니라 바다에서도 싸울 수 있는 강력한 수군을 얻게 된 것이다.

도르곤의 부대가 김포하구에 도착한 지 이십 여일이 지나자 백여 척의 배가 모였다. 이제 도하만 남았다. 강화도를 바라보는 김포 해안으로 1만 6천 명의 군사가 집결했다. 십 년 전 바다를 건너지 못해 조선 왕을 놓친 실수를 만회할 기회였다. 도르곤은 염하위에 건조된 배들을 보며 결의를 다졌다. 황제가 그에게 내린 임무를 반드시 완수하리라고.

봉림대군이 강도에 온 지 한 달여의 시간이 지나도록 강도의 최고 책임자인 김경징은 강화부 관아에서 연일 음주가무를 즐기고 있었다. 청군이 염하를 건너기 위한 배를 모두 건조하고 도하를 할 때가 되어서야 사태의 심각성을 보고받은 김경징은 그제야 수군주력부대를 갑곶 해안선에 배치했으며 자신은 천 명의 병사를 이끌고 강화 외성으로 들어갔다. 강화성과 주변 포구의 방어는 왕족들이 맡았다.

해가 뜨기 전 청의 군대는 백여 척의 배에 병력을 나누어 태우고 가장 폭이 좁은 갑곶을 통해 바다를 건넜다. 천여 명의 청군이 도하하여 갑곶나루에 도착했지만 적을 방어할 조선수군은 겨우 이백 명 정도였다. 예상치 못한 수의 청군이 나타나자 당황한 조선 수군은 제대로 싸워보지 못하고 도망을 가거나 청군에게 포위되었다. 조선 수군이 대패하자 김경징은 모든 해안 방어군을 강화성 안으로 후퇴

시켰다. 이에 다른 장수들이 연안의 요지를 버리고 허물어가는 작은 성안으로 들어가는 것은 자멸하는 것이라 극렬히 반대했지만 검찰사 김경징은 자신의 뜻을 꺾지 않았다. 결국 조선군은 강화성으로 들어가거나 인근 산으로 뿔뿔이 흩어져 버리고 말았다.

청의 선발대가 제대로 된 싸움도 하지 않고 강도에 입도하자 그 뒤를 이어 청군의 대선단이 상륙했다. 청군은 다수의 화포로 강화성의 각 문루를 집중 포격했다. 청군의 공격으로 성벽이 허물어지고 문루가 파괴되어 조선군은 청군의 공격을 견딜 수 없는 지경에 이르렀다.

허물어져 가는 강화성 주위를 청군이 겹겹이 포위했다. 쥐새끼 한 마리도 빠져나가지 못하도록. 성안에 있는 왕족과 관리들은 꼼짝없이 갇힌 신세가 되고 말았다. 전세가 기울자 검찰사 김경징은 배를 타고 도망쳤으며 몇몇 장수들도 모습을 감추었다. 뜻있는 관리 몇 명이 청군에 저항하며 성문을 지키다 목숨을 잃었다. 이런 상황에 왕족과 대신들은 무너져 가는 성안에서 초조한 마음으로 적을 기다려야 했다.

동이 트고 사시*가 되자 강화성은 청의 군대에 완전히 포위되었다. 불과 몇 시간 만에 청군은 바다를 건너 강화도를 점령한 것이다. 도르곤은 말을 타고 천천히 포위된 강화성을 둘러보았다. 이제 끝이 얼마 남지 않았다. 전쟁의 승패는 강화성 함락에 걸려 있었다.

홍타이지에게 조선 침략은 필수불가결한 모험이었다. 필요한 물자와 노예를 확보하고 조선과 명의 관계를 끊어야 청이 중원을 노릴 수 있기에. 하지만 전쟁이 길어지면 명이 언제 청의 뒤를 공격할지

• 오전 9시에서 11시.

알 수 없었다. 중원을 정복하기 위해 이번 전쟁은 최대한 군대의 희생을 줄이고 빠른 시간 안에 끝내야 했다. 그러기 위해 강화도로 파천 온 왕족과 관리들을 생포해야 했다. 조선의 임금, 인조를 압박할 수단으로.

"왕야, 언제까지 시간을 끌 작정입니까. 지금 당장이라도 홍이대포로 성문을 부수고 쳐들어가 점령해 버립시다."

도르곤이 장막 안으로 돌아오자마자 호거는 강화성을 무력으로 함락시키자고 주장했다. 막사 안에 있던 다른 장수들도 호거의 말에 동의했다. 함락이 눈앞에 있으니 주저할 필요가 없다는 것이다. 흥분한 장수들의 요구에도 도르곤은 침착하게 전투의 목적을 부하들에게 상기시켜주었다.

"우리의 목표는 함락이 아니다. 항복이다. 반드시 명심해라. 왕족과 관리들을 절대로 죽여선 안 된다는 사실을. 그들을 모두 생포하여 항복을 받아내는 것이 우리의 목적이다. 우리에겐 황제가 준 또 다른 임무가 있지 않느냐. 지금 조선군이 모두 성안에 갇혀 있는 이때가 그 임무를 수행할 때다."

도르곤의 말이 무엇을 뜻하는지 장수들은 알고 있었다. 조선군이 갇혀 밖으로 나오지 못하니 강도의 백성은 모두 무방비로 방치되어 있다는 말이었다.

"군사들에게 다시 한 번 군령을 숙지시키고 포로를 잡아야 할 것이다. 항복한 자를 죽이거나 부녀를 범한 경우 참수를 면치 못할 것이며 소속기를 벗어나 노략질을 할 경우 엄중히 처벌할 것이다."

"알겠습니다. 성실히 명을 수행하겠습니다."

휘하 장수들은 모두 도르곤의 명을 새겨듣고 자신들에게 할당된 마을로 향했다.

청군의 포로확보는 무자비한 포획이 아니었다. 각 포로확보는 부대단위로 계획적으로 이루어졌다. 포로는 곧 거액의 자금이었다. 특히 가족 간의 유대가 친밀한 조선인은 반드시 자신의 가족을 위해 속환비를 내었기에 함부로 다루어 포로를 해칠 이유가 없었다. 또한 속환되지 못한 포로는 곧 부족한 청국의 노동력을 보완해줄 존재였다. 따라서 각 군대는 폭력적인 방법으로 포로를 대하는 것을 엄격히 군령으로 금지하고 있었다. 청군의 포로확보는 노략질이 아닌 자금과 노동력 확보라는 목표를 수행하기 위한 행정적인 작전이었다. 다만 몽골족과 한족의 부대는 만주족의 부대보다 그 군령이 강하게 적용되지 못하여 항거하는 포로를 잔인하게 죽이고 여인을 강탈하곤 했다.

몇몇 장수들이 막사를 벗어나 병사들을 대동하고 강도 전역으로 흩어졌다. 청군의 주력부대가 강화성을 함락시키는 동안 다른 부대들은 황제의 명에 따라 강도에서 노예사냥을 시작했다. 황제가 조선을 침략한 가장 큰 목적을 완수하기 위해. 도르곤은 황제의 명을 기억했다.

"조선에서 50만 명의 포로를 확보하라."

청군이 조선을 침략하기 전 황제가 모든 장수에게 선포한 명이었다. 청의 인구에 맞먹는 노예 확보, 그것이 이 전쟁의 숨겨진 목적이었다.

청군이 강도의 마을에서 노예사냥을 시작한 그때 윤성은 말순이의 병세를 확인하기 위해 집을 나서고 있었다.

"아버지, 말순네 좀 다녀올게요."

"그래, 네가 고생이 많다. 눈길이 위험한데 산을 내려가도 괜찮겠냐?"

"걱정하지 마세요. 조심해서 다닐게요."

윤성은 걱정으로 가득한 아비를 다독이고 짐을 챙겨 집을 나섰다. 한겨울 추위가 기승을 부리는 일월 말이었다. 산길은 꽁꽁 언 눈으로 미끄러워 걷기도 힘들었다. 조심스럽게 눈길을 내려오니 멀리 옹기종기 모여 있는 초가들이 보였다. 매서운 바람에 윤성의 볼은 붉게 물들었다. 평지에 다다르자 윤성은 걸음을 재촉했다. 자신을 기다리고 있을 말순이를 위해서.

마을 어귀에 막 들어설 때였다. 도처에서 알아들을 수 없는 괴성과 비명 소리가 들려왔다. 여기저기 말이 날뛰고 사람들이 울며 도망을 다녔다. 도망치는 이들 중에서 윤성이 아는 얼굴도 보였다. 말순 네 식구들이었다. 박 씨 부인이 말순이와 함께 도망을 치다 뒤이어 쫓아오던 청군에게 잡히고 말았다. 청군은 말순 모녀를 인정사정 없이 어딘가로 끌고 갔다.

"말순아!"

윤성은 저도 모르게 끌려가는 두 사람을 구하고자 난리 속으로 뛰어들었다. 칼과 창을 휘두르는 병사들이 다짜고짜 사람들에게 달려들어 위협했다. 살려 달라 애원하는 사람들은 다들 청군의 밧줄에 묶여 끌려갔다. 말순이를 쫓던 윤성도 한 무리의 청군과 마주치고 말았다. 그들은 알아들을 수 없는 말로 떠들며 창끝으로 윤성을 위협했다. 윤성은 두려움에 떨며 그 자리에 주저앉고 말았다. 소문으로만 들었던 무시무시한 오랑캐가 그녀의 눈앞에 있었다. 그들은 기세등등한 모습으로 주위에 있던 여자들을 닥치는 대로 끌고 와 밧줄로 두 손을 묶었다. 윤성도 다른 여자들과 함께 밧줄에 묶여 청군이 이끄는 대로 끌려갔다. 청군에게 잡히지 않기 위해 애를 쓰며 도망치던 이들도 얼마 지나지 않아 포로 신세가 되었다. 줄줄이 밧줄에 묶인 여인들은 청군이 이끄는 대로 끌려갈 수밖에 없었다.

포로로 끌려가는 이들 중 누군가는 훌쩍이며 울고 어떤 이는 곡을 했다. 기운이 남아있는 이들은 울기라도 했지만 난데없이 당한 이 아수라장 같은 난리에 넋이 나간 이는 아무 소리도 내지 못했다. 마을을 벗어나도 아수라장은 끝이 없었다. 끝까지 저항하는 이들은 모두 피를 흘리며 죽고 순순히 잡힌 이들은 모두 밧줄에 묶여 끌려갔다.

줄에 묶여 끌려가던 포로 행렬이 멈춘 곳은 청군의 진영이었다. 멀리 성벽을 부수는 포격 소리와 병사들의 함성소리가 들려왔다. 청군은 강화성 공략에 막바지 힘을 쏟아붓고 있었다. 멀리서 보아도 강화성은 수세에 몰려 있었다. 성벽을 향해 화살과 창이 비 오듯이 쏟아졌다. 성난 벌떼처럼 성을 공격하는 청군 뒤에는 묵묵히 전장을 지휘하는 장수들이 있었다. 그 무시무시한 장수들 사이에서 유달리 눈에 띄는 이가 있었으니 흑마의 갈기 위에 앉아 전쟁을 지휘하는 젊은 장수였다.

전쟁 상황을 지켜보던 그 젊은 장수는 한 치의 틈도 허용하지 않고 강화성을 향한 공격을 밀어붙였다. 그가 내지르는 우렁찬 호령소리에 청군 병사들은 기이한 함성 소리를 내며 성벽으로 달려들었다.

"저놈인가 보오. 그 청군의 대장이라는 이가."

"그 도르곤인가 뭔가 하는 놈이로군. 썩어 문드러질 놈. 저놈은 어미도 없나. 에이, 퉤!"

포로로 끌려온 여인 한 명이 청나라 장수 쪽으로 침을 뱉자 다른 여인들도 따라 욕을 해댔다.

"오랑캐가 십 년 전에도 와서 나라를 쑥대밭으로 만들더니 이제는 아주 망하게 할 심산인가 보우."

"에이, 이 망할 놈의 세상. 어째서 나라님은 저 새파란 장수 하나를 못 잡아서 우리를 이 지경으로 만든단 말이오. 이제 우리는 죽었소. 꼼짝없이 청나라로 끌려갈 테니."

한 여인이 신세 한탄을 하자 다른 여인들도 자신들의 앞날을 걱정했다. 윤성도 여인들 무리와 같은 심정이었다. 자신을 잡아 온 청군이 미웠고 이 전쟁을 이끄는 청나라 장수가 원망스러웠다.

전투가 지속되는 동안 윤성은 다른 여인들과 함께 장막 안에서 웅크리고 앉아있었다. 앞날에 대한 불안감에 곳곳에서 훌쩍이는 울음소리가 들려왔다.

포로로 잡힌 이들은 앞으로 어찌 되는 것일까? 두려움이 엄습해왔다. 마음이 초조하고 불안해질수록 말 위에서 전쟁을 지휘하던 청장의 모습이 자꾸만 떠올랐다. 사나운 범처럼 날렵하게 전장을 뛰어다니며 불같이 호령하던 그의 모습이.

다른 여인들처럼 그에게 욕을 퍼붓고 싶었다. 평범하게 살아가는 이들을 이리 무지막지하게 짐승처럼 끌고 왔으니 그 청나라 장수는 분명 악귀 같은 인간이리라. 윤성은 청나라 장수를 생각할수록 분이 차올랐다. 하지만 손발이 묶인 처지에 그녀가 할 수 있는 것은 아무것도 없었다.

억울함과 화가 지나가고 나니 홀로 남은 아비가 걱정이 되었다. 산속에 남아있는 아비는 움직이는 것도 편치 못한데 끼니는 어찌 때울지 그 병수발은 누가 돌봐줄지 하나부터 열까지 근심이 되지 않는 것이 없었다. 아비를 위해서라도 윤성은 다시 돌아가야 했다. 자신만을 기다리는 아비가 긴 긴 밤을 근심으로 지새우실 테니. 천지간에 의지할 데라고는 부녀사이 뿐인데 이렇게 헤어지게 되었으니 그 억울함으로 가슴이 먹먹했다. 다시 서로 얼굴을 볼 날이 있을지 그 앞날도 기약할 수 없었다. 윤성은 아비에 대한 걱정으로 밤을 지새웠다.

혼전이 거듭된 끝에 마침내 강화성이 함락됐다. 북문을 뚫고 청군이 성내로 진입하자 조선군은 혼란에 빠졌고 결국 동, 서, 남문으로 청군이 돌입했다. 얼마 지나지 않아 청장 도르곤은 강화부 관아를 포위했다. 강화부 관아에는 비빈과 왕자를 비롯해 대신들이 머물고 있었다.

관아에 갇혀 있던 왕족과 관원들은 코앞까지 청군이 밀려들어오자 어찌할 바를 몰랐다.

"형님, 이를 어쩝니까. 청군이 관아를 겹겹이 포위했습니다."

봉림대군의 아우 인평대군은 문밖의 청군을 보고 겁을 내었다. 비빈과 다른 종실들도 모두 마찬가지였다. 꼼짝없이 청군에게 사로잡히게 되었으니 왕족으로 치욕스런 일을 겪을지도 모른다는 불안감에 떨고 있었다. 사태가 이 지경이 되었지만 대신들 누구 하나 이 일을 해결해 보겠다는 이가 없었다. 왕실을 대표하는 봉림대군에게 남아있는 것이라고는 절망감뿐이었다.

봉림대군이 침통한 심정으로 사태를 지켜보던 중 청군에서 사자가 왔다는 전갈이 전해졌다. 청군에게 항복하라는 문서가 온 것이다. 봉림대군은 차마 바로 항복문서를 사자에게 보내지 못했다. 그러자 청장은 항복을 권유하는 문서를 재차 보냈다.

"더 이상 무모하게 버티다 인명을 희생시키는 것은 옳지 못하니 항복문서를 쓰겠소."

봉림대군은 청군의 요구대로 항복을 결정했다. 그의 결정에 대신들은 아무런 대꾸도 하지 못했다. 항복 외에는 다른 길이 없었으므로.

　해창군 윤방이 봉림대군의 항복문서를 가지고 청군의 진영으로 갔다. 봉림대군이 쓴 항복문서에는 두 가지 조건이 있었다. 강화도 내 백성들에 대한 약탈과 살육을 중지할 것과 왕족과 백관의 신병을 보장해 달라는 것이었다. 항복문서를 받은 청장 도르곤은 봉림대군이 제시한 조건을 모두 받아들였다. 강화성을 점령하고 왕족을 인질로 잡은 이상 소기의 목적을 모두 달성했으니. 이런 상황에 민심을 잃는 것은 위험한 일이었다. 도르곤의 명대로 청군은 성 밖으로 후퇴하였고 청군의 조선부락 출입은 일체 금지되었다. 아직 전쟁이 끝나지 않았지만 청군의 강도점령은 이로써 일단락되었다.

　순식간이었다. 청군이 염하를 건너 강도에 진입한 순간부터 강화성이 점령되기까지 겨우 만 하루의 시간이 걸렸다. 어떻게 그 짧은 시간에 모든 것을 내어주고 인질 신세가 된 것인지 봉림대군 이호는 황망할 뿐이었다. 대신들 중 누구도 이 사태를 책임지지 않았고 앞날을 도모하고자 하는 의지도 가지고 있지 않았다. 답답하고 또 답답할 뿐이었다. 조선은 어째서 이렇게 무력한 나라가 되었을까? 봉림대군은 스스로에게 질문을 해보았지만 답이 보이지 않았다. 대군이 치욕에 빠져 고통받고 있는 그때 도르곤이 보낸 사자가 다시 대군을 찾아왔다. 대군과 회견을 하고 싶다는 도르곤의 뜻을 전하기 위해.

　봉림대군은 친히 청군의 진영으로 찾아가 도르곤과 마주 앉았다. 젊고 패기 넘치는 적장은 여유 있게 조선의 왕자를 맞았다.

　"이곳까지 대군을 부른 것은 청이 하나 있어서요."

　도르곤은 역관을 통해 대군에게 자신의 뜻을 전했다. 승장이었지만 무례하지 않았고 패전국의 왕자를 무시하지 않았다. 하지만 그

점이 봉림대군을 더 긴장하게 만들었다. 그가 자신에게 요구할 내용이 범상치 않으리라는 예감에.

"내일 왕족을 비롯하여 모든 관리가 남한산성에 있는 본진으로 가주시는데 협조해주셔야 하겠습니다. 그리고 강화성 함락을 알리는 서신도 하나 작성해주시오."

도르곤의 청을 듣자마자 봉림대군은 그의 뜻을 간파했다. 강화성에는 비빈과 왕족이 모두 모여 있다. 대신들의 수까지 합하면 대략 이 백 명에 못 미치는 수이니 이들을 모두 데려간다 함은 인질로 끌고 가 조선의 임금을 압박하겠다는 뜻이었다.

"이곳의 사정을 알리는 서찰은 작성해 줄 수 있습니다. 하지만 비빈들과 종실들을 모두 데려가는 데에는 동의할 수 없소."

봉림대군이 적장에게 저항할 수 있는 마지막 수였다.

"대군의 뜻이 그러하다면 어쩔 수 없군요. 대군이 제 뜻을 받아들이실 때까지 군사들을 민가에 풀 수밖에."

도르곤은 침착한 표정으로 봉림대군을 압박했다. 대군이 가진 패는 적었고 도르곤에게는 모든 상황을 주도할 수 있는 힘이 있었다. 더 이상 저항할 명분이 없었다. 왕실을 살리자면 백성이 모두 포로가 될 것이다. 무고한 희생을 치르면서까지 시간을 끌 수 없었다.

"알겠습니다. 장군의 뜻을 받아들이지요."

봉림대군의 말에 도르곤은 만족스러운 미소를 지었다.

청군 진영을 벗어나 허물어져 가는 강화성 안으로 걸어 들어가는 봉림대군의 심정은 처참했다. 어찌 저리도 젊은 적장은 패기 있고 주도면밀한 것인가? 조선조정을 장악하고 있는 훈구 대신들은 그저 자신들의 잇속을 챙기기에만 급급한데…. 봉림대군은 긴 한숨을 쉬었다. 아직 약관의 나이도 되지 않은 어린 대군이었지만 그의 근심은 끝이 없었다.

다음 날, 도르곤의 부대는 점령지 강도를 떠났다. 그들은 이틀 만에 강화성을 점령하고 전쟁의 승리를 가져다줄 인질들을 이끌고 황제가 있는 본진으로 향했다. 도르곤은 왕족과 대신들로 이루어진 인질들을 함부로 대하지 않았다. 군사들도 장군의 명에 따라 정중한 태도로 그들을 이끌었다. 다만 강화에서 남한산성까지 이 백 리가 넘는 길을 하루 만에 도달하니 그 행군이 고되어 쓰러져 죽는 자가 있었다. 도르곤이 무리한 행군을 감행한 것은 황제의 뜻을 따르기 위해서였다. 조선 임금의 항복을 받아내기 위해서는 도르곤이 확보한 인질이 반드시 필요했다. 인질들이 빨리 도착하면 할수록 협상은 빠르게 진행될 것이고 전쟁도 빨리 끝낼 수 있었다. 이른 아침 강도를 떠난 인질들은 다음날 새벽 청 태종의 본진에 도착했다. 이제 조선의 항복은 거스를 수 없는 결과가 되었다.

청이 반도를 침략한 지 45일 만에 조선은 항복했다. 조선의 왕 이종은 곤룡포를 벗고 평민이 입는 남루한 복색으로 남한산성을 나왔다. 항복식은 삼전도 들판에서 행해졌다. 도성 한가운데가 아닌 청군의 진영에서 왕자들과 몇몇 신하들만이 이 항복식에 참여했다. 인조는 이만 명의 적병이 도열하고 있는 사이를 걸어 황제에게 세 번 절하고 아홉 번 머리를 조아리는 삼배구고두례를 행했다.

항복례를 치르고 전쟁은 공식적으로 끝났다. 임금은 자신의 지위를 보전받고 어린 인평대군과 함께 다시 산성으로 돌아갔다. 모든 의식이 끝나자 청군은 철군을 시작했다. 다시 그들의 나라로 돌아가기 위해. 다만 전쟁이 끝났음에도 자신의 자리로 돌아가지 못한 이들이 있었다. 볼모가 되어 조선을 떠나는 소현세자와 봉림대군 그리고 포로가 된 오십 만 명의 백성들이었다.

성경으로 가는 길

청군의 철수는 이제까지 그 유례를 찾아볼 수 없는 대규모의 이동이었다. 수만의 군대와 수십만 명의 포로가 한꺼번에 청의 수도 성경(심양)까지 이천 리가 넘는 거리를 이동해야 했으니. 조선의 평범한 백성들은 청군에 의해 가본 적도 없는 먼 이국땅으로 강제로 끌려갔다. 긴 이동거리뿐만 아니라 한겨울 추위 또한 하루 종일 행군해야 하는 백성들은 괴롭혔다. 하루하루가 고통스러웠다. 불시에 들이닥친 청군들에 의해 강제로 끌려온 터라 행군하는 포로들의 행색 또한 저마다 비참하고 남루하여 차마 눈뜨고 볼 수 없을 지경이었다.

수십만 명이 한꺼번에 이동하니 그 이동 속도는 더딜 수밖에 없었다. 기마병인 청군은 하루에도 백여 리를 갈 수 있었지만 걸어서 갈 수밖에 없는 수많은 포로들은 기마병의 속도를 따라가지 못했다. 홍타이지와 다른 장수들은 팔기의 기마병들과 함께 전쟁이 끝나자마자 서둘러 심양으로 떠났다.

황제의 명으로 포로들의 이송을 맡은 도르곤이 맨 앞에서 행군을 주도했다. 포로들은 각 부대 사이에 배치되어 삼엄한 감시를 받았다. 윤성도 수백 명의 조선인 포로들 사이에서 청군의 감시를 받으며 행군했다. 강도에서 남한산성에 있는 청군진영까지 끌려갔던 윤성은 강도에서 잡힌 포로들과 한 무리가 되어 도르곤 부대의 감시를 받으며 이동했다. 포로로 끌려온 이들은 처음엔 청군을 욕하고 반항도 하면서 격하게 저항했다. 그렇게 저항한 이들은 매질을 당했지만 어떤 이들은 청군에게 빌붙어 포로로 끌려가는 중에도 여분의 양식을 얻어먹었다. 행군이 길어질수록 저항은 점차 줄어들었다. 흐느끼며 울던 여인들도 더 이상 울지 않았다. 대부분의 사람들이 체념과 절망에 빠져 말없이 청군이 이끄는 대로 끌려갔다. 윤성도 처음엔 청군에 잡혀 온 자신의 신세가 분하고 억울해 울음이 절로 나왔다. 잡혀 온 여인들 중 누군가 통곡을 하면 그 울음에 전염된 것처럼 다른 여인들도 함께 눈물을 흘렸다. 그렇게 열흘이 지나자 이제 사람들은 울 기력도 남아있지 않았다.

아직 가시지 않은 한겨울의 매서운 바람과 눈을 맞으며 수십만 명이 하루 종일 걸었다. 행군도 힘이 들었지만 청군이 나누어 준 잡곡가루만 먹으며 배고픔을 견디는 것도 괴로운 일이었다. 거친 가루를 물에 타먹고 겨우 배고픔이 가시면 끝없는 행군이 이어졌다. 해가 떠 있는 시간은 온종일 걸어야 했다. 어둠이 내려 앞길을 분간하지 못할 지경이 되어서야 걸음을 멈출 수 있었다. 무리한 행군과 부실한 식량으로 포로들은 하나둘 지쳐갔고 죽지 못해 행군을 견뎠다. 이런 행군을 버티다 병이 나 움직일 수 없게 된 이들은 들판에 버려졌다. 추위에 떨며 하루 종일 행군을 하니 몸이 제대로 버티는 이들이 별로 없었다. 행군이 잠시 쉴 때면 포로들은 아픈 몸으로 신음소리를 내었다.

"윤성아! 이를 어째. 말순이가 또 불덩이야."

잠시 행군이 멈춘 사이 말순 어미가 윤성을 불렀다. 강도에서 같이 잡혀 온 말순 어미는 윤성과 멀지 않은 곳에서 행군을 쫓아가고 있었다. 윤성은 대열을 이탈해 말순이가 있는 곳으로 서둘러 갔다.

말순 어미의 말처럼 말순이는 이 추운 겨울에도 온몸이 뜨거웠다.

"제발 우리 말순이 좀 살려줘. 여기서 믿을 사람은 너밖에 없어."

말순 어미는 걱정이 가득한 얼굴로 윤성에게 매달렸다.

차가운 흙길 위에 말순이를 누이고 윤성은 서둘러 소매에 숨겨 놓았던 침통을 꺼냈다. 말순이의 상한병이라면 몇 번 치료한 적이 있었다. 윤성은 생각할 겨를도 없이 말순이에게 급히 열을 내리는 침을 놓았다. 언제 다시 행군이 시작될지 모를 일이었다. 잠시 쉬어 가는 사이에도 포로들은 볼일을 보는 일 이외의 다른 행동을 할 수 없었다. 대열을 이탈한 것이 청군에게 발각되면 큰 사달이 날 것이다. 그러니 청군에게 들키기 전에 빨리 치료를 끝내야 했다. 윤성이 침을 놓고 나니 말순이의 거친 숨소리가 조금씩 편안해졌다.

치료가 끝나갈 즈음 아니나 다를까 청군이 대열을 이탈한 윤성을 발견하고 화를 내며 다가왔다. 소리를 지르던 청군은 반항할 틈도 없이 윤성의 목덜미를 우악스럽게 잡아끌어 당겼다. 순식간에 죽을지도 모른다는 생각이 윤성의 머릿속을 스쳤다. 청군병사에게 잡혀 윤성은 어딘가로 끌려갔다. 자신을 끌고 가는 청군의 말을 알아들을 수 없었기에 윤성은 더 겁이 났다. 이대로 창에 찔려 죽는 건가 라는 생각에 절로 눈물이 흘러나왔다. 자신의 생사를 걱정하는 아비가 눈앞에 아른거렸다. 청군 병사가 윤성을 끌고 가다 땅바닥에 내던지자 윤성은 두 눈을 질끈 감았다. 죽는다 해도 어쩔 수 없는 일이었다.

"그만 울거라."

나지막한 목소리가 윤성의 귓가에 울렸다. 겁에 질려 울던 윤성은 흐느낌을 멈추고 조심스레 눈을 떴다. 윤성의 눈앞에 조선인 선비가 서 있었다.

"나는 세자를 모시는 역관 박문규다. 이 청군 병사가 널 끌고 와서 묻기를 네가 다른 포로에게 무슨 짓을 했는지 묻는다."

"저는 그저 열이 나는 이가 있어 침을 놓은 것뿐입니다."

"네가 침을 놓았다고?"

역관은 윤성의 말을 듣고도 믿을 수 없는지 고개를 갸웃거렸다. 의녀가 아니고서야 조선에서 의술을 안다고 하는 여인이 있을 리 만무하니.

"정말입니다. 믿어주십시오. 제 아비는 침의로 임금을 모셨던 분이시고 저는 아비에게 어릴 적부터 의술을 배웠습니다."

"네 아비가 임금을 모셨다고?"

"네."

윤성은 역관을 향해 고개를 끄덕였다.

"네 말이 사실이라면 넌 이제 살았다. 저 청군 병사가 좋아하겠구나."

"그게 무슨 말이니까?"

"청나라를 세운 여진족은 우리와 다르다. 그들은 손재주가 있는 이들을 높이 대우하는 이들이지. 그러니 의술을 아는 너를 보물처럼 여길 것이다."

대강의 사정을 파악한 역관은 청군 병사에게 윤성이 어떤 일을 한 것인지 설명했다. 그러자 험악한 표정을 짓던 청군 병사가 껄껄 웃기 시작했다.

윤성은 아직 자신이 처한 상황을 모르고 있었다. 막연하게 청나라에 끌려가면 노예가 될 것이란 예상만 하고 있었을 뿐 어떻게 노예로 팔려가고 노예들의 값이 어떻게 매겨지는지 알 지 못했다.

청군은 병사들에게 봉급을 주지 않았기에 전쟁에서 사로잡은 포로들을 팔기에 고루 분배한 후 지위에 따라 나누어 주었다. 그러니 포로들은 병사들의 재물과 다름없었다. 성경에 도착하면 청군 병사들은 자신들에게 분배된 포로를 노예시장에 데리고 가 팔 것이다. 그때 비싼 값을 받고 팔 수 있는 노예는 정해져 있었다. 짐승 고기와 가죽을 잘 다루는 백정과 무기를 제조할 수 있는 대장장이들처럼 기술을 가진 노예는 다른 노예들보다 몇 갑절이나 높은 값으로 팔 수 있었다. 의술을 아는 의원이라면 그 가치가 대장장이 못지않을 터였다. 흡족한 마음에 청군 병사는 윤성을 순순히 제자리로 돌아가게 했다. 그에게 윤성은 재물과 다름없으니 험히 다룰 이유가 없었다.

　긴 행군이 끝나면 지친 포로들은 임시로 친 장막에서 새우잠을 잤다. 그에 반해 볼모로 끌려가는 세자와 그 수행원들은 근처 관아와 여염집의 도움을 받아 숙식을 해결하며 행렬을 따라갔다. 도르곤은 자주 소현세자에게 하사품을 보내거나 서찰을 전하기 위해 청군병사를 보냈다. 청군 병사는 며칠에 한 번씩 도르곤의 명으로 사냥에서 잡은 짐승이나 술을 가지고 세자를 찾아왔다. 도르곤이 보낸 양식에 대한 보답으로 세자도 쌀이나 음식들을 답례로 보내곤 했지만 도르곤은 꼭 필요한 물품 외에는 대체로 사양하며 받지 않았다.

　"이번에 온 청군 병사도 세자저하가 보낸 소와 쌀을 다시 가지고 왔습니다. 아무래도 양식이 부족한 이쪽 사정을 잘 알고 있는 것 같습니다."

"역시 구왕•은 쉬운 인물이 아니구나. 다른 장수들은 보낸 양식을 받기만 할 뿐 돌려보내지 않았는데 말이다."

세자는 도르곤의 행동이 다른 여타의 청장들과 다름에 감탄을 하다가도 그의 냉철함이 두려웠다. 도르곤은 언제나 세자의 행군이 불편할까 여러모로 배려를 해주었지만 요구할 내용이 있으며 한 치의 망설임 없이 자신의 뜻을 전했다.

"구왕이 침의와 마의를 보내 달라 서신을 보냈습니다."

교리가 세자에게 서신 내용을 고했다.

"구왕이 원하는 대로 해주어라."

세자를 따르는 의관의 수도 많지 않았지만 구왕의 청을 거절할 수는 없는 노릇이었다. 도르곤은 자주 의관과 마의를 보내달라고 세자에게 청했다. 청군의 진영에 병든 사람과 말이 많아진 탓이었다. 세자의 명으로 침의 유달과 마의 지의국이 청나라 진으로 보내졌다.

다음날, 아침부터 진눈깨비가 내리자 먹을 허옇게 풀어놓은 것처럼 하늘이 어두웠다. 질척거리는 땅에서 올라온 습기와 한기가 섞여 온몸에 스며들었다. 행군은 무겁게 이어지고 있었다. 날씨처럼 암울한 기운이 모두를 지치게 했다. 두 왕자도 기나긴 행렬을 따라가며 힘겹게 행군을 이어갔다.

"형님, 안색이 좋지 않습니다."

소현세자를 옆에서 지켜보던 봉림대군이 세자의 낯빛을 살폈다. 병치레가 잦은 세자이기에 더 걱정이 앞섰다.

"괜찮다."

• 아홉 번째 왕. 도르곤.

소현세자는 아우에게 애써 미소를 지어 보였다. 대군에게 자신의 일로 걱정을 끼치고 싶지 않았다. 이 추운 겨울 백성들은 맨발이나 다름없는 신세로 눈길을 걸어가고 있었다. 말을 타고 가는 자신이 아프다는 핑계로 약한 모습을 보이는 것은 가당치도 않은 일이었다. 소현세자는 그렇게 몸이 아픈 것을 돌보지 않았다. 하지만 스스로 감당할 수 없는 지경에 이르자 세자는 자신도 모르게 서서히 의식을 잃어갔다. 말 위에 앉아있던 세자의 몸이 점점 기울더니 말갈기 위로 풀썩 고꾸라졌다.

"형님!"

항상 소현세자를 곁에서 지키던 봉림대군이 그 모습을 보자마자 말에서 내려 세자에게 달려갔다.

"형님 정신 차리십시오."

소현세자의 몸이 위중하다는 소식이 전해지자 세자를 수행하던 익위사 관리들이 달려와 세자를 행군 밖으로 모셨다.

"어서 의관을 불러라."

봉림대군이 다급하게 관리들에게 명했다. 세자를 수행하는 관리들 중 의관으로 온 자가 급히 불려왔다. 의관이 서둘러 세자의 몸은 진맥했다.

"추위로 한사가 침입하여 고열이 심하고 정신이 혼미할 지경이니 급히 승양산화탕을 드셔야 합니다."

"지금 행군 중인데 어디서 약을 달여 탕약을 올린단 말이오."

의관은 봉림대군의 호통에 어찌할 바를 몰랐다.

"허나 제가 할 수 있는 바는 그뿐이오라…."

"그럼 어서 침의를 불러오시오."

봉림대군의 명에 의관은 안절부절못했다.

"지금 침의는 청군의 진에 가 있습니다."

지금 세자를 수행하는 의관은 약제를 담당하는 의관뿐이었다. 사정이 이러한 까닭에 시강원과 익위사 관리 누구도 대책을 내놓지 못했다.

그때 관원들 사이에서 조용히 이 모습을 지켜보던 역관 한 명이 봉림대군 앞으로 나섰다.

"대군마마, 지척에서 행군하는 포로 중에 침으로 열을 고치는 의원이 있습니다."

"침으로 열을 내린다고."

봉림대군은 역관 박문규의 말에 의아한 표정을 지었다.

"행군 중에 세자저하와 비슷한 증세를 보이는 아이가 있었는데 그 의원이 고쳤다 합니다."

박문규는 얼마 전 청군병사가 자신에게 끌고 왔던 윤성에 대해 봉림대군에게 고했다.

"어서 그 의원을 데려오시오!"

봉림대군의 명에 따라 박문규는 서둘러 포로들 사이에서 행군하던 윤성을 찾아 봉림대군 앞으로 데려왔다. 역관의 손에 이끌려 세자가 쓰러져 있는 곳으로 오게 된 윤성은 황망함에 고개를 들지 못했다. 심각한 표정으로 모여 있는 관리들이 모두 윤성을 바라보고 있었다.

"네가 정녕 의원이냐?"

다른 이들보다 정갈한 옷차림을 한 어린 선비가 윤성을 보자마자 대뜸 그리 물었다. 그의 의문에 윤성은 조심스럽게 고개를 끄덕였다. 다른 관리들도 윤성을 바라보는 눈이 곱지 않았다.

"나이는 어리지만 그 실력이 아비를 닮아 출중한 듯 보입니다."

아직 앳된 티를 벗지 못한 윤성의 모습에 다들 의심스러운 눈으로 지켜보자 박문규가 윤성의 이력을 대변했다.

"아비가 의원이더냐?"

"네, 그러하옵니다."

봉림대군의 질문에 윤성은 고개도 들지 못하고 기어들어가는 목소리로 대답했다.

"네 아비가 누구인지 네가 어떤 의술로 열병을 고쳤는지 소상이 말해 보거라."

"물어볼 것도 없습니다. 대군마마 이런 어린아이에게 어찌 세자의 몸을 맡기신다 말입니까?"

봉림대군이 윤성에게 다가가자 시강권 관리가 강하게 만류하였다.

"그대의 말도 옳으나 지금 다른 방도가 없지 않소. 더 이상 행군에서 멀어지면 청군에게 질책당할 빌미만 만들어 주는 꼴이오. 서둘러 형님의 병세를 치료하는 것이 급선무요."

봉림대군이 간곡하게 말하자 더 이상 누구도 대군의 뜻을 막지 못했다. 대군의 뜻이 정해지자 윤성은 조심스럽게 자신의 아비가 누구인지 밝혔다.

"제 아비의 함자는 허자 임자로 아비는 왜란 당시 임금의 곁을 지킨 공로로 약관의 나이에 어의가 되셨습니다. 또한 선왕이신…."

아비의 행적을 고하던 윤성은 차마 그다음 말을 이어나갈 수 없었다.

"광해군을 모셨느냐?"

윤성이 차마 내뱉지 못한 말을 봉림대군이 이어 말하자 윤성은 저도 모르게 고개를 들고 말았다.

"어찌 그 일을 아십니까?"

"아는 것이 아니라 짐작한 것이다. 선조임금께서 총애하던 의원을 그 아들이 버리지는 않았을 터이니. 쫓겨난 임금을 모셨다 하더라도 지금 필요한 것은 네 아비의 침술이다. 그 침술은 어떤 것이냐?"

"제 아비가 말하길 왜란이 오래 이어지는 통에 약재를 구할 길이 없어 온갖 병을 급히 침으로 치료할 수밖에 없었다고 하였습니다. 그래서 제 아비는 급한 병세를 치료하는 침술에 매진하였고 아비의 침술은 제가 시술해 본 바 효험이 있었습니다."

"알겠다. 그럼 네가 네 아비의 침술을 대신 해 보이거라."

대군의 명대로 윤성은 세자의 병세를 찬찬히 살폈다. 세자의 맥을 짚어보니 척맥•이 모두 침하였다. 한사가 몸에 침입한 지 오래되어 열로 변한 증세였다. 초기에 병세를 잡았다면 이리 정신이 혼미한 지경까지는 가지 않았을 터인데 세자의 참을성이 병을 키운 꼴이었다. 윤성은 아비에게 배운 대로 손목과 발목부위에 급히 침을 놓았다. 정신을 깨우고 간의 기혈을 도와 기력을 회복시키는 침이었다. 침을 맞은 이후 세자가 서서히 의식을 회복했다. 급한 불은 끈 셈이었다.

세자가 미약한 기력이나마 회복하여 다시 말에 오르니 다른 관리들도 각자의 위치로 돌아가 행군을 이어갔다. 이후로 세자의 병세는 세자를 모시는 의관의 몫이었다. 아마도 그날 행군이 멈추는 밤이 되면 의관은 탕약을 달이느라 정신이 없을 터였다.

행렬이 멈추고 세자는 어느 여염집에 머물게 되었다.

깊은 밤 의관이 달여 온 탕약을 마시고 소현세자는 차츰 병세를

• 척맥은 관부(關部: 요골 경상돌기)에서 뒤로 1치 되는 곳에서 보인다. 옛 의학서에는 왼쪽 척맥에는 신(腎)·방광(膀胱), 오른쪽 척맥에는 명문(命門)·삼초(三焦)의 기능 상태가 나타난다고 하였다.

회복했다. 세자는 자신의 병으로 많은 이들이 노심초사했던 일을 전해 듣고 민망함을 감추지 못했다.

"나 때문에 행군이 늦어졌으면 네가 청장의 모진 질책을 감당할 뻔했는데 무사히 위기를 넘겼으니 정말 다행한 일이다. 그래 나에게 침을 놓았던 아이는 어디 있느냐?"

"아마 다른 포로들과 함께 있을 것입니다."

"그럼 그 아이를 불러다오. 내 그 아이에게 상을 주어야겠다."

세자의 명을 듣고 봉림대군은 사람을 시켜 윤성을 세자가 머물고 있는 곳으로 불러오라 명했다. 얼마 지나지 않아 윤성이 세자가 있는 여염집으로 찾아왔다. 누워 있던 소현세자는 몸을 일으켜 윤성을 맞았다.

"네가 나를 구한 아이로구나."

윤성을 본 세자의 얼굴에 미소가 번졌다. 세자의 환대에 윤성은 어쩔 줄 몰라 고개를 들 수 없었다.

"네가 오늘 나를 도왔으니 너에게 상을 주고 싶구나. 원하는 것이 있으면 말해 보거라."

윤성은 세자의 자상함에 떨리던 마음이 겨우 진정되었지만 갑작스러운 제안에 잠시 말을 잇지 못했다. 뜸을 들이던 윤성이 겨우 말문을 열었다.

"청국 말을 배우고 싶습니다."

윤성은 또박또박 힘을 주어 자신이 받고 싶은 것을 고했다.

"만주어를 배우고 싶다고?"

전혀 예상하지 못했던 윤성의 요청에 세자를 비롯해 봉림대군까지 의아한 표정을 지었다.

"아무리 적군이지만 말이 통한다면 청군병사들도 포로들의 뜻을 이해해주지 않겠습니까?"

"알겠다. 내일부터 역관으로 하여금 너에게 만주어를 가르쳐 주도록 명하마."

윤성은 자신의 뜻이 받아들여지자 뛸 듯이 기뻤다. 아무것도 할 수 없는 절망적인 상황에 동아줄을 발견한 기분이었다. 세자의 뜻에 감복하며 윤성이 돌아가고 나자 민가에는 다시 세자와 봉림대군만이 남았다.

"참으로 당돌한 아이입니다. 형님에게 그런 청을 하다니."

"그래, 그래서 안심이 된다. 저 아이는 청국으로 끌려가도 죽지 않고 잘 살 것 같으니 말이다."

"저 아이도 벌써부터 저렇게 살 궁리를 하는 걸 보니 저와 형님도 한수 배워야겠습니다. 성경에 도달하기 전에 저도 만주어를 익혀야겠습니다. 그래야 조선을 위해 한마디 말이라도 더 할 수 있지 않겠습니까."

봉림대군은 세자와 이야기를 주고받으며 오랜만에 근심을 잊고 호탕하게 웃었다. 비록 노예로 끌려간다 해도 처한 상황에 절망하지 않고 살아가려 하니 윤성의 그 의지가 고맙고 또 고마웠다. 세자와 대군은 오랜만에 앞날에 대한 걱정을 잊었다.

포로들이 지내는 장막에 돌아와서도 윤성은 꿈을 꾼 것 같았다. 자신이 세자의 병을 치료한 것도 믿지 못할 일이었지만 그 일로 이렇게 보답을 받게 될 줄 상상도 하지 못했다. 병세로 그 기력이 쇠하기는 했지만 세자의 태도에는 기품이 서려 있었다. 그리고 대군이 세자를 위하는 모습도 보기 좋았다. 왕자들이라 하면 서로들 왕위를 다투기 위해 목숨을 거두는 일도 비일비재 한다던데 두 왕자는 이 험난한 상황 속에서도 서로를 위하는 우애가 남달라 보였다.

세자의 기품이 올곧을 것이란 믿음이 있었기에 감히 말도 안 되는 청을 할 수 있었다. 적국의 말을 배우고 싶다는 말은 잘못 해석하면 꽤 불경한 언사가 아닐 수 없었다. 하지만 세자도 대군도 윤성을 나무라지 않았다. 오히려 도와주겠다고 약조까지 하지 않았는가? 믿기지 않는 일이 윤성에게 일어난 것이다. 윤성은 장막으로 돌아와서도 들뜬 마음을 숨길 수 없었다.

"세자저하가 뭐라고 하시든?"

윤성이 장막으로 돌아오자 말순 어미가 옆으로 바짝 다가와 물었다.

"상을 내려주셨어요."

"상? 그래, 보화라도 주시든?"

"아뇨. 제가 청국 말을 배우게 해달라고 청했습니다."

"청국 말? 그걸 배워서 뭐하게?"

말순 어미는 윤성이 재물을 마다하고 청국 말을 배우고 싶다는 청을 했다는 소리에 아연실색했다.

"앞으로 쓸 일이 생길 테니 미리 준비를 해놔야죠."

"아이고, 그 야무진 성격은 강도에서나 여기서나 변하지 않네그려. 네가 이렇게 잘 지내고 있으니 네 아비만 아프지 않으면 좋을 텐데 말이다."

말순 어미가 허임에 대한 걱정을 내비치자 윤성도 그동안 애써 외면했던 걱정거리들이 떠올랐다. 강도의 마을들은 모두 청군의 횡포로 풍비박산이 났을 텐데 산 중턱 초가에는 아무 일도 없는지 궁금한 것들이 한두 가지가 아니었다. 비단 윤성의 처지만 그러한 것은 아니었다. 막사 안에 기거하는 포로들 대부분이 가족들의 생사를 알지 못한 채 청국으로 무작정 끌려가고 있었다. 포로들은 양반부터 천민출신까지 그 신분도 다양했다. 포로로 잡혀 오기 전에는 반상의 법도로 엄격히 구분되었던 처지였지만 지금은 고관대작의 부인들도 천한 이와 같은 처지였다. 오히려 잃을 것이 없는 천민들은 조선을 떠나는 것에 미련이 없었다. 그들 중 몇몇은 벌써 청국 병사들과 친밀한 사이로 발전한 이들도 있었다. 청군에게 먹을 것을 얻고 이익을 취하는 이들은 천민 출신이 많았다. 같은 포로였지만 그들은 다른 포로들에 비해 청군들이 여러 가지 사정을 봐주었다.

강도에서 같이 잡혀 온 말순 어미와 윤성은 그래도 서로 의지할 수 있는 비슷한 처지였다. 둘 다 청국으로 가기보다 고향으로 돌아가고자 하는 의지가 강했다. 말순 어미는 나머지 가족들을 만나기 위해 윤성은 아비를 만나기 위해.

"윤성아, 넌 이대로 계속 포로로 잡혀갈 거니?"

윤성 옆에 붙어 앉은 말순 어미가 작은 목소리로 소곤거리며 물었다.

"잡혀가는 처지에 가고 말고가 어디 있어요?"

"사람들이 말하길 몇 달 후면 압록강에 도착한대. 강을 넘으면 우리는 노예로 팔릴 거야. 나는 그리 살 수 없어. 우리 말순이를 위해서라도."

겨우 들릴락 말락 하는 목소리로 말순 어미가 자신의 뜻을 내비쳤다. 압록강을 넘으면 곧 청나라에 들어선다. 그곳 노예시장에 끌려가 다른 주인에게 팔리면 말순 어미는 딸을 영영 만나지 못할 수도 있었다. 박씨 부인은 그렇게 사느니 지금이라도 탈출을 감행해야겠다고 마음먹고 있었다.

"설마 도망을 치려고요?"

윤성의 물음에 말순 어미가 살며시 고개를 끄덕였다.

"장령들이 엄포하길 도망치다 잡히면 죽을 때까지 맞거나 다리 병신을 만든다고 했잖아요."

"말순이랑 생이별해서 노예로 사느니 죽는 게 나아."

윤성의 걱정에도 박 씨의 결심은 확고했다.

"우리는 압록강에 도착하기 전에 떠날 거야. 너도 같이 가자. 아버지가 너를 얼마나 애타게 기다리겠니."

말순 어미가 아버지를 들먹이며 함께 가자 권유했지만 윤성은 바로 답을 하지 않았다. 윤성도 고향으로 돌아가고 싶었다. 지금이라도 갈 수만 있다면 하루도 쉬지 않고 강도로 뛰어갈 수 있었다. 하지만 지금은 아니었다. 청군의 감시는 삼엄했고 무사히 도망칠 가능성은 낮았다. 잡힌다면 매를 맞아 뼈가 부러지거나 발뒤꿈치가 잘려 평생 망가진 몸으로 살아야 했다. 윤성은 그렇게 아버지를 만나고 싶지 않았다. 자신은 떠날 때와 다름없는 모습으로 강도로 돌아가고 싶었다.

"저는 가지 않겠어요. 노예로 팔려가서라도 청국에서 고향으로 돌아갈 방도를 찾겠어요."

말순 어미의 설득에도 윤성의 마음은 변하지 않았다. 결국 박 씨 부인은 말순이만 데리고 도망칠 궁리를 하게 되었다.

도성을 떠난 지 두 달이 되어가자 소문처럼 압록강이 멀리 보이기 시작했다. 강을 건너기 위해서는 수십만 명의 사람들을 이동시킬 배와 뗏목이 필요했다. 강 주변에서 배와 뗏목을 모으느라 행렬은 잠시 강 주변에 머물렀다. 포로들은 강을 건너기 위해 며칠을 막사에서 기다려야 했다. 날이 어두워지자 강에서 물안개가 피어올라 사방으로 자욱하게 퍼졌다. 짙은 안개와 어둠으로 한 치 앞도 보이지 않았다.

그날 밤, 장막에서 곤히 잠들어 있던 말순 모녀가 사라졌다. 윤성이 잠에서 깨어보니 두 사람이 누워있던 자리는 싸늘하게 식어 있었다. 결국 도망을 친 것이다. 안개를 보호막삼아.

아침까지 안개는 걷히지 않았다. 청군들은 장막마다 포로들의 수를 확인했다. 사라진 이들의 머릿수는 단박에 드러났다. 속일 수도 속여지지도 않는 일이었으니. 포로들을 감시하던 병사들은 사태를 파악하고 도망자들을 뒤쫓기 시작했다. 아무리 빠른 걸음으로 도망친다 해도 기마병의 빠르기를 이길 수는 없을 테지만 들키지 않게 몸을 잘 숨긴다면 무사히 고향으로 갈 수 있을지도 모른다. 윤성은 말순 모녀가 잡히지 않고 무사히 남쪽으로 떠나기를 빌었다.

압록강 앞에서 멈춰선 포로들은 작은 배를 타고 강을 건넜다. 수십만 명이 넘는 사람들이 강을 넘기에 오랜 시간이 걸렸다. 포로들이 강을 건너가는 시간 동안 청군 병사들은 도망친 포로들을 찾기 위해 혈안이 되었다. 며칠 동안 도강이 이루어졌고 청군 병사와 포로들의 반 이상이 압록강을 건넜다. 하루만 지나면 윤성이 속해있는 포로무리도 압록강을 건너야 했다. 힘차게 흐르는 강줄기를 바라보며 강 이남에 남아있는 포로들은 저마다 신세한탄을 했다. 강을 건너 조선 땅을 떠나면 언제 다시 돌아올지 알 수 없는 운명이었기에.

강을 건너기 전날 밤이었다. 장막 밖이 소란스러웠다. 청군 병사들의 고함소리와 울부짖는 소리들이 밖에서 들려왔다. 장막 안에 머물고 있던 포로 중 한 명이 천 사이로 밖의 사정을 살폈다.

"에구머니나. 도망갔던 이들이 잡혀왔나 봐요!"

장막 사이로 두 손이 꽁꽁 묶여 청군 병사들 뒤로 끌려가는 이들의 모습이 보였다. 헝클어진 머리에 여기저기 찢긴 치맛자락을 끌며 걸어가는 두 여인의 모습을 보자 윤성은 그들의 얼굴을 확인하기 위해 저도 모르게 장막 밖으로 나왔다. 힘없이 축 늘어진 어깨에 질질 발끝을 끌며 걷는 이는 아니나 다를까 말순 어미였다. 그녀는 모든 것을 포기한 듯 아무런 의지가 없어 보였다. 그런 말순 어미의 뒤에는 그녀보다 작은 말순이가 훌쩍이며 어미를 쫓아가고 있었다. 잘 도망치길 바랐는데 그런 요행은 통하지 않았다. 이제 모녀에게는 무서운 형벌만이 남아있었다.

청군 병사들은 모녀를 청장 도르곤의 막사 앞으로 끌고 갔다. 포로이송을 책임지고 있는 그의 처분에 따라 도망친 포로들을 처벌할 심산인 것이다. 청나라가 눈앞에 있는 상황이었다. 이곳에서 포로들의 기강이 해이해진다면 도망자가 더 늘어날지도 모른다. 지금 포로들은 막다른 길에 와 있었다. 조선 땅에 머물 수 있는 시간이 얼마 남아있지 않았기에.

말순 어미와 말순이가 막사 앞에 무릎을 꿇고 앉았다. 두 모녀 주위로 청군 병사와 포로들이 모여들었다. 청군 병사들은 포로들이 모이는 것을 막지 않았다. 도망친 포로의 끝을 생생하게 보여줄 필요가 있었으므로. 병사들 뒤편에서 말순 모녀의 모습을 지켜보던 이들은 저마다 탄식을 하며 안타까움을 토로했다. 모녀의 입장이 곧 자신들의 미래가 될 수도 있다는 생각에.

장막이 걷히고 포로들의 총 책임자인 청장 도르곤이 모습을 드러냈다. 아직 젊은 나이임에도 그의 행동 하나하나에는 위엄이 서려 있었고 포로들은 그에게서 두려움을 느꼈다. 도망친 포로들을 잡아온 병사가 그에게 경위를 보고했다. 죽든 살든 포로들은 이제 그의 처분을 기다릴 수밖에 없었다.

도르곤은 잡혀 온 포로들을 지켜보며 잠시 말을 아꼈다. 고심하던 그가 명을 내리려 하자 청군 병사들을 헤치고 누군가 그의 앞으로 달려 나왔다. 윤성이었다. 윤성이 도르곤의 앞으로 거침없이 달려 나가자 당황한 병사들이 쫓아와 그녀를 막아섰다. 병사들에게 양팔이 묶인 상태에서도 윤성은 만주어로 거침없이 소리 질렀다.

"저 모녀를 살려 주십시오. 제가 목숨을 걸고 장군을 지켜 드리겠습니다."

그 장면을 지켜보고 있던 이들 모두 아연실색했다. 청장 도르곤 또한 마찬가지였다. 어린 계집아이 하나가 겁도 없이 뛰쳐나와 자신에게 소리를 지르다니. 그 행동이 황당하고 우스워 화도 나지 않았다. 그저 호기심이 생겼다. 어떤 아이기에 자신 앞에서 그렇게 당당히 말을 할 수 있는지. 도르곤이 손짓을 하자 병사들이 힘으로 윤성을 무릎 꿇렸다.

"네가 무슨 수로 나를 지키겠다는 것이냐?"

젊은 장군은 자신의 앞에서 호언장담을 하는 소녀의 말이 우스워 농을 하듯 물었다. 윤성은 땅을 짚고 있는 손이 부들부들 떨렸지만 머뭇거리지 않았다. 물러서면 두 사람의 목숨이, 아니 자신을 포함해서 세 사람의 목이 달아날 지경이었다.

"저는 어의인 아비에게 침술을 배웠습니다. 아비만큼 그 의술이 신묘하지는 못하나 저를 곁에 두신다면 추후에 꼭 요긴하게 쓰실 수 있을 것입니다. 제 말을 믿어 주십시오."

"어린 나이에 자신만만하구나. 네가 내 목숨을 살려줄 테니 저 모녀를 살려달라는 것이냐."

"그렇습니다. 저들은 그저 고향으로 돌아가고픈 마음에 도망을 친 것입니다. 그 마음이 어찌 죄가 될 수 있겠습니까?"

"고향을 떠나 타지로 끌려가는 건 다른 이들도 마찬가지다. 그런 사정이 있다고 모두 도망치지는 않는다. 규율을 어기고 도망을 치는 것은 청군에게 반기를 드는 것과 같다."

도르곤은 윤성의 변명을 간단히 묵살했다.

"이제 압록강을 건너면 저들은 곧 노예시장에서 팔릴 신세입니다. 만약 저들이 벌을 받아 병신이 된다면 그 노예를 누가 높은 값에 사겠습니까? 저들을 벌하신다면 그것 또한 청군의 손실이니 이번 한 번만 눈감아 주십시오. 만약 또 이런 일이 벌어진다면 그때 벌하셔도 늦지 않습니다."

윤성은 지극히 현실적인 이유로 도르곤을 설득하려 했다. 윤성의 애원이 끝나자 사방이 침묵에 잠겼다. 모두 청장이 내릴 명을 기다리고 있었다. 포로들의 목숨 줄을 쥐고 있는 도르곤의 뜻에 따라 이 일이 결정될 테니.

도르곤은 자신 앞에 엎드려 물러나지 않는 아이를 물끄러미 내려다보았다. 온몸을 떨고 있었지만 그 목소리에서는 떨림이 느껴지지 않았다.

"고개를 들어 보아라."

윤성은 명에 따라 엎드린 몸을 일으켜 대군을 이끌고 있는 적장과 마주 보았다. 젊은 장수의 시선이 곧장 그녀의 얼굴로 향했다. 윤성은 입술을 악다물고 그의 시선을 견뎠다. 노여움을 사 죽게 된다 해도 어쩔 수 없는 일이다. 그러니 그의 시선을 두려워할 이유는 없었다. 아비가 말하길 죽음이란 두렵다고 피할 수 있는 것이 아니라 했다. 의원은 죽음을 두려워하면 아무것도 할 수 없으니 죽음이 온다면 그저 담담히 받아들여야 한다고. 죽음을 각오한 결의. 그것 또한 의원의 덕목이었다.

도르곤은 자신 앞에 앉아있는 이를 물끄러미 바라보았다. 소녀라 부를 만큼 마냥 어려 보이지 않았다. 당돌하거나 무지하여 그에게 이리 뻔뻔한 언행을 하는 것으로 보이지도 않는다. 눈앞에 앉아 있는 이는 두려움에 굴복하지 않는 이였다. 죽음을 무서워하지 않고 자신의 의지를 지킬 줄 아는 자. 그런 이를 도르곤은 단 한 번 본 적이 있었다. 아주 오래전에. 그의 목숨을 구하기 위해 대신 죽어야 했던 이. 그이도 눈앞의 소녀와 같은 눈으로 자신을 보았다. 죽음을 각오한 눈빛으로.

짧지만 아주 길었던 순간이 지나고 도르곤은 조용히 처분을 내렸다.

"포로들은 제값을 받아야 하니 도망친 이들에게 형벌은 가하지 않겠다. 대신 다시 행렬을 이탈할 경우 죽음을 면치 못할 것이다."

그의 명은 가벼웠고 예상치 못한 일이었다. 역관을 통해 명이 전해지자 먼저 포로들이 술렁거렸다. 도대체 무슨 일이 벌어진 것이냐고 저희들끼리 쑥덕거렸다. 가장 놀란 이는 이미 죽음을 받아들이고 있었던 말순 어미였다. 그녀는 자신의 귀로 직접 청장이 한 말을 전해 듣고도 믿을 수가 없었다. 지옥 불에 떨어졌다 다시 살아난 것처럼.

이런 상황이 의외인 것은 윤성도 마찬가지였다. 죽어도 상관없다 결심한 터였다. 최악의 상황을 생각하고 있었는데 너무나도 쉽게 형벌을 피했다. 청장은 알 수 없는 이였다. 강하고 무자비하게만 보였던 그가 이렇게 지인지자한 명을 내리다니.

포로들의 반란을 염두에 두고 한 일인 것일까? 아니면 노예로 상품가치가 떨어진다는 말이 먹힌 것일까? 모든 일이 원하던 대로 이루어졌지만 윤성은 납득이 되지 않았다.

"아이고, 우리 모녀가 너 때문에 살았어."

말순 어미는 한달음에 달려와 윤성의 두 손을 꼭 쥐었다. 그녀의 손아귀 힘에는 고마움이 가득 들어 있었다. 말순이도 다가와 눈물을 훔치며 윤성을 꼭 안아주었다. 고향을 떠나 머나먼 타국으로 끌려가는 세 사람은 구사일생으로 살아났다. 더없이 끈끈하고 애처로운 인연이었다.

살았다는 안도감에 말순 모녀는 한참이나 눈물을 흘렸다. 흐느끼는 모녀와 장막으로 돌아오니 그 앞에 봉림대군이 서 있었다.

"이 아이와 할 말이 있으니 너희들은 먼저 들어가거라."

대군의 말에 말순 모녀가 먼저 장막으로 들어가자 윤성만이 남았다.

"제게 무슨 할 말이 있으십니까?"

"아주 많다."

대군의 언행이 엄하고 딱딱하다. 이전에 상을 내렸던 때와 사뭇 달랐다.

"너는 도대체 무슨 생각을 하고 있는 것이냐? 죽기를 작정하지 않고서야 어찌 그리 무모하단 말이냐? 오늘 다행히 죽음은 모면했지만 청장의 심기가 조금이라도 불편했다면 네 목숨은 남아있지 않았을 것이다."

"알고 있습니다."

잔뜩 흥분한 대군과 달리 윤성은 담담히 대답했다.

"알고 있다고?"

"네, 제가 조금이라도 청장의 기분을 상하게 했다면 두 모녀는 물론 저까지 단번에 목숨이 달아났겠지요. 각오한 일이었습니다. 어찌 그만한 각오도 하지 않고 제가 그리 당돌한 언행을 했겠습니까?"

"넌 죽어도 상관없는 것이냐?"

"아뇨. 상관있습니다. 누구보다 살고 싶습니다. 끝까지 살아서 강도로 돌아가고 싶습니다. 하지만 고향사람이 죽는 것을 지켜볼 수는 없었습니다. 그 두 사람이 죽고 저만 살아서 고향에 돌아간다 한들 무슨 의미가 있겠습니까. 자책감에 괴로워서 제 스스로 죽고 말텐데. 그러니 살면 같이 살고 죽으면 같이 죽겠다고 결심했습니다. 아비가 제게 해준 말이 있습니다. 의원은 병자의 죽음은 두려워하더라도 자신의 죽음은 두려워하면 안 된다고. 제 아비는 전쟁으로 의관들이 궁에 남아있지 않는 상황에 어쩔 수 없이 어의가 되어 임금을 시료하였습니다. 경험이 미천함에도 불구하고 그 책무를 감당하기 위해 매 순간 죽음을 각오해야 했지요. 제가 세자저하를 치료했을 때도 똑같은 심정이었습니다. 죽음을 각오하지 않고 어찌 제가 세자저하를 치료할 수 있었겠습니까? 저같이 미천한 이가 시료한후 세자저하의 건강이 안 좋아진다면 그때 저는 제 목숨을 내놓아야 했을 텐데."

윤성의 말은 모두 맞았다. 만약 세자의 병세가 좋아지지 않았다면 그녀는 엄한 벌을 면치 못했을 것이다.

"다시 죽음을 각오해야 할 때가 온다면 저는 어떤 상황이라도 오늘처럼 할 것입니다. 설사 죽더라도 제가 옳다고 믿는 것을 행할 것입니다. 죽고 사는 것은 제가 결정할 수 없는 일이니까요."

봉림대군은 윤성의 대답에 아무런 대꾸도 하지 못했다. 윤성의 무모한 행동을 꾸짖어 주려 했건만 오히려 대군이 무안한 지경이 되었다. 자신은 포로로 잡혀가는 백성들을 위해 아무런 힘도 되어주지 못하면서 윤성을 혼내려 했으니 말이다.

"네 말이 모두 맞구나. 내 생각이 짧았다. 다만 난 네가 어려움에 처한 것이 걱정되어 말을 한 것이니 너무 서운해하지 말거라."

대군의 목소리가 좀 전과 달리 누그러졌다. 그런 모습을 보고 있자니 윤성은 대군의 마음씀씀이가 고마웠다.

"아닙니다. 그리 생각을 해주시니 고마울 뿐입니다."

"앞으로 힘든 일이 있으면 날 찾아오거라. 내가 힘닿는 데까지 도와주마."

대군의 호의에 윤성은 고개를 숙여 인사를 대신했다. 대군과 헤어져 장막 안으로 들어가니 말순 모녀는 이미 잠이 들어 있었다. 며칠 밤낮을 불안에 떨며 도망치다 잡힌 후 긴장감이 풀려 쓰러지듯 잠이 든 것이다. 두 사람의 평온한 얼굴을 바라보며 윤성도 오랜만에 가벼운 마음으로 잠을 청했다. 매일 말순 모녀를 걱정하느라 잠을 자지 못한 것은 윤성도 마찬가지였다. 잠든 이들의 숨소리가 고요한 장막 안을 떠돌았다. 평안한 어둠이 오래 지속되길 기도하는 것처럼.

겨울의 끝이 다가오는 것처럼. 행군도 끝이 보이기 시작했다. 수십만 명의 행렬이 세 달여 만에 평원에 도착했다. 황제의 명을 받들어 시작한 전쟁이지만 그 끝을 알고 시작한 것은 아니었다. 다만 가능성은 보았다. 이길 수 있다고 믿었다. 그 믿음대로 청군은 제대로 싸우지도 않고 조선의 항복을 받아냈다. 청군의 손실은 거의 없었지만 전쟁을 시작한 소기의 목적은 모두 이루었다. 이제 청의 후방을 위협하는 존재가 사라졌으며 대규모의 포로는 모두 청나라의 노동력이 될 것이다.

모든 일이 순조로웠다. 도르곤 스스로 예상치 못한 처분을 내린 일만 빼면. 도르곤은 이제 얼마 남지 않은 행군의 끝이 다가옴에도 마음이 편치 않았다. 압록강부근에서 도망친 포로들을 살려 준 일이 있은 뒤로부터.

포로 신분이면서 그 아이는 수만의 군대를 이끌고 있는 자신을 똑바로 바라보았다. 그 기세에 감화된 것인지 자신도 모르게 얼토당토않은 처분을 내리고 말았다. 무언가에 홀린 심정이었다. 귀신에 홀리지 않고서야 어찌 그런 명을 내렸단 말인가? 그는 그 이상한 기운이 마뜩치 않아 며칠 동안 잠을 설쳤다. 그 아이의 정체가 궁금하여 참을 수 없을 정도였다. 결국 아우인 도도를 통해 아이의 정체를 알아보았다. 아우는 형의 궁금증이 이상하게 여겨졌지만 명을 거스르지 않았다. 대신 그도 궁금해했다.

"도대체 왜 그 세 사람을 살려주신 겁니까?"

"그야 말하지 않았느냐 노예로 비싼 값에 팔기 위한 것이라고."

"말도 안 되는 핑계대지 마십시오. 그깟 노예가 비싸게 팔려봤자 그 이득이 얼마나 되겠습니까? 그보다 포로들이 청군을 우습게 알고 도망을 치면 그것이 더 큰 일이 아닙니까?"

"이미 끝난 일이다."

"알고 있습니다. 지금 그 일을 논해봐야 어쩔 수 없다는 걸."

도르곤의 단호한 어투에 도도는 형의 기분을 살피면서 슬며시 꼬리를 내렸다. 대신 형의 명대로 자신이 조사한 것을 상세히 전했다.

도도의 말에 따르면 그 아이는 강도에서 잡힌 포로로 이름은 허윤성이라 했다. 그 아이의 의술이 뛰어난 것은 이미 세자와 대군도 알고 있는 사실이었다. 행군 중 쓰러진 세자를 치료한 적이 있다하니. 그래서였을까? 자신의 의술을 믿고 감히 청장의 목숨을 지키겠다는 허황된 약조를 한 것은. 생각할수록 어이없고 황당한 일이다. 그럼에도 불구하고 도르곤은 그 아이와 마주한 순간 그 말을 믿고 싶었다. 자신의 목숨을 지켜주겠다는 그 아이의 말이 사실이기를. 믿고 싶어 믿은 것이다. 그에게는 허황된 약조라도 믿고 싶은 절실한 이유가 있었기에.

도도가 돌아가고 홀로 막사에 남아 잠을 청하던 도르곤은 윤성이라는 이름을 읊조렸다.

'윤성이라.'

그 이름을 혼잣말처럼 내뱉던 도르곤은 불현듯 어머니가 남겨준 물건이 떠올랐다. 라마승의 예언에는 작은 종잇조각이 들어 있었다. 찢어진 종이 위에 쓰여 있던 글자는 단 한 글자였다. 星(성). 별을 뜻하는 글자였다. 그 글자를 쓰고 또 쓰며 지냈던 날들이 있었다. 그러니 단 한순간도 그 글자를 잊지 못했다. 그 글자의 뜻처럼 높은 곳에 존재하는 이가 되겠다고 매 순간 다짐했다. 십 년의 세월 동안 그것이 어머니의 뜻이라고 여겼다. 허나 지금 도르곤은 글자가 내포하는 뜻이 전혀 다른 의미일지도 모른다는 생각이 들었다. 자신이 아닌 다른 누군가를 지칭하는 것일지도 모른다고.

청
나
라
의

수
도
,

성
경

강을 건너니 다른 세상이 열렸다. 그곳은 높은 산맥이 연이어 이어져 있는 조선과 전혀 다른 풍광을 가지고 있었다. 초원이 끝도 없이 이어져 있었으며 하늘이 바다처럼 넓었다. 시야를 가로막는 장애물이 없으니 바람과 구름이 스치듯 지나쳤다. 초원 너머에 세상의 끝이 존재할 것만 같았다. 수십만 명의 사람이 넓은 들판을 가로지르는 모습은 굽이굽이 흐르는 강의 흐름과 흡사했다. 긴 사람의 행렬이 초원을 가로질러 한 곳으로 흘러 들어가고 있었다. 청나라의 수도 성경, 묵던이라 불리는 곳으로.

황궁이 있는 성경(심양)에 도착해 포로들의 행군은 끝났지만 그 끝은 이제 새로운 변화를 뜻했다. 고통과 굴욕으로 점철된 노예의 삶이 곧 시작될 것임을. 성경에 도착한 청군들은 각자 배당받은 포로들을 데리고 진영을 떠났다. 노예를 팔기 위함이었다. 박 씨 부인과 헤어지기 전 마지막 인사를 하며 윤성은 흘러나오는 눈물을 멈추지 못했다.

"무슨 일이 있어도 죽지 말고 살아있어."

박씨 부인이 윤성의 두 손을 꼭 잡고 단단히 당부했다.

"걱정하지 마세요. 전 꼭 살아서 강도로 돌아갈 거예요."

윤성은 마지막으로 어린 말순이를 꼭 안아주었다. 긴 행군에 말순이의 어깨는 더 앙상하게 말라있었다. 청군 병사의 재촉으로 말순 모녀는 윤성과 더 이상 함께하지 못했다. 모녀는 병사를 따라 어딘 가로 끌려갔다. 장막에 남아있던 이들이 하나둘 떠나고 이제 몇 명 만이 남았다. 그때 정백기에 속해있는 병사 한 명이 장막으로 들어 와 윤성을 불렀다. 이제 윤성의 차례였다. 윤성은 순순히 병사의 뒤 를 따랐다.

병사를 따라간 곳은 노예시장이 아니었다. 난생처음 보는 커다 란 대문 앞이었다. 대문 양쪽으로 긴 벽이 이어져 있어 그 안이 전혀 보이지 않았다. 병사를 따라 문 안으로 들어가니 넓은 마당에는 정 원이 가꾸어져 있었고 마당 양옆으로 건물들이 이어져 있었다. 조선 의 집들과 사뭇 다른 그 형태와 크기에 놀라 윤성은 자신이 노예로 끌려왔다는 생각조차 잊었다. 성경의 대저택은 윤성이 듣도 보도 못 한 새로운 환경이었다.

병사를 따라 건물 안으로 들어서니 중년의 여인이 두 사람을 맞 아 주었다.

"어서 오게."

"금영부인을 뵙습니다."

병졸이 부인에게 예를 갖추어 인사를 하자 윤성도 눈치를 보다 허리를 숙였다.

"이 아이냐?"

부인의 물음에 병사가 고개를 끄덕였다. 윤성을 확인한 금영부 인은 묵직한 주머니를 병사에게 던져주었다. 금속이 부딪히는 소리 에 주머니 안을 확인한 병사는 만족스러운 표정을 짓고는 부인에게 예를 표하고 떠났다. 병사가 돌아간 후 금영은 윤성을 물끄러미 바 라보며 얼굴색과 몸 구석구석을 살폈다.

"나이는?"

"열여섯입니다."

"다행이구나. 말귀를 알아듣다니. 량량이라는 아이와 함께 지내게 될 거다. 량량!"

그녀가 이름을 부르자 젊은 여인 한 명이 재빠르게 다가왔다.

"이 아이를 데려가 함께 지내거라."

량량은 중년 여인의 말에 바로 알겠다는 대답을 하고는 윤성을 잡아끌었다. 량량을 따라 밖으로 나오니 그녀는 종종걸음으로 어딘가로 향했다. 똑같은 모양의 기와지붕에 벽돌로 지어진 건물들이 길게 이어져 있어 길을 종잡을 수가 없었다. 량량을 놓치면 집안에서 미아가 될 판이었다. 량량을 따라간 곳은 후원 뒤쪽에 위치한 허름한 벽돌건물이었다. 작은 건물 안에는 두 개의 침상이 있었다.

"저쪽에서 지내도록 해."

량량의 말대로 윤성은 벽 쪽에 붙은 자신의 침상으로 가 봇짐을 풀었다. 행군 내내 소중하게 간직해 온 짐이라고는 책 한 권과 침통이 전부였지만 그 물건들을 보관할 장소가 생겼다는 것만으로도 다행이었다.

"짐을 다 풀었으면 따라오도록 해."

윤성은 량량을 따라 집안을 둘러보았다. 어디가 부엌이고 어디가 창고인지 빨래를 하는 우물은 어디에 있는지. 집안일을 하는 노예라면 당연히 알아야 할 것들은 량량은 빠짐없이 알려주었다. 량량은 갸름한 얼굴에 체형도 마른 편이었다. 그래서인지 인상이 그리 너그러워 보이지는 않았다. 다만 그녀의 말투나 행동거지를 보건대 자신의 일을 허투루 하는 이로 보이지는 않았다.

왕부에 온 첫날은 그렇게 지나갔다. 아직 북녘에서 불어오는 바람이 차가웠지만 건물 안쪽을 둘러싼 온돌이 찬 기운을 막아주었다. 산과 들에서 하늘만 가린 채 몇 달 동안 잠을 청하다 따스한 기운이 감도는 집안에서 잠을 청하니 꼭 귀부인 못지않게 호사를 누리는 것 같았다. 비록 침상은 허름하고 볼품이 없었지만 찬 바닥이 아닌 것만으로도 감지덕지였다. 행군을 하던 때와 비교하면 잠자리가 놀라울 만큼 좋아진 것이다. 하지만 이상하게도 윤성은 마음이 허하여 잠이 오지 않았다. 장막 안에서의 생활은 고생스러웠지만 말순 모녀와 이런저런 말을 주고받으며 잠을 청하면 금세 스르르 잠이 들곤 했었다. 앞날은 불안했지만 누군가 의지할 사람이 있다는 안도감이 있었다. 안도감은 고통이라 여겼던 그 시간을 이겨나가게 해준 버팀목이었다. 하지만 지금 윤성은 아무도 의지할 수 없었다. 같은 처소를 쓰고 있는 량량은 일을 가르쳐 주는 것 외에 속엣 말을 전혀 하지 않았다. 그 태도가 하도 냉랭하여 말을 걸기가 쉽지 않았다. 윤성은 늦은 밤까지 침상을 뒤척이다 겨우 잠이 들었다.

별이 밤하늘을 가득 채운 시각 금영부인은 황제가 연 잔치에서 돌아온 도르곤을 맞았다.

"돌아오셨습니까?"

전쟁터로 떠났다 돌아오는 일은 십 년 가까이 반복되었다. 그 긴 세월이 지나고 도르곤은 수많은 전쟁터에서 전공을 세운 명장이 되었다. 그럼에도 금영의 눈에는 아직도 도르곤이 어린 시절 어리광을 부리던 아이처럼 보였다.

"유모, 오늘 한 아이가 이곳으로 오지 않았는가?"

"왔습니다. 기운이 좋은 아이더군요. 처음 오는 곳에 왔어도 두려워하는 기색이라고는 찾아볼 수 없는."

금영은 전쟁에서 돌아온 도르곤에게 궁금한 것이 많았지만 아무것도 묻지 않았다. 긴 전쟁에서 이제 막 돌아온 그에게는 휴식이 먼저였으니. 도르곤이 전쟁터에서 돌아올 때마다 금영은 먼저 간 태후를 떠올렸다. 목숨과 바꾼 아들이 성장해가는 모습을 보지 못하는 태후의 한이 점점 더 깊어지는 것 같아서. 그 억울한 심정을 위해서라도 금영은 도르곤을 끝까지 보필하겠다고 매번 다짐했다. 조용히 내원으로 나온 금영은 별이 한가득 박혀 있는 밤하늘을 바라보았다.

"예친왕께서 또 승리를 거두고 돌아오셨습니다. 모두 태후마마의 덕분이지요. 그러니 걱정하지 마십시오. 왕께서는 언젠가 마마의 소원을 모두 이루어 주실 것입니다."

어둠에 잠긴 고요한 왕부에 금영의 나지막한 음성이 맴돌았다. 그녀의 말은 메아리가 되어 저택을 떠돌고 왕부를 지키는 주문이 되었다.

왕부의 노예로 사는 윤성의 일상은 녹록지 않았다. 하루가 노동으로 시작해 노동으로 끝났다. 그 힘겨운 일과를 윤성은 묵묵히 견뎌야 했다. 견디고 버티는 것이 노예의 삶이었으니. 그녀의 곁에는 자신과 똑같이 일하는 량량이 있었다. 량량은 과묵한 여인이었다. 말이 많지 않았고 속내를 꺼내지도 않았다. 쉽게 친해질 수 있는 사람은 아니었지만 그렇다고 심보가 고약한 이도 아니었다. 항시 윤성에게 준 일감보다 그녀는 더 많은 일을 하곤 했다. 그래도 윤성은 항상 량량보다 일이 남아 늦은 시간까지 잠자리에 들지 못했다. 많은 일 중에 윤성이 가장 힘들고 괴로워한 일은 왕부에 사는 이들의 옷들을 빠는 일이었다. 그 양이 많은 것도 힘이 들었지만 무엇보다 아직 찬기가 가시지 않은 물에 하루 종일 손을 담가야 하는 것이 곤욕이었다. 온종일 빨래를 하고나면 양손이 벌겋게 달아오르고 감각이 없어졌다. 밤에 잠이 들 때면 양팔이 욱신거릴 정도였다.

매일매일 해야 할 일들이 끊이질 않았지만 불평을 할 수도 없었다. 노예의 신분으로 당연히 감당해야 할 일이었으니까. 일이 힘든 건 그렇게 받아들일 수 있었다. 받아들일 수 없는 일은 오히려 육신의 고통이 아니었다. 의지할 곳이 없다는 외로움과 왕부의 푸진들이 주는 모욕이었다.

한창 빨래를 하고 있던 윤성과 량량은 별채에서 온 하녀의 부름에 주저 없이 따라나섰다. 셋째부인인 계복진* 찰이망의 부름 때문이었다.

"이 옷들이 어찌 이 모양인 것이냐?"

노여움이 가득한 찰이망의 꾸짖음에 윤성과 량량은 몸 둘 바를 몰랐다. 찰이망이 내보이는 옷에는 아직 얼룩이 그대로 묻어 있었다.

"제 잘못입니다. 제가 제대로 얼룩을 빼지 못해서."

윤성이 앞으로 나서 사죄를 하자 말이 끝나기도 전에 찰이망의 매서운 손이 날라 왔다. 살을 때리는 날카로운 소리에 윤성은 눈을 질끈 감았다. 화끈거리는 통증이 느껴져야 했지만 아무 일도 일어나지 않았다. 윤성의 앞을 가로막은 량량이 대신 매서운 손을 맞은 것이다.

"이 아이의 잘못이 아니라 그 옷에 묻은 얼룩을 어떻게 빼야 하는지 알려주지 않은 제 잘못입니다."

매를 맞아 한쪽 볼이 벌겋게 부은 얼굴로 량량이 찰이망에게 잘못을 고했다.

• 대복진을 제외한 정실부인이다.

"그래, 그러면 네가 벌을 받아야겠구나 하지만 난 이 아이에게도 벌을 주어야겠어. 벌은 잘못한 사람이 직접 받아야 하니까."

찰이망의 매서운 손이 다시 날아와 윤성의 뺨을 때렸다. 강한 힘에 윤성의 몸이 휘청거렸다.

"이 두 사람에게는 오늘 먹을 것을 주지 말거라."

찰이망의 분부에 다른 하인들이 모두 머리를 조아렸다. 성격이 불같은 그녀의 성정을 알기에 모두 고개를 숙인 채 그녀의 노여움이 가시기를 바랄 뿐이었다.

얼얼한 볼을 매만지며 윤성은 량량과 함께 별채를 나섰다. 량량은 아무 말 없이 윤성을 앞서갔다. 량량의 행동이 너무나 갑작스러워 윤성은 어찌할 바를 몰랐다. 분명 자신이 한 실수인데 그녀도 같이 벌을 받게 되었으니 말이다.

"어째서 그리 말 하셨어요? 그 옷은 제가 빤 것인데."

"아니, 내 잘못이야. 내가 제대로만 알려만 줬어도 이런 일은 일어나지 않았을 테니까. 내가 잠시 방심했어."

량량의 마음씀씀이에 윤성은 코끝이 찡했다. 작은 실수가 어떤 결과를 만드는지 잘 알고 있기에 그녀는 빈틈없이 일을 해왔을 것이다. 그런 그녀가 윤성의 실수로 받지 않아야 할 벌을 받게 되었다. 윤성은 마음속으로 다짐하고 또 다짐했다. 자신 때문에 다른 이들을 곤란하게 하지 않겠다고. 볼이 벌겋게 부어올랐지만 량량은 아무 일도 없었던 것처럼 다시 일을 시작했다. 그런 량량의 모습을 지켜보던 윤성은 차가운 우물물에 광목천을 적셔 량량의 볼을 식혀 주었다. 윤성의 행동에 량량이 조심스럽게 자신의 속내를 꺼내보였다.

"사실 나도 조선인이야. 정묘호란 때 잡혀왔으니까. 여기에서 산지 십 년 정도 됐어. 너무 오랫동안 조선을 떠나 있어서 이제 말도 잊어버리고 기억도 가물가물해.”

옛 기억을 떠올리는 량량의 얼굴이 쓸쓸해 보였다.

“부인들이 괜히 화를 내고 못살게 굴어도 그리 기분 나빠할 필요 없어. 그 사람들도 우리 처지와 다를 바가 없으니까.”

“다를 바가 없다니요? 그분들은 모두 예친왕의 부인들이잖아요. 어떻게 노예와 처지가 같겠어요.”

윤성은 량량의 말에 토를 달았다.

“겉으로 보기에는 좋아 보이지. 비단옷을 입고 배불리 먹고 사니까. 하지만 그뿐이야. 부인들은 모두 정치적 목적으로 예친왕에게 바쳐진 여인들이니까. 그 여자들도 왕의 소유물이나 마찬가지야. 부인과 잉첩들은 왕이 죽으면 순장을 당하거나 다른 이의 부인이 되어야 해. 차라리 노예가 낫지. 노예는 속환비를 내면 자유를 얻을 수 있잖아. 그녀들은 죽어도 자유롭지 못해.”

“너무해요. 남편이 죽었는데 다른 이의 부인이 되어야 하는 건.”

“너무 할 거 없어. 그게 여기 풍습이니까. 여긴 조선이 아니야. 이곳에서는 당연한 일인걸. 예친왕의 부인들이 불쌍한 건 사실 그것 때문만은 아니야. 이 왕부에 왕의 마음을 가진 여인이 한 명도 없다는 사실이 불행한 거지. 많은 부인들이 있지만 이 왕부에는 아이가 없어. 왕의 자식이 한 명도 없다는 건 정말 이상한 일이지.”

“그러네요.”

윤성은 량량에게 왕부의 비밀을 들은 것처럼 기분이 묘했다.

하루 일과가 끝나고 량량과 처소로 돌아간 윤성은 몸이 천근만근이었지만 다른 날과 달리 마음만은 가벼웠다. 음침하게만 느껴졌던 처소가 포근해 보이기까지 했다. 의지할 곳 없는 이역만리에서 마음을 나눌 수 있는 벗이 생겼다는 기쁨에. 량량은 하루일이 고단

했는지 금세 잠이 들었지만 윤성은 쉽게 잠이 오지 않았다. 낮에 겪은 일들이 자꾸만 머릿속에 떠올랐다.

윤성이 이런저런 생각으로 뒤척이며 잠을 자지 못하고 있을 때 누군가 찾아와 처소의 문을 두드렸다. 낯선 기척에 윤성은 조심스럽게 문을 열고 밖을 살폈다.

"누구십니까?"

어둠 속에 금영부인이 서 있었다.

"예친왕께서 널 보자신다."

부인의 말에 윤성은 다시 옷을 챙겨 입고 그 뒤를 따랐다. 대청을 지나 협실로 들어가니 낯익은 이가 차를 마시고 있었다. 항상 갑옷을 입고 말을 타는 모습만 보다 집안에서 평복을 입고 차를 마시는 모습을 보니 꼭 다른 사람을 보는 듯했다. 거친 전장을 누비던 장수답지 않게 그의 체격은 그리 크지 않았고 호리호리한 편으로 무예라고는 전혀 모르는 서생처럼 보였다. 장수였던 이가 왕부에서는 그저 한가롭게 차를 마시는 선비라니. 윤성은 꼭 귀신에 홀린 것 같았다.

금영부인은 윤성을 데려왔다는 말을 전하고는 바로 자리를 떠나자 차를 마시던 도르곤이 넌지시 윤성의 근황을 물었다.

"왕부에서의 생활은 어떠하냐?"

"그럭저럭 잘 지내고 있습니다."

"뻔히 보이는 거짓말을 잘도 하는구나. 누구에게 맞아서 얼굴은 벌겋게 부어있고 험한 일로 손끝이 다 갈라졌는데 네 말을 나보고 믿으라는 것이냐? 행군 때는 당당하게 말도 잘 하더니 이곳에 와서 기가 죽은 것이로구나. 금영에게 일러둘 터이니 앞으로 험한 일은 할 필요 없다. 넌 하인으로 이 집에 온 것이 아니니까."

"그것이 무슨 뜻인지?"

"내일부터 허드렛일은 하지 말라는 뜻이다. 의원의 손이 거칠어지면 안 되니까. 노예가 되고 나서 너는 네가 무슨 일은 했던 사람인지도 잊어버린 것이냐?"

도르곤의 말에 윤성은 잠시 할 말을 잊었다. 그가 잊고 있던 자신을 다시 일깨워 주었기에. 스스로 다시 의원이 될 일은 없으리라 여겼다. 노예니까 당연히 험한 일을 하며 힘들게 살아야 된다고 생각하고 있었다. 그때 문득 역관의 말이 떠올랐다. 청국인들이 기술을 가진 자들을 귀하게 여긴다는 사실을.

"오늘은 늦었으니 그만 돌아가 보아라."

도르곤의 명에 윤성은 몸을 숙여 인사를 건네고 협실을 나섰다. 뜻밖의 하루였다. 가까운 이의 마음을 알게 되어 기쁜 날이기도 했지만 도르곤의 말에 혼란스럽기도 했다. 자신이 누구인지 무엇을 하는 사람인지 다시 떠올리게 되었으니.

세자의 일행도 심양에 도착한 지 여러 날이 지났다. 성경에 온 첫날 세자는 사신들이 머무는 객관에 머물렀지만. 다음날부터는 심양관소에서 머물렀다. 사람들은 세자가 머무는 관소를 심양관이라 불렀다. 관소에서의 생활은 동궁전에서 지냈던 일상과 다르지 않았다. 관소에는 세자의 교육을 담당하는 시강원과 호위를 담당하는 익위사 관리들이 있었으며 세자를 보필하는 궁인과 일꾼들이 상주했다. 그 외에도 청과 연락을 담당하는 관리며 역관과 의관까지 있었으니 관소를 드나드는 인원이 수백 명은 되었다.

심양관에서 생활한 지 며칠 되지 않았지만 세자가 심양에 도착했다는 소문은 삽시간에 퍼져나갔다. 청에 머물고 있는 조선인들은 관소로 찾아와 억울한 사정을 말하거나 가족들의 공적 속환을 호소했다.

"청인들이 요구하는 몸값이 너무 비싸 아들을 속환할 수가 없습니다. 제발 도와주십시오."

한 노인이 관소 앞에서 하염없이 세자를 기다리며 애원했다. 관소를 찾아와 애걸복걸하는 이들이 한두 명이 아니었기에 세자와 대군은 그때마다 힘을 써보겠노라 위로를 하며 백성들을 돌려보내야 했다.

"형님, 성 밖 노예시장에서 어미와 자식이 각각 노예로 팔려가 헤어지며 울부짖는 이들이 여럿이라 합니다."

노예시장에 대한 소문을 듣고 봉림대군이 그 상황을 세자에게 전했다.

"참으로 억장이 무너지는구나. 모자가 서로 노예로 팔려가야 하는 상황이."

세자는 아우의 말을 듣고 더 이상 말을 잇지 못했다.

관소에 정착해 세자로서 그 책무를 다하려 했지만 소현세자가 할 수 있는 일에는 한계가 있었다. 아직 청국의 감시를 받는 상황이라 그 처신 또한 자유롭지 못했다. 포로가 되어 노예로 끌려온 이들의 고통이 생생하게 느껴지나 세자도 대군도 무기력하게 청군의 지시를 받는 실정이었다. 청의 명을 관소에 전하는 이는 청장 잉굴타이 장군이었다. 그는 수시로 관소에 찾아와 황제의 명을 전했다. 잉굴타이는 주로 역관 정명수와 함께 관소에 들렀는데 어쩔 때는 정명수가 홀로 명을 전하러 오기도 했다. 주로 청장이 보내오는 소식은 황제가 여는 조회나 잔치에 참석하라는 명이었다.

때때로 청나라는 강화 이후 잡힌 포로들을 돌려보내 주었다. 조약에 따라 전쟁이 끝난 후 잡혀 온 포로들을 조선으로 돌아가게 해준 것이다. 하지만 항복 전에 잡힌 포로들에 대한 문제는 한 치의 양보도 용납하지 않았다.

"당초 강을 건너 도망쳐 돌아간 자들을 일일이 찾아 돌려보내기로 약조하였는데 지금까지 한 사람도 찾아보낸 자가 없으니 이 어찌 약속 위반이 아닙니까?"

관소를 찾아온 청장의 요구에 세자는 곤란함을 무릅쓰고 자신들의 사정을 설명했다.

"지금은 풀이 무성하여 숨을 곳이 많으니 비록 도망치는 자가 있더라도 관에서 알지 못할 것입니다."

"붙잡혀 온 자들은 모두 성명과 거주지가 기록되어 있으니 우리 쪽 사람을 보내 잡아 올 수도 있으나 황제께서 폐해를 끼칠까 염려하여 그렇게 하지 않는 것이니 세자는 마땅히 사람을 보내 대조께 아뢰도록 하십시오."

도망간 자들까지 잡아 다시 청으로 보내라는 뜻이었다. 조선의 백성이 같은 백성을 잡아 노예로 바치라 하니 원칙이 그러하다고는 하나 차마 할 수 없는 일이었다. 하지만 청의 요구를 계속 묵살할 수만은 없었다. 세자는 말로라도 알겠다는 대답을 하여 잉굴타이 장군의 노기를 가라앉혔다. 세자의 대답을 듣고 나서야 잉굴타이는 청 황제가 잔치에 세자와 대군을 초청했다는 사실을 전하고 돌아갔다.

황제의 부름이 처음은 아니었으나 이번 잔치는 그 규모가 작지 않았다. 여러 왕들을 비롯해 한족과 몽골장수 수십 명이 초청된 잔치로 청나라를 좌지우지하는 이들이 모두 모이는 자리였다. 소현세자와 봉림대군은 조선을 대표해서 그 자리에 참석해야 했다.

며칠 후 잔치에 참석한 세자와 대군은 황궁으로 들어가 예를 행하고 서편 벽 쪽으로 나아가 앉았다. 왕의 직위를 물려받은 자들은 모두 서쪽과 동쪽에 나누어 앉았다. 황제가 술을 두어 차례 돌리자 쇠고기와 양고기가 나왔다. 구왕 도르곤이 술통이 있는 곳에서 술을 맡았는데 대개 도르곤이 황제에게 술을 올렸다. 황제가 도르곤을 얼마나 인정하고 있는지 각국의 사신과 왕들에게 친히 보여주기 위함이었다. 술이 몇 잔이 돌고 여러 나라의 춤과 음악이 공연되었다.

봉림대군은 세자를 따라 황제가 여는 잔치에 참석할 때마다 청 황제의 위세를 실감했다. 중원을 제패하겠다는 하나의 목표를 위해 그들은 황제의 권위 아래 하나로 똘똘 뭉쳤다. 그 강력한 힘을 만드는 원동력은 다름 아닌 황제의 혜안이었다. 태종 홍타이지는 이민족 또한 청의 일원으로 받아들이고 포용했다. 전쟁에서 싸워 공을 세우면 노예도 평민이 되고 귀족이 될 수 있었다. 만주족의 노예로 전락했던 명나라의 유학자들도 과거에 합격하면 청의 관리가 되어 자유롭게 살았다. 능력이 있으면 한족이든 조선인이든 청의 조정은 그 능력을 받아들였다. 능력이 있는 자는 누구나 자신의 노력 여하에 따라 보상을 받았다. 그러니 나라의 힘이 나날이 강해지는 것은 당연한 일이었다.

잔치에 참석해 청 황제의 위세를 모두 지켜본 봉림대군은 가슴이 뜨거워졌다. 청의 강력한 왕권과 군대가 미치도록 부러웠다. 언제가 조선도 청나라처럼 강한 나라로 만들고 싶었다. 세자가 왕이 된다면 강한 조선을 만들기 위해 돕고 싶었다. 백성이 백성답게 사는 나라를 위해. 허나 지금 대군은 그저 적국에 볼모로 잡혀 온 신세였다. 가슴은 뜨겁게 요동치나 현실은 여의치가 않았다.

성경황궁의 동원에 위치한 대정전은 열여섯 개의 기둥으로 만들어진 팔각정 전각이다. 만주족의 특징이 고스란히 배어 있는 그 건물은 태조 누르하치가 주로 집무를 보던 곳이었다. 누르하치의 아들인 홍타이지는 나라의 이름을 청으로 바꾼 후 자신만의 궁을 중원에 새롭게 지었다. 화려한 돌조각이 새겨진 돌계단과 붉은 기둥 위에 녹색 기와지붕이 이어져 있는 아름다운 궁전을.

홍타이지가 자신의 신하들과 국가대사를 의논하는 숭정전의 가장 높은 곳에는 승천하는 용의 형상이 기둥을 감싸고 있었다. 모든 권력이 모여 있는 황좌는 그 용 기둥 사이에 놓여 있었으며 황제는 그곳에 앉아 새로운 정사를 골몰했다.

국가의 대소사가 이루어지는 숭정전 뒤편에는 성경에서 가장 높은 건물인 봉황루가 위세를 뽐내며 서 있었다. 그리고 봉황루 뒤에는 황제와 비들이 머무는 궁이 동서로 이어져 있었다. 동궁인 관저궁에는 신비 하이란주가 서궁인 인지궁에는 귀비가 머물렀으며 버금 동궁인 연경궁에는 숙비가 거처하고 있었다. 마지막으로 네 번째 후비인 장비 부무부타이는 버금 서궁인 영복궁에 머물렀다.

후비들 중 가장 마지막 서열인 영복궁 장비는 며칠 동안 누군가의 편지를 애타게 기다리고 있었다. 청군 부대가 몇 달에 걸쳐 조선으로 출병한 후 돌아온 지도 벌써 여드레가 지났다. 다른 때 같으면 도르곤에게서 서찰이 오고도 남았을 시간이다. 장비가 그의 무사 귀환을 기도하며 지낸 날들을 보답하는 것처럼 그는 항상 전쟁에서 돌아와 서찰을 보내곤 했었다. 어린 시절부터 소식을 주고받아 온 둘 사이에는 허물이 없었고 서로를 위하는 마음이 오랫동안 이어져 왔었다. 장비는 도르곤의 이복형인 황제의 여인이었지만 도르곤과의 관계를 부끄러워하지 않았다. 그들은 정치적 동반자였고 서로에 대한 믿음이 있었다.

"아직도 소식이 없느냐?"

장비는 매일 아침 후원을 바라보며 쑤마라에게 똑같은 질문을 했다. 장비의 반복되는 물음에 궁녀 쑤마라는 아무런 대답도 하지 못했다. 대신 장비의 주위를 환기시키기 위해 다른 화제를 언급했다.

"장비마마, 오늘 새로 온 궁녀들이 입궁하였습니다. 한 번 보시고 마음에 드는 아이가 있으시면 곁에 두십시오."

쑤마라는 영복궁에 새로 배치된 궁녀들을 장비 앞으로 불러들였다. 모두 어린 여자아이들이었다. 장비는 아이들의 얼굴을 찬찬히 훑어보았다. 그중에 유독 가냘픈 몸매에 하얀 얼굴을 가진 아이가 있었다. 다른 아이들과 그 얼굴 생김새가 달라 유달리 눈에 띄었다.

"넌 이름이 무엇이냐?"

"말순이라 하옵니다."

말순은 높은 신분의 여인이 자신에게 말을 걸어오자 급히 몸을 숙였다.

"이 아이는 이번에 조선에서 온 아이인데 만주어를 곧잘 한다고 하여 궁녀로 들였다 하옵니다."

"조선인 아이가 만주어를 한다고? 너는 어디서 말을 배운 것이냐?"

"포로로 잡혀오는 길에 만주어를 배우는 이가 있어 귀동냥으로 배웠습니다."

"그래? 현명한 아이구나. 포로로 잡혀오는 와중에도 이곳 말을 배우려 하다니."

장비는 말순이 마음에 들었는지 측근에서 자신을 보필하도록 했다. 도르곤의 서찰은 오지 않았지만 그가 전쟁에서 승리한 대가로 데리고 온 조선아이가 그녀에게로 온 것이다. 장비는 그것으로 서찰이 오지 않은 현실을 위로했다.

장비의 아명은 다위얼이었다. 열세 살의 나이에 혼인하여 성경황궁으로 들어온 다위얼은 처음엔 서궁에 기거했다. 그녀의 서열도 대푸진 저저 다음이었다. 그녀는 황궁에 오자마자 궁중예법을 배우고 만주어를 익혔다. 총명하고 민첩한 성정으로 다위얼은 황궁에 와서 배운 것들을 빠르게 익혔고 고모인 저저를 따라 후궁들을 관리했으며 장비라는 칭호로 불리며 궁중의 질서를 바로잡았다.

　장비가 된 다위얼은 궁중생활에 잘 적응해나갔고 총명함으로 주위 사람들의 기대를 한 몸에 받았다. 그렇게 처음 접한 대금의 황궁은 호르친 대평원에서 살아가던 그때처럼 근심걱정이 없는 평화로운 생활이었다. 시아버지인 누르하치가 죽기 전까지는.

　영원성 전투를 치른 후 누르하치는 요양지에서 돌아오다 갑작스럽게 등에 난 독창이 악화되어 애계보라는 곳에서 죽고 말았다. 누르하치의 시신이 돌아온 후 버일러들은 '칸'의 자리를 누가 이어야 할지 논의했다. 뛰어난 재능으로 많은 공적을 쌓고 다른 왕족들로부터 존경을 받는 홍타이지만이 '칸'으로서의 자격이 충족되었다. 다만 태후인 아바하이의 존재가 '칸'이 될 그의 앞을 가로막고 있었다. 홍타이지는 아바하이의 세력을 무력화시켜야 했다. 결국 아바하이는 청나라 황실에서 순장된 최초이자 마지막 황후가 되었다.

　선제 누르하치의 사후 황후 아바하이의 자결을 가까운 곳에서 지켜본 장비는 그 제서야 황궁이 초원과 달리 비정한 곳임을 깨달았다. 후비인 그녀도 언젠가 황후처럼 순장 당할지도 모르는 것이다. 그 충격은 그녀의 모든 관심사를 바꾸어 놓았다. 황궁에서 일어나는 일들을 알지 못한 채 그저 여인으로만 살다가는 위험이 다가와도 살아날 수 없었다. 그녀는 황궁 안에서 일어나는 일 못지않게 조정에서 벌어지는 일도 알아야 한다는 사실을 깨달았다. 위기에서 자신을 지켜줄 대신들이 필요하다는 사실도.

그런 깨달음이 있었기에 장비는 다른 후비들과 달리 황친이나 황제의 친구들과 교류하며 조정의 일에 대한 관심을 놓지 않았다. 그녀는 다른 비들과 달리 도르곤과도 돈독한 관계를 유지했다. 날개를 잃어버린 어린 새와 같은 처지였기에 대신들 누구도 아바하이의 아들들에게 도움을 주지 않았다. 위태로운 처지에 처한 도르곤은 스스로의 힘으로 일어나야 했다. 자신의 힘으로 공적을 쌓고 인정을 받아야 하는 것이다. 그런 도르곤에게 힘이 되어준 이가 장비였다. 어머니를 잃은 도르곤의 고통을 알기에 그녀는 그를 위로하기 위해 여러 번 서찰을 보냈다. 비슷한 나이였던 두 사람은 냉엄한 황실에서 서로의 벗이 되어 줄 수 있었다. 마음을 흉금 없이 터놓을 수 있는 사이가 된 것이다. 어린 우정은 서로에게 큰 존재가 되었다.

도르곤이 전쟁터에서 자신의 위치를 확고하게 다지는 사이 황궁에도 많은 일이 일어났다. 장비가 된 다위얼의 서열은 점차 내려가 오궁의 마지막 후비가 된 것이다. 장비의 품계가 내려간 것은 모두 청의 정치적 입장 때문이었다. 장비의 친정인 호르친 가문은 청의 비호로 몽골 내에서 그 세력이 점점 강해졌고 그 힘으로 청은 내몽골의 가장 강력한 부족이었던 차하르부족을 멸망시켰다. 차하르부족은 칭기즈칸의 직계 후손들로 내몽골에서 그 영향력이 만만치 않았다. 차하르부를 흡수하기 위해 홍타이지는 차하르부의 미망인들을 후비로 맞아들였다. 두 명의 새로운 부인이 성경황궁으로 들어오자 장비의 지위는 점점 내려가 마지막 후비가 되었다.

홍타이지는 새로 들인 후궁들 중 한 명을 유달리 총애했다. 그녀와 혼례를 치른 후 한동안 조정에서 홍타이지의 모습을 볼 수 없을 정도로. 황제의 총애를 한 몸에 받게 된 후궁은 다름 아닌 장비의 친언니 하이란주였다. 그녀는 황제와의 결혼이 초혼이 아닌지라 장비보다 늦은 나이에 후궁이 되었다. 황제와 대푸진의 총애를 받았던 후궁이었지만 장비는 일시에 모든 관심에서 멀어지게 되었다. 하이란주가 황제의 관심을 받자 호르친 가문에서도 장비가 아닌 하이란주를 더 중요시 여겼다. 장비는 그동안 누리던 모든 총애를 단번에 잃어버렸다. 그럼에도 그녀는 언니에게 시기심을 가질 수 없었다. 황제와 언니의 결혼은 정략적으로 중요한 혼맹이었다. 가문과 자신의 앞날을 위해서.

하이란주는 동궁에 기거하는 신비가 되었고 장비는 언니와 함께 호르친 가문을 위해 다른 가문의 후궁들과 경쟁해야 했다. 질투나 시기심을 가질 만큼 황궁에서의 생활은 여유롭지 않았다. 언니가 황자를 낳는다면 장비 자신뿐만 아니라 호르친 가문 전체의 위세가 드높아질 수 있었다. 사사로운 감정에 사로잡혀 자신의 위치를 위험에 빠트릴 만큼 장비는 어리석지 않았다.

살얼음을 걷는 것처럼 매사를 신중하게 행동해야 하는 궁중생활이었기에 그녀는 마음의 벗을 그리워했다. 그런 그녀의 마음을 위로해 주었던 건 언제나 한결같은 마음으로 편지를 보내주었던 도르곤이었다. 정치적 동료이자 사심을 터놓을 수 있는 유일한 사이로 오랜 시간 친밀한 관계를 유지해왔던 두 사람이었지만 근래에는 서로에게서 멀어지고 있었다. 어린 나이였던 시절에는 서로의 상처를 보듬어 주며 그 마음을 소중히 했지만 나이를 먹어감에 따라 서로의 입장이 다르다는 것을 점점 확실하게 인식하게 되었기 때문이었다. 장비는 황제의 후궁이었고 도르곤은 실력 있는 왕이었다. 그리고 그것이 두 사람이 함께할 수 없는 명백한 이유였다.

조정의 일이 끝나자마자 왕부로 돌아온 도르곤은 내실로 들어가 밖으로 나오지 않았다. 해가 지자 어둠이 왕부에 스며들었지만 그는 불도 밝히지 않은 채 컴컴한 어둠을 그대로 내버려 두었다. 눈을 뜨고 있어도 사방이 깜깜하여 눈을 감은 것과 같았다.

그의 행동을 이상하게 여긴 금영부인이 밤이 깊도록 내실 밖 대청에서 자리를 지켰다. 아니나 다를까 잠시 후 도르곤이 다급히 금영을 불렀다.

"어디가 불편하십니까?"

금영은 걱정스러운 얼굴로 도르곤의 안색을 살폈다. 도르곤은 창백한 얼굴로 식은땀을 흘리고 있었다.

"그 아이를 불러와."

고통에 겨운 목소리로 그가 말하자 금영은 당황하지 않고 의원을 부르려 했다.

"의원을 데리러 사람을 보내겠습니다."

"의원은 안 돼! 당장 그 애를 불러와! 당장!"

금영은 서둘러 후원 뒤편으로 사람을 보내 윤성을 데려 오라 명했다. 막 잠을 청하려던 윤성은 그녀를 부르러 온 하인들의 성화에 못 이겨 서둘러 본채로 향했다. 왕부의 주인이 머물고 있는 내실로 들어섰지만 차마 두려운 마음에 그녀는 성큼 안으로 들어가지 못하고 침침한 불빛이 떠도는 침소 밖에 서 있었다.

"어서 와서 예친왕을 살피지 않고 뭐 하는 게냐?"

금영의 재촉에 윤성은 잔뜩 몸을 웅그리고 있는 도르곤의 상태를 살폈다. 도대체 어떤 병이 길래 아침까지 멀쩡하던 이가 병자가 되었는지 혼란스러웠다. 안색과 맥을 살피고 그의 외관을 샅샅이 훑어보았다. 그리고 금영에게 물어 도르곤의 몸 상태를 확인했다. 금영의 말에 따르면 좀 전까지도 황자의 몸에는 이상이 없었다고 했다. 먹고 자는 것도 평상시와 같고 아픈 기색이라고는 찾아볼 수 없었다고. 다만 지금과 같은 상황이 과거에도 몇 번인가 나타난 적이 있었지만 도르곤이 한사코 의원을 만나려 하지 않았기에 한 번도 치료를 한 적이 없다고 말했다.

도르곤은 손을 심하게 떨고 있었다. 그의 병은 형체가 없는 것이다. 분명 그러하리라 짐작했다. 열도 없으며 통증 부위도 없다. 겉으로 드러난 상처와 종기도 없으며 내상을 입은 흔적도 없다. 오직 그의 병은 심중에 있는 것이었다. 떨리는 손이 그것을 드러내고 있었다. 윤성이 떨고 있는 손을 잡아주려 했지만 도르곤은 화들짝 놀라 손을 잡아 뺐다. 그에게서 수만의 군대를 이끄는 장군의 모습은 찾아볼 수 없었다. 그는 눈을 감고 필사적으로 자신의 두려움을 감추려 했다.

원인을 알 수 없는 두려움과 불안, 그것이 병의 실체였다. 일찍이 윤성은 아버지에게서 전광*이나 사수**에 대한 이야기를 들은 적이 있었지만 이는 그와는 다른 증상이었다. 오히려 심허에 의한 경계**와 비슷해 보였다. 어쩌면 경계가 오래되어 정충증**이 되었을 가능성도 있었다.

윤성은 차분히 증상에 맞는 혈을 찾았다. 손목주름 위 부위의 신문혈과 새끼손톱 아래 소충혈에 우선 침을 놓았다. 신문혈은 심에 허실증이 생겨 가슴이 두근거리는 증상에 좋았으며 소충혈은 손

---

* 정신에 이상이 생겨 미친 증세.

** 사수는 귀신, 혹은 헛것에 씐 것을 말하는데 현대 의학의 관점에서 보자면 정신 질환의 범주에 속하는 것들이다.

**∶ 경(驚)은 심(心)이 갑자기 뛰고 편안하지 않은 것이며, 계(悸)는 가슴이 두근거리면서 두려워하고 놀라는 것. 일종의 공황장애.

∶∶ 심한 정신적 자극을 받거나 심장이 허할 때 가슴이 울렁거리고 불안한 증상.

의 떨림을 멈추어 주었다. 두 곳에 침을 놓은 후 발바닥 부위와 손목 아래 부위에도 침을 놓았다. 두 곳 모두 가슴이 두근거리고 불안증에 좋은 혈자리였다. 윤성이 침을 놓고 일각의 시간이 지나자 불안감에 고통스러워하던 도르곤의 발작이 점차 사그라졌다.

증상이 진정되자 도르곤은 그대로 잠이 들어 버렸다. 급한 증세는 멈추었지만 병이 나은 것은 아니었다. 윤성은 심계에 쓰는 처방을 찾아 금영부인에게 주었다. 늦은 밤이었지만 금영은 윤성이 처방한 약재를 금세 구해왔다. 달이 뜨고 밤이 깊어가도록 윤성을 탕약을 달였다.

어두웠던 하늘에 서서히 푸른빛이 감돌았다. 동이 터오고 있었다. 붉은 기운이 푸른빛과 어우러져 사위가 점점 밝아졌다. 도르곤이 깨어나길 기다리며 그의 침상 옆을 지키고 있었던 윤성은 방안으로 빛줄기가 들어오는 줄도 모르고 바닥에 주저앉아 까무룩 잠이 들고 말았다.

다시 찾아오지 않았으면 좋을 기나긴 밤이었다. 고통이 사라지고 찾아온 꿈에서 도르곤은 오래전 기억들을 마주했다. 대부분 떠올리고 싶지 않은 기억들이었다. 담담히 죽음을 받아들이는 어머니의 눈빛. 그 눈이 떠오를 때면 도르곤은 자신도 모르게 열다섯의 나이가 되어 버렸다. 몸은 이미 커버렸지만 마음은 그때로 돌아가 두려움에 몸을 떨었다. 아버지와 어머니를 모두 잃고 그의 주변에는 아무도 남지 않았다. 권력은 언제든 도르곤의 목숨을 비정하게 끊을수 있었다. 어머니를 죽인 원수지만 황제를 위해 목숨을 바쳐야 했다. 소년은 슬픔을 감추고 아무렇지 않은 듯 전쟁에 나섰다. 그리고수많은 사람의 피를 뒤집어쓰고 황제로부터 왕의 칭호를 받았다.

발작이 일어난 그날 밤 지쳐 잠든 그 꿈에서도 도르곤은 수없이 많은 이들의 목을 베었다. 끊임없이 달려드는 적을 죽이지 않으면 자신이 죽는다. 살기 위해 칼을 휘두르고 적의 심장을 겨눴다. 수많은 이들의 피가 섞여 그의 얼굴을 붉게 물들였다. 얼굴을 훔치던 도르곤은 자신의 손에 묻은 피를 보고 놀라 퍼뜩 잠에서 깨어났다.

새벽공기는 서늘하고 축축했다. 잠에서 깨어났지만 방금 전장에서 돌아온 것처럼 흥분이 가시질 않았다. 여러 번 심호흡을 하고 나자 겨우 두근거리는 마음이 진정되었다. 침상에서 일어나 무심코 옆을 보니 그 아이가 바닥에 주저앉아 고개를 푹 수그린 채 자고 있었다. 어젯밤 기억을 더듬어 보니 자신이 그 아이를 불러오라 소리친 기억이 난다. 도르곤은 조심스레 침상에서 몸을 일으켰다. 그가 몸을 움직이는 소리에 윤성이 화들짝 놀라 눈을 떴다. 자신이 잠들었다는 사실을 깨닫고 서둘러 일어나려던 윤성은 오랜 시간 같은 자세로 있던 탓에 다리가 저려 다시 주저앉아 버렸다.

"송구합니다."

어수선한 행동에 엎드려 사죄를 하다 또 무슨 생각이 났는지 갑자기 벌떡 일어난 윤성은 부산스럽게 밖으로 뛰어나갔다. 그리고 잠시 후 금영과 함께 따뜻한 죽과 탕약을 들여왔다. 금영이 올린 죽을 먹고 나자 윤성이 탕약을 내밀었다.

"이 약을 드시면 갑자기 찾아오는 고통이 조금씩 줄어들 것입니다."

밤이 새도록 정성 들여 달인 탕약이었지만 도르곤은 윤성이 내민 그릇을 받지 않았다. 도르곤의 시선은 탕약이 아니라 윤성에게로 향해 있었다.

"내가 너를 믿어도 되겠느냐?"

도르곤의 질문은 직설적이었다. 윤성은 도르곤의 시선을 피하지 않고 대답했다.

"이미 믿고 계십니다."

어떤 의도도 가지고 있지 않은 담담한 목소리에 무의의 눈빛. 그 모든 것이 순하고 의혹을 가지고 있지 않았다. 아무것도 없는 눈빛이었다. 의도가 보이지 않으니 의심할 수 없었다.

윤성이 다시 탕약을 도르곤에게 권했다. 이번엔 도르곤도 순순히 그릇을 받아들었다.

이미 그 아이를 믿고 있었다. 믿지 않았다면 지난밤, 그 고통 속에서 윤성을 부르지 않았을 것이다. 스스로도 납득이 가지 않았지만 도르곤은 윤성의 말을 처음부터 모두 믿고 있었다. 압록강 앞에서 도망친 모녀를 살려 달라 청했던 그때부터 속수무책으로 믿어버렸다. 매사에 신중한 그였지만 믿고 싶다는 욕망이 어떤 의혹보다 강했다. 그는 두려움과 고통에서 누군가 자신을 구해주길 오래도록 바랐다. 그의 이런 마음을 미리 알기라도 했던 것처럼 그 아이가 약속을 한 것이다. 그의 목숨을 지켜주겠다고.

탕약을 다 마시고 나니 윤성이 만족스러운 미소를 짓는다. 이미 윤성은 자신이 노예라는 신분을 잊어버리고 있었다. 강도에서처럼 그저 병자를 돌보고 그 병자가 자신의 치료를 받고 병세가 좋아지는 것이 기쁠 뿐이었다. 그 병자가 적국의 왕임에도. 신분과 자신의 처지를 망각하니 아비의 말만 마음에 남았다. 신분이 어떠하듯 병자는 병자일 뿐이고 의원은 의원일 뿐이라는. 그 말의 의미만 남아있으니 두려워할 일도 의심받을 일도 없었다.

도르곤의 병은 왕부에서도 금영 외에는 아는 이가 없었다. 오랜 시간 병으로 고통받아왔지만 도르곤은 자신의 병이 약점이 될까 두려워 아무에게도 알리지 않았다. 잠시 불안에 떨며 고통을 견디면 언제 그랬냐는 듯이 다시 평소로 돌아가니 스스로 병세를 참아 왔었다. 그러던 중 가벼운 심계는 점점 더 그 증상이 심해졌고 지난밤 처럼 불시에 찾아와 그를 괴롭혔다. 조선에서 돌아온 이후 그 증세 가 더 심해졌다. 긴 행군으로 심신이 모두 지친 탓이었다. 기나긴 어 둠을 틈타 찾아온 고통은 언제 끝날지 알 수 없었다. 다행히 윤성이 있었던 덕에 그 고통의 시간을 짧게 끝낼 수 있었다. 지난밤 일을 겪 고 도르곤은 스스로 납득했다. 자신이 왜 그 아이를 믿을 수밖에 없 었는지. 오직 윤성만이 자신의 고통을 끊어 줄 수 있었다. 누구도 모 르게. 자신의 노예이자 의원으로.

다시 찾은 희망

전쟁을 벌이지 않는 날들에도 청군은 쉬지 않았다. 그들은 전쟁을 하지 않을 때면 대체로 사냥을 했다. 본시 청나라 팔기군의 시작은 여진족의 몰이사냥이었다. 팔기군의 군사들은 농사와 수렵으로 생계를 꾸리다 전쟁이 일어나면 자신이 속한 기의 군사가 되었다. 실생활과 군 생활이 모두 이어져 있어 사회조직 전체가 유기적으로 연결되어 있었다. 누르하치는 이 팔기제도로 효율적으로 나라를 조직했기에 적은 수의 병사로 수많은 적들을 이길 수 있었다.

전쟁을 하지 않는 시기에 태종 홍타이지는 태조처럼 팔기들을 이끌고 사냥에 나섰다. 각 기의 수장들인 왕들과 함께. 그 규모는 흡사 전쟁을 나가는 이들의 모습과 다르지 않았다. 수천 명의 팔기군이 앞장을 서고 그 뒤에 보급품을 담당하는 인마人馬가 뒤따랐다. 사냥에 동원된 매만 해도 수십 마리는 족히 되었다. 매사냥을 즐겨 했던 여진족의 풍습대로 태종의 사냥에도 매가 동원되었다.

주로 황제는 심양을 벗어나 북동쪽으로 사냥을 떠났다. 명의 세력이 물러난 북쪽 지역은 이제 모두 청나라가 지배하는 곳이었다. 그 드넓은 평원을 수천 마리의 말이 내달리면 자욱한 모래바람이 일어나 사방으로 퍼졌다. 팔기군은 행군을 하는 와중에도 사냥을 했다. 들과 산을 넘나들며 군사들이 짐승을 몰았으며 짐승이 모습을 드러내면 활을 쏘고 매를 풀어 잡았다.

황제가 소현세자를 사냥에 초청했지만 세자는 병으로 사냥에 참여하지 못했다. 대신 봉림대군이 배종*하는 원역**들을 데리고 황제의 사냥을 따라나섰다. 세자를 대신해 사냥에 참여한 봉림대군은 산봉우리 한쪽을 맡아 짐승 몰이를 했다.

거친 들판 위로 말을 타고 달리며 짐승을 몰다 보니 하루해가 금세 저물었다. 해가 지면 더 이상 사냥을 할 수 없다. 사냥을 하던 팔기군은 해가 저물어야 인가를 찾아 쉬었다. 사냥은 사냥이 아니라 모의 전투였고 사냥감은 적이었다. 사냥감은 전쟁에서 싸워 이겨야 하는 적군과 다르지 않았다.

짐승몰이에만 동참했던 봉림대군은 치밀한 팔기군의 사냥법에 감탄하지 않을 수 없었다. 이렇게 평상시에도 전쟁을 하듯 사냥을 하니 팔기군의 전법과 전투능력이 뛰어났던 것이다. 팔기의 기들은 저마다 자신들의 기에 대한 자부심 또한 대단했으며 기의 수장에 대한 충성심 또한 깊었다. 그러니 팔기라는 제도로 똘똘 뭉친 청나라의 침략에 조선은 맥없이 무너질 수밖에 없었던 것이다.

사냥이 끝나고 황제는 사냥감으로 잔치를 벌였다. 봉림대군도 그 자리에 참석했다. 황제는 사냥에 참여해 준 성의에 대한 보답으로 대군에게 사냥한 짐승을 하사했다.

"이렇게 대군이 동참해주니 참으로 기쁘오. 사냥에 참여한 소감이 어떠하오?"

• 임금이나 높은 사람을 모시고 따라가는 일.
•• 조선 시대에, 각 관아의 벼슬아치 밑에서 일을 보던 사람.

팔기의 대신들과 왕들이 지켜보는 자리에서 황제가 직접 물으니 당황한 봉림대군은 속내가 심히 떨렸다. 아직 어린 나이에 적국의 세력가들 사이에 있으니 그 떨림은 당연한 것이었다. 하지만 대군은 조선을 대표하는 이였다. 그가 무너지면 조선 전체가 웃음거리가 될 터였다.

"사냥을 하는 내내 팔기군이 한마음이 되어 움직이니 그 모습이 인상 깊었습니다."

역관이 대군의 말을 전하자 짧고 간단한 대군의 의견에 황제가 만족스러운 표정을 지었다. 기들의 수장도 저마다 너털웃음소리를 내며 고개를 끄덕였다. 자신들의 위용이 조선의 왕자에게 각인되었다는 만족감에. 봉림대군은 그저 담담한 얼굴로 그들의 시선을 감내했다. 아부를 하는 것도 그들의 위세에 위축된 것도 아니었다. 그저 그가 보고 들은 것에 대한 감흥을 말한 것이었다. 실제로 팔기군은 조선군에 비해 그 위력이 만만치 않았다. 적을 알아야 대처할 수 있다는 사실을 봉림대군은 누구보다 잘 알고 있었다. 그렇기에 그는 자신이 보고 들은 것을 가슴 깊이 새기고 있었다. 훗날 조선이 다시 일어설 날을 위해.

"대군이 그리 좋게 말해주니 나 또한 기분이 좋소. 이렇게 사냥에 참여한 대군의 성의에 보답으로 내 대군의 청을 하나 들어주겠소."

황제가 갑자기 제안을 했다. 일순간 떠들썩하던 주위가 조용해졌다. 조선의 왕자가 황제에게 어떤 청을 할지 궁금하여.

봉림대군 또한 갑작스러운 황제의 제안에 당황하고 말았다. 황제에게 어떤 청을 해야 하는가? 황제의 심사를 거스르지 않고 대신들의 원성을 듣지 않을 수 있는 청이 무엇이 있단 말인가? 황제에게 청하고 싶은 바람이야 많지만 포로나 세폐에 관련된 문제를 드러내서는 안 되었다. 그런 예민한 문제를 여기서 거론해봤자 이 자리가 난 감해 질뿐이니. 오히려 황제의 노여움을 살지도 모른다. 정치적인 사안을 피해 사사로운 청을 해야 했다. 대군은 잠시 대답을 하지 못하고 머뭇거렸지만 이내 차분한 어조로 황제에게 자신의 청을 고했다.

"세자께서 오랜 행군으로 아직 몸을 회복하지 못하고 계십니다. 행군 중 포로였던 의원에게 침을 맞고 회복한 적이 있는데 그 의원의 행적을 알지 못해 다시 치료를 받고 있지 못합니다. 황제께서 아량을 베풀어 주시어 그 의원으로 하여금 세자 저하를 치료하게 해 주셨으면 합니다."

"행군 중 그런 일이 있었소?"

황제는 잠시 대군의 말을 곱씹어 보다 가까이에 앉아있던 도르곤을 바라보았다. 조선인 포로를 이끌고 돌아온 이가 도르곤이었으니 이 문제를 해결할 이도 그뿐이었다.

"포로들을 관리하여 왔으니 예친왕이 알고 있겠군. 그렇지 않소?"

윤성의 존재가 거론되자 도르곤은 감추고 있던 비밀이 드러난 것처럼 당혹스러웠지만 침착하게 황제의 물음에 답했다. 행군 중 있었던 일과 그 의원의 행적에 대해. 도르곤의 왕부에 그 의원이 있다는 말을 듣고 황제는 자신의 짐작이 맞아 들어간 것이 기분 좋았다. 황제의 명으로 도르곤은 그 의원을 심양관으로 보내기로 약조했다. 원하든 원하지 않던. 봉림대군으로서는 그저 위기를 피하기 위해 생각해낸 묘안이었는데 그 청이 이루어지게 된 것이다. 생각 밖의 일이었다.

사냥은 잔치를 끝으로 마무리되었다. 봉림대군이 참여한 첫 번째 사냥은 그 의미가 남달랐다. 청군의 위세가 어디에서 비롯되었는지를 알 수 있었던 깨달음의 장이자 그동안 잊고 있었던 윤성을 다시 떠올리는 계기가 되었다. 사냥터에서 성안으로 돌아오는 내내 봉림대군은 그 아이가 어떻게 지내고 있을지 궁금했다. 답답함만 가득했던 볼모생활에 작은 활력이 생겼다. 막혔던 숨통이 트인 것처럼.

　긴 사냥에서 돌아온 도르곤은 심사가 편치 않았다. 하필 조선의 왕자가 윤성에 관한 일을 황제에게 고했기 때문이었다. 황제가 봉림대군에게 약조하였으니 윤성을 보내지 않으면 황제의 명을 어기는 꼴이 되었다. 다른 노예라면 누굴 보내라 해도 아무 거리낌이 없겠지만 윤성은 달랐다. 그 아이는 도르곤의 비밀을 알고 있으니. 가장 약하고 숨기고 싶은 모습을 유일하게 아는 이였다. 오랜 고통을 끊어줄 이인 동시에 자신의 약점을 아는 이다. 그러니 함부로 대할 수도 없다. 한낱 노예 때문에 이런 곤란함을 겪게 될 줄 도르곤 자신도 예상하지 못했다.
　사냥에서 돌아온 도르곤의 부름에 윤성은 다른 때와 다름없이 경험방과 침통을 들고 내실에 들었다. 거친 사냥을 여러 날 하고 돌아왔지만 도르곤의 몸은 평상시와 다름없었다. 간단히 맥과 안색을 살피고 윤성이 돌아가려 하자 도르곤이 그녀를 불러 세웠다.
　"가까운 시일에 세자가 머물고 있는 심양 관소에서 너를 부르러 올 것이다."
　"관소에서요?"
　"조선의 왕자가 세자를 위해 너를 보내 달라 청했다. 이는 황제의 명이니 성심성의껏 그 뜻에 따라야 할 것이다. 허나….
　도르곤은 말을 하다 멈추고 잠시 뜸을 들였다.
　"그곳에서 왕부의 일을 함부로 발설할 경우 너는 목숨을 부지하지 못할 것이다."

도르곤의 눈빛은 한없이 차갑고 매서웠다. 그 냉엄함 속에는 자신의 치부를 숨겨야 하는 두려움이 도사리고 있었다. 윤성이 그 속내를 모를 리 없었다.

"알고 있습니다. 왕야의 말을 명심 또 명심할 테니 걱정하지 마십시오."

도르곤의 엄명을 듣고 두려워할 법도 하건만 윤성은 평온한 얼굴로 오히려 그를 안심시켰다. 두려움에 떨고 있는 아이를 진정시키듯이. 오히려 위로를 받은 이는 도르곤이었다. 윤성이 너무나 당연하게 자신의 말을 받아들였기에.

도르곤은 윤성의 말을 믿었다. 믿음이 가서 믿게 되는 것인지 믿고 싶어서 믿는 것인지 알 수 없었다. 누구도 그렇게 쉽게 믿지 못하는 그였다. 주변에 믿을 수 있는 사람이라고는 같은 어머니에게서 태어나고 자란 형제와 어릴 적부터 자신을 돌봐준 유모 금영뿐이었다. 그 외에 그의 비밀을 공유한 자는 윤성이 처음이었다. 그래서 도르곤은 윤성을 믿어야 했다.

며칠 후 도르곤의 말처럼 왕부에 심양 관소의 사람들이 찾아왔다. 서신으로 이 방문을 알고 있었던 금영은 차분히 손님을 맞았다. 량량의 일을 돕고 있던 윤성은 금영의 부름에 한달음에 본채로 달려갔다.

본채에 들어서자 단정한 차림의 조선옷을 입은 젊은 사내가 금영과 마주 앉아 차를 마시고 있었다.

"윤성이옵니다."

윤성이 들어가 고하자 차를 마시던 사내의 시선이 윤성에게로 향했다.

"오랜만이오."

낯익은 얼굴이었다.

"나를 기억하오?"

"혹시 대군마마 아니십니까?"

"아직 나를 기억하고 있구나."

봉림대군의 말은 오히려 윤성이 하고 싶은 말이었다. 왕자인 그가 자신을 기억하고 있으니. 관소에서 온다는 사람이 봉림대군일 것이라고 윤성은 전혀 예상치 못했었다. 궁인이나 하인들 중 누군가 자신을 데리러 올 것이라 여겼을 뿐.

봉림대군은 윤성을 만나자 지체 없이 왕부를 나와 심양관소로 향했다. 윤성은 아비의 의서와 침통을 들고 대군을 따라나섰다. 몇 개월 만이었다. 왕부 밖으로 나온 것은. 왕부의 노예가 되고 나서 밖으로 나올 일이 없었다. 노예는 오직 왕부에서 주어진 일을 하며 살 뿐이었다. 황궁과 왕부가 멀지 않았고 심양 관소도 그리 먼 걸음은 아니었다. 그래도 사람들이 왕래하는 거리를 걷고 상점들을 보니 사람 사는 세상에 나온 것 같았다. 심양 관소가 더 멀리 있었으면 할 정도로.

심양관에 도착하자 익숙한 옷들과 살림살이들이 마음을 편안하게 했다. 비록 관소는 청국의 것이었지만 궁인들이나 관리들 모두 조선의 복색을 하고 있으니 마치 조선에 돌아온 것 같은 착각이 들 정도였다. 심양관은 청나라에 있는 작은 조선과 다름이 없었다. 관소에서 세자는 청과 조선의 가교역할을 했다. 청의 요구를 들어주고 조선에 장계를 보내면서 조선의 입장을 대변하여 포로 속환문제나 세폐에 대한 문제를 해결했다. 이런 업무를 하는 틈틈이 황제나 청의 왕족들이 여는 사냥이나 연회에도 참석해야 했다. 청나라 관리들은 관소의 일을 엄중하게 감시했고 때때로 자신들의 요구를 조선이 받아들이지 않을 때는 고압적인 태도로 난폭하게 굴었다. 이렇게 청의 눈치를 보아가며 생활해야 하니 소현세자의 마음도 편할 날이 없었다. 없던 병이 생겨도 이상하지 않을 상황이었다.

관소의 이런 사정을 봉림대군은 누구보다 잘 알고 있었다. 소현세자를 만나기 전 봉림대군은 윤성에게 세자가 처한 상황을 넌지시 귀띔해 주었다.

"나라에서 될 수 있는 한 많은 인원을 속환하려 하지만 지금 청나라 관리들이 제시한 속환비가 너무 과하여 그 비용이 만만치 않구나. 백성을 구하려 해도 구할 수 없으니 형님께서 여러 날 근심을 하였다. 마음이 지치니 몸도 상하여 지금 침상에 누워 계신다."

봉림대군의 말처럼 세자는 침상에 누워 윤성을 기다리고 있었다.

"이렇게 다시 만나게 되니 고향사람을 만난 듯 반갑구나."

세자는 병세가 가시지 않은 상황이었지만 윤성을 반갑게 맞아주었다.

윤성은 볼모생활로 병을 얻은 세자의 몸을 진맥했다. 관소에 있는 의관들의 처치가 잘못되었을 리는 없었다. 그들도 실력이 있는 의원이기에 의관으로 뽑혔을 테니. 심양에 도착한 이후 조선에서 세자를 위해 물자와 의관을 더 보내 그때보다 사정은 더 좋아졌다 했다. 관소의 의관들이 침과 뜸을 뜨고 탕약을 올리기를 여러 날이었다. 치료가 늦거나 잘못된 것은 아니었지만 세자의 마음이 편치 못하니 효험이 없었다.

세자는 곽란°을 일으킨 후 비위가 상하여 음식을 먹지 못했다. 속이 답답하고 거북하니 음식이 들어가지 않는 것이다. 윤성은 배

• 음식이 체하여 토하고 설사하는 급성 위장병.

꼽 부위에 위치한 신궐혈에 7장의 뜸을 뜨고 부드러운 천으로 세자의 왼쪽 위팔을 동여맨 후 모로 눕게 하였다. 팔을 압박한 채로 잠이 들면 효험이 있다는 아비의 말을 따른 것이다. 우선 두 가지 응급처치로 세자의 증세가 가라앉길 기다렸다. 이 방법으로 증세가 낫지 않는다면 그때는 다른 혈 자리에 침을 놓아야 했다. 다행히 반나절이 지나자 세자의 증상이 한결 좋아졌다. 세자의 병세는 좋아졌지만 윤성은 그리 표정이 밝지 않았다. 세자의 진짜 병은 곽란이 아닐지도 모른다는 생각 때문이었다. 세자의 몸을 촉진하던 윤성은 이상한 점을 감지했다. 세자의 오른쪽 갈비뼈 아래에서 묵직한 것이 느껴졌다. 겉으로 드러난 증상은 곽란이었지만 더 중한 병이 세자의 몸에 숨어 있는 것 같았다. 아비가 있었더라면 좀 더 확실하게 증상을 알아낼 수 있었을 테지만 윤성은 의구심을 가지는 것 이상으로 병을 확진할 수 없었다. 결국 윤성은 세자와 봉림대군에게 자신의 의혹을 말하지 못했다. 지금 그녀가 할 수 있는 일은 시간을 두고 그 묵직한 것이 어떻게 변해가는 지 지켜보는 것뿐이었다.

세자의 치료가 끝나고 침소를 나서자 봉림대군이 윤성의 팔을 잡아끌었다. 대군은 조용히 하라는 손짓을 하고는 관소의 내부를 지나 다른 이의 시선이 닿지 않는 뒷문으로 향했다. 그렇게 몰래 관소를 빠져나오니 대군이 윤성의 손을 잡고 뛰기 시작했다. 윤성은 영문도 모른 채 대군이 잡아끄는 대로 심양거리를 달렸다.

"이쯤이면 되었다."

대군이 뛰던 걸음을 멈추고 숨을 헐떡이며 말했다. 끌려가던 팔이 얼얼하여 윤성이 얼굴을 찡그리자 대군이 잡고 있던 손을 놓아주었다.

"미안하다. 호위 군사들을 따돌리려는 마음에 너무 급히 뛰었구나."

대군은 시원한 눈매로 웃으며 변명을 했다.

"이리 대군이 돌아다니시면 관소에서 찾지 않겠습니까?"

"걱정할 것 없다. 서책을 읽는 척하다 몰래 나왔거든."

"무엇 때문에 그리 나오셨습니까?"

"그건… 네가 형님의 병을 치료하여 주었으니 보답을 하고 싶어서다. 원하는 것이 있음 말해 보거라 내 다 들어줄 테니."

대군은 얼떨결에 한 자신의 행동이 무안해 호언장담을 했다.

"정말입니까? 무엇이든 다 들어주실 겁니까?"

"그렇다니까, 무엇이든 말해보아라."

"그럼 심양구경을 시켜 주십시오. 저는 혼자서 왕부 밖으로 나오지 못하니 대군 덕에 청나라 구경이나 해야겠습니다."

"그거야 쉬운 일이지. 어디를 가고 싶으냐? 가고 싶은 곳은 있느냐?"

소원을 들어주겠다고 큰소리를 치고는 오히려 감당할 수 없을까 걱정하던 대군은 윤성의 소원에 금세 움츠리던 표정을 풀고 다시 의기양양해졌다. 비록 그도 심양에 온 지는 얼마 되지는 않았으나 황궁을 드나들며 심양 거리를 어느 정도 익힌 탓에 길을 찾을 수 있는 정도는 되었다.

"저는 책방에 가보고 싶습니다. 이곳에는 조선에 없는 의서들이 한가득이라니 그 겉모습이라도 구경하면 조선에 가서 자랑이라도 할 수 있지 않겠습니까?"

"그야, 쉬운 일이지. 나만 따라 오거라."

봉림대군은 몇 발자국 앞서 걸으며 윤성의 길잡이가 되었다. 두 사람은 서점들이 모여 있는 골목을 찾아갔다. 조선이었다면 상상도 못할 일이었다. 일국의 왕자인 대군과 함께 길을 걷는다는 것은. 하지만 이곳은 신분을 따지는 조선이 아니었다. 조선에서 따지던 반상의 도리와 신분의 고하는 의미 없는 허례허식일 뿐이었다. 이곳은 다양한 민족이 섞여 사는 청나라의 수도 심양이었으니.

서가에 가지런히 놓여있는 의서들을 들춰보며 윤성은 시간 가는 줄 몰랐다. 아비가 옛이야기처럼 들려주었던 의서들이 실제로 눈앞에 있으니 신기하고 또 신기해 보물을 보는 듯했다.

여러 의서들을 둘러보다 한 책에 관심이 쏠렸다. 사람의 해부도가 들어있는 책이었다. 그 글을 읽을 수 없기에 그림으로 그려진 것밖에 볼 수 없었지만 사람 몸 안의 장기들이 실재하는 것처럼 자세히 그려져 있었다. 조선에서라면 감히 상상도 할 수 없는 일이었다. 부모가 준 신체를 하나하나 떼어내어 그 모양새를 그림으로 그린다는 것은. 그래서 더 그 의서가 윤성의 흥미를 끌었다. 언제나 궁금해하던 사람의 몸이 그 의서에 그대로 그려져 있었다. 하지만 책의 내용을 읽을 수가 없었다는 점이 아쉬웠다. 책에 쓰여 있는 글은 그녀가 한 번도 본 적이 없는 글자였다.

"이것은 무슨 책입니까?"

"서역에서 굴러들어 온 의서인데 어쩌다 얻게 된 것이오. 근데 그 글자가 하도 요상해서 읽을 수 있는 사람이 없다오. 그러니 누가 사가겠소. 사가는 사람은 없지만 그냥 장식으로 진열해 놓은 것이오. 사람들 호기심이라도 끌어보게."

주인의 말은 맞는 말이었다. 글을 읽을 수 없으니 그 내용을 궁금해하던 이들도 사지는 못했다. 윤성도 이상한 글자로 적혀 있는 의서에 자꾸만 눈길이 갔지만 아쉽게도 발길을 돌려야 했다. 책방을 나오니 대군이 할 일 없이 뒷짐을 지고 서 있었다.

"책방은 다 보았느냐? 그럼 다른 곳도 가보자구나."

대군이 먼저 성큼성큼 앞장을 섰다. 걸음걸이마저 유쾌하여 대군의 입가에서 미소가 떠나지 않았다. 봉림대군은 왜 이리 자신의 마음이 가벼운지 스스로도 알 수 없었다. 답답한 관소를 벗어나 지켜보는 이 없이 자유롭게 돌아다니는 것이 좋아 그런 것인지 누군가와 함께 시간을 보내서 좋은 것인지.

대군의 걸음이 장신구를 진열해 놓은 좌판 앞에 멈추었지만 윤성은 아랑곳하지 않고 그곳을 지나쳐 근처 필방으로 향했다. 조선에서 보지 못한 다양한 붓들이 주렁주렁 벽마다 걸려 있었다. 필방 옆에는 지전이 자리하고 있었다. 붓과 종이를 보니 불현듯 윤성은 아비가 떠올랐다. 고향을 떠난 지 몇 달이 되었지만 아무런 소식도 서로 전하지 못하고 있는 사정에 절로 깊은 한숨이 나왔다. 이곳에서 별 탈 없이 잘 지내고 있다는 소식만 전할 수 있어도 아비가 안심할 수 있을 텐데라는 생각이 절로 들었다.

"지필묵이 필요한 것이냐?"

"아닙니다. 어차피 전하지도 못 할 텐데 편지를 써서 무엇하겠습니까?"

"미리 안 될 것이라 체념하면 될 일이 있겠느냐?"

대군은 필방과 지전을 들러 지필연묵을 사가지고 왔다.

"이것은 그동안 너의 노고에 대한 보답이다. 그러니 받거라."

윤성은 주저하다 대군이 내민 지필연묵을 받아들였다. 생각지도 못한 선물이었다. 편지를 전하고 싶은 마음은 가득했지만 할 수 없는 일이라 생각했었다. 하지만 대군이 준 선물을 받고 나니 못할 것도 없다는 생각이 들었다. 전하지 못해도 좋았다. 아비를 생각하며 적은 글들을 언젠가 전할 수 있는 날이 올 테니.

"편지를 쓰다보면 언젠가 아비에게 전할 날이 오겠지요?"

"당장은 힘들지 몰라도 그리될 수 있을 것이다. 세자께서 반드시 그렇게 만들어 주실 것이다."

윤성의 물음은 바람이었고 봉림대군의 대답은 희망이었다. 두 사람의 간절한 소망은 하나였다. 심양에서의 생활을 끝내고 조선으로 돌아가는 것. 같은 희망을 품었기에 두 사람은 많은 말을 나누지 않아도 서로의 마음을 이해할 수 있었다.

대군의 도움으로 왕부에 돌아온 윤성은 지필연묵을 가슴에 품고 천천히 왕부 안으로 들어섰다. 언제 이곳을 벗어날 수 있을지 지금으로써는 그날을 알 수 없었다. 평생 이곳을 떠나지 못하고 노예로 살다 늙어 죽을지도 모른다. 처음 왕부에 들어설 때와는 다르게 내딛는 걸음 하나하나가 안타까웠다. 노예의 삶이 무엇인지 몰랐을 때는 그저 왕부 안이 너무나 신기하고 새로웠지만 이제는 이곳이 자신에게 건 족쇄가 어떤 것인지 뼈저리게 느끼고 있었다. 왕부의 내원을 걸어 들어가는 윤성의 걸음이 자꾸만 멈추어 섰다. 다시 돌아올 수 없는 길을 걸어가는 것처럼.

하루 일을 끝내고 량량과 어두운 밤을 맞이하게 되니 그런 생각이 더 깊어졌다. 일을 끝내고 고단한 몸으로 처소에 돌아온 량량은 피곤한 팔다리를 주무르고 있었다. 그런 량량에게 다가가 윤성은 량량의 굳은 어깨를 주물러 주었다.

"량량, 조선으로 돌아가고 싶지 않아요?"

윤성이 불쑥 량량의 본심을 물었다.

"아니, 돌아가고 싶지 않아. 내 처지에 속환해줄 가족도 없고."

"오늘 대군께서 말하시길 나라에서 속환을 시켜준다고 하던데 그것도 어려운 일일까요?"

"어려운 일이기도 하지만 공속은 받지 않는 게 좋아. 나라의 돈으로 속환되어 받자 조선으로 돌아가면 관비가 되어야 하니까. 나라에서 돈을 지불했으니 그 사람은 나라의 재물이 되는 거야. 양민이 되는 것이 아니라.”

“그럼 조선으로 돌아가도 평생 관비로 살아야 되는 거예요?”

“응.”

량량은 작게 고개를 끄덕였다. 체념이 이미 몸에 배어 있는 그녀의 대답에 윤성이 품고 있던 실낱같은 희망도 연기처럼 사라졌다. 그래서였다. 량량이 조선으로 갈 희망조차 품지 않는 것은. 어차피 이곳에 있으나 조선으로 가나 그녀의 남은 생은 노예의 삶뿐이었다.

“한 가지 방법이 있긴 해.”

“정말요?”

“전쟁에서 공을 세우는 거야.”

“전쟁에서 공을 세운 다고요?”

량량의 말에 온 관심을 집중하던 윤성은 량량의 말을 잊어버릴까 그녀의 말을 그대로 따라 했다.

“전쟁에 나가 공을 세운 이는 노예의 신분을 벗어날 수 있어. 정묘호란 때 잡혀 온 사내들 중에는 그렇게 자유를 얻고 높은 신분을 얻은 이들이 있었지.”

량량은 담담하게 자신이 알고 있는 사실을 털어놓았다. 희망적인 이야기였지만 동시에 절망적이기도 했다. 여인의 몸으로 어떻게 전쟁에 참여해 공을 세울 수 있단 말인가?

“공연히 쓸데없는 말을 너무 많이 했네. 난 이제 자야겠어.”

량량은 더 이상 아무 말도 하고 싶지 않았다. 고향으로 돌아가고 싶다는 생각이 들 때마다 그녀는 애써 그런 생각들을 외면해 왔다. 이루어질 수 없는 일로 고통받고 싶지 않았다. 그녀에게는 오늘과 같은 내일이 있을 뿐이니까.

량량이 잠을 청하려 모로 누웠지만 윤성은 생각을 멈추고 싶지 않았다. 가느다란 희망이 다시 그녀의 가슴에 피어오르기 시작했다. 가능성이 완전히 없지 않다면 그녀에게도 기회는 있을 것이다. 스스로의 힘으로 노예의 신분을 벗어난 이가 있다면 그녀도 자신의 신분을 변화시킬 수 있는 가능성이 있었다. 비록 그 가능성이라는 것이 불가능과 다를 바가 없다 하더라도.

늦은 밤, 작은 등불에 의지해 윤성은 아비에게 편지를 썼다. 비록 전할 수 없는 편지지만 자신의 심정을 고스란히 남겨두고 싶었다. 전쟁으로 피로인이 되어 이천 리나 떨어진 청국으로 끌려오게 된 자신의 처지가 기가 막히고 애달파 글을 쓰며 마음을 위로하고 싶었다.

간단히 안부만 묻는 편지를 쓰려 했는데 쓰다 보니 편지의 내용이 점점 길어졌다. 진짜로 보낼 편지가 아니었기에 오히려 더 마음이 가는 대로 글을 쓸 수 있었다. 편지라기보다는 오히려 일기에 가까운 내용이었다. 스스로의 마음을 차곡차곡 정리할 수 있는 글을 쓰고 나니 답답했던 마음이 한결 가벼워졌다. 윤성은 홀가분한 마음으로 자신이 쓴 편지를 접고 또 접었다. 그리고 작게 포개어진 편지를 침구 아래 넣어 놓았다. 언제가 그 편지가 아버지의 손에서 펼쳐질 날을 그리며.

길고 긴 단꿈을 꾸었다. 꿈속에서 윤성은 여전히 강도에서 살고 있었고 아버지와 툭탁거리며 하루를 보냈다. 먼 서산 너머로 붉은 해가 저무는 풍경을 바라보며 아비와 거친 양곡으로 끼니를 때웠다. 아비가 부름을 받고 병자의 집으로 간 사이 윤성은 해가 저문 밤하늘을 바라보았다. 별이 총총히 모여 강처럼 흘렀다. 까만 하늘을 가득 메운 별이 노래를 하듯 윤성은 익숙한 가락을 흥얼거렸다. 꿈속인지 현실인지 가늠이 되지 않았다.

깊은 잠에 빠져 윤성은 잠꼬대를 했다. 말소리가 아니라 흥얼거림이었다. 꿈속에서 노래라도 부르는 것처럼. 모로 누워 잠을 청했던 량량이 부스럭거리는 소리를 내며 자리에서 일어났다. 그녀는 잠을 청한 것이 아니라 잠자는 척을 한 것이었다. 량량은 발소리를 죽이며 윤성의 침상으로 다가갔다. 윤성은 량량이 다가온 것도 모른 채 잠에 취해 있었다. 쉬이 깨어날 것 같지 않았다. 잠시 잠자는 윤성을 지켜보던 량량은 슬며시 침구 아래 손을 넣었다. 얇은 종이가 만져졌다. 량량은 손에 잡힌 편지를 침구 아래에서 꺼내 품속에 넣고 조용히 처소를 나왔다. 최대한 걸음소리를 죽이며.

량량이 향한 곳은 이 왕부의 주인이 잠드는 곳이었다. 그녀는 조용히 본채의 내실로 들어가 작은 소리로 자신이 왔음을 알렸다.

"량량이옵니다."

"들어 오거라."

량량은 도르곤의 명대로 그날 윤성이 심양관에 갔다 온 일에 대해 고했다. 윤성은 작은 새처럼 그날 있었던 일을 량량에게 숨김없이 털어놓았고 량량은 자신이 들은 일을 모두 도르곤에게 전했다.

"알겠다."

도르곤은 량량의 이야기를 모두 듣고는 물러가라는 손짓을 했다. 량량은 잠시 머뭇거리다 품속에 숨겨 온 편지를 도르곤에게 내보였다.

"오늘 윤성이 쓴 편지입니다."

도르곤은 량량이 건넨 편지를 펼쳐 단번에 그 내용을 훑어보았다.

"이제 가 보거라."

"편지는?"

도르곤의 명에도 량량은 편지를 돌려받으려 했다.

"걱정할 것 없다. 이것은 내가 알아서 할 테니."

량량은 내키지 않는 걸음으로 본채를 나와 윤성이 잠들어 있는 처소로 돌아갔다. 주인의 명으로 어쩔 수 없이 윤성의 일을 고했지만 량량의 마음은 편하지 않았다. 어째서 예친왕이 윤성의 일을 고하라고 하는 것인지 알지 못했기에.

도르곤은 윤성이 쓴 편지를 찬찬히 다시 읽어 내려갔다. 한 글자씩 정성 들여. 량량을 통해 윤성의 일을 캐물은 것은 고육지책이었다. 왕부의 사람이 심양관을 드나드는 상황에 무슨 일이 있었는지 알지 못한다면 혹시라도 모를 위험을 방지할 수 없을 테니.

황궁이 있는 심양에서 황제의 눈을 피할 곳은 없었다. 황제의 간자들은 황궁을 비롯해 곳곳에 은밀히 숨어 온갖 비밀을 캐고 있었다. 윤성이 쓴 편지에 혹시라도 청에 대해 불경한 내용이 쓰여 있다면 도르곤은 당장 그 편지를 불태워버렸을 것이다. 자신의 목숨뿐만 아니라 왕부에 살고 있는 모든 이들의 목숨을 살리기 위해. 다행히 편지에는 도르곤이 걱정하던 내용은 한 글자도 쓰여 있지 않았다. 편지의 내용에서 황제의 심기를 불편하게 할 문구는 없었으나 도르곤의 마음을 움직이는 글귀들이 있었다. 글 속에는 윤성의 숨김없는 마음이 적혀 있었다. 왕부의 주인을 걱정하는 속내가. 그 문장을 읽는 순간 도르곤은 저도 모르게 흐뭇한 기분이 되어 버렸다.

경
험
방

숭정전에서 열린 아침 조회는 여느 때와 같았다. 여러 왕들이 참석했으며 세자와 대군도 자리를 지켰다. 그날은 몽골족 추장이 찾아와 청 황제에게 낙타와 말 그리고 담비 가죽을 바치며 청의 신하가 되길 청했다. 조선의 항복을 받아 낸 후 청의 세력이 더 강대해지자 몽골의 작은 부족들은 스스로 청에 귀속되길 바랐다. 몽골족이 바친 담비 가죽은 대푸진과 후궁들에게 나누어졌다.

장비는 황제가 하사한 담비가죽으로 무엇을 만들까 고민했다. 일구종*을 만들거나 무릎 덮개를 만들어 다가올 겨울에 쓰면 좋을 것 같았다. 장비가 총애하는 쑤마라는 바느질 솜씨가 좋아 장비가 원하는 것이라면 무엇이든 만들어 내었다. 무릎 덮개를 만들어 도르곤의 왕부로 보내고 싶었지만 장비는 바로 고개를 가로저었다. 쓸데없는 일이다. 도르곤은 심양에 돌아왔지만 장비에게 서신을 보내지 않았다. 서로를 위로하며 지낸 세월은 모두 지나가고 각자의 위치에서 멀리 떨어져 있었다. 황제의 눈이 황궁안과 밖을 모두 살피고 있다는 사실을 장비는 누구보다 잘 알고 있다. 황궁안의 법도와 규범은 엄격했고 권력은 비정했다. 함부로 황궁 밖의 왕족과 서신을

---

* 모피를 덧댄 비단망토.

주고받는 것이 위험하다는 것도. 그럼에도 어린 나이였던 그때처럼 철없이 굴고 싶은 마음이 완전히 사라지지는 않았다.

마음의 벗은 멀어지고 장비에게도 큰 변화가 일어나고 있었다. 전쟁에서 돌아온 황제와 보낸 밤 그녀는 아이를 잉태했다. 하지만 장비는 이 기쁜 소식을 황제에게 말하지 못했다. 그녀의 언니이자 황제가 가장 총애하는 신비 하이란주가 출산을 앞두고 있었기 때문이었다. 황궁의 관심은 모두 하이란주에게 쏠려 있었다. 하이란주가 아들을 낳으면 그 아들이 황제의 뒤를 이을 것이 분명했으니까. 황제의 관심은 온통 동궁에 쏠려 있었고 장비는 모든 관심에서 비켜나 있었다. 영복궁은 그렇게 황궁의 대소사와 동떨어진 곳이 되어 있었다.

"장비마마, 무슨 생각을 그리 깊이 하십니까?"

찻잔을 들고 깊은 상념에 젖어 있는 장비를 지켜보던 쑤마라가 걱정스레 물었다. 그녀는 장비가 임신한 사실을 알고 있었기에 항시 장비의 몸 상태가 좋지 않을까 염려했다.

"아무것도 아니야. 그저 도르곤의 소식이 궁금했을 뿐이야."

"어제 도르곤의 왕부에서 소식이 왔습니다."

"그래? 그런데 왜 나에게 아무 말도 하지 않았지?"

"마마의 심기를 어지럽힐까봐 말하지 못했습니다."

쑤마라는 잠시 주저하다 말을 이었다.

"예친왕의 왕부에 조선에서 데리고 온 어린 여자 노예가 새로 왔다고 합니다."

"그런데?"

"그 노예가 다른 노예와 달라 예친왕께서 극진히 대우를 하신답니다."

"극진한 대우를 한다고?"

"네. 노예임에도 왕부의 푸진들이 그 노예를 함부로 하지 못하게 하였다고 합니다."

"노예에게 왜 그런 대우를?"

장비는 쑤마라가 전해준 소식을 들으면 들을수록 점점 더 궁금증이 생겼다.

쑤마라는 왕부에 심어둔 이로부터 들은 내용을 장비에게 빠짐없이 고했다. 조선의 섬, 강도라는 곳에서 잡혀 온 여자아이의 침술이 뛰어나다는 사실과 그 의술을 높이 산 도르곤이 다른 노예들과 다르게 그 아이를 총애한다는 것도.

"마마, 혹시 지난번에 조선에서 온 말순이란 아이를 기억하십니까?"

"말순이라? 그 아이가 만주어를 한다고 하지 않았더냐?"

"네, 맞습니다. 그 아이의 고향이 강도라 하였기에 제가 혹시나 하는 마음에 물어보았더니 말순이가 그 노예를 알고 있었습니다."

"그래? 정말 그 노예가 의술이 뛰어나다고 하더냐?"

"네. 그건 사실이랍니다. 강도라는 곳에서 그 노예의 의술을 모르는 이가 없고 그 아비가 임금을 모신 어의였다고 합니다. 그런 사실을 알고 예친왕께서 그 노예를 잡은 병사에게 큰돈을 지불하고 자신의 왕부로 들였다 합니다."

"전쟁에서 잡은 포로를 병사들이 팔아 돈을 챙기는 것이야 당연한 일이고 도르곤이 제값을 치르고 병사에게 노예를 샀다면 문제 될 것은 없지만 그렇게 의술이 뛰어난 자가 있었다면 마땅히 황제에게 고했어야 했을 텐데 한마디 언급도 하지 않은 것은 좀 괘씸하구나."

수많은 전쟁을 치렀지만 도르곤은 사사로이 재물을 가로챈 적이 없었다. 그의 뛰어난 공적만으로도 그는 충분히 보상을 받았기에.

중원을 제패하기 위해 황제는 도르곤이 필요했다. 그렇기에 황제는 도르곤에게 아낌없이 땅과 재물을 하사했다. 도르곤이 원하는 것을 황제는 마다하지 않았다. 그러니 그는 황제의 눈을 피해 사사롭게 재물을 모을 필요가 없었다. 하지만 이번만은 달랐다. 도르곤은 그 노예에 대해 일언반구도 하지 않고 자신의 왕부로 데려간 것이다. 뛰어난 기술자나 백정을 가진 왕족들은 다른 이들에게 자신의 노예를 자랑하기 여념이 없는데 도르곤은 자신의 왕부에 의원을 데리고 있음에도 전혀 내색하지 않았다. 장비는 그 점이 이상했다. 다른 왕들이 의원을 노예로 가지게 되었다면 그 뛰어남을 자랑하고도 남았을 텐데.

장비는 쑤마라에게 식은 찻물을 데워오라 시켰다. 그리고 혼자 깊은 생각에 빠졌다. 그녀는 도르곤이 의술이 뛰어난 여자아이를 노예로 들인 이유가 무엇인지 알고 싶었다. 왕족이 병에 걸리면 황제께서는 친히 태의로 하여금 그 병을 살피게 하셨다. 성경에서 황궁에 있는 태의보다 의술이 높은 자는 없었다. 그렇다면 도르곤은 의원이라는 아이의 의술 때문만이 아니라 다른 이유로 그 노예를 왕부에 두고자 한 것일지도 모른다. 장비는 도르곤의 마음을 떠보고 싶었다. 그가 숨기고자 하는 것이 무엇인지 알고 싶어서.

그날 밤 공교롭게도 황제가 영복궁을 찾아왔다. 하이란주의 출산이 가까웠기에 동궁출입을 자제하기 위함이었다. 장비는 여느 때처럼 황제를 보필했다. 아직 그녀의 몸태에는 큰 변화가 없었고 황제도 장비가 회임한 사실을 알아차리지 못했다. 황제와 함께 밤을 보내며 장비는 넌지시 황제에게 쑤마라에게 들었던 내용을 언급했다. 도르곤의 왕부에 의술이 뛰어난 의원이 있다는 말을.

"그 일은 이미 알고 있소. 지난번 사냥에서 조선에서 온 왕자가 말하더군. 행군을 하던 포로 중에 세자의 병을 고친 의원이 있었다고."

"그런 일이 있었군요. 그럼 대군이 그 의원에 대해서도 자세히 말했나요? 그 의원이 여인이라는 것을요?"

"여인이라고? 그런 얘기는 금시초문이군."

"제 생각에는 신비께서 출산을 앞두고 있으니 실력 있는 의녀가 황궁에 있는 것이 좋지 않을까 합니다."

장비는 조심스럽게 자신의 뜻을 황제에게 고했다. 아랫사람의 노예를 빼앗는 것은 황제의 예가 아니나 총애하는 신비가 출산을 앞둔 시점이었다. 장차 황제의 후계자가 될 수 있는 황자를 출산하는 일이니 예친왕이라도 황제의 청을 거절하기 힘들 것이다. 황제의 뜻에 반하는 것은 황자의 출생을 탐탁지 않게 여기는 것으로 보여 질 수 있었다. 그러니 도르곤으로서도 황제의 청을 거절할 명분이 없었다. 장비가 알고 싶은 것은 그 점이었다. 도르곤이 과연 어떤 핑계로 황제의 명을 거절할지. 만약 도르곤이 황제에게 그 의녀를 바친다면 그 또한 장비가 원하는 일이었다. 황제의 뜻이 의녀에 대한 마음보다 더 위에 있다는 것을 증명하는 일일 테니. 도르곤의 마음을 떠보는 수로 이보다 좋은 방법은 없었다.

장비의 뜻대로 황제는 도르곤이 조선에서 데리고 왔다는 여의에게 관심을 보이기 시작했다. 황궁에는 9년 동안 황자가 태어나지 않았다. 만약 이번에 하이란주가 황자를 출산한다면 황비에게서 태어나는 첫 번째 황자가 될 것이다. 황제의 첫째 아들인 호거는 그 어미의 신분이 미천하여 다음 대를 잇기에 명분이 약했다. 황비의 아들이 태어난다면 그 위신과 지지기반이 완벽한 황자가 출생하는 것이다. 앞으로 태어날 황자에 대한 홍타이지의 기대는 그 어느 때보다 높았다.

며칠 후 도르곤의 왕부에 황제의 서신이 도착했다. 도르곤이 소유한 노예 허윤성을 공속으로 바치라는 명이었다. 나라의 노예로 그 신분이 바뀌면 윤성은 황궁을 벗어날 수 없었다.

이제야 자신의 고통을 끊어줄 의원을 만났다고 안심하고 있었는데 황제의 명으로 그 동아줄을 놓치게 될 상황이 되어 버렸다. 그는 이 곤경을 어떻게 피해야 할지 고심하고 또 고심했다.

등잔이 어두운 실내를 밝히는 시간, 어김없이 윤성은 탕약을 들고 도르곤의 내실로 들어왔다. 평소처럼 빈 그릇을 받아든 윤성은 뒷걸음으로 조용히 내실을 나섰다.

"너에게 묻고 싶은 것이 있다."

도르곤의 말에 윤성은 나가던 걸음을 멈추고 한 발짝 가까이 다가섰다. 도르곤을 바라보는 윤성의 눈은 기대감과 궁금함이 가득했다.

"지금 황궁에는 황제가 총애하는 신비 하이란주가 출산을 앞두고 있다. 그런 와중에 황제께서 너에 대한 소문을 듣고 신비를 위해 너를 궁으로 들이고 싶어 하신다. 궁으로 들어간다는 것은 왕부의 노예가 아니라 청국의 노예가 되는 것이다. 공속이 되면 영원히 황궁에서 나오지 못할지도 모른다."

도르곤은 차분히 윤성이 처한 상황을 설명했다.

"황궁으로 들어가지 않는 방법은 없는 건가요?"

생각지도 못한 상황에 윤성은 저도 모르게 손이 바들바들 떨렸다. 윤성이 들고 있는 빈 그릇이 작게 달그락거렸다.

"한 가지 수가 있긴 하지. 네가 이 왕부의 첩이 된다면 황제도 더 이상 고집을 부리지 못하실 것이다. 그러니 네가 정하거라. 공속이 되어 황궁의 노예로 살 건지 이 왕부에서 첩으로 살지."

도르곤의 물음은 윤성이 살 방도를 정하라는 것이었다. 두 방법 모두 윤성이 원하는 바가 아니었다. 고향으로 돌아가기 위해서는 첩이 되어서도 공속이 되어서도 안 되었다. 첩이든 황궁의 노예든 속환이 어려운 것은 매한가지일 테니. 윤성이 원하는 바는 왕부에서 공을 쌓아 노예의 신분을 벗어나는 것뿐이었다.

두 가지 방법 모두 원하는 바가 아니니 선택을 할 수 없었다.

"저는 첩이 되고픈 생각도 황궁으로 가고 싶은 마음도 없습니다. 두 가지 다 제가 원하는 길이 아닙니다. 제가 원하는 바는 그저 이 왕부에서 왕야의 병을 치료하는 것뿐입니다. 그리고 왕야께서 허락해주신다면 먼 훗날이 되더라도 고향으로 돌아가고 싶습니다."

"첩이 되어 영화를 누리는 것보다 노예로 살다 고향으로 돌아가고 싶다는 것이냐?"

도르곤의 물음에 윤성이 작게 고개를 끄덕였다. 허나 잉첩이 되지 않는다면 황궁으로 들어가야 했다. 이래저래 도르곤의 뜻과 어긋나는 일만 이어졌다. 윤성의 속내를 알고 나니 조금 괘씸한 마음도 들었다. 호의를 베풀었건만 윤성은 조선으로 돌아갈 궁리만 하고 있었던 것이다.

"네 뜻을 잘 알았으니 그만 물러가라."

도르곤의 어투가 자못 냉랭했다. 그의 말에는 실망이 깃들어 있었다. 차갑게 굳은 도르곤의 표정에 윤성은 더 이상 아무런 대꾸도 하지 못하고 조용히 내실을 빠져나왔다. 너무 솔직하게 본심을 말한 것이 탈이었다. 속내를 숨기고 다른 말로 꾸며낼 수도 있었는데. 윤성은 자신이 다른 노예들보다 총애를 받고 있다는 사실을 망각하고 있었다. 도르곤의 제안을 거절했으니 이제 윤성은 자신의 앞날이 어찌 될지 스스로도 알 수 없었다. 다만 하나만은 분명했다. 어떤 상황이 되어도 지금보다 나빠질 뿐 나아질 상황은 없다는 것이다.

윤성의 결정으로 가장 난감한 사람은 윤성이 아니라 도르곤이었다. 첩으로 삼아 황제의 명을 피해가려 했던 그에게 윤성의 결정은 난감 그 자체였다. 당연하게 황궁의 노예로 사는 길보다 첩이 되는 길을 선택하리라 방심한 것이 패착이었다. 윤성은 도르곤이 생각하는 다른 여인처럼 행동하지 않았다. 그 어린 마음에 무엇이 들어 있는지 도대체 갈피를 잡을 수 없었다. 결국 이 난관을 해결할 사람은 도르곤 자신이었다. 그는 스스로의 힘으로 황제를 설득해야 했다.

　　가장 지척에서 황제의 심중을 헤아릴 수 있는 이는 황제의 후궁인 다위얼 뿐이었다. 그녀만이 도르곤의 고민에 도움을 줄 수 있었다. 도르곤은 아주 오랜만에 다위얼에게 서신을 보냈다. 그는 전쟁에서 돌아온 후 항상 그녀에게 안부의 편지를 보냈지만 얼마 전부터는 쓰지 않았다. 처음부터 쓰지 않겠다고 작정한 것은 아니었다. 조금씩 날짜를 미루다 보니 시간이 지난 것뿐이다. 도르곤은 전쟁에서 승리한 것만으로 자신의 위치를 공고히 한 것이 아니었다. 다른 왕족들과 대신들 사이에서 권력을 쟁취하기 위해 수많은 난관을 이겨내야 했다. 그때마다 다위얼은 그에게 황궁 안에서 벌어지는 일이며 황제의 심기가 어떠한지 지속적으로 조언해 주었다. 그녀의 도움이 없었다면 도르곤이 권력투쟁에서 항상 이길 수 없었을지도 모른다. 다위얼은 현명하면서 적당한 선을 지킬 줄 알았다. 그녀는 누구보다 가까운 이였지만 가장 먼 사람이기도 했다. 그 점 때문에 도르곤은 어린 시절의 정을 나눈 다위얼과 점점 멀어질 수밖에 없었다. 그녀는 황제의 여인이었고 그는 황제의 신하였으니.

　　도르곤의 서신을 받은 장비는 바로 답장을 보냈다. 혼하에서 만나자는 내용이었다. 혼하는 성경을 휘둘러 흐르는 강줄기로 성에서 멀지 않았다.

이른 새벽 인적이 전혀 없는 강가에는 짙은 물안개가 장벽처럼 주위를 감싸고 있었다. 한 치 앞도 분간할 수 없는 터라 도르곤은 강 주변에 말을 묶고 천천히 약속한 장소로 걸어갔다. 아직 동이 트지 않은 하늘은 어둡고 푸르렀다. 희뿌연 안개를 가로질러 강가로 다가가니 비단망토를 입고 있는 여인의 모습이 보였다.

"장비마마를 뵈옵니다."

도르곤이 예를 갖추어 인사를 건넸다.

"다위얼이라고 불러요. 이곳엔 아무도 없으니까."

"아닙니다. 이제 그 이름으로 부를 수 없습니다."

도르곤은 단호했다. 처음부터 선을 긋는 도르곤의 태도에 장비는 작은 한숨을 내쉬었다.

"알아요. 더 이상 그럴 수 없다는 걸."

강을 바라보던 장비가 몸을 돌려 도르곤을 바라보았다. 그녀의 마음속에는 아직 옛정에 대한 아쉬움이 남아있었지만 더 이상 감정에 얽매여 있을 수 없었다. 그녀와 그 모두를 위해.

"나를 만나자고 한 이유가 뭐죠?"

"서신에 적어 보냈다시피 황제의 의중을 알고 싶습니다."

"황제의 마음이라? 제가 어찌 알겠습니까? 황제의 뜻이 무언인지. 저는 일 개 후궁일 뿐인걸요."

"황궁에서 장비마마가 알지 못하는 일도 있습니까?"

도르곤의 물음은 시비조에 가까웠다.

"조선의 왕자가 황제에게 포로 중 의원이 있다는 것을 고한 후 황제께서는 아무 말도 하지 않으셨는데 어째서 갑자기 그 의원을 황궁에 바치라 하는 지 그 연유를 알 수가 없습니다."

"그것이 궁금하신 겁니까?"

"네."

"그렇다면 알려드리지요. 제가 그렇게 하시라고 충언하였습니다. 황제께 바쳐야 마땅한 의원이니까요."

"어째서 포로에 불과한 의원에 관심을 두고 계신지 모르겠군요."

"아시다시피 신비께서 출산을 앞두고 있기에 그러한 겁니다."

"정말입니까?"

도르곤의 시선이 정면으로 장비에게 향했다. 그 매서운 눈빛은 어린 시절 정을 나눈 벗의 눈빛이 아니었다. 자신의 것을 빼앗기지 않으려는 이의 눈빛이었다. 그 험악한 시선을 마주한 장비는 이제 그와의 관계를 끝내야 할 때가 왔음을 깨달았다. 그는 더 이상 예전의 도르곤이 아니었으므로.

"정녕 황제의 뜻을 알고 싶으시다면 가르쳐 드리지요. 황제는 신비가 무사히 출산하길 바라세요. 그러니 조금이라도 이로운 의술이 있다면 황궁에 모두 갖춰놓길 바라죠. 그 의녀를 바치고 싶지 않다면 그녀의 의술을 바치세요."

그 말을 마치고 장비는 인사도 없이 뒤돌아 안개 속으로 걸어 들어갔다. 희뿌연 안개 사이로 장비의 뒷모습이 점점 멀어지더니 어느 순간 완전히 사라져 버렸다. 도르곤은 안개 속으로 사라진 장비의 모습을 지켜보며 그녀가 남긴 말을 곱씹어 보았다. 그녀의 말이 무슨 의미인지 물어보고 싶었지만 차마 물을 수 없었다. 뒤돌아선 장비의 모습이 너무나 단호했기에. 그건 이별을 받아들인 이의 마지막 모습이었다.

혼하를 떠나 왕부로 돌아오는 내내 도르곤의 머릿속을 맴돈 건 장비의 마지막 말이었다. 그녀는 생각보다 윤성에 대해 아는 것이 많았다. 그러니 그런 해답을 내놓은 것이다. 도르곤은 왕부에 돌아가자마자 금영을 불러 지시를 내렸다. 한 시도 지체할 수 없는 일이었다. 황제의 인내심은 그리 길지 않으니.

윤성과 량량이 집안일을 하는 사이 금영은 두 사람의 처소를 샅샅이 뒤졌다. 금영이 찾고 있는 것은 윤성이 보물처럼 지니고 다니던 아비의 의서였다. 몇십 년 동안 겪은 의원의 수많은 경험이 그 책 안에 적혀 있었다. 경험방은 허임의 인생이자 윤성이 습득한 의술 그 자체였다. 윤성은 아무리 피곤한 날이라도 매일 밤 아비가 기록한 의서를 탐독했다. 수십 번을 읽었지만 한 글자라도 잊지 않기 위해 또 읽고 외웠다. 금영이 윤성의 처소를 다녀간 그날도 윤성은 자신의 침소 곁에 둔 경험방을 찾았다. 하지만 아무리 주위를 찾아봐도 서책을 찾을 수 없었다. 누군가 가져간 것이 분명했다.

"내 책이 없어졌어. 우리 처소에 도둑이 들었나봐."

윤성은 자못 심각한 얼굴로 량량에게 의구심을 털어놓았다.

"설마? 목숨이 아깝지 않다면 어떤 도둑이 이곳까지 들어오겠어? 네 책을 가져갔다면 이 왕부의 사람이겠지."

량량의 말에 윤성은 번뜩 한 가지 생각이 스쳤다. 지난밤, 있었던 일이 떠올랐다. 그 일과 의서가 사라진 일이 어떤 관계인지는 모르겠으나 그 일이 아니라면 아비의 의서가 사라질 다른 이유가 없었다. 윤성은 의혹이 가득한 마음으로 서둘러 본채로 향했다.

내실에는 아직 등잔이 켜져 있었다.

"윤성이옵니다."

도르곤의 허락을 받고 내실에 들어선 윤성은 바로 자신이 품은 의혹을 서슴없이 물었다.

"제가 지니고 있던 의서를 가져가셨습니까?"

윤성의 당돌한 질문에도 도르곤은 읽고 있던 서찰에서 눈을 떼지 않았다.

"대답해 주십시오."

"대답을 하라고? 나에게 명을 하는 것이냐?"

냉랭한 도르곤의 대답에 윤성은 저도 모르게 몸이 움츠러들었다.

"이 왕부에 있는 것은 모두 내 것이니 내 마음대로 할 수 있다. 그러니 네가 왈가불가할 일이 아니다."

"하지만 그 의서는 제 아비가 평생을 바쳐 이룬 것입니다. 제 아비의 분신이고 제 육신과 다름없습니다. 그러니 제발 돌려주십시오."

비장한 얼굴로 윤성이 차가운 바닥에 무릎을 꿇었다. 아비의 의서를 돌려받기 전까지 물러서지 않겠다는 각오였다.

"네가 그렇게 애걸복걸해도 소용없다. 이 일은 이제 네 의지와 상관없는 지경에 이르렀으니."

"정 그렇게 말하신다면 차라리 제 발로 황궁에 가겠습니다."

도르곤의 단호함에도 윤성은 물러나지 않았다. 당혹스러운 것은 오히려 도르곤이었다. 서로를 위해 한 일이라고 생각했는데 윤성의 반발이 생각보다 거셌다. 윤성은 내일 당장이라도 황궁으로 가 아비의 의서를 되찾을 생각이었다. 희미한 등잔불에 도르곤의 근심 어린 얼굴이 일렁였다. 고집을 부리는 윤성을 내치지도 혼을 내지도 않았다. 잠시 두 사람 사이에 침묵이 흘렀다. 춤을 추던 작은 불꽃이 커졌다 작아지길 반복했다. 불꽃의 크기에 따라 두 사람의 그림자도 같이 일렁거렸다. 그림자를 바라보던 도르곤은 차분한 어조로 다시 자신의 뜻을 말했다.

"기억하느냐? 압록강 앞에서 네가 나에게 했던 말을?"

뜬금없는 이야기에 윤성은 잠시 머뭇거리다 천천히 고개를 끄덕였다.

"너는 내 목숨을 지켜주겠다고 했다. 그 말을 믿고 난 도망친 모녀와 네 목숨을 살려 주었다."

"알고 있습니다. 제가 한 말이니 어찌 잊을 수 있겠습니까?"

"그 말을 잊지 않았다면 이제 네가 나를 믿어야 할 차례다."

도르곤은 자신을 믿으라 했다. 무엇을 믿으라는 것인지 알 수 없는 상황임에도.

도르곤은 서둘러 대답을 강요하지 않았고 윤성도 침묵을 지켰다. 침묵은 믿지 못한다는 뜻이 아니었다. 도르곤의 뜻을 헤아리기 위한 시간이 필요했기 때문이었다.

마침내 윤성이 일어서서 대답했다.

"믿겠습니다. 왕야께서 무엇을 하시든."

윤성의 대답을 듣고 도르곤은 흡족한 미소를 지었다. 누군가의 믿음을 얻는 것은 타인을 믿는 것보다 더 힘든 일이었다. 믿음이 어그러지는 결과가 생기더라도 그 모든 것을 받아들이겠다는 각오가 없다면 아무도 믿을 수 없다. 섣부른 믿음에 대한 아픔은 모두 자신의 몫이니.

호기 있게 도르곤을 찾아갔던 윤성은 저도 모르게 그 기세를 모두 잃어버리고 말았다. 도르곤의 말을 믿겠다는 다짐만 한 채 처소로 돌아온 것이다. 자세한 이야기는 아무것도 듣지 못했다. 그럼에도 윤성은 그를 믿을 수밖에 없었다. 그의 믿음이 없었다면 지금의 자신도 없었을 테니까. 도르곤이 윤성의 말을 들어주지 않았다면 윤성과 말순 모녀는 들판에서 까마귀밥이 되었을 것이다. 이제 윤성이 도르곤을 믿어야 할 차례였다.

며칠 뒤 도르곤은 윤성의 아비 허임이 필생의 업적으로 쓴 의서를 들고 입궁했다. 아침조회에 여러 왕들이 모인 자리에서 황제는 아직 정벌하지 못한 서북지방의 여러 몽골부족을 정복하기 위한 대책을 논했다. 여러 왕들과의 논의가 끝나자 도르곤은 직접 황제의 앞으로 나아갔다.

"황제께 바칠 물건이 있습니다."

"무엇인가?"

갑작스러운 도르곤의 행동에 황제뿐만 아니라 다른 왕들도 의아한 표정을 지었다.

"이 책은 조선에서 온 의원 허윤성의 아비가 집필한 것으로 그의 모든 의술이 낱낱이 적혀 있는 의서이옵니다."

"어찌 예친왕은 이 의서를 나에게 바치는가?"

"송구하게도 제가 왕부에 두고 있는 의원은 아직 나이가 어리고 경험이 미숙하여 황궁에 들일 정도가 되지 못합니다. 그래서 그 아이가 배운 의술이 고스란히 적혀 있는 이 의서를 바치고자 합니다."

도르곤은 예를 갖추어 정중하게 자신이 황제의 명을 이행하지 못한 바를 고했다.

"의원의 의술이 높고 낮음은 태의가 보고 판단할 일 일진데 어찌 예친왕이 미리 판단하는가?"

명을 거역하려는 도르곤의 마음을 엿보기라도 한 듯 황제는 짐짓 불쾌한 표정을 감추지 않았다. 하이란주의 출산이 코앞이었다. 오랫동안 기다린 황자의 출산에 도움이 되고자 한다면 그깟 의녀 한 명을 바치는 것은 대수롭지 않은 일이다. 황제로서는 도르곤이 황자의 출산을 반기지 않는 것은 아닌지 의심스러울 뿐이었다.

"한낱 의원을 바치는 것은 대수롭지 않은 일이니 제가 어찌 황제의 명을 어기겠습니까? 다만 그 의녀를 제가 마음에 두고 흠모하는 아이라 황제께 차마 바치지 못하여 이 의서를 바치고자 합니다."

누구도 예상하지 못한 대답이었다. 황제 앞에서 연정을 고백하다니. 조회에 참석한 여러 왕들이 술렁였다. 황제 또한 도르곤의 대답이 너무도 황당하여 아무 말도 하지 못했다. 마음에 두고 있는 여인을 바치라는 것은 황제로서 체면이 서지 않는 일이었다.

"일일이 저간의 사정을 알지 못하여 내린 명이니 괘념치 마라."

황제는 자신이 도르곤에게 내린 명을 스스로 거두었다. 도르곤이 의도한 바대로 황제는 강요하지 않았다. 의녀 대신 의서를 바쳐 황제의 면을 세웠으니 도르곤으로서는 사건을 최대한 조용히 덮은 셈이었다. 물론 황제와 여러 왕 앞에서 여인을 운운한 것이 그리 좋은 인상을 남기지는 못했을 테지만.

아니나 다를까 조회가 끝나고 대궐을 나서는 여러 왕들은 도르곤의 말과 행동에 대해 좋지 않은 말들을 떠들어 댔다. 혹자는 황제의 명을 거역한 것을 탓하기도 하고 또 다른 이는 여인에게 빠져 지내는 호색한이라며 도르곤을 비웃었다. 도르곤에 대한 소문은 왕족을 비롯해 관리들에게까지 퍼져 나갔다. 도르곤은 수많은 처첩을 두고도 노예까지 탐하는 자이며 여인을 좋아하여 황제의 명까지 거부한 호색한이라고. 그에 관한 소문은 암암리에 퍼져 사실인 것처럼 성경 안을 떠돌았다. 소문이 사실이든 아니든 뒷말을 떠드는 이들에게 그것은 중요하지 않았다. 하지만 도르곤의 험담을 이용하려는 이들에게는 하나의 빌미도 중요한 먹잇감이었다.

소문이 무성하게 퍼져 자신에 대한 험담이 들끓어도 도르곤은 신경 쓰지 않았다. 자신이 지키고자 한 것을 지켜내었기에. 어린 시절 그는 힘이 없어 어머니의 목숨을 지키지 못했지만 이제 그는 자신의 것을 지킬 수 있는 지략과 힘을 가지고 있었다. 소문이 무서워 지키고자 하는 것을 지키지 못할 그가 아니었다. 그의 무모함 덕분에 윤성은 왕부에 남게 되었으니.

　황제의 명을 거역한 도르곤에 대한 소문을 듣고 장비는 쓴웃음을 지었다. 자신의 뜻대로 도르곤의 속내를 확인할 수 있었으니. 그녀의 의도대로 도르곤은 구설수에 오르면서까지 황제의 명을 거역하는 것으로 자신의 마음을 밝혔다. 도르곤은 무슨 일이 있어도 조선인 노예를 잃고 싶지 않은 것이리라. 그 이유가 무엇이든. 다만 일부러 연정을 자신의 입으로 대놓고 대신들 앞에서 운운한 것이 오히려 이상했다. 그런 개인적인 사정이 있다면 황제에게 독대를 청하거나 서찰로 자신의 뜻을 밝힐 수 있었을 텐데 일부러 소문을 내기라도 작정한 사람처럼 도르곤은 여러 왕들 앞에서 고백을 했다. 장비는 자신의 의도대로 도르곤의 마음을 확인했다고 생각했지만 소문을 있는 그대로 받아들일 수는 없었다. 아직 그녀가 알지 못하는 비밀이 도르곤에게 남아있는 것 같았다. 하지만 이제는 모두 부질없는 일이었다. 도르곤은 더 이상 장비의 도움이 필요 없을 만큼 그 세가 커졌고 장비는 황제의 총애를 잃은 일개 후궁일 뿐이니. 서로를 도우며 지냈던 옛정은 더 이상 남아있지 않았다. 각자의 자리에서 서로 자신의 지위를 지킬 뿐.

　끊임없이 세력을 확장하는 청나라는 앞으로 더 강대한 나라가 될 것이다. 그런 생각이 들 때면 장비는 자신의 배 속에서 자라고 있는 아이의 성별이 미치도록 궁금해졌다. 만약 이번에도 딸을 낳는다면 그녀에게는 영영 기회가 없을 테니. 만약 사내아이가 태어난다고 해도 황제의 총애를 받을 수 있을지 장담할 수 없다. 하지만 하이란주가 딸을 낳고 자신이 아들을 낳는다면 그녀에게도 아직 기회는 남아있었다. 청제국의 태후가 될 수 있는.

　성경 황궁을 한 차례 휩쓴 소문의 여파는 아직 왕부에 도달하지 못했다. 아니 그 소문을 왕부 밖에서 들었다 해도 왕부에 살고 있는 이들은 그 소문을 입에 담지 못했다. 자신의 주인을 험담하는 내용을 차마 입에 담을 수 없으니. 그리고 진실을 알고 있는 왕부의 사람들은 그 소문이 터무니없는 내용임을 누구보다 잘 알고 있었다. 자신들의 주인인 예친왕 도르곤은 그리 여인을 가까이 하지 않는다는 것을. 여인을 가까이하고 좋아하는 이였다면 그 많은 부인과 첩들이 외로운 밤을 보내지 않았을 테니. 소문은 왕부의 담을 넘었으나 그 안에서는 별 효력을 발휘하지 못했다. 진실과 동떨어진 소문이었기에.

　무성하던 소문이 잠잠해지던 어느 날, 윤성은 금영부인의 부름을 받았다. 뜬금없이 심양관을 다녀오라는 명이었다. 심양 관소에서 급한 부름이 있었다는 말에 윤성은 그저 세자의 병이 악화된 것이라 여겼다. 관소까지 가는 길을 기억하고 있었기에 윤성은 홀로 심양 관소로 향했다. 관소에 도달하며 구왕의 왕부에서 온 이라하니 관소를 지키던 군관이 대군의 처소로 안내를 해주었다.

　'이번에는 대군마마가 아프신 걸까?'

　윤성은 영문도 모르고 대군이 머물고 있는 내실로 들어갔다.

　"예친왕의 왕부에서 온 허윤성이옵니다."

　"급히 전갈을 넣었는데 용케도 와주었구나."

　봉림대군은 환한 미소로 윤성을 맞아주었다.

　"무슨 일로 부르신 겁니까? 혹시 이번에는 대군께서 아프신 것입니까?"

　걱정스러운 윤성의 질문에 봉림대군은 그저 의문스러운 미소만 지었다.

　"아니, 난 아프지 않다. 누가 병에 걸려 너를 부른 것이 아니다. 너에게 전해 줄 물건이 있어 오라 한 것뿐이야."

대군은 또래 친구를 대하듯 편한 말투로 윤성을 관소로 부른 이유를 밝혔다.

"전해줄 물건이라뇨?"

"이것이다."

봉림대군은 탁자위에 놓여 있는 보자기를 윤성에게 내밀었다. 대군이 건네준 보자기를 조심스럽게 풀어보니 그 안에는 서책이 한 권 놓여 있었다. 서책은 만들어진 지 얼마 안 되어 그 겉장과 테두리가 깨끗했다.

"이것이 무슨 책입니까?"

"네가 매일 보던 것인데 못 알아보는 것이냐?"

윤성은 제목이 쓰여 있지 않은 책을 한 장씩 넘겨보았다. 익숙한 글귀들이 눈에 들어왔다. 눈을 감고 외워도 말할 수 있는 글들이 빼곡하게 적혀 있었다.

"이것은 제 아비의 의서가 아닙니까?"

"네 아비의 의서를 필사한 것이다."

"필사요? 어째서 그런 일을?"

"그 이유는 내가 아니라 구왕에게 물어야 할 것이다. 난 구왕의 부탁을 받고 급히 필사를 한 것뿐이니. 날짜가 넉넉지 않아 서가*를 찾는 것이 좀 힘들었을 뿐 달리 어려운 일은 없었다."

봉림대군의 말에 따르면 갑작스럽게 구왕으로부터 경험방을 필사해 달라는 부탁을 받았다고 했다. 말미가 적어 밤을 새워 필사를 하게 한 후 대군은 경험방을 다시 도르곤의 왕부로 보냈다. 허임이 쓴 경험방은 도르곤의 의해 황제에게 바쳐졌고 그 경험방을 필사한

• 글씨를 잘 쓰는 사람.

책은 심양관소에 남아있었다. 도르곤의 부탁으로 봉림대군은 필사한 의서를 이렇게 윤성에게 다시 전하게 된 것이다. 의서를 받아 들고 윤성은 도르곤이 한 말의 의미를 깨달았다. 자신의 말을 믿으라고 했던 그의 말을. 그 말을 무작정 믿기는 했지만 이런 결과를 예상하지는 못했다. 오래되고 낡았던 아비의 의서는 명필가의 필체로 가지런하게 정리되어 새로운 책이 되어 있었다. 윤성은 잃었던 아비의 정을 되찾은 것처럼 기뻤다. 아니 기쁘다는 말로는 부족했다. 의서를 가슴에 다시 품으니 새 책에서 나는 종이향이 풍겨왔다. 그 촉감과 향취는 달라졌지만 그 안의 내용은 변함이 없었다. 다시 아비의 의서로 윤성은 매일 아비의 가르침을 되새길 수 있었다.

"구왕은 정말 알 수 없는 자야. 그렇지 않느냐?"

봉림대군의 말에 윤성은 고개를 끄덕였다.

"거친 전쟁을 일삼는 장수이지만 예를 모르지 않고 그 처신에 지나침이 없다. 일전에 너를 보내 세자의 병을 치료하게 해준 보답으로 여러 예물을 선물로 보냈지만 그는 그중 한 가지도 취하지 않고 모두 돌려보냈단다. 사사로운 이득에도 욕심을 부리지 않아. 그런 이가 황제에게 바치는 의서를 빼돌려 필사를 하게 하다니. 그 소문이 사실인 것이냐?"

"소문이라뇨?"

"성경에 파다한 소문을 너는 모르는 것이냐?"

의아한 표정으로 반문하는 윤성에게 봉림대군은 도르곤에 대해 사람들이 떠드는 무성한 소문을 전해주었다. 소문을 듣고도 윤성은 그 내용을 믿지 않았다.

"말도 안 됩니다. 구왕께서 어떻게 그런 말을 하셨겠습니까? 소문이 잘못 퍼진 것이겠죠."

"정말 소문이 잘못된 것이냐?"

"그럼요. 저는 그저 왕부에서 잡일을 하는 노예일 뿐인 걸요."

소문은 그저 도르곤이 자신의 병을 치료하기 위해 만들어 낸 말이라고 말하고 싶었지만 윤성은 차마 그 말을 하지 못했다. 겉으로 멀쩡한 구왕에게 병이 있다면 도대체 그 병이 무슨 병인지 대군이 궁금해할 테니까. 다행히 소문의 진위여부가 궁금했던 대군은 윤성의 대답에 만족하며 더 이상 캐묻지 않았다.

보자기에 조심스럽게 싼 필사본을 가슴 품고 윤성은 심양관소를 나섰다. 왕부에 돌아온 윤성은 보자기 채로 의서를 깊은 곳에 숨겨 두었다. 필사본이 있다는 사실을 숨겨야 했으니.

밤이 깊어지자 왕부 곳곳에 어둠이 내려앉았다. 늦은 밤까지 도르곤의 내실에서는 등잔불이 꺼지지 않았다. 간자들이 보낸 서찰과 양백기의 대신들이 보낸 보고서들을 읽느라 도르곤은 쉽게 잠들지 못했다. 모든 일과를 끝내고 잠자리에 든 윤성도 낮에 겪은 기쁨이 가시지 않아 잠을 이루지 못했다. 잠꼬대조차 하지 않는 량량은 이미 깊은 꿈에 빠져 있었다. 처소를 나와 후원을 걸으니 어둠 속 달이 밝았다. 낮 동안의 더위가 가신 밤공기는 습하고 서늘했다. 본채의 작은 창을 보니 아직 불이 밝혀 있었다. 윤성은 저도 모르게 도르곤의 내실로 향했다. 항상 탕약이나 차를 들고 드나들었던 공간이었기에 빈손으로 가는 모양새가 어색했다. 그녀는 조심스럽게 내실 앞에서 허락을 구했다.

"윤성이옵니다."

"들어오너라."

짧은 대꾸에 윤성이 고개를 숙이고 내실로 들어갔다.

"무슨 일이지?"

깊은 밤 부르지도 않은 윤성이 찾아오자 도르곤은 의아함을 내비쳤다.

"실은 오늘 낮에 심양관에 다녀왔습니다."

윤성의 말에 도르곤의 얼굴이 순식간에 굳는다. 자리에서 벌떡 일어나 그가 재빨리 윤성의 입을 막았다. 그의 눈동자가 아무도 없는 어둠을 훑는다. 긴장감에 윤성의 눈이 저절로 커졌다.

"오늘 있었던 일은 모두 잊어라. 어떤 일을 했는지 누굴 만났는지. 그리고 명심해라. 황제의 눈과 귀는 어디에나 존재한다는 것을."

윤성의 귓가에 그가 작게 속삭였다. 윤성이 알았다는 듯이 고개를 끄덕이자 도르곤은 그제야 손을 거두었다.

말로 뜻을 전하지 못하지만 윤성은 다른 방법으로라도 도르곤에게 자신의 마음을 전하고 싶었다. 그녀는 도르곤의 손을 잡고 그의 손바닥에 손가락으로 천천히 두 글자를 썼다.

感謝

두려움과 긴장감으로 굳어 있던 도르곤의 얼굴이 서서히 풀어졌다.

윤성이 떠난 후 도르곤이 머무는 내실의 불도 꺼졌다. 왕부에는 짙은 어둠이 새벽을 기다리며 웅크리고 있었다. 늦은 밤까지 도르곤의 내실을 지켜보던 간자도 자신의 임무를 마치고 조용히 발걸음을 돌렸다.

황자의 탄생

더위의 끝은 갑작스러웠다. 하룻밤 사이에 북녘의 매서운 추위가 찾아와 비구름과 함께 서늘한 공기가 심양을 뒤덮었다. 뜨겁고 매서운 햇빛은 온데간데없이 사라지고 먹구름이 잔뜩 낀 흐린 하늘에서 장대비가 주룩주룩 내렸다.

아직 어둠이 가시지 않은 탓에 잠에서 깨어나지 못한 왕부는 고요했다. 하인들이 일어나기에는 아직 이른 시간이었다. 모두가 꿈에 머물러 있는 시간, 동이 트지 않은 새벽길을 달려 왕부를 찾아온 이가 있었다. 떨어지는 비를 온몸으로 맞으며 말을 타고 달려온 이는 다급하게 왕부의 대문을 두드렸다. 잠을 자던 하인이 문을 열고 나가 손님을 맞았다. 손님은 말고삐를 하인에게 넘겨주고 다급하게 본채로 향했다. 내실에 들어선 손님은 젖은 겉옷을 벗고 이제 막 침소에서 일어난 주인을 기다렸다.

도르곤이 모습을 드러내자 이른 아침 찾아온 손님이 벌떡 일어나 도르곤을 맞았다.

"도도, 이른 시각에 여기까지 찾아오다니 무슨 일이 있는 것이냐?"

"형님, 큰일 났습니다."

"밤새 명나라 대군이 침입하기라도 했느냐?"

도르곤은 동생의 다급함에 오히려 농으로 응수했다.

"황자가 태어났습니다."

도도의 소식은 짧고 간결했다. 드디어 신비가 황자를 낳은 것이다. 장차 황위를 이을 수 있는.

"결국 그렇게 됐군."

도르곤은 무표정한 얼굴로 도도와 마주 앉았다. 도도보다 일각 정도 느린 시간, 도르곤의 형 아지거도 왕부를 찾아왔다. 그 또한 도도처럼 당황한 모습이 역력했다. 아지거는 동생들 사이에 앉으며 깊은 한숨을 쉬었다.

"이제 어떻게 할 것인가? 다음 황권도 홍타이지의 자식이 잇게 되었으니."

아지거의 걱정도 도도와 다르지 않았다.

여진족은 다른 유목민족처럼 적장자를 후계자로 정하지 않았다. 버일러들이 합의해 칸이 될 후계자를 정했다. 누르하치가 유언으로 후계자를 지명하지 않은 것도 그 때문이었다. 누르하치가 죽고 후계자 쟁탈전이 치열했던 것도 여기서 비롯되었다. 후계자가 된 홍타이지는 아버지와 생각이 달랐다. 그는 황제가 절대적 권력을 가져야만 명나라를 멸망시키고 중원을 차지할 수 있을 것이라 여겼다. 하지만 황자가 태어나기 전까지만 해도 이런 권력구조가 공고하지 않았다. 홍타이지의 장남 호거의 모친은 후비가 아니었기에 후계자로 의견이 모아지지 않았다. 호거 이후에 태어난 황자들도 몇몇은 병으로 죽고 그 외가의 세력이 그리 크지 않았다. 그런데 이제 황비인 하이란주를 어머니로 두고 몽골의 유력한 집안을 외가로 가진 황자가 태어난 것이다. 대의명분과 지지 세력을 모두 갖춘 황자의 탄생이었다. 아니나 다를까 홍타이지는 자신이 총애하는 황비 하이란주가 아들을 낳자 제8황자를 '황사'로 기르라는 명을 내렸다. '황사'는 황태자를 일컫는 말이니 하이란주의 아들이 황태자가 되어 대를 이을 것이란 것을 천하에 선포한 것이나 다름없었다.

도르곤과 형제들은 황제의 절대 권력에 몸을 낮추며 살아왔지만 황권에 대한 열망을 완전히 잊고 산 것은 아니었다. 어머니가 순장을 당하지만 않았어도 도르곤은 홍타이지를 이기고 황제가 될 수도 있었다. 누르하치의 총애를 한 몸에 받았던 도르곤 이었기에 불가능한 일이 아니었다. 대비였던 아바하이가 조금만 더 정치적으로 행동했다면 삼 형제 중 가장 뛰어났던 도르곤이 황제가 될 수 있었던 것이다.

홍타이지가 대푸진으로부터 아들을 얻지 못한 상황에서 도르곤은 다음 황권에 도전할 가능성을 가지고 있었다. 도도와 아지거 또한 자신의 형제인 도르곤이 황제가 될 수 있도록 전면적으로 도울 준비가 되어 있었다. 한 어머니에게서 태어난 형제인 아지거와 도도는 도르곤의 능력을 인정했다. 아지거는 형이었지만 탐욕스러운 성격이 흠이었고 도도 또한 급한 성미로 종종 일을 그르치곤 했다. 두 사람은 도르곤의 용맹함과 치밀한 성격이 자신들보다 위임을 알고 있었다. 그래서 그들은 도르곤이 황제가 되어 어머니의 억울함을 풀어주길 바랐다. 어머니를 잃은 아픔이 삼 형제를 똘똘 뭉치게 한 것이다.

아지거와 도도가 이른 새벽부터 찾아와 새로 태어난 황태자로 인해 도르곤의 입지가 좁아질까 걱정을 쏟아 놓았지만 도르곤은 두 사람처럼 흥분하지 않았다.

"이렇게 이른 아침에 모였으니 오랜만에 식사나 함께합시다."

"형님, 이런 시국에 어찌 그리 태평하십니까."

"그러게 말이다. 지금 황권이 멀어지는 판국에 아침밥이 넘어가느냐."

"우리 삼 형제가 이른 새벽부터 모여 모반을 모의하고 있으니 곧 이 소식이 황제의 귀에 들어갈 테고 그러면 도찰원 관리들이 우리를 잡아 죽이라 할 거 아닙니다. 그러니 그전에 마지막으로 형제끼리 우애나 다집시다."

도르곤이 정색한 얼굴로 두 형제를 바라보았다. 아지거와 도도 둘 다 도르곤의 말에 아무런 대꾸를 하지 못했다. 황제의 눈과 귀가 도처에 있다는 사실을 그들도 모르지 않았다. 그럼에도 황자가 태어 났다는 소식에 도르곤을 찾아오는 우를 범하고 만 것이다.

"아직 섣부르게 판단할 때가 아닙니다. 황자는 아직 강보에 싸인 아기에 불과합니다. 그러니 경거망동하지 마세요."

도르곤이 두 형제를 다독이자 아지거가 고개를 끄덕이며 말했다.

"그렇지. 아직 황자는 어리지."

"형님 뜻 잘 알겠습니다."

도도 또한 도르곤의 의도를 받아들였다.

도르곤은 황자의 탄생에 마음이 급해 자신을 찾아온 형제들을 이끌고 바로 황궁으로 향했다. 아지거와 도도가 이른 새벽 도르곤 의 집을 찾아온 이유가 함께 황자의 탄생을 축하하기 위해서였던 것 처럼.

아직 황제의 권력은 절대적이다. 팔기군과 대신들은 황제에게 굳 건한 충성을 바치고 있었다. 황제가 살아있는 한 몸을 낮춰야 했다. 도르곤은 지금이 기다려야 할 때임을 알았다. 십 년을 기다렸지만 그 기다림은 아직 끝나지 않았다. 그는 기회를 잡기 위해 참고 인내 할 줄 알았다. 그가 긴 시간 몸을 웅크리고 기다리는 이유는 단 하 나. 황제가 되겠다는 열망 때문이었다.

그는 자신의 고통을 끝내고 싶었다. 그러기 위해서 최고의 권력을 가져야 했다. 누구도 자신에게 명령할 수 없는 위치, 그곳에 다다르면 누구도 두렵지 않을 것이다. 자신이 최고 권력자이니. 최고의 권력을 얻는다면 자신을 억압하는 두려움에서 벗어나 자유로워질 수 있을 것이라 믿었다. 그때를 위해 그는 오늘도 자신의 얼굴에 가면을 쓰고 황제 앞에서 충성스러운 신하가 되었다.

"황자의 탄생을 경하 드립니다."

누구보다 크고 우렁찬 목소리로 도르곤은 황제에게 축하인사를 했다. 도르곤을 비롯해 많은 왕족과 신하들이 황자의 탄생을 축하하기 위해 황궁에 모였다. 황제는 만족스러운 표정으로 신하들의 축하를 받았으며 내정에서 잔치를 벌였다. 풍악을 울리고 무희들이 춤을 추었으며 술독마다 술이 넘쳤다. 다음 황권을 이어갈 아이의 탄생으로 황궁 안은 그 어느 때보다 흥겨웠다.

황궁안의 모든 이들이 하이란주가 황자를 낳은 것을 기뻐하고 있을 때 영복궁 장비는 조용히 멀리서 들려오는 풍악소리를 듣고 있었다. 이제 그녀의 배도 점점 부풀어 오르고 있었다. 아무 탈 없이 배 속 아이는 무럭무럭 성장했다.

"차라리 계집아이를 낳는 것이 좋을지도 모르겠다."

장비는 자신의 처지가 슬퍼 저도 모르게 의기소침한 말을 하고 말았다.

"그런 말 마세요. 마마께서는 이번에 꼭 아드님을 보실 거예요."

쑤마라는 풀 죽어 있는 장비의 마음을 다잡아 주기 위해 그녀를 위로했다.

"아들이 태어난다고 해도 어미가 해줄 수 있는 것이 없으니 태어난들 무슨 소용이겠느냐?"

"약한 말씀 마세요. 황제가 되지 않는다 해도 용맹한 장군이 된다면 그 권세가 남부럽지 않을 것입니다."

"그럴까? 이 아이가 태어나서 유능한 장수가 되어 황제의 어여쁨을 받는다면 더할 나위 없이 좋을 텐데."

"꼭 그렇게 될 것입니다."

쑤마라는 확신에 찬 어조로 말했다. 쑤마라의 위로를 들으며 장비는 자신의 배를 쓰다듬었다. 아이만은 자신처럼 처량한 신세가 되지 않았으면 좋겠다는 마음으로.

황궁에 경사가 있은 후 청국의 모든 일이 순조롭게 풀렸다. 황제가 후계자를 만방에 알렸으니 모두 황제의 권위에 감히 도전할 엄두를 내지 못했다. 황제는 갓 태어난 황자를 위해 바깥출입을 삼갈 정도였다. 자신의 탄일을 기념하는 잔치에도 참석하지 않았다. 혹시라도 두역이 옮을까 염려하는 마음에서였다.

황자가 탄생한 지 반년이 지나고 무인년이 밝았다. 새해가 되자 황제에게는 새로운 욕망이 꿈틀거렸다. 자신의 후계자에게 더 넓은 중원을 물려주고 싶다는 뜻이 확실해진 것이다. 중원을 정복하기 위해선 북쪽을 다시 한 번 확실히 안정시킬 필요가 있었다. 황제는 다시 출정을 계획했다. 팔기군을 다시 정비하고 여러 왕들에게도 전쟁을 준비시켰다. 새로운 뜻과 의지로 충만하던 그때 뜻하지 않은 일이 일어났다. 누구도 예견하지 못한 일이 일어난 것이다. 길흉이 한꺼번에 황궁을 덮치니 황궁 안에 기거하던 사람들 모두 그 일을 기이하게 여겼으며 슬퍼하지도 기뻐하지도 못했다. 하늘이 농간을 부린 것이 아니라면 그렇게 두 아이의 운명이 갈릴 수 없다고 궁인들은 서로 떠들어 댔다.

새해가 시작되고 얼마 지나지 않아 하이란주가 낳은 황태자가 두역을 앓기 시작했다. 이미 지난해 두역이 퍼진 징조가 있었기에 황제 또한 조심하고 조심하였건만 그 모든 노력이 허사가 되어 결국 황태자가 두역으로 요절을 하고 말았다. 황궁은 하루아침에 상갓집이 되어 깊은 슬픔에 빠졌다. 황태자의 죽음으로 하이란주까지 충격을 받아 병이 나버리자 황제와 궁 안의 모든 이들이 시름에 잠겼다. 어린 황태자가 두역으로 요절한 시기에 임신한 장비는 출산일을 한참 넘긴 상태였다. 해산일이 다가왔지만 모든 관심은 두역에 걸린 황태자에게로 향해 있었다. 그러다 황태자가 요절하여 그 죽음으로 궁 안이 슬픔에 잠겨 버리니 장비는 마음이 편하지 못했다. 결국 황태자가 죽고 삼일 후 장비가 아이를 출산했다. 그것도 황자를. 황제를 기쁘게 한 황자가 죽고 또 다른 황자가 탄생한 것이다. 며칠 사이에 장비의 위상은 하늘과 땅처럼 뒤바뀌었다. 총애를 받던 하이란주는 황자를 잃고 병까지 들어 그 위세를 잃고 말았지만 그런 위기에서 기적적으로 장비가 황자를 출산한 것이다. 새로 태어난 황자의 이름은 푸린이었다. 푸린은 후비의 소생으로 그 출생신분이 높고 외가의 지지세력 또한 죽은 황태자와 같았다. 그러니 푸린이 황태자가 될 것임을 어린 궁녀들도 짐작할 수 있었다. 다만 하이란주의 아들이 죽은 지 얼마 되지 않아 그런 말을 입 밖으로 꺼내지 못할 뿐이었다.

황제는 하이란주가 상처를 입지 않도록 배려하기 위해 아홉 번째 황자의 탄생을 축하하는 잔치도 열지 않았으며 새로 태어난 황자에게 황태자라는 칭호도 내리지 않았다. 황궁안의 상황이 그러했기에 누구도 푸린의 탄생을 드러내놓고 기뻐하지 못했다. 그렇지만 보이지 않는 곳에서 다른 비들과 궁녀들은 장비의 아들에게서 신기한 빛을 보았다며 저희들끼리 칭송하곤 했다. 이미 다음 대의 황권이 누구에게 주어질지 알고 있다는 듯이.

황태자가 죽고 새로운 황자가 탄생하는 기이한 일이 일어나는 와중에도 홍타이지는 출정계획을 미루지 않았다. 황제는 장비가 푸린을 낳은 지 이틀 만에 군사를 이끌고 서북지방으로 떠났다. 어쩌면 황제 자신이 황궁을 떠나기 위해 출정을 서두른 것일지도 모른다. 죽음과 탄생이 연이어 일어난 황궁의 기이한 상황에 어찌할 바를 몰라서. 슬픔 중 기쁨이 있으니 슬퍼할 수도 기뻐할 수도 없는 상황이었다. 기쁨이 위로가 되기는커녕 비애가 될 뿐이었다. 가장 사랑하는 여인에게서 얻은 아들을 잃은 슬픔은 새로운 황자의 탄생으로도 덮을 수 없는 깊은 고통이었다. 아픔을 잊기 위해 홍타이지는 중원정벌이라는 큰 꿈에 마음을 쏟았다.

장비는 출산 후 아직 회복되지 못한 몸을 일으켜 푸린을 안았다. 한겨울에 태어난 아이, 푸린. 장비의 첫아들이자 황제의 아홉 번째 황자. 그 위상이 남부럽지 않은 위치건만 장비는 아이의 꼬물거리는 입술을 볼 때마다 허전한 마음을 지울 수 없었다. 하이란주의 아들은 태어나자마자 모든 이의 축하를 받으며 황태자로 불리었지만 그녀의 아들은 황궁에서 숨죽이며 자라고 있으니. 황제는 아이의 얼굴도 제대로 보지도 않고 전장으로 떠났다. 오랫동안 숙원 하던 아들이 자신의 몸에서 태어났다는 이유로 아비의 관심을 받지 못하니 그 슬픔이 작지 않았다.

'이것이 아이의 운명인 걸까?'

장비는 아이의 발간 얼굴을 바라보며 서글픈 표정을 지었다.

"어찌 그리 슬픈 얼굴을 하고 계십니까? 황자를 낳으신 분이."

"아이가 불쌍하지 않느냐? 아비의 관심도 받지 못하고 축하도 받지 못하니."

"황제께서는 단지 곤란한 상황을 만들지 않기 위해 떠나신 것뿐입니다. 마음속으로는 누구보다 푸린황자님의 탄생을 기뻐하실 것입니다. 떠들썩하게 잔치를 벌이지 않아도 이 황궁 아니 성경에 있는 이 모두 푸린 황자님이 황태자가 되실 것을 알고 있습니다. 그러니 상심하지 마십시오."

쑤마라는 누구보다 의연하게 장비를 위로했다.

"이제부터 마음을 굳건히 하셔야 합니다. 황자님을 지키기 위해서. 장자이신 호거와 구왕 도르곤이 푸린 황자님을 호시탐탐 노릴 테니까요. 황자님을 지켜주실 분은 마마뿐이세요."

쑤마라의 말이 옳았다. 아이의 탄생을 축하받지 못한 일로 아쉬워할 때가 아니었다. 황제의 후계를 노리는 이들이 푸린의 탄생을 곱지 않은 시선으로 바라보고 있을 테니. 하이란주의 아들이 살아 있었다면 푸린의 존재는 그들에게 위협이 되지 않았을 테지만 이제 사정이 달라졌다. 비의 신분을 가진 모친과 호르친 평원의 막강한 몽골세력을 등에 업은 황자는 오직 푸린뿐이었다.

장비는 아무것도 모른 채 새근거리며 자고 있는 푸린을 보면서 마음을 다잡았다. 푸린의 운명이 그녀의 운명과 같으니 푸린이 죽는다면 자신도 죽을 것이요. 자신이 죽으면 푸린이 죽는 것과 같았다. 황권을 노리는 들개들에게서 장비는 푸린이 성장할 때까지 방패막이 되어야 했다. 그래야 그녀도 살 수 있었다.

두 달 후 황제가 다시 황궁으로 돌아왔다. 황제가 돌아올 무렵 성경은 완연한 봄이 되었다. 매서운 겨울에 태어나 찬바람을 견뎌야 했던 푸린은 무사히 겨울을 보내고 첫 봄을 맞았다. 서글픔에서 벗어난 장비는 의젓한 어머니의 모습을 되찾았고 푸린은 살이 오른 건강한 아기가 되었다. 호르친을 관통해 명의 서북지방을 공격하고 돌아온 황제도 아들을 잃은 슬픔에서 벗어나 있었다. 황궁은 다시 평화를 찾았고 황제는 중원정벌은 위해 다시 만반의 준비를 시작했다.

황궁안의 희비와 동떨어져 지내던 세자와 대군은 황궁의 일을 자세히 알지 못했다. 다만 지난해 태어난 황자가 죽고 얼마 지나지 않아 새로운 황자가 태어났다는 소식을 전해 들었을 뿐이다. 황궁의 일이 중하다고 하나 관소에서 벌어지는 일 또한 그 처리가 만만치 않아 세자는 언제나 마음이 소란스러웠다. 황제가 서북지방을 갔다 온 이후로 세자는 산증*으로 여러 번 침을 맞았다. 세자의 병세는 한 달간 이어지다 겨우 회복되었다. 세자가 병세를 회복할 즈음 기다렸다는 듯이 청국의 관리들이 관소에 몰려와 그동안 조선이 지키지 않은 약속들을 지키라며 압박했다. 아문의 관리들은 도망친 피로인을 다시 돌려보내고 시녀를 뽑아 바치는 일이 이행되지 않았다며 세자를 책망했다.

"조선은 언제 산성 아래에서 한 약조를 지킬 것입니까? 시녀를 뽑아 보내라 명한 황제의 명을 이토록 지키지 않은 까닭이 무엇입니까?"

세자를 나무라는 잉굴타이 장군의 언성이 높았다. 아직 완전히 건강을 회복하지 못한 세자는 청장의 요구에 면목이 없다는 말로 변명을 하는 수밖에 없었다.

"대인을 볼 때마다 면목이 없습니다. 허나 이는 본국이 병란을 겪어 제대로 처리하지 못한 것뿐입니다. 곧 사람을 보내 이 일을 처리하라 알리겠습니다."

세자는 지극히 몸을 낮추어 청장의 심기를 가라앉히기 위해 안간힘을 썼다.

청국의 관리가 요구하는 것들은 모두 남한산성 아래서 인조가

• 고환이나 음낭이 커지면서 아프거나 아랫배가 켕기며 아픈 병증.

자신의 왕위를 지키기 위해 약조한 것들이었다. 조선은 그 약조를 이런저런 핑계를 대며 차일피일 미루고 있었다. 전쟁 후 오십만이 넘는 백성이 잡혀갔으니 그 후유증이 만만치 않았고 두역까지 창궐했다. 청국이 시녀를 보내라 함에도 조선은 핑계를 대고 미루는 것 외에 다른 방안이 없었다. 우역으로 소가 떼죽음을 당해 농사도 짓지 못하고 두역이 창궐해 사람이 죽어 나가는 판국이었다. 그런 와중에 처녀들을 뽑아 시녀로 보내야 했으니 조선에서 살고 있는 백성들의 고난은 이만저만한 게 아니었다. 청국의 처녀 공출은 한 번으로 끝나는 것이 아니었고 일 년에도 몇 번씩 요청을 하였기에 그 요구를 모두 들어주는 것 또한 무리였다. 조선의 이런 사정을 알면서 청국의 요구를 받아야 하는 세자는 두 나라 사이에서 문제를 일으키지 않기 위해 모든 일에 심혈을 기울여야 했다. 세자가 잘못 내뱉은 말로 청나라 관리의 노여움을 산다면 그 고통은 고스란히 조선의 백성이 짊어져야 했다.

세자가 사람을 보내 청국의 요청을 알리겠다고 함에도 관리들의 성화는 계속되었다. 그런 와중에 황제는 세자와 대군을 자주 황궁으로 초청했다. 몽골의 사신이 올 때나 황제의 딸이 혼인을 할 때도 어김없이 황제의 부름으로 세자는 대군과 함께 황궁으로 가야 했다. 황제는 다른 왕족들과 다름없이 세자와 대군을 대우해 주었다. 겉으로 보기에는 조선과 청국이 우애를 다지는 모양새였다. 황제의 초청은 청국과 조선이 친하고 정의가 두텁다는 것을 보이기 위함이었다. 겉으로는 황제의 극진한 대우를 받았지만 다른 한편으로 청국의 관리들이 끊임없이 관소로 찾아와 청국과의 약조를 지키라며 성을 내곤 했다. 조선이 지키지 못한 요구들을 끊임없이 요구하는 것은 또 다른 뜻이 있었기 때문이었다. 조선에게 진정 바라는 것을 얻기 위해. 작은 요구들로 조선을 길들이고 자신들의 뜻대로 움직이게 하기 위함이었다. 그들이 진정 원하는 것은 더 큰 것이었으니까.

몇 달 후 황제의 총애를 받고 있는 청나라의 대신들과 장수들이 한꺼번에 심양관소로 들이닥쳤다. 내비서원 대학사인 범문정을 비롯해 열 명이나 되는 관리가 함께 세자를 만나러 온 것이다. 범문정은 심양사람으로 한족 최고의 인재였다. 그의 가문은 한족의 명문가였고 그는 어릴 적부터 수재로 이름이 높았다. 그런 범문정이 청의 관리가 된 것은 대금시절 그가 포로로 잡혀 양홍기의 노예가 되었기 때문이었다. 한족 명문가의 수재를 알아본 홍타이지는 즉위 후 그의 신분을 회복시켜 주었고 문관벼슬에 임명했다. 한족이면서 청국의 관리가 된 범문정은 홍타이지의 총애를 한 몸에 받았으며 황제는 모든 정사를 그와 의논했다. 그런 범문정이 관리들을 이끌고 심양관소로 찾아왔으니 그들의 요구가 평소와 다를 것은 자명한 일이었다.

범문정은 세자를 비롯해 대군과 사신들을 불러 참석시키고 칙서를 내보이며 황제의 뜻을 전했다.

"어찌 조선은 징병령을 거부하는 것인가?"

"징병을 피하고자 함이 아니라 조선의 사정이 어려워 그러한 것뿐입니다. 칙서에도 쓰여 있다시피 어려워하는 일을 강요하지 않겠다 하지 않으셨습니까?"

세자는 조심스럽게 자신의 의견을 개진했다.

"어려운 사정을 참고하겠다 했지 영구히 징병령을 하지 않는다고는 하지 않았네. 수만의 군사를 동원해야 함에도 오천의 군사로 줄여준 것인데 이 명조차 거역하려 하다니 어찌 산성에서 한 약조를 지키지 않는 것인가?"

황제의 명을 전하는 범문정의 태도는 노여움으로 가득했다. 그를 진정시키기 위해 세자와 대군은 무릎을 꿇고 간청하는 수밖에 없었다.

"본국이 어찌 대국의 명령을 거역하겠습니까? 전란으로 백성이 흩어져 모이지 않고 땅은 황폐해져 굶어 죽는 시체가 즐비하니 군사를 모을 수가 없습니다. 그러니 이런 절박한 상황을 헤아려 주십시오."

세자를 비롯해 대군과 신하들이 모두 무릎을 꿇고 사정을 간하니 범문정으로서도 어찌할 도리가 없었다. 범문정은 더 이상 세자를 꾸짖지 않고 바로 심양관소를 떠났다.

세자와 대군의 애원으로 겨우 징병령을 회피했으나 청국의 요구는 이번만으로 끝나지 않을 것이다. 그들의 요구는 끝이 없었고 그때마다 세자는 자신을 신분을 따지지 않고 어떻게든 조선에 유리한 상황을 만들기 위해 고군분투해야 했다. 하루하루가 살얼음 같으니 세자의 병치레는 점점 더 잦아졌다.

여름이 지나자 명나라의 금주와 영원지역을 공략하기 위한 출병 날이 정해졌다. 출병이 코앞으로 다가왔지만 조선은 그때까지도 지원군을 보내지 못했다. 결국 황제가 의주에 머물러 있던 임경업 장군을 불러 출병을 독촉하기까지 했지만 조선으로부터 군대가 출발했다는 소식은 오지 않았다. 그사이 출병 날이 다가왔고 요토와 도도가 선발대가 되어 서쪽으로 떠났다. 육일 후 도르곤과 호거가 이끄는 군사들이 연달아 출병했다. 2진이 출병을 하도록 조선에서 보낸 군사가 제날짜에 오지 않자 황제의 노여움은 극에 달했다.

2진이 떠난 날 초저녁 무렵 심양관소로 잉굴타이와 마부타이 장군이 갑자기 찾아와 세자에게 황제의 뜻을 전했다. 세자와 마주한 잉굴타이 장군은 엄한 목소리로 가차 없이 조선의 태도를 질책했다.

"황제께서 대단히 노하셨소. 마부타이 장군으로 하여금 성 밖으로 나가서 지금 오고 있는 조선 군사를 쫓아버리고 들어오지 못하게 하라 명하셨습니다. 망해가는 왕위를 보존하게 해준 은혜를 잊은 것입니까? 온갖 방법으로 약속을 질질 끌면서 지키지 않으니 이것이 무슨 도리입니까?"

"여러 번 말하였다시피 약조를 지키려 하지 않은 것이 아니라 조선의 형편이 좋지 않아 기한 내에 오지 못한 것입니다. 약조를 지키려 하였으나 지키지 못하여 이런 명을 들으니 드릴 말씀이 없습니다."

세자는 담담히 황제의 뜻을 받아들였다.

"귀국이 이렇게 우리의 명을 듣지 않는다면 필시 낭패를 겪게 될 것이오."

잉굴타이 장군은 세자에게 경고를 한 후 마부타이 장군과 함께 관소를 떠났다.

"이를 어찌합니까? 황제의 진노가 상당한 것 같습니다."

세자의 곁에서 모든 일을 지켜보고 있던 봉림대군은 혹시라도 세자에게 불똥이 튈까 염려되었다. 조선의 병사가 이번 출정에 가담하지 못하게 된 것은 잘 된 일이나 그 이후의 여파를 생각하면 마음이 편치 않았다.

"어찌 됐든 조선군이 고향으로 돌아가게 되었으니 다행한 일이 아니냐."

대군의 걱정에 소현세자는 그저 힘없이 미소를 지어 보였다. 비록 오천에 불과한 작은 규모의 군사라 할지라도 그들 모두 고향을 떠나온 장졸일 터 그들이 목숨을 부지하고 돌아가게 되었으니 천만다행한 일이었다. 하지만 황제의 노여움은 가볍게 치부할 일이 아니었다. 그 노여움을 풀지 못한다면 몇 배의 고난이 심양관소에 덮칠지도 모를 일이었다.

다음날 이른 아침, 소현세자는 황제의 노여움을 풀기 위해 대군과 신하들을 이끌고 궐문으로 향했다. 세자가 황제의 엄한 교지에 죄를 기다리겠다는 뜻을 예부의 관리에게 전했으나 관리들은 그저 관소로 돌아가라는 대답만 할 뿐이었다. 결국 세자와 대군은 황제를 대면하지 못하고 관소로 돌아와야 했다. 며칠을 관소에 머물며 세자는 황제의 명을 기다렸으나 소식이 없자 다시 대군과 함께 이른 새벽 신하들을 이끌고 황궁을 찾았다. 대궐 문밖에서 다시 황송하고 민망하다는 뜻을 예부에 전했지만 황제를 대면할 수는 없었다.

며칠 후 조선에서 황제에게 보내는 시녀들이 도착했다. 청국 관리들에게 시녀를 바치자 황제는 그중 몇몇은 황궁에 남기고 몇 명은 여러 왕들에게 나누어 주었다. 시녀들을 바친다는 약조를 지키고 나서야 세자와 대군은 황제를 대면할 수 있었다. 산성에서 한 약조를 지켜야만 조선의 왕위가 보존될 수 있을 것이라는 황제의 뜻은 견고했다. 결국 백성을 바친 후에야 세자와 대군은 황제의 노여움을 풀 수 있었다. 오천의 군사를 살리고 십여 명의 여인이 희생되었다. 숫자로만 본다면 군사를 돌려보낸 것이 이득이라 할 수 있으나 청국에서 평생 노예로 살아야 하는 여인들의 고통 또한 결코 작은 것이 아니었다.

황제의 노여움이 어느 정도 풀렸다고 하나 완전히 마음을 얻은 것은 아니었다. 며칠 후 아문에서 역관 정명수를 통해 황명이 전해졌다.

이달 10일 서행할 때 세자를 데리고 가겠다는 내용이었다. 여태껏 출병을 하면서 황제는 세자의 동행을 강요하지 않았다. 그런 상황이 이제 더 이상 통하지 않게 된 것이다. 물러설 방안이 없었다.

"형님, 이를 어찌 합니까? 결국 우려하던 일이 터지고 말았습니다."

"그렇구나. 황제의 노여움이 아주 풀린 것은 아니었구나."

세자는 망연자실한 얼굴로 황명이 적혀 있는 칙서를 물끄러미 바라보았다.

"황제께서도 형님의 병세가 좋지 않은 것을 알고 계신 텐데 어찌 이런 명을 내리신 답니까? 신하들을 보내 명을 거두어 달라고 청하십시오."

"아니다. 황제는 이미 모든 것을 알고 명을 내린 것이니 거두지 않을 것이다. 괜히 신하들로 하여금 헛걸음하게 할 필요 없다."

"그럼 정말 전쟁터를 따라가실 겁니까? 그러다 병이 깊어지시면 어쩝니까?"

"어쩔 수 없는 일 아니냐."

세자의 처연한 태도에 봉림대군은 화를 가라앉히지 못했다.

"그럼 제가 대신 황제를 따라가겠습니다."

봉림대군의 뜻은 강경했다. 세자와 신하들의 만류에도 대군은 뜻을 꺾지 않았다. 대군의 의지를 꺾기 위해서는 다른 방안을 찾아야 했지만 그건 애초에 불가능한 일이었다. 결국 소현세자와 관소의 신하들은 대군의 뜻을 받아들일 수밖에 없었다. 다음날, 봉림대군은 홀로 황궁으로 찾아가 황제를 대면했다. 황제 앞에서 자신의 뜻을 밝히기 위해.

대군이 정전으로 나아가 황제를 알현했다. 황제의 명이 당도하자마자 다음 날 대군이 찾아왔다는 말에 홍타이지 또한 대군의 의도를 궁금해했다.

"무슨 일로 급히 나를 찾아온 것인가?"

"청을 하고자 함입니다."

"청이라고?"

"네, 이번 출정에 세자를 대신해서 제가 가겠나이다."

"대군이?"

"황제께서 지난번 의관을 보내 확인하셨다시피 세자께서는 병으로 긴 출정을 견디기 힘드십니다. 그러니 제 청을 받아주십시오."

황제도 알고 있었다. 세자가 병치레를 하고 있다는 것쯤. 황제는 세자를 위로한다는 명분으로 황궁의 태의를 관소로 보내 그 병세를 직접 확인했었다. 관소를 다녀온 의관들은 세자의 병을 확인했고 의심할 만한 사항이 아니라 했다. 그럼에도 세자에게 출병을 하라 명한 것은 세자와 조선을 압박하기 위함이었다. 제때 군사를 보내지 못한 죄를 묻지 않는다면 황제의 명이 가벼워질 테니. 황제는 세자가 이 위기를 모면하기 위해 다시 군사를 보내겠노라 확답하기를 바랐다. 그런데 세자의 아우가 보기 좋게 황제의 의도를 물리치고 말았다. 황제는 세자를 위해 간곡히 청하는 대군을 물리칠 명분이 없었다. 그 청을 받아들이지 않는다면 몰인정한 황제라는 뒷말을 듣게 될 것이니. 황제는 자신의 너그러움을 알리기 위해서라도 대군의 청을 받아들여야 했다.

홍타이지는 주력군을 이끌고 영원성으로 향했다. 청의 주력군이 서쪽으로 몰려드니 명의 군대는 서쪽방어에 힘을 쓸 수밖에 없었다. 금주와 영원성 가까이에 홍타이지의 군대가 진을 치고 있으니 명의 주력부대는 꼼짝없이 서쪽 국경에 발이 묶여 버리고 말았다. 황제가 명의 시선을 서쪽으로 돌린 사이 도르곤과 요토가 이끄는 군대는 막남 몽골을 통과하여 명의 북쪽을 공략했다. 청의 군대는 방어막이 허술한 만리장성의 북쪽을 넘어 연경까지 진출했으며 제남에 이르는 넓은 지역을 마음껏 약탈했다.

출정 전 황제는 친히 도르곤을 봉명대장군으로 임명했으며 황제의 장남 호거는 도르곤이 이끄는 진영의 좌익을 맡았다. 도르곤이 이끄는 군대는 산서를 정벌하고 제남을 함락시켰으며 북으로 진격하여 청산관까지 정벌했다. 도르곤의 군대가 이동한 거리는 수천 리에 이르렀으며 서른 곳이 넘는 성을 함락시키고 20만이 넘는 포로와 가축을 사로잡았다. 하북성과 산서성의 여러 도시를 공략해 큰 전공을 세운 도르곤의 군대는 이듬해인 기묘년 3월에야 성경으로 회군했다. 반면 선발대로 떠난 요토와 도도의 성과는 그리 좋지 못했다. 엎친 데 덮친 격으로 서행에서 돌아오는 길에 요토가 전사하고 말았다.

왕부의 내정內庭 한가운데 높은 나무들이 연초록 잎을 틔우기 시작했다. 우듬지에 자리 잡은 새 둥지에는 작은 새들이 재잘거리는 소리를 내며 연신 들락거렸다. 구름 한 점 없이 깨끗한 날, 검은 새가 왕부 위를 날아다녔다. 멀리 누가 찾아오고 있다는 소식을 알리려는 듯이. 그날 오후, 반년이 넘는 기간 동안 군대를 이끌고 전장을 누볐던 대장군 도르곤이 돌아왔다. 무심히 떠났던 그는 여느 때처럼 소식도 없이 돌아왔다. 세 계절을 보내고 나서야 왕부는 돌아온 주인을 맞았다. 주인이 떠나고 멈춰있던 왕부의 시간은 도르곤이 돌아오고 나서 다시 흐르기 시작했다.

도르곤은 수많은 전투에서 승리한 대장군이었지만 그의 얼굴에 기쁜 기색이 보이지 않았다. 선발대로 떠난 1진의 장수가 전사했기 때문이었다. 이번엔 죽음이 그를 비껴갔지만 죽음은 언제나 도르곤 가까이 있었다. 침통한 얼굴에 움푹 들어간 두 눈은 그간의 힘겨운 여정을 고스란히 보여줬다. 하인들이 정성스럽게 준비한 음식을 물리고 도르곤은 침소에 틀어박혔다. 전장에서 돌아오면 의례히 거치는 과정이었다. 어둠 속에서 도르곤은 깊이 잠들었다.

한 치 앞도 보이지 않는 어두운 밤, 도르곤은 잠꼬대를 중얼거리며 허공을 향해 두 손을 휘저었다. 아무것도 걸리지 않는 허공으로 헛손질을 하던 도르곤의 손을 누군가 살며시 잡아 주었다.

"악몽을 꾸셨습니까?"

도르곤이 잠에서 깨어나 눈을 떴다. 일렁이는 불빛에 윤성의 얼굴이 보였다. 차분한 윤성의 음성에 안심한 도르곤은 다시 스르르 눈을 감았다. 윤성이 왔으니 자신의 불안이 끝나리라 믿었다.

"도르곤."

윤성이 그의 이름을 부른다. 이상하다. 윤성은 여태껏 단 한 번도 그의 이름을 부른 적이 없었다. 도르곤은 천천히 눈을 떠 윤성을 바라보았다. 그의 눈앞에 앉아있는 이는 윤성이 아닌 다른 여인이었다.

"도르곤, 어째서 너는 황제의 신하가 된 것이냐! 왜 이 어미의 복수를 해주지 않는 것이야!"

윤성의 모습은 온데간데없이 사라지고 죽은 어머니가 원망스러운 얼굴로 그를 바라보고 있었다.

"어머니!"

도르곤은 갑자기 나타난 어머니의 모습에 당황하며 고개를 가로저었다.

"넌 어머니가 아니야! 어머니는 죽었어."

"그래, 네가 나를 죽였다. 이 불구대천지원수!"

도르곤의 어머니는 어느새 피범벅이 된 얼굴로 도르곤을 노려보는 명나라 천총 노상승이 되어 있었다. 이번 전투에서 명나라 군대를 이끌었던 노상승은 도르곤의 군대와 싸우다 처참하게 죽임을 당했다. 얼마 전 죽은 그가 도르곤의 눈앞에 나타나 원망을 쏟아내고 있었다. 눈으로 보이는 것들을 믿을 수 없으니 두려움과 공포가 밀려왔다. 노상승의 눈과 입에서 피가 철철 흘러나왔다. 그의 눈은 적의로 가득 차 있었고 입에서는 짐승의 울음소리 같은 신음소리가 흘러나왔다. 노상승의 피 묻은 손이 도르곤을 향해 다가왔다. 그의 검붉은 손가락이 점점 가까워지자 도르곤은 뒤로 물러나며 손을 내저었다.

"넌 죽었어. 죽었다고! 그러니까 눈앞에서 사라져!"

도르곤은 소리를 지르며 두 팔로 노상승의 목을 있는 힘껏 움켜쥐었다.

"헉."

숨통을 조여 오는 고통에 노승상의 얼굴이 일그러지며 숨을 쉬지 못했다. 자신을 괴롭히는 적을 물리쳤다는 안도감이 드는 순간 일그러진 얼굴이 윤성의 얼굴로 바뀌었다. 도르곤의 두 손이 윤성의 목을 조이고 있었다. 자신이 한 일을 깨닫고 도르곤은 황급히 손을 거두었다. 숨통을 조이던 힘이 사라지자 윤성은 목에 가시가 걸린 사람처럼 기침을 해댔다.

환영이었다. 두 눈을 뜨고 환영을 본 것이다. 도르곤은 눈을 뜨고도 악몽에서 깨어나지 못했다. 그렇다고 꿈을 꾼 건 아니었다. 윤성의 목에 선명한 손자국이 남아있었으니.

"저는 괜찮습니다."

윤성이 숨을 고르고 도르곤을 진정시켰다. 한 번도 겪어본 적 없는 일에 당황한 도르곤은 자신이 한 일을 믿을 수 없었다.

"어머니였다. 분명 처음엔 어머니의 모습이었다. 어머니가 나타나 날 꾸짖고 원망하셨다. 그리고 노상승이 나타나 나에게 원한을 쏟아냈다. 그 모든 것을 내 두 눈으로 보았는데 그들은 어디로 사라진 것이냐?"

도르곤은 허망한 시선으로 윤성에게 물었다.

"그들은 사라지지 않았습니다. 왕야의 마음속에 남아있습니다. 왕야께서 약해지시면 그들은 다시 튀어나와 왕야를 괴롭힐 것입니다. 그러니 약해지지 마십시오."

반년이 넘는 원정으로 도르곤의 심신은 극도로 쇠약해졌고 그의 병증은 이제 단순한 심계가 아니었다. 몸으로만 증상이 나타나는 것이 아니라 헛것이 보이기 시작하니 그 증세는 사수*에 가까웠다. 사수는 기氣와 신神이 극도로 쇠약하여 나타나는 증세이니 기와 신을 수습하는 것이 급선무였다.

도르곤은 황제의 명을 누구보다 완벽하게 수행하는 장수였다. 전쟁을 하는 동안 자신의 모든 정신을 소진할 정도로. 실패는 용납되지 않았다. 그렇기에 황제 또한 누구보다 그를 신뢰했다. 수만의 군사가 도르곤의 말 한마디에 움직였다. 그들은 살아있는 장기 말이었다. 장기 말들을 움직여 전쟁을 치르면서 대장 말은 언제나 마지막에 자신의 목숨을 걸어야 했다. 십여 년 동안 그 마지막 순간에 도르곤은 적장의 목을 베었고 언제나 살아서 돌아왔다. 살아 돌아온 자이지만 도르곤은 죽은 자이기도 했다. 자신의 모든 것을 소진하고 껍데기만 남은 상태였기에.

끝없이 싸우고 또 싸우는 동안 도르곤의 정신은 모두 고갈되고 육신만 남았다. 빈껍데기가 된 것이다. 탕약과 침만으로는 이 병을

---

* 헛것이 보이는 병.

물리칠 수 없었다. 병을 고치기 위해선 도르곤 스스로 마음을 세워야 했다. 그래서 윤성은 마음이 무거웠다.

윤성의 다독임에 마음을 진정시킨 도르곤은 다시 잠을 청했다. 차라리 꿈을 꾸는 것이 편했다. 꿈속에서 일어난 일들은 그저 꿈이라 치부하면 되니까.

날이 밝자 가는 빛줄기가 길게 내실 안으로 뻗어 들어왔다. 지난 어둠 속에서 벌어진 일들을 애써 지우고 도르곤은 의복을 갖춰 입었다. 병약한 마음은 근엄한 얼굴로 감추었다. 윤성이 내실로 탕약을 들여왔다. 쓰디쓴 검은 물을 삼키고 그릇을 내밀자 윤성이 조용히 받아든다. 가볍게 숙인 윤성의 목덜미에 지난밤 겪은 일이 붉은 자국으로 고스란히 남아있었다. 붉은 손자국을 보고 있자니 미안함이 밀려왔다.

"혹여 바라는 것이 있느냐?"

뜬금없는 질문에 윤성이 고개를 들었다. 잠시 답을 찾지 못하고 머뭇거린다. 고민 끝에 결심한 듯 윤성이 대답했다.

"말 타는 것을 배우고 싶습니다."

"좋다. 그 정도 소원이야 언제든지 들어줄 수 있지. 금영부인에게 말해 놓으마."

도르곤은 윤성이 어떤 의도로 그런 소원을 말한 것인지 꼬치꼬치 따지지 않았다. 그저 말을 타보고 싶은 호기심 때문이라 여겼다. 그는 순순히 윤성의 바람을 들어주고 왕부를 나섰다.

몇 주 동안 윤성은 자신의 바람대로 왕부에 있는 말을 타 볼 수 있었다. 마부의 도움으로 말을 타고 내리는 것부터 천천히 걷는 것까지. 하루 종일 왕부의 잡일을 하고 늦은 저녁 말과 씨름을 하고 나면 처소에 돌아와 죽은 듯이 잠만 잤다. 량량은 윤성이 힘든 몸을 이끌고 굳이 말을 타겠다고 한 이유를 대강 짐작하고 있었다. 자신이 윤성에게 해준 말 때문임을. 윤성은 고향으로 돌아가기 위해 무슨 일이든 할 생각인 것이다. 설령 전쟁에 나가는 일이라도.

이번 서행으로 장수를 잃은 황제는 그 죽음을 애도하며 며칠간 조정에 나오지 않았다. 하지만 여러 왕들과 함께 도르곤은 내정에서 오래도록 황제를 기다렸다. 황제의 슬픔을 함께한다는 성의를 보이기 위함이었다. 윤성이 말타기에 여념이 없는 동안 도르곤은 늦은 시간까지 왕부로 돌아오지 못했다.

황제가 다시 조참에 모습을 드러내자 대신들과 왕들도 평소의 생활로 돌아갔다. 오랜만에 왕부에 머물게 된 도르곤은 얼마 전 윤성이 자신에게 한 부탁을 떠올렸다. 그리고 문득 윤성의 실력이 얼마나 늘었는지 궁금해졌다.

지평선 위로 붉은 해가 모습을 드러내는 시각, 도르곤은 자신이 가장 아끼는 말을 준비해놓으라 하인들에게 지시했다. 검은 털 위로 윤기가 흐르는 흑마는 도르곤과 함께 수천 리를 달렸던 명마였다. 윤성이 말타기를 연습하던 말도 마구간 밖으로 나와 주인을 기다렸다.

윤성이 아침 탕약을 들여오자 냉큼 그릇을 받아 든 도르곤은 단번에 약물을 모두 마셔버리고는 윤성을 마구간으로 이끌었다.

"오늘 네 실력을 한번 점검해 보마."

"왕야와 함께 달리기에는 제 실력이 아직 부족합니다."

"그래? 실력이 부족한지 아닌지는 확인을 해봐야 알지."

도르곤의 명에 마부들이 윤성의 허리를 덥석 안아 말 위로 올려주었다.

"고삐를 단단히 잡거라."

윤성이 방심한 사이 도르곤이 윤성의 말 엉덩이를 찰싹 때렸다.

도르곤의 신호에 윤성이 탄 말이 달리기 시작했다. 윤성이 탄 말이 왕부 밖으로 내달리자 도르곤도 잽싸게 자신의 흑마에 올라타 그 뒤를 쫓았다. 도르곤과 윤성을 태운 말이 나란히 성문 밖으로 내달렸다.

요동치는 말의 움직임에 겁이 난 윤성은 두 손으로 있는 힘껏 고삐를 쥐었다. 빠른 속도로 거침없이 달리는 말 위에서 떨어지지 않기 위해. 말이 땅을 내디딜 때마다 탄탄한 다리근육이 팽팽해지면서 속도가 점점 더 빨라졌다. 두 사람을 태운 말은 도르곤이 원하는 곳까지 쉬지 않고 달렸다.

낮은 구릉을 넘어서니 바다처럼 전나무 숲이 이어졌다. 끝이 보이지 않는 숲을 관통하자 너른 들판이 나타났다. 해가 하늘 위로 높이 솟았다. 강가에 이르러 도르곤을 태운 흑마가 자갈돌이 모여 있는 곳에 멈추자 갈색말도 그 옆으로 다가가 멈추어 섰다. 도르곤이 먼저 훌쩍 뛰어내린 후 윤성을 말 등에서 내려주었다. 두 마리 말은 자연스럽게 강가로 다가가 흐르는 물에 목을 축였다. 강물은 맑았으나 물살은 거칠고 속도가 빨랐다.

"이곳은 내가 어릴 적 형제들과 찾아와 물고기를 잡던 곳이다."

"물살이 빨라 물고기를 잡기도 전에 떠내려가겠습니다."

윤성이 강물을 살피다 고개를 갸우뚱한다.

"맞다. 고기를 잡으러 오긴 했지만 잡은 적은 별로 없었지. 그저 물가에서 장난을 치다 돌아가곤 했으니까. 한번은 도도가 강 한가운데까지 들어가 물살에 떠내려간 적이 있었지. 나와 형은 끈으로 나무에 몸을 묶고 강으로 들어가 도도를 꺼냈었다."

"형제간에 우애가 돈독해졌겠어요."

"아니, 형과 나는 도도를 꾸짖었고 도도는 형들의 꾸지람이 듣기

싫어 우리가 몰래 황궁을 빠져나온 것을 어머니에게 일러바쳤지. 하지만 어머니는 우리 삼 형제를 혼내지 않으셨다. 그냥 모두 무사해서 다행이라고만 했을 뿐…… 그 일이 있은 후 얼마 지나지 않아 어머니는 돌아가셨고 우리 삼 형제는 다시 이곳에 오지 않았다.”

강은 여전히 같은 모습으로 흐르고 있었지만 강을 찾던 소년은 먼 세월이 지나 어른이 되어 있었다. 도르곤은 회한에 젖었다. 십여 년의 시간이 주마등처럼 흘렀다. 아무것도 모르던 소년이 청년이 된 시간이었다.

“왕야께서는 무엇을 위해 그리 싸우십니까?”

윤성의 물음에는 많은 것들이 들어 있었다. 자신의 기氣와 신神을 혹사시켜가며 전쟁을 하는 이유가 무엇인지. 황제를 위해서인지 자신의 영달을 위해서인지 아니면 그 모두를 위해서인지.

“이번이 마지막 기회일지도 모르기 때문이다.”

“무엇이 마지막이란 것입니까?”

“지금은 만주족이 대국을 건국할 수 있는 유일한 때다.”

변방의 민족인 여진은 오래전 거란의 지배에 눌려 살아오다 아구다에 의해 금나라를 세웠던 적이 있었지만 그 나라는 백여 년을 넘지 못하고 역사에서 사라졌다. 금나라를 세웠던 시간 외에 여진은 제대로 나라를 건국해 그 세력을 규합한 적이 없었다. 여러 부족으로 뿔뿔이 흩어져 살면서 농사를 짓기도 했지만 식량이 부족하면 약탈을 하며 살아야 했다. 이런 여진의 속성을 잘 알고 있는 명과 조선은 여진의 힘이 커지는 것을 막기 위해 흩어져있는 여진의 부락을 가차 없이 토벌하거나 쑥대밭으로 만들었다.

이렇게 주변국의 압제에 시달리며 긴 세월을 보낸 여진에게 드디어 기회가 찾아왔다. 선대 ‘칸’이었던 누르하치가 흩어져 살아가던 부족을 통합하고 몽골세력을 끌어들여 여진족이 대국을 건설할 수 있는 기틀을 마련한 것이다. 아쉽게도 누르하치는 대국을 완성하지 못하고 죽었지만 홍타이지가 아버지의 위업을 이어받았다. 그 과정에서 도르곤의 어머니가 억울하게 순장을 당했지만 도르곤과 형제들은 선대 칸의 위업을 완성해야 한다는 대의를 위해 억울함을 받아들일 수밖에 없었다. 대의가 원망과 복수를 모두 집어삼킨 것이다. 더 원대한 목표를 위해 사적인 복수심은 무시해야 했다. 살아남기 위함도 있었지만 도르곤에게도 돌아가신 칸의 뜻은 거스를 수 없는 대의였다.

청국의 모든 왕과 대신이 그 대의를 위해 황제에게 충성을 바치듯이 도르곤도 중원제패라는 뜻을 이루기 위해 자신의 심신을 돌보지 않았다. 그러는 사이 무시하고 잊어야만 했던 감정들이 점점 독버섯처럼 자라나 그의 심중을 삼키기 시작했다. 자신이 누구인지 무엇을 위해 싸워야 하는지 알 수 없도록. 그는 옆을 보지 못하도록 눈가리개를 하고 달리는 말과 같았다. 열다섯 무렵부터 나서기 시작한 전쟁에서 끝없이 적을 죽이고 또 죽였다. 언제까지 죽여야 적이 사라질지 아직 알지 못한다. 앞으로도 전쟁은 무수히 남아있었고 중원제패는 먼 길이었다.

"그만두실 수는 없으십니까?"

윤성이 조심스럽게 도르곤의 의중을 물었다.

"무엇을 말이냐?"

"왕야의 재물이면 더 이상 전쟁에 나서지 않아도 평생을 편히 사실 수 있을 것입니다. 그러니 이제 전쟁에 나서지 마십시오."

"전쟁에 나서지 말라고?"

도르곤은 농담이라도 들은 양 거침없이 웃었다.

"농이 지나치구나. 내 군사를 모두 내놓고 초야에 묻혀 한가롭게 살라는 것이냐?"

"제 말은 농이 아닙니다. 왕야의 건강이 걱정되어 드리는 말입니다."

"왜 내가 점점 미쳐가는 것 같으냐?"

도르곤의 질문에 윤성은 답을 하지 못했다.

"난 미치광이가 되지 않을 것이다. 내 곁에 네가 있으니. 네가 나를 지켜주겠다 약조하지 않았느냐."

윤성도 자신이 한 약속을 기억하고 있었다. 어린 나이에 성급하게 내지른 말이었다. 그 말이 씨가 되어 이런 상황이 될 줄 그녀는 상상도 하지 못했다.

도르곤은 한 치의 의심도 없이 윤성을 믿었다. 윤성을 믿지 못한다면 그는 더 이상 스스로를 믿을 수 없기에. 도르곤의 믿음은 절박했다. 그 믿음이 버거워 도망치고 싶을 정도로.

해가 높이 솟아 따스했다. 햇살의 온기가 사방으로 퍼지니 낮은 구릉 위에 아지랑이가 피어올랐다. 이름 모를 들꽃이 빛을 받기위해 고개를 내밀었다. 모든 생명이 제 목숨을 소중히 여기고 살아남기 위해 안간힘을 쓰고 있었지만 오직 사람만이 자신의 목숨을 대의라는 욕망을 위해 헌신했다. 윤성이 어떤 말을 한다 해도 도르곤은 멈추지 않을 것이다. 그가 원하는 것이 지금 멀지 않은 곳에 있으니. 그는 중원을 정벌하고 지배할 수 있는 힘이 언젠가 자신의 손안에 들어오리라 믿고 있었다. 윤성은 위태롭게 앞으로 나아가는 도르곤의 곁을 지켜야 했다. 자신이 한 약속을 지키기 위해서라도.

송금전투

전쟁이 없는 날들의 평화는 진정한 평화가 아니다. 그것은 중원공략을 위한 전략적 선택일 뿐이었다. 홍타이지는 명을 멸망시키기 위해 장기적인 전략을 짜고 있었다. 명은 조선처럼 단기전으로 정복할 수 있는 나라가 아니기에 명 스스로 안에서부터 무너지도록 긴 시간 공을 들여야 했다. 밖을 공격당하면 적에게 정신이 팔려 내치가 소홀해질 테니 나라 안이 혼란에 빠질 수밖에 없다. 대국이기에 그 내부를 다스리는 것은 더 어렵고 힘겨운 일이다. 홍타이지는 이점을 노리고 있었다. 청군은 내몽골을 통과해 만리장성을 넘어 북경과 가까운 지역을 공격하거나 청과 맞닿아있는 서쪽지역을 공격해 명을 혼란에 빠트렸다. 서쪽을 지키다보면 북쪽이 위협을 당하고 북쪽을 지키려다가는 서쪽이 허물어지는 악순환을 만든 것이다. 이런 전쟁 위협이 지속되면 그 군비를 감당하기 위해 백성의 고난이 이어진다. 내치가 허물어지는 것이다.

청은 몽골과 조선의 도움을 받거나 명을 약탈해 부족한 군비를 충당해 왔으며 적은 군대로 공격을 감행하여 아군의 희생을 최소화했다. 전쟁이 지속될수록 청은 점점 더 강력해졌고 명은 대응력을 잃고 무너져갔다. 하지만 언제까지 상대가 쓰러지길 기다리며 약한 주먹을 이리저리 날릴 수만은 없었다. 명줄을 끊기 전 거대한 몸집을 쓰러트릴 수 있는 일격을 가할 시점이 다가오고 있었다.

　도르곤과 도도의 군대가 만리장성을 넘어 벌인 전투는 전공이 크기도 했지만 명의 군대에 정신적 타격을 주기도 했다. 이에 홍타이지는 고삐를 늦추지 않고 명으로 들어가는 서쪽지역을 완전히 함락시키기로 결심했다. 언젠가 명나라를 완전히 멸망시키기 위해서는 만리장성의 서쪽 관문인 산해관을 넘어야한다.

　산해관을 치기위해서는 우선 산해관밖에 위치한 네 개의 성을 점령해야 했다. 바로 송산, 행산, 금주, 탑산에 있는 성이다. 이곳은 명이 청을 막기 위해 세운 마지막 방어기지로 다른 지역과 달리 명의 군사력이 집중되어 있었다. 이들 네 성은 서로 유기적인 연락망을 유지하고 있었으며 성 하나가 공격을 당하면 다른 성에 이를 알려 서로를 도왔다. 따라서 성 하나를 함락시키는 것은 네 개의 성을 상대하는 것과 같았다. 군사적으로 네 개의 성을 동시에 공략하는 것은 불가능하다. 홍타이지는 네 개의 성 중 하나에 집중하는 전략을 세웠다. 한 개의 성을 우선 고립시켜 다른 성과 차단을 시키는 것이다. 유기적인 연락망을 끊고 하나씩 점령해 나가는 방식이었다.

　이번 전쟁은 치고 빠지는 단순한 전투가 아니었기에 치밀한 사전작업이 필요했다. 공격준비를 위해서 금주 인근지역인 의주에 새로 성곽을 쌓고 금주성에서 외부로 나가는 길을 모두 목책으로 막았다. 금주성을 완전히 고립시키기 위함이었다. 이렇게 금주성 함락을 위한 만반의 준비를 하느라 몇 개월의 시간이 소요되었다. 전투가 아니라 토목공사에 더 많은 공을 들였다. 청군이 세운 목책이 금주성으로 가는 길을 모두 막자 금주성은 누구도 드나들 수 없는 고립된 지역이 되었다.

　이제 최후의 일격만이 남았다. 금주성이 함락되면 바로 그 너머에 산해관이 있다. 금주성을 청나라의 영역으로 만든다면 산해관을 넘는 것은 시간이 해결해줄 문제였다. 청의 군대가 마음만 먹는다면 산해관을 지나 북경까지 한달음에 달려갈 수 있을 테니. 이런 상황을 파악하고 있었던 건 청나라만이 아니었다. 명의 장수들도 금주성이 최후의 보루인 것을 알았다. 명나라는 어떤 대가를 치르더라도 금주성을 지켜야 했다. 양쪽 모두 자신들의 역량을 전부 투입해 사활을 건 전투를 앞두고 있었다.

신사년(1641년) 3월이 되자 금주의 외성을 지키던 몽골 장수들이 싸우기도 전에 항복을 하고 말았다. 청군의 세가 늘어나자 겁을 집어먹고 투항해버린 것이다. 금주 본성을 지키던 명의 장수 조대수는 이를 알고 명 조정에 급히 지원군을 요청했다. 금주 외성이 투항을 했다는 소식에 놀란 명조정은 계요총독인 홍승주로 하여금 13만 대군을 이끌고 금주의 서남쪽에 위치한 영원성을 지키게 했다. 금주성이 위험에 빠질 경우 바로 도울 수 있도록. 청의 도발에 명 또한 사활을 걸고 명나라 최고의 장수와 대군을 파견한 것이다.

명군의 사기는 드높았다. 홍승주는 청의 전술을 잘 파악하고 있었고 그와 함께 파견된 장수들도 만만치 않은 이들이었다. 금주성을 포위하고 있던 청의 군대는 예상보다 더 많은 명의 군대와 맞서 싸워야 했다. 몇 개월에 걸친 토목공사로 청의 병사들은 이미 지칠 대로 지쳐 있던 상황이었지만 명의 군대는 이제 막 전쟁에 투입된 군사들로 채워져 있었다. 홍승주는 명의 전력이 우위에 있었음에도 경거망동하지 않았다. 성을 지키고 있으면 청군이 포위공격을 해올 것을 알고 있었기 때문이었다. 청군이 성을 공격하느라 피로해질 때 기습적으로 공격할 심산이었다. 홍승주는 청군의 공격에도 굳건히 성을 지켰다. 며칠간의 공격에도 명군이 공성전만 펼치니 청군은 절로 지쳐갔다. 그때를 노려 홍승주가 공격하자 청군은 패하여 물러날 수밖에 없었다.

패퇴한 청의 군대는 지친 군사를 교체하기 위해 이주로 향했다. 새로 금주를 포위할 군대가 떠나고 싸움에서 패한 장수들은 그 죄를 받기 위해 성경으로 돌아왔다. 금주성을 포위하고 홍승주와 싸웠던 도르곤과 여러 장수들은 심양으로 돌아왔지만 성경 안으로 들어오지 못하고 성 밖에 엎드려 죄를 고했다. 싸움에서 패한 죗값을 치르기 위해 들판에서 무릎을 꿇고 황제의 명을 기다렸다.

황제는 싸움에서 패한 벌로 도르곤의 작위를 한 등급 내리고 군사를 빼앗았으며 패전 책임금 일만 냥을 물렸다. 전쟁에서는 병사보다 자금이 더 중요했다. 병사들을 입고 먹이고 무기를 구할 전쟁자금 없이는 전쟁을 치를 수 없는 것이다. 전쟁에서 패했다는 것은 막대한 자금이 무용지물이 되었다는 것이고 패한 장수는 그에 대한 책임을 져야 했다.

예상치 못한 패배로 도르곤의 왕부는 그 화살을 직격으로 맞았다. 주인의 심기가 편치 않으니 왕부의 분위기도 저절로 어두워졌다. 평소대로라면 전쟁에서 돌아온 후 황제의 잔치에 불려 다니기 바빴겠지만 이번 전쟁에서만큼은 패장이었기에 도르곤은 예전처럼 황궁출입을 하지 않았다. 황제 또한 그를 찾지 않았다. 왕부 안에 머무는 이들 모두 도르곤의 눈치를 보며 살얼음을 걷는 듯 생활했다.

아직 해가 완전히 떨어지지 않은 초저녁이었지만 하인들은 도르곤의 술시중을 들어야 했다.

"모두 다 치워라!"

"와장창!"

내실 안에서 도르곤이 내지른 소리와 그릇 깨지는 소리가 들려왔다. 량량과 윤성이 내실로 들어가니 술잔이 바닥에 내쳐져 산산조각이 나 있었다.

"술을 마셔도 기분이 좋아지지 않으니 다 필요 없다. 모두 내가거라."

취기가 돈 도르곤은 내실을 박차고 나와 후원으로 향했다. 도르곤이 떠난 내실에서 량량과 윤성은 깨진 그릇 조각들은 치웠다.

"왕야의 심기가 점점 더 안 좋아지니 이를 어쩌니? 우리뿐만 아니라 다른 하인들도 모두 불안해 해."

량량이 깨진 그릇들을 주워 모으며 한숨을 쉬었다.

"그러게요."

윤성 또한 량량의 걱정에 별다른 답을 하지 못했다. 승리가 당연한 것처럼 이어지던 때와는 사뭇 다른 왕부의 분위기에 윤성도 좀처럼 적응하지 못하고 있었다.

후원의 기암괴석과 연못도 도르곤의 불편한 심기를 달래주지는 못했다. 패퇴의 책임이 억울한 것은 아니었다. 전쟁에서 패한 장수로 당연히 짊어져야 할 일이었다. 적이 강하고 아군이 지쳤으니 패할 수밖에 없었던 싸움임을 알고 있다. 하지만 땅 위에 엎드려 황제의 명만을 기다렸던 굴욕적인 순간들이 머릿속을 떠나지 않았다. 황제는 해가 진 후에야 벌을 내리고 도르곤과 장수들을 성안으로 들어오게 했다. 성경의 온 백성이 도르곤이 전쟁에서 패해 황제에게 벌을 받은 사실을 떠들어댔다. 패배 자체보다 더 굴욕적인 것은 황제가 명을 내릴 때까지 도르곤 스스로 아무것도 할 수 없었다는 사실이었다. 수많은 전공을 세우고 예친왕이라는 작위를 받았지만 그는 여전히 황제 앞에서 아무것도 할 수 없었다. 높은 작위도 수많은 재물도 도움이 되지 않았다. 도르곤의 어머니가 황제의 명으로 순장을 당했을 때처럼. 누구도 도와주지 않았다.

천지에서 가장 높은 존재, 그 존재가 되지 못한다면 다른 것은 모두 무용지물이었다.

칩거는 꽤 오랫동안 지속되었다. 윤성이 탕약을 지속적으로 들인 덕분인지 화를 주체하지 못했던 도르곤도 몇 주가 지나자 다시 안정을 되찾았다. 왕부는 평소의 모습을 되찾았으나 도르곤의 심부에 어떤 변화가 있는지는 아무도 알지 못했다. 패전 후 도르곤은 더 말이 없어졌으며 혼자 있는 시간이 많아졌다. 윤성도 그가 무슨 생각을 하고 있는지 알지 못했다. 그저 측근에서 그의 심기만 살필 뿐. 도르곤의 병은 겉으로 드러나지 않았으나 이는 풍전등화와 같았다. 아직 전쟁이 끝나지 않았기에 도르곤의 병세도 잠잠한 것이었다.

몇 달 후 금주를 포위하고 있는 군사들과 교체하기 위해 새로운 군대가 출병했다. 황제는 이번 출병에 도르곤을 다시 책임자로 세웠다. 황제의 신임을 받고 도르곤은 다시 금주로 떠나야 했다.

도르곤이 다시 출병해야 한다는 소식을 듣자마자 윤성은 금영부인의 처소를 찾았다.

"늦은 시각에 어찌 나를 찾아온 것이냐?"

"부인께 청이 있습니다."

윤성은 조심스럽게 말을 꺼냈다.

"예친왕을 따라가게 해주십시오."

"왕을 따라가겠다고? 네가 지금 제정신인 것이야? 그곳은 전쟁터다. 너 같은 여인이 갈 곳이 아니다."

"알고 있습니다. 하지만 예친왕의 병세가 걱정이옵니다. 평소처럼 발병을 하시지는 않았지만 그래서 더 위태롭습니다. 전쟁이 끝날 때까지 병을 방치한다면 그 증세가 이전보다 심해져 되돌리기 힘들지도 모릅니다. 부인께서도 알고 계시지 않습니까? 왕의 병세가 점점 깊어짐을."

"그래서 네가 왕의 곁을 지키며 병을 치료하지 않았느냐?"

"아직 치료를 다했다고 말할 수 없습니다. 약해진 기와 신을 회복시켜 병을 물러가게 하였으나 전쟁이 오래 지속되어 몸이 허해지신다면 다시 발병하실 수도 있습니다. 그때 증상이 전보다 심해지신다면 되돌리기가 어려울 것입니다."

이는 거짓이 아니었다. 도르곤의 증상은 치료 후 좋아졌다가도 출병 이후 돌아와 더 심한 증상을 보였으므로. 윤성의 말이 거짓이 아님을 알기에 금영부인은 고심에 빠졌다. 윤성이 전쟁터로 가고자 하여도 여인이 혼자 그 험한 길을 갈 수 없으니. 부인의 이런 고민을 간파한 듯 윤성은 자신의 계획을 서슴없이 고했다.

"허락만 해주신다면 변복을 하여 짐을 끄는 원역으로 따라가겠습니다."

"예친왕의 허락 없이 몰래 가겠다는 것이냐?"

"네, 금주에 도착해서 제가 따라왔다는 것을 아셔도 돌려보내지 못하실 것입니다."

"허나 아시고 나면 역정을 내실 것인데…."

윤성의 청을 받고 고심하던 금영부인은 결국 윤성의 말을 들어주고 말았다. 그녀도 도르곤의 병이 걱정되었기에. 전쟁은 점점 길어지고 있었고 패배를 경험한 도르곤은 더 치열하게 싸워야 했다. 이 전쟁은 다른 때와 달랐다. 황제가 사력을 다해 명과 벌이는 마지막 싸움이었다. 도르곤이 이를 모를 리 없다. 이 전쟁에서의 승리는 황제뿐만 아니라 도르곤에게도 간절한 것이니. 그래서 더 걱정이 되었다. 도르곤은 분명 자신의 몸을 돌보지 않고 전투에 매진할 것이다. 그 이후 자신이 어떤 나락으로 떨어질지라도.

도르곤이 출병하는 날 윤성은 사내로 변복을 하고 다른 원역들 사이에 섞여 길을 떠났다. 군사들이 먹고 입을 짐들을 운반해야 했기에 많은 말과 낙타가 동원되었다. 윤성도 출병을 따라가는 왕부의 하인들과 함께 말수레를 몰았다.

도르곤과 병사들은 빠르게 달려 금주로 떠났지만 군량과 의복을 실은 말과 낙타는 후발대로 천천히 나아가야 했다. 심양에서 금주까지는 육백 리가 넘는 거리였다. 청군은 조선 사람이 9일에 걸려갈 거리를 5일 만에 돌파했다. 밤낮으로 쉬지 않고 달려가면서 음식도 허기만 때울 정도로 먹었다. 청군의 기동력이 그와 같으니 후발대로 쫓아가는 원역의 일행이 천천히 간다 해도 하루 종일 몇십 리를 가야 했다. 밤이 깊어 더 이상 나아갈 수 없으면 그 자리에서 잠을 청했다.

윤성은 원역들 속에 섞여 밤하늘을 이불삼아 길에서 잠을 잤다. 구름이 잔뜩 낀 밤하늘에는 달조차 모습을 드러내지 않았다. 먼 어둠 속에서 짐승의 울음소리가 들려올 때마다 사람들이 두려워하며 주위를 살폈다. 행군에 지친 이들은 불편한 잠자리에도 금세 잠이 들었다. 별 하나도 보이지 않는 깜깜한 밤에 낯선 두려움을 품으며 윤성도 오지 않는 잠을 애써 청했다. 앞날에 대한 불안감을 떨치려 눈을 감자 또렷했던 정신이 점점 아득해진다. 옹기종기 모여 잠을 청하는 이들 사이에서 윤성도 뒤늦게 깊은 잠에 빠졌다.

도르곤의 병이 걱정되어 서행에 나선 것이기도 하지만 이 원행은 윤성 자신을 위해 떠난 것이기도 했다. 심양에서의 생활에 익숙해졌음에도 윤성은 고향으로 돌아가겠다는 마음을 한시도 잊은 적이 없었다. 말타기를 배운 것도 언젠가 고향으로 돌아갈 날을 위한 것이었다. 전쟁에 나가기 위해서는 말을 타거나 다루어야 하니 미리 배우고자 한 것이다. 앞날에 어떤 위험이 있을지 알 수는 없으나 서행은 윤성이 반드시 거쳐야 할 난관이었다. 그녀 자신을 위해.

험난한 원행을 거쳐 금주에 다다랐다. 금주성 주위에는 산과 언덕이 많았다. 원역 일행들이 언덕 위에 오르자 멀리 금주성이 보였다. 그리고 금주성 주위를 빈틈없이 포위하고 있는 청군의 진영도. 도르곤은 이미 자신의 군대와 금주에 도착해 진영을 세우고 적의 동태를 살피고 있었다. 수일 만에 몇백 리를 이동해온 원역들도 진영에 도착하자 쉴 틈도 없이 장막을 세우고 일을 거들었다.

아직 본격적인 전투는 벌어지지 않았지만 간혹 하늘에서 검은 연기와 함께 포성이 들려왔다. 명군은 공성전을 벌이면서 청군이 성 가까이 다가오지 못하도록 화포로 위협하고 있었다. 사방이 어두워지자 막차 곳곳에 횃불이 켜졌다. 어두운 밤이 되어도 명군의 화포는 멈추지 않았다. 멀리서 '펑'소리와 함께 붉은 빛이 커졌다 사라지곤 했다.

원행으로 지친 원역들은 모두 지쳐 잠이 들었지만 윤성은 아직 해야 할 일이 남아있었다. 그녀는 왕부에서 가져온 환약을 가슴에 품고 도르곤이 머물고 있는 막차로 향했다. 여러 장막들을 지나 도르곤의 막차에 다다르니 양백기 병사들이 입구를 막아섰다.

"예친왕의 왕부에서 온 허윤성이라고 합니다. 왕을 뵙게 해주십시오."

병사 중 한 명이 의심스러운 눈길로 윤성을 바라보며 막차 안으로 들어가 윤성이 찾아왔음을 고했다. 잠시 후 막차에서 나온 병사는 의심을 거두지 않은 시선으로 윤성을 안으로 들여보내 주었다.

안으로 들어가니 작은 탁자 뒤에 갑옷을 입고 있는 도르곤이 앉아있었다.

"왕야를 뵈옵니다."

윤성은 앞으로 다가가 예를 갖추어 인사를 올렸지만 도르곤은 잠시 놀란 얼굴을 했을 뿐 힐책하지 않았다. 주인을 속이고 왕부를 떠난 것을 엄히 꾸짖으리라 각오했건만 도르곤은 어떤 힐난도 하지 않았다.

"무엇 때문에 이곳에 온 것이냐?"

감정이 섞이지 않은 엄한 말투였다.

"왕야의 건강이 염려되어 왔습니다."

"내 건강이 염려되어 왔다? 고작 그 이유로 이 전쟁터에 왔다는 것이냐?"

"왕부의 다른 하인들도 왕야를 배종하기 위해 오는데 제가 오지 못할 이유도 없지 않습니까?"

윤성의 당돌한 언행에 도르곤은 저도 모르게 작은 한숨을 내뱉었다.

"넌 죽음이 두렵지 않은 것이냐?"

"이곳에 왕야가 계시지 않습니까?"

도르곤의 질문에 오히려 윤성이 반문한다. 당당히 말하는 윤성의 모습에 도르곤은 그저 할 말을 잃고 말았다. 황량한 사막과 들을 거쳐야 올 수 있는 서행 길은 거센 바람과 추위에 병사들도 곤욕스러워 하는 여정이었다. 그 험한 길을 지나온 윤성의 얼굴은 메마르고 거칠어졌으며 비바람에 머릿결은 엉켜 있었다. 사내 복색을 하고 있었으나 그 야윈 체구가 고스란히 드러나 보였다. 몸과 낯이 야위었지만 다행히 윤성의 눈빛에는 그 어느 때보다 생기가 돌았다.

윤성은 품속에서 비단주머니를 꺼내 도르곤에게 건넸다.

"탕약을 올릴 수 없어 환약을 만들어 왔습니다. 매일 이 환약을 드십시오. 그리고 밤마다 제가 찾아와 병세를 여쭙겠습니다."

"정말로 나를 걱정하여 이곳에 온 것이냐?"

도르곤은 믿을 수 없다는 얼굴로 되물었다.

"그럼 제가 어찌 이곳에 왔겠습니까?"

거짓과 진실이 뒤섞인 대답이었다. 윤성 자신도 정답을 알지 못하는.

도르곤은 윤성이 건넨 주머니를 받으며 윤성의 손을 함께 잡았다.

"네 답을 믿겠다."

도르곤의 대답을 듣고 윤성은 자신의 장막으로 돌아갔다. 막차에는 도르곤만이 남았다.

믿지 않음에도 믿는다고 답했다. 믿고 싶다는 마음이 의심보다 강했기에. 도르곤은 윤성이 준 비단 주머니에서 환약을 꺼내 보냈다. 작고 단단한 환약에서는 자신이 복용하던 탕약과 비슷한 향이 났다. 환약을 입안에 넣고 조금씩 씹어 삼켰다. 억누르고 억눌렀던 두려움과 불안이 조금씩 사라졌다. 그의 심중을 감싸고 있던 안개가 서서히 걷히자 갈 길을 몰라 헤매던 마음이 그 모습을 드러냈다. 자신도 알지 못했던 뜨거운 감정이.

청나라는 모든 전력을 금주성 공략에 쏟아부었다. 청나라의 제후국이 된 조선도 이 전쟁에서 빠질 수 없었다. 황제는 조선에게 조총부대와 수군까지 파견하도록 명했으며 황제의 명대로 조선에서 온 유림장군의 군대가 금주로 출병했다. 산해관은 만리장성의 동쪽 끝이었고 산해관의 끝은 바다였다. 그러니 바다로부터 명의 지원병이 도달하지 못하도록 방어하는 것 또한 중요한 임무였다. 수군이 발달한 조선이야말로 바다를 방어할 적임자였다.

조선군이 금주에 주둔하게 되니 그 군대를 먹여 살릴 군량미를 보급하는 것 또한 조선의 임무였다. 조선은 심양관소로 매달 군량을 보냈으며 관소에서는 군량을 보관하고 있다 금주로 보냈다. 이렇게 조선군의 역할이 적지 않았으니 황제의 명을 전하기 위해 청의 관리들은 하루가 멀다 하고 심양관소를 들락거렸다.

"성경의 분위기가 심상치 않습니다."

아문의 분위기를 살피고 온 역관이 걱정이 가득한 얼굴로 대군에게 고했다.

"그렇겠지. 왕과 장수들이 지난해 여름 금주로 떠난 후 여러 달이 지나도록 승전보가 오지 않으니 황제의 심기가 좋지 않겠구나. 그래 지난번 황제께서 세자를 대동하고 금주로 가신다고 하시더니 그 일은 어떻게 된 것이야?"

봉림대군은 청의 전쟁보다 소현세자의 안위를 걱정하고 있었다. 세자의 산증이 아직 낫지 않은데다가 마비증상까지 겹쳐 그 병세가 좋지 않았다.

"은밀히 역관 정명수에게 여러 번 문의를 하였지만 아직 그 날을 예측하지 못한다고만 답하였습니다."

"정명수가 그렇게 말한다면 어쩔 수 없지. 황제의 명을 기다리는 수밖에."

심양관소에서는 청의 전쟁 상황을 자세히 알 수 없었다. 전쟁은 그 정보가 밖으로 세어나가지 않도록 극비로 진행되고 있었다. 심양에 머문다 하여도 전쟁에 관한 소문은 듣기 힘들었다. 백성들 사이에 떠도는 소문 정도가 관소에서 알 수 있는 정보의 전부였다. 항간에 떠도는 말에 의하면 명의 대군이 당도하여 금주를 포위하고 있는 청군이 감당하기 어려운 지경이라 했다. 청의 군대는 금주를 포위하기 위해 지원군을 계속 보내고 있었다.

청군에 맞서는 홍승주의 휘하에는 오삼계를 비롯해 8명의 총병이 포진하고 있었다. 만만치 않은 전력을 가지고 있음에도 홍승주는 청과 직접 전투를 벌이지 않았다. 청이 보유한 기병의 위력을 알기에 공성전으로 전쟁을 끌어 청군이 스스로 물러나게 할 심산이었던 것이다. 하지만 명의 관리들은 홍승주의 전략을 받아들이지 않았다. 군비가 늘어나는 것을 우려해 청과 일전을 치르고 전쟁을 끝내길 종용했다. 명의 황제 또한 불안감에 성을 나가 싸우라고 재촉했다. 황제까지 싸움으로 전쟁을 끝내라 명하니 홍승주로서도 더 이상 성안에서 버틸 재간이 없었다. 홍승주는 자신의 전략과 상관없이 영원성 밖으로 나와 청군과 전면전을 치러야 했다.

7월이 되자 지루한 전쟁을 끝내기 위해, 명의 13만 대군은 송산성으로 집결했다. 청군의 진영은 금주성과 남쪽으로 몇 리 떨어져 있는 송산성 사이에 자리 잡고 있었다. 금주와 송산성 사이에서 명과 청은 국가의 명운을 걸고 일전을 벌였다. 명 황제의 독촉으로 나선 전투였지만 홍승주는 명의 명장이었고 그의 휘하 군대도 사기가 충만해 있었다. 명은 첫 전투에서 승리를 거두었다. 청의 군대는 여러 달 금주에 주둔해 있는 터라 군사들이 지쳐 있었고 명의 대군을 맞아 싸우기에 그 수도 역부족이었다.

청군의 패배는 곧 심양으로 전해졌다. 전쟁에서 진 것은 울분에 찰 일이었으나 홍타이지는 이에 동요하지 않았다. 패배보다 홍승주가 전면전을 벌인 것을 기회로 삼았다. 정예병 삼천 명을 이끌고 출병하기 전 황제는 잔치를 열어 여러 장수들을 모아 놓고 자신의 뜻을 밝혔다.

"홍승주가 스스로 성 밖으로 나왔으니 이는 하늘이 나에게 준 기회다. 이 기회를 놓친다면 다시 산해관을 넘기 위해 몇 해를 기다려야 할지도 모른다.”

황제의 말은 곧 이번 전쟁에 중원정벌의 명운이 걸려 있다는 뜻이었다. 황제 자신이 죽기를 각오하고 싸우겠다는 의지를 천명하니 장수들 또한 그 뜻에 감화되어 사기가 충전되었다. 모두 패배를 기회 삼아 적을 치겠다는 각오를 다졌다. 황제가 벌인 잔치에 다른 장수들과 함께 참석한 세자와 대군도 황제의 뜻을 받아들여야 했다.

이틀 뒤 범문정이 청의 관리들과 함께 관소로 찾아왔다. 세자와 대군도 이 전쟁에 나서야 한다는 황제의 명을 전하기 위해서였다.

“14일 황제께서 대군을 이끌고 금주로 떠나시니, 세자와 대군도 함께 가야 합니다.”

황제의 명을 받아들일 수 없다며 관소의 관리들이 항의를 했지만 청의 관리들은 어떤 대답도 하지 않고 돌아갔다. 이즈음 소현세자는 침과 뜸으로 겨우 마비증상을 달래고 있는 상황이었다. 하지만 이번 전투에는 세자와 대군 모두 동행해야 한다고 명하니 대군이 대신 나설 수도 없었다.

아직 병이 낫지 않은 상태로 먼 길을 가야 하는 세자의 건강도 문제였지만 며칠 안에 장기간 머물 식량과 이동수단을 준비하는 것도 문제였다. 다행히 세자일행은 황제의 출병일 다음날 십왕의 군대와 떠나게 되어 4일의 말미가 주어졌다. 관소의 여러 관리와 마부 그리고 군사까지 합쳐 백 명이 넘는 원역이 서행에 동행하게 되었다. 백여 명의 인원이 먹을 식량을 구하는 것도 문제였지만 이들이 타고 가야 할 말을 구하는 것도 어려운 일이었다. 심양의 말들은 대부분 전쟁에 동원되어 구하기도 어려웠지만 그 값이 몇 배로 폭등한 상태였다. 급한 대로 사정이 되는 이는 스스로 말을 구하고 그도 여의치 않은 이들은 의주 관아로 보낼 말들을 타고 가기로 했다. 식량 또한 수레에 싣고 갈 수 없다하여 최소한의 양식만 각자 지니기로 했으며 무거운 짐들은 낙타에 실어 나르기로 했다. 여름이 끝나고 추위가 다가오니 그에 대비한 의복도 구비해야 했다. 관소에 비축해둔 재물이 부족하여 왕래하는 군병들의 양식까지 모조리 식량으로 삼았다. 관소에 있던 물자를 모두 원행에 가져가니 관소에 남아있는 물건이 없었다. 분주히 양식과 이동수단을 마련해 겨우 행장을 꾸리니 황제가 떠나라고 명한 날이 하루 앞으로 다가왔다.

날이 밝자 사시에 세자와 원역일행들이 서행을 떠났다. 백여 명의 사람과 말 88마리, 짐을 실은 낙타 11마리가 심양성 북문을 나와 성의 서쪽으로 행군했다. 심양에서 삼십여 리 떨어져 있는 영안교를 지나 하염없이 나아가니 저녁 무렵 요하 동쪽 몽골 땅에 이르렀다. 원행들 모두 허허벌판에서 잠을 자야 했으며 세자와 대군도 예외는 없었다.

다음날부터 길잡이를 하는 청인이 행군을 독촉했다. 말을 휘몰아 하루에 백여 리가 넘는 거리를 달리는 사이 황제가 이미 금주와 가까운 이주에 도착했다는 소식이 전해졌다.

"황제의 행차가 이미 이주를 지났으니 지친 말과 일행은 뒤따라 오게 하고 세자와 대군은 날쌘 말로 먼저 가야 합니다."

호행하는 청인이 이리 주장하니 행장을 운반하는 무리와 선발대가 나누어졌다. 세자와 대군이 말을 바꾸어 청인의 뒤를 쫓았다. 선발대는 저녁에도 쉬지 않고 달렸다. 깜깜한 한밤중이 되어서야 일행은 냇가에 말을 세우고 잠을 청했다.

다음날, 황제가 쉬지 않고 달려 이미 금주를 통과했다는 전갈이 전해졌다. 황제가 몸을 돌보지 않고 전쟁터로 나아가니 청인들의 재촉이 멈추지 않았다. 밤낮으로 달리니 사람과 말이 모두 지쳐 병이 들 지경이었다. 쉬지 않고 달려 서행 출발 5일 만에 금주에 도착했다. 세자와 대군이 청인의 뒤를 따라 언덕 위에 올라서니 멀리 금주성이 보였다.

"명나라 장수 조대수가 군사를 거느리고 금주 성안으로 들어가 나오지 않고 있습니다. 청군이 성을 공격하려 해도 성 밖에 화포가 매설되어 있어 쉽게 접근하지 못하는 실정입니다."

길잡이를 하는 청인이 전쟁 상황을 대략 알려주었다.

"조선군은 어디에 있습니까?"

"유림장군의 진영은 동쪽에 있습니다."

대군의 질문에 청인이 손으로 조선군의 진영을 가리켰다. 청군과 몽골군이 친 진영이 십여 리에 걸쳐 이어져 있었으며 동쪽 끝에 조선군의 진영이 자리 잡고 있었다.

청군의 진영에서 7리 정도 떨어져 있는 송산보에는 금주성을 지원하러 온 13만 대군의 명군이 주둔하고 있었다. 청군이 금주성과 송산보 사이 산 위에 진을 치고 웅거하며 명의 두 성을 내려다보고 있는 형세였다. 세자와 대군은 산을 돌아 황제가 머물고 있는 진영으로 찾아갔다.

황제가 지원군을 이끌고 전쟁터에 나오자 청군의 사기가 상승하기 시작했다. 이에 청군은 곧장 송산보와 행산보 사이 언덕 위를 점거했다. 명의 대군이 주둔하고 있는 송산보의 서쪽에는 행산보가 있고 그 행산보를 지나 더 서쪽으로 향하면 탑산보가 있다. 행산보에서 탑산보를 거쳐 영원으로 가는 길은 서쪽으로 향하는 명군의 퇴각로였다. 행산보에서 영원까지는 하루거리였다. 청군이 이 퇴각로에 진을 치고 막아선 것이다.

또 다른 퇴각로는 바닷길이었다. 송산보에서 남쪽으로 십여 리를 가면 바로 바다가 나온다. 그 바다가 굽이진 곳에는 명의 군량창고인 운향고가 있었다. 그 창고는 명이 배로 수송해 온 군량을 저장하는 곳이다. 그런데 군량을 가져오기도 전에 청군이 해운로를 차단하고 이 창고를 빼앗아 버렸다. 보급로를 빼앗겼으니 명나라 군사들은 군량이 줄어 굶주림을 면할 길이 없었다. 식량을 조달할 방법과 도망갈 퇴각로가 모두 막혔으니 많은 수의 병사가 오히려 독이 된 꼴이었다. 진퇴양난이었다.

굶주린 병사들을 계속 송산 주위에 주둔시켰다가는 그 자리에서 굶어 죽을 형세였기에 어쩔 수 없이 홍승주는 군대를 나누어 서쪽으로 돌아가게 했다. 청군의 진영을 뚫고 나아가야 살 수 있는 명나라 군사들은 해가 뜬 이른 아침부터 한밤중까지 시도 때도 없이 서쪽으로 돌아가려 했다. 명의 군대가 서쪽으로 향하면 그 뒤를 청의 철기군이 뒤쫓아 습격했다. 굶주림에 지친 명의 병사들은 청군의 기세를 당해내지 못하니 많은 병사가 바다에 빠져 죽고 청군에 죽임을 당했다. 명의 기세가 기울자 청군은 금주성을 포위했던 것처럼 송산성 주위에 협성을 쌓고 참호를 파 그곳을 지켰다. 명군은 완전히 독 안에 든 쥐가 되었다. 살기 위해 독 안에서 나오면 청군이 잡아 죽이니 시간이 지날수록 명군 패배가 명확해져갔다.

패퇴의 그늘이 짙어졌다고는 하나 아직 송산성 인근에는 홍승주의 대군이 머물러 있었다. 명의 군대가 송산성을 에둘러 싸고 있으니 청군은 성 가까이 다가갈 수 없었다. 대신 먼 거리에서 송산성을 향해 대포를 쏘아 위협했다. 청군이 포를 쏘면 송산성안에서도 화포를 쏘았다. 그 거리가 멀지 않아 송산성에서 날아온 포가 청군의 진영 안으로 떨어지곤 했다.

"쿵!"

포성 소리와 함께 땅이 흔들리자 장막 안에서 잠들어 있었던 원역들이 놀라 밖으로 뛰쳐나왔다. 포탄이 떨어진 장막 밖은 이미 아수라장이었다. 거위 알보다 큰 포탄이 떨어져 깊게 땅이 패여 있었다. 장막이 포탄에 맞아 무너진 곳에서는 미처 피하지 못한 병사들이 피를 흘리며 신음하고 있었다. 다행히 윤성이 머물렀던 장막은 흙담을 미리 쌓아두어 그 피해가 적었다.

"살려주시오!"

여기저기서 비명을 지르고 살려 달라 소리쳤다. 병사들이 다치고 쓰러졌으나 이들을 돌보는 의원은 없었다.

"다친 이들을 모두 장막 안으로 옮겨야 합니다."

윤성은 원역들을 모아 부상자들을 안전한 곳으로 이동시켰다. 조금이라도 포탄의 피해가 적은 곳으로. 원역들이 장막 안으로 다친 병사들을 모으고 상처를 돌보았다. 실혈을 멈추는 것이 급선무였다. 실혈이 과하면 아무리 약을 쓴다한들 쉽게 의식을 되찾지 못할 것이다. 급한 처치를 한 후에는 왕부에서 가져온 약재를 써 다친 병사들을 치료했다.

몇 날 며칠 동안 명군의 화포는 멈추지 않았다. 이는 청군의 진영을 뒤흔들기 위한 명의 전략이었다. 청군 진영이 혼란스러워진 틈을 타 명의 날쌘 기병들이 청의 진영을 돌파하며 서쪽으로 내달리면 청군이 그들을 쫓아 전투를 벌였다.

다음날 송산에서 포성이 더욱 크게 진동했다.

"황제의 진영으로 대포알이 떨어졌다!"

멀리서 사람들의 외침이 들렸다. 남쪽에서 날아온 포탄이 황제가 머물고 있는 진영으로 날아든 것이다. 대포알이 떨어져 사람과 말이 크게 다치니 황제가 머물고 있는 막차도 안전하지 않았다.

"아무래도 황제의 진영으로 가봐야겠습니다."

윤성은 왕부의 원역들과 포탄이 떨어진 곳으로 향했다. 홍타이지가 머물고 있는 막차 주변에도 대포알이 여기저기 떨어져 병사들이 죽고 말들이 피를 흘리며 고꾸라져 있었다. 황제는 이미 장수들과 몸을 피한 뒤였다. 황제의 안위는 확보되었지만 진영에 머물러 있는 병사들은 아직 화포가 떨어진 곳을 벗어나지 못했다. 윤성은 흙더미 옆에 쓰러져 있는 병사들을 일으켜 포탄이 떨어지지 않는 곳으로 피신 시켰다. 밤새 하늘에 검은 연기가 퍼졌다.

포탄에 맞아 즉사한 이들은 고통 없이 생을 마감했지만 부상을 당한 이들은 살이 찢어진 고통을 감수해야 했다. 장막 안에 누워있는 병사들은 저마다 고통에 소리를 지르고 신음소리를 내었다.

"흐흐흑, 어머니, 어머니."

낯익은 조선어가 병사의 입에서 새어 나왔다. 신음소리처럼 병사는 고향에 있는 어머니를 불렀다. 윤성은 익숙한 소리에 저도 모르게 젊은 병사에게 다가갔다. 병사는 포탄으로 복부가 찢어져 피를 흘리고 있었다. 헝겊을 찢어 피가 흐르는 곳을 막아 주었지만 배에서 흘러나오는 피는 멈추지 않았다.

"조금만 더 견뎌요. 제발."

윤성이 병사를 다독이자 익숙한 말에 병사의 시선이 윤성에게로 향했다. 그가 무어라 말을 하려고 입을 움직였지만 입만 벙긋거릴 뿐 아무 말도 하지 못했다. 여러 번 입만 움직이던 그가 갑자기 몸을 떨더니 고개를 떨어뜨렸다. 고향이 어디인지 왜 이곳에 끌려왔는지 묻고 싶은 것이 많았지만 아무것도 물을 수 없었다. 이 전쟁은 청과 명의 전쟁이었다. 하지만 청군의 진영에는 만주족 군사뿐만 아니라 몽골족과 한족 그리고 조선인 군대가 일부분을 차지하고 있었다. 무엇을 위한 싸움인지도 모른 채 조선인들은 이곳에 끌려와 싸우고 죽어갔다.

죽음은 곳곳에 퍼져 있었지만 윤성에게 조선인 병사의 죽음은 흔한 죽음이 아니었다. 그 병사의 어머니가 고향에서 그를 기다리고 있을 테니. 자신의 아버지처럼. 죽은 조선인 병사의 눈을 감겨주며 윤성은 다시 한 번 마음을 다잡았다. 자신은 반드시 살아서 무사히 고향으로 돌아가겠다고.

가까운 이의 죽음을 본 것처럼 마음이 착잡했다. 병자들의 신음 소리가 가득한 장막 안을 벗어나 윤성은 저도 모르게 밖으로 나왔다. 그 순간 잠시 멈췄던 포성이 다시 울리더니 윤성이 있는 곳과 멀지 않은 곳에 포탄이 떨어졌다. 포성 소리를 듣자마자 윤성도 다른 이들과 함께 장막을 보호하기 위해 쌓아 둔 흙담 밑으로 달려갔다. 포성 소리에 이어 포탄이 떨어지며 흙덩어리가 사방으로 날아갔다. 윤성은 두려운 마음에 두 손으로 머리를 감싸고 그 자리에 주저앉아 버렸다. 포성이 잦아들 때까지 사람들은 흙담을 유일한 피난처 삼아 몸을 보호했다. 잠시 후 포성이 멈추자 참호 아래 몸을 피했던 이들이 하나둘 몸을 일으켰다.

"괜찮으시오?"

낯익은 목소리가 윤성의 옆에서 들려왔다. 자신을 걱정해주는 이의 목소리에 윤성도 용기를 내어 고개를 들었다.

"네가……. 어떻게 여기 있는 것이냐?"

윤성의 얼굴을 알아본 봉림대군이 의아한 얼굴로 윤성을 바라보았다.

"저는 왕부의 원역으로 이곳에 왔습니다."

"하지만 여인인 네가 어찌?"

"자세한 사정은 추후에 말씀드리겠습니다."

"하긴 여기서 말을 나누기는 어렵겠구나."

"대군께서는 어찌 이곳에 계십니까?"

"세자와 함께 얼마 전 금주 도착해 황제의 진영에 머물고 있었는데 상황이 위태로워 지금 진을 옮기는 중이다."

급한 마음에 대군은 짧게 자신의 상황을 전했다. 봉림대군이 윤성과 잠시 대화를 나누느라 지체를 하자 관소의 관리들이 길을 재촉했다.

"대군마마, 어서 가셔야 합니다."

관리들이 대군을 기다리자 윤성은 서둘러 봉림대군에게 작별인사를 건넸다.

"무사히 옥체를 보전하십시오."

"너도 꼭 살아서 성경으로 돌아가야 한다. 심양으로 돌아가 그때 다시 만나자구나."

윤성의 인사에 봉림대군은 마지막 당부를 하고 그 자리를 떠났다. 관리들의 호위를 받으며 걸어가는 봉림대군의 모습이 희미한 연기 사이로 멀어졌다. 대군의 모습이 사라지고 곳곳에서 뿔피리소리가 울려 퍼졌다. 진영을 옮기라는 군령이었다.

포탄의 사정거리에서 벗어난 곳으로 청군의 진영이 빠르게 이동했다. 장막을 다시 세우고 군량과 부상자들을 옮겼다. 진영을 옮기느라 청군이 혼란스러운 사이 그 틈을 타 밤사이 명군의 기병대가 청군의 진영을 뚫고 서쪽으로 도망치려 했다. 명군이 도망치는 모습을 발견한 청군의 기병대는 명군을 살려 두지 않았다. 진영 내 곳곳에서 명나라 군사와 청나라 군사의 접전이 벌어졌다.

밖에서 들려오는 소리에 장막 안에 머물고 있던 원역들은 두려움에 떨며 잠을 청하지 못했다. 비명소리와 고함소리가 뒤섞여 들려오니 누구나 무기가 될 만한 것을 쥐고 사방을 경계 했다. 돌아가는 상황을 알기 위해 윤성이 장막 틈으로 밖을 살폈다. 바짝 쫓아오는 청의 기병대를 피해 우왕좌왕하던 명군의 말들이 장막 쪽으로 달려오고 있었다. 장막 주변에 파놓은 참호에 명군의 말이 걸려 넘어지자 말 등에서 떨어진 병사들이 살기 위해 이곳저곳으로 도망을 쳤다. 청군을 피해 달아나던 명군이 도망을 치다 윤성이 머무는 장막 쪽으로 달려들었다. 순식간이었다. 명군이 장막 앞까지 다가온 것은. 갑작스럽게 벌어진 일로 윤성은 놀라 비명을 지르고 말았다. 윤성의 비명소리에 장막 안에 있던 이들이 모두 자리에서 일어났지만 그들 중 제대로 싸울 수 있는 병사는 없었다. 적의 침입에 놀라 피하지도 못한 채 윤성이 얼어버린 사이 명나라 군사는 비명을 지르며 그 자리에서 고꾸라졌다. 쓰러진 명군 뒤에는 말을 탄 장수가 한 명서 있었다.

"밖으로 나오지 말라!"

말을 타고 있는 이는 도르곤이었다.

원역들이 도르곤을 알아보고 탄성을 질렀다. 왕부의 주인이 자신들을 직접 구해주었으니 배종을 위해 먼 길을 떠나온 하인들은 모두 감동하여 두려움을 잊었다. 도르곤은 이들의 외침을 뒤로하고 말을 달려 먼 곳으로 사라졌다. 윤성은 어둠 속으로 사라지는 도르곤의 모습을 끝까지 지켜보았다. 말을 타고 달리며 명군을 쫓는 도르곤은 왕부의 주인으로 보아오던 그가 아니었다. 적의 피가 온몸에 튀었지만 그는 피 묻은 얼굴을 닦지 않았다. 그의 눈빛에는 두려움도 보이지 않았다. 그 모습은 마치 사람의 탈을 뒤집어쓴 치우천왕 같았다. 군신의 칼끝에 걸린 적은 누구도 무사하지 못했다. 저항하는 자에게 남은 것은 날카로운 검과 죽음뿐이었다.

청군의 기세에 도망치던 명나라군사들은 대부분 죽거나 투항했다. 끝까지 항복하지 않은 이들은 모두 죽임을 당했으나 투항한 자들은 목숨을 부지했다. 도망치던 자들은 청군을 벗어날 길이 없자 송산 앞 바다로 뛰어들었다. 다음 날, 바다 위에 명군의 시체가 즐비해 그 모습이 기러기 떼와 같았다는 말이 진영을 떠돌았다.

명군의 저항이 잠잠해지자 청군도 진영을 다시 재정비했다. 여기저기 부서진 막차를 세우고 무너진 참호를 다시 만들었다. 청군의 기세에 눌린 명군은 다시 청의 진영 안으로 쳐들어오지 못했다. 부상당한 청군들을 돌보던 윤성은 늦은 밤 조용히 도르곤의 막차를 찾아갔다. 윤성의 방문이 처음이 아니었기에 병사들은 스스럼없이 윤성을 들여보내주었다. 지난 새벽녘, 명군과의 격전으로 도르곤의 몸은 성한 곳이 없었다. 긁히고 패인 상처들이 곳곳에 나 있었다. 윤성은 도르곤의 상처에 약을 바르고 무명천을 감아주었다.

"무사해서 다행이다."

도르곤이 윤성의 귓가에 작게 속삭였다. 그 걱정 어린 말이 너무나 뜨거워 윤성은 불에 덴 듯 가슴이 뜨거워졌다. 누군가의 심장이 그랬던 것처럼.

명군은 패퇴하고 있었고 청군은 강경하니 승리가 이제 눈앞에 당도해 있었다. 전쟁의 기운은 이제 청나라의 승리로 굳어졌고 명군은 사분오열되어 서쪽으로 도망가기 바빴다. 굶어 죽거나 청군에 잡혀죽으니 아무리 그 세가 많다 해도 적이 되지 못했다. 전세가 이러하니 청군은 장기전을 준비하기 위해 군대를 다시 교체했으며 몇 달

동안 홍승주의 대군에 맞서 싸운 도르곤의 군대도 심양으로 돌아가게 되었다. 도르곤의 군대가 돌아가니 그를 배종하기 위해 서행을 온 원역들도 다시 행장을 꾸려 심양으로 돌아갈 채비를 했다.

도르곤이 심양으로 돌아간 뒤 황제도 금주를 떠났다. 황제가 성경으로 돌아가니 황제를 쫓아 금주에 왔던 세자와 대군도 그 뒤를 따랐다. 성경으로 돌아가는 길에 둘째 정비인 하이란주의 건강이 위독하다는 전갈이 전해졌다. 황제는 급한 마음에 몇몇 군사와 함께 먼저 길을 떠났다. 구월이었지만 이미 추위가 시작되어 살얼음이 얼고 눈이 내렸다. 세자와 대군은 서행을 시작했던 때보다 더 열악한 조건으로 다시 행군을 해야 했다. 추위로 풀이 모두 말라 죽어 말 먹이를 찾는 것도 쉽지 않았다. 긴 여정으로 지친 말들은 심양으로 돌아가는 길에 쓰러져 다시 일어나지 못했다. 수십 마리의 말이 죽어 심양에 도착하는 날이 점점 멀어졌다. 심양에서 겨울옷을 보내와 겨우 추위를 견디며 다시 길을 떠났다. 하루에 백 리를 달려 세자와 대군은 심양으로 돌아올 수 있었다.

하이란주가 위독하다는 소식을 듣고 황제가 서둘러 황궁으로 돌아왔지만 그녀는 이미 이 세상 사람이 아니었다. 슬픔에 빠진 황제는 신비를 위해 장례식을 치렀다. 하이란주의 넋을 위로하기 위해 만금을 들여 중과 도사 그리고 무당까지 불러 대완렴을 거행했다. 북쪽 성문 밖에서 완렴이 행해지니 종이 집과 탑을 만들고 오색 종이로 고운 빛깔의 돈과 꽃을 만들어 꾸몄다. 염을 하는 내내 황제가 크게 애통해하며 곡을 그치지 않았다.

황제가 가장 아끼는 비가 죽었으니 전쟁에서 돌아온 여러 왕과 장수들은 날마다 궁으로 가 황제를 위로했다. 세자와 대군도 그들과 함께했다. 전쟁이 끝나간다는 안도감을 누릴 여유도 없이 황궁의 일로 왕들은 바쁜 나날들을 보내야 했다. 긴 전쟁으로 군사들의 피로감도 높았지만 군대를 이끈 이들 또한 지쳐 있었다. 그럼에도 황가의 상으로 그들을 위로할 잔치는 열리지 않았다. 아직 전쟁이 완전히 끝나지 않았다는 긴장감 때문이기도 했다.

몇 달 만에 왕부로 돌아온 윤성은 오랜만에 안도감을 느꼈다. 자신을 반겨준 량량이 있었고 따뜻한 잠자리가 있었기에. 전쟁터는 한시도 마음을 놓을 수 없는 살얼음판이었다. 언제 포탄이 터질지 알수 없어 편하게 잠을 잘 수도 없었다. 도처에 다치고 피를 흘리는 부상자가 속출하니 죽음 또한 흔했다. 땅과 바다 위에 시체가 즐비했다. 죽은 이들 또한 그들을 기다리는 가족이 있었을 테지만 그 죽음 이면에는 슬픔이 존재하지 않았다. 죽음은 그저 사사로운 일상이었다. 성경으로 돌아오고 나니 하나의 죽음이 큰 슬픔이 되어 있었다. 왕족의 죽음에 많은 이가 슬퍼하며 성대한 장례식으로 그 넋을 위로했다. 바다에 떠다니던 그 많은 이들의 죽음은 대업이라는 거창한 목적 앞에 너무나 사소한 것이 되어 있었다.

윤성 또한 사소한 죽음과 동떨어져 있지 않았다. 그녀와 함께했던 수많은 원역들 중 누군가 포탄을 맞고 죽었다면 그저 버려진 시체가 되었을 것이다. 허나 그들은 살아서 왕부로 돌아왔고 왕부의 주인과 황제는 그들의 노고를 기억했다. 윤성을 비롯해 원행을 떠났던 원역들은 황제의 하사품을 받았다. 전쟁에 참여한 노고를 보상받은 것이다. 담비가죽과 은이 내려졌다. 하사품을 받은 이들 중 몇몇은 면천이 되었다. 원행을 이끌었던 마부들이었다. 그들은 여러차례 전쟁에 나가 군량을 책임졌으므로 노예의 신분을 벗을 수 있는 충분한 자격이 있었다. 윤성도 금영부인을 통해 담비 가죽을 하사받았다.

"그 가죽은 왕야께서 너에게 특별히 내리시는 것이다."

"감사히 받겠습니다."

윤성은 담담히 담비 가죽을 받았다.

"이번 원행에 네가 따라간 효과가 있는 것 같구나. 전과 달리 왕야께서 평소처럼 지내시니 말이다."

"다행한 일입니다."

금영부인의 칭찬에도 윤성은 기쁜 기색을 내보이지 않았다.

"네가 바란 것은 그 담비가죽이 아니겠지만 어쩔 수 없구나. 왕야께서는 네 소원을 들어주시지 않을 것이다. 그러니 헛된 희망은 품지 말거라."

윤성은 금영부인의 말에 작게 고개를 끄덕이고 내실을 나섰다. 금영부인 또한 윤성의 속내를 짐작하고 있었다. 부인이 그러하니 도르곤 또한 윤성의 마음을 모르지 않았을 것이다. 알면서도 그렇게 모든 것을 믿겠다고 말한 것이다. 담비 가죽은 도르곤의 대답이었다. 그 이상 어떤 것도 바라지 말라는.

처소에 들어선 윤성은 량량에게 담비 가죽을 건넸다.

"이걸 왜?"

"가져요. 내겐 필요 없는 거니까."

"쓸데가 없으면 장에 나가 팔아."

"아니요. 그럴 필요 없어요."

윤성은 량량의 말에 힘없이 대꾸하고는 벽 쪽으로 다가가 창밖을 바라보았다. 슬프게도 비가 내렸다. 차갑고 쓸쓸하게. 작은 창밖에서 들려오는 낙숫물 소리가 어두컴컴한 방안에 울려 퍼졌다. 빗줄기가 점점 굵어지더니 죽은 이들의 눈물처럼 하염없이 내렸다. 윤성의 마음에도 눈물이 흘렀다. 애를 쓰면 쓸수록 모든 것이 허물어짐에도 고향으로 돌아가고자 하는 윤성의 마음은 억눌려지지 않았다.

'다시 돌아갈 수 있을까요?'

윤성은 후드득 떨어지는 빗방울에게 마음으로 물었다. 비는 대답도 하지 않고 허공에서 떨어져 물웅덩이 속으로 사라졌다. 아무도 그녀에게 답을 해주지 않았다. 고향으로 돌아갈 방법을.

새
황
제
의
등
극

십만 명이 넘었던 명의 대군은 흩어지고 도망쳐 겨우 일만 정도만 남았다. 홍승주는 남은 일만의 군사를 이끌고 송산성으로 들어가 버렸다. 나가 싸울 수 없으니 농성전으로 버티려 한 것이다. 홍승주의 이런 전략을 간파한 홍타이지는 느긋하게 이 싸움을 지켜봤다. 이미 전쟁의 승패는 결정 난 것과 다름없었으니. 시간이 흐를수록 불리해지는 것은 명군이었다. 성안에서 버티던 홍승주는 다섯 차례나 청의 군대를 뚫고 서쪽으로 퇴각하려 했으나 모두 실패하고 말았다. 길고 지루한 싸움은 해를 넘겼다. 결국 임오년(1642) 이월 홍승주는 청군에게 사로잡히고 말았다. 명군이 방심한 틈을 타 청군이 야간에 성을 기습해 명군의 잔당을 모두 제압한 것이다. 이로써 송금전투가 막을 내렸다. 이제 만리장성으로 가는 길에 청군을 막을 명군은 더 이상 존재하지 않았다.

역사적 대업의 끝이 코앞으로 다가왔지만 하늘의 뜻은 오묘하게도 사람의 기대를 저버렸다. 계미년(1643년) 팔월에 청태종 홍타이지가 갑작스럽게 붕어한 것이다. 황제는 이틀 전까지만 해도 평상시와 다름없이 거동하며 장비가 낳은 황녀들의 혼례를 주관했다. 잔치를 벌이고 전리품을 공주와 푸진들에게 하사하기도 했다. 그런 그가 청녕궁 동난각 남쪽 온돌 위에서 조용히 숨을 거둔 것이다.

장비에게 황제의 죽음은 청천벽력과도 같은 일이었다. 푸린은 아직 황태자의 칭호를 정식으로 받지 못했으며 나이도 여섯 살에 불과했다. 장성한 형들과 삼촌들이 즐비한 상황에 푸린의 위치는 바람 앞에 흔들리는 갈대보다 못한 신세였다. 푸린의 앞날도 걱정스러웠지만 가장 시급한 문제는 장비가 순장을 당할 위기에 처한 것이었다.

황제의 죽음을 전해 듣고 장비는 슬픔보다 두려움에 몸을 바들바들 떨었다. 도르곤의 어머니 아바하이의 죽음이 떠오른 것이다. 푸린의 나이는 이제 겨우 여섯 살이었다. 아직 아무것도 모르는 어린아이에 불과했다. 정적들이 도처에서 황권을 노리고 있는 이때 그녀마저 순장을 당한다면 푸린의 목숨 또한 장담할 수 없었다. 자신과 아들의 목숨이 경각에 달려 있다는 생각에 미치자 침착함을 잃지 않았던 장비조차 정신이 아득해지고 말았다.

"장비마마, 정신을 차리십시오. 마마가 무너지면 푸린왕자님의 목숨 또한 위험해집니다."

쑤마라는 의식을 잃고 쓰러진 장비를 애타게 불렀다. 쑤마라의 다급함이 장비에게도 전해졌는지 혼절했던 장비가 겨우 정신을 차렸다.

"이제 정신이 좀 드십니까?"

"그래, 네 말대로 내가 이렇게 넋을 놓고 있을 때가 아니다. 당장 시급한 문제부터 해결을 해야겠어."

장비는 비틀거리는 몸을 일으켜 영복궁을 나섰다. 그녀가 향한 곳은 황제의 첫 번째 정비이자 자신의 고모인 저저의 처소였다. 금방이라도 쓰러질 것처럼 창백한 얼굴로 그녀는 입술을 굳게 다물고 저저 앞에 무릎을 꿇었다.

"마마, 제발 저와 아들의 목숨을 살려주십시오."

장비가 눈물을 흘리며 간곡히 청하자 슬픔에 빠져 있던 저저 또한 장비의 입장을 돌이켜 생각하게 되었다. 그녀 또한 장비가 처한 상황을 누구보다 잘 이해했다. 황자인 푸린의 존재가 다른 왕들에게는 달갑지 않을 것이다. 그런 푸린을 제거하기 위해서는 우선 장비를 없애야 하니 황권에 욕심이 있는 자라면 우선 장비를 순장 시키고자 할 것이다. 저저는 장비가 처한 위기를 깨닫고 바로 양황기 대신 쒸니를 불렀다. 저저는 쒸니에게 황자 푸린은 어려 모친이 돌봐야 하니 장비의 순장을 언급하지 말라는 명을 내렸다.

푸린은 호르친부의 앞날을 책임질 황자였다. 그러니 호르친부를 위해서라도 저저는 장비와 푸린의 목숨을 구해야 했다. 저저가 먼저 순장을 언급하지 못하게 하니 황권을 노리는 자들 또한 나서서 그 일을 언급하지 못했다. 다급한 위기는 모면했지만 이제 본격적인 황위다툼이 시작될 터였다.

"호르친과 우리의 운명이 푸린에게 달려있다. 너와 내가 지혜를 모아야 할 때가 왔구나."

저저는 숨김없이 자신의 속내를 드러내었다. 장비 또한 저저의 입장과 다르지 않았다. 두 사람은 푸린을 사이에 둔 운명 공동체였다.

선제가 숨을 거두고 그 장례를 치르는 동안 황궁은 슬픔에 잠겼다. 하지만 애도의 순간에도 혼란은 걷잡을 수 없이 커졌다. 황위에 가장 욕심을 드러낸 이는 홍타이지의 장남인 숙친왕 호거와 누르하치의 열네 번째 아들 예친왕 도르곤이었다. 호거는 정비의 소생이 아니었지만 서른다섯의 나이에 수많은 전쟁을 경험했고 군공도 많았다. 그는 은밀히 황제의 소유였던 양황기의 대신들과 접촉하여 오래전부터 자신의 입지를 다지고 있었다. 호거는 자신이 보유한 정람기를 비롯해 양황기의 지지를 일부분 받고 있었다. 반면 도르곤은 서른둘의 나이로 누르하치의 총애를 받았던 황자였으며 홍타이지 살아생전 황제 다음의 지위에 있었다. 도르곤에게는 한 어머니에게서 태어난 형제 영군왕 아지거와 예군왕 도도가 있었으며 그들은 양백기와 정백기의 버일러로 도르곤을 강력히 지지했다.

정홍기의 기주 다이샨과 양홍기의 기주 지르갈랑 그리고 양남기의 기주는 아직 자신들의 입장을 분명하게 드러내지 않았다. 겉으로는 양홍기와 양남기의 선택이 황위의 주인을 가르는 것처럼 보였지만 가장 중요한 것은 양황기의 선택이었다. 팔기 중 가장 실력이 출중한 황제의 군대인 양황기를 얻는 자가 황권을 쥘 수 있었기 때문이었다. 양황기의 배신으로 어머니가 순장을 당하고 황권다툼에서 패한 전적이 있었기에 도르곤은 이 사실을 누구보다 잘 알고 있었다. 양황기의 지지를 얻기 위해 도르곤은 양황기의 대신들을 좌지우지하는 쒀니를 찾아갔다. 쒀니는 홍타이지의 측근이었던 이로 양황기에서 가장 강한 영향력을 가지고 있는 대신이었다.

"예친왕께서 저를 찾아오시다니 급한 용무가 있으신가 봅니다."

쒀니는 도르곤이 자신을 찾아온 이유를 누구보다 잘 알고 있었지만 속내를 감추고 태평하게 그를 맞이했다. 쒀니의 환대를 받으며 도르곤 또한 손님으로 그와 마주 앉았다. 두 사람은 서로의 심중을 드러내지 않고 안부를 물으며 담소를 나누었다. 그리고 어느 정도 분위기가 무르익자 도르곤은 말을 돌리지 않고 단도직입적으로 쒀니의 의중을 물었다.

"황위를 누가 이어야 한다고 보오?"

일체의 망설임도 책략도 없는 순수한 물음이었다. 상대에게 자신의 의도를 모두 드러내니 쒀니 또한 그 질문에 에둘러 답하지 않았다.

"선제의 황자만이 황위에 오를 수 있는 자격이 있습니다."

"대신의 뜻이 정 그러하니 더 이상 의논을 할 이유가 없군요."

도르곤은 쒸니의 말에 가타부타 의견을 덧붙이지 않고 바로 그 자리에서 일어섰다. 선제의 아들만이 황위에 오를 수 있다면 도르곤은 그 조건에 부합하지 않았다. 쒸니와 도르곤은 한 배를 탈 수 없는 이였다.

"선제의 황자만이 황제에 오를 수 있으나 황제만이 이 나라를 다스릴 수 있는 건 아닙니다."

쒸니의 말에 밖으로 나서던 도르곤이 걸음을 멈추었다.

"황제가 아닌 다른 이가 나라를 다스린다?"

"그렇습니다. 만주족이 중원을 정복할 수만 있다면 무엇이 불가능하겠습니까?"

쒸니는 말을 마치고는 의미심장한 미소를 지었다.

겉으로 보기에 양황기는 호거와 도르곤파로 나누어져 있었다. 양황기 중에는 도르곤의 심복도 심어져 있었지만 그들은 겉으로 도르곤을 지지하지 못했다. 만약 도르곤이 황위를 잇는다면 양황기는 자신의 이름을 양백기에게 내주어야 한다. 그러면 양황기를 거느리고 있는 대신들의 지위도 낮아질 수밖에 없었다. 이것이 양황기가 드러내 놓고 도르곤을 지지할 수 없는 이유였다. 그리고 도르곤을 지지하지는 않는 양황기가 모두 호거를 지지하고 있는 것 또한 아니었다. 이들은 가장 유력한 후보인 두 왕 중 누가 되든 황제에 오른 이를 따르겠다는 속셈을 가지고 있었다. 호거와 도르곤의 세력으로 각 기들이 사분오열하는 사이에도 쒸니를 따르는 자들은 조용히 숨을 죽이고 있었다. 자신들의 뜻을 겉으로 드러내지 않은 채.

이렇게 황권에 대한 세력나누기가 점점 더 치열해지자 황제가 숨을 거둔 지 6일 만에 다이샨의 주재로 황제 옹립 제왕회의가 열렸다. 제왕회의가 열리는 날 새벽, 황궁의 경비를 담당하고 있는 양황기는 파야라(황제 호위대)를 숭정전 주변에 배치해 대청문을 사수했다. 양황기의 군사들이 궁 안팎을 지키고 있으니 회의가 열리는 황궁 안 밖에는 팽팽한 긴장감이 감돌았다. 칼을 뽑지는 않았으나 이미 서로의 목에 칼을 겨누고 있는 것과 같았다. 회의장에는 두 황기를 뺀 6기의 기주들이 모두 참석했다. 양황기의 주인인 저저와 장비를 대신해서는 쒼니가 양황기의 기주 자격으로 참석했다.

회의가 시작되자마자 쒼니가 먼저 의견을 피력했다.

"황자가 황위를 잇는 것이 마땅합니다."

이는 도르곤을 황위계승에서 배제해야 한다는 뜻이었다. 양황기의 뜻이 밝혀졌지만 정백기 기주 도도 또한 이에 물러서지 않았다.

"태조의 유지를 받들기 위해서라도 도르곤 형님이 다음 황위를 이어야 합니다!"

"어찌 황자가 있는데 그 숙부가 황위에 오른단 말이오!"

도도의 발언에 다른 기들의 버일러들이 민감하게 반응하자 도르곤이 도도를 저지했다.

"도도 신중히 말하거라."

그런 도르곤의 신중함에 도도는 더 큰 목소리로 자신의 의견을 소리쳤다.

"만약 형님이 저희들의 요구에 응하지 않는다면 차라리 제가 황위에 도전하겠습니다. 아니면 연배에 따라 예친왕 다이샨을 황제에 세워야 할 것이오!"

도도의 도발에 자신의 이름이 거론되자 당황한 다이샨이 조심스럽게 황위를 사양했다.

"이미 내 나이가 연로하니 호거가 대통을 잇는 것이 낫지 않겠소?"

다이산의 발언으로 호거는 두 홍기의 지지를 얻었다. 대세는 호거에게 기울었다. 양백기를 제외한 기들이 자신을 지지하니 자신이 황제가 된 것과 진배없다고 여긴 호거는 짐짓 못이기는 척 양보를 했다.

"부덕한 제가 어찌 황위를 감당할 수 있겠습니까."

이는 자신의 겸손을 드러내기 위해 마음에도 없는 말을 내뱉은 것이었으나 양백기의 기주들은 이를 순순히 넘기지 않았다.

"숙친왕이 그렇게 사양을 하니 예친왕 다이산이 황위에 오르는 것이 마땅하오!"

한 발짝 물러섬이 오히려 독이 되어 호거의 입장 또한 애매해졌다. 회의는 팽팽한 긴장감에 결과를 내놓지 못하고 시간만 흘러갔다. 어떤 결정도 내리지 못하고 양쪽 진영이 칼날만 세우던 중 도르곤이 조심스럽게 대안을 내놓았다.

"호거가 이미 대통을 이을 마음이 없으니 푸린이 황제에 오르면 될 것입니다. 푸린이 성인이 될 때까지 저와 정친왕이 각각 좌우에서 보위하는 게 어떻겠습니까?"

도르곤은 자신이 직접적으로 황위에 올라 분쟁을 일으키기보다 순조롭게 이 문제를 해결하기 위한 타협점을 제시했다. 도르곤의 발언에 양황기 또한 반대할 이유가 없었다. 양황기 입장에서는 호거든 푸린이든 황자가 황위에 오르면 자신의 이름과 지위를 유지할 수 있었기 때문이다. 도르곤의 입장에서도 손해가 아니었다. 도르곤이 황위계승을 계속 주장한다면 팔기 간에 싸움이 일어날 것이고 청나라는 엄청난 혼란을 겪게 될 것이다. 푸린이 황위에 오르는 것은 호거에게 황위를 양보하지 않고 그가 청나라를 섭정할 수 있는 일거양

득의 방안이었다.

"푸린의 황위 계승을 찬성하오. 허나 푸린이 아직 어리므로 도르곤과 내가 보필하지요."

도르곤의 의견에 정친왕 지르갈랑이 찬성을 하자 호거 또한 반론을 꺼낼 수 없었다.

황권을 욕심내던 두 세력이 모두 한 발짝 물러나고 어린 황자 푸린이 청국의 새로운 주인이 되었다. 어부지리로 얻은 황위처럼 보였으나 이는 물밑에서 푸린을 지지하는 세력을 남몰래 규합한 저저와 장비의 승리였다. 쒀니의 뒤에는 황후인 저저와 푸린의 친모인 장비가 있었다. 대외적으로는 쒀니가 푸린을 지지하며 그 세력을 모았지만 그 이면에는 푸린을 내세워 호르친부의 세력을 키우려는 저저와 장비의 의도가 있었다. 푸린과 함께 운명 공동체가 된 그들은 푸린을 황제로 내세우려 했지만 전면으로 내세우기에 푸린의 나이가 너무 어렸다. 여섯 살밖에 안된 아이가 황위를 얻은 들 여러 왕들과 대신들을 이끌 리 만무할 테니. 이런 약점을 보완하기 위해 생각해낸 묘수가 바로 도르곤이었다. 장비는 도르곤을 누구보다 잘 알고 있었다. 그의 마음속에 황권에 대한 욕망이 숨겨져 있음을. 그런 자신의 속내를 숨기고 황제의 신하로 살아왔던 그였지만 그도 무력으로 황권을 차지할 수는 없을 것이다. 팔기들 사이에 싸움이 벌어진다면 그건 전쟁이나 다름없을 테니. 그래서 쒀니를 이용해 도르곤에게 미끼를 던진 것이다.

쒀니를 찾아간 도르곤은 그에게서 의미심장한 말을 듣고 깊은 고심에 빠졌었다. 황제의 자리를 전부 차지하기 위해 팔기들끼리의 싸움도 불사해야 할지 아니면 쒀니의 말처럼 차선책을 따라야 할지. 그가 깊은 고민에 빠진 것을 알기라도 하듯 제왕회의가 열리기 전날 밤, 밀지가 그에게 전해졌다. 서찰에는 도르곤을 만나고자 하는 장비의 청이 쓰여 있었다. 고심 끝에 도르곤은 서찰에 쓰여 있는 장소로 향했다.

약속장소는 인적이 드문 외딴 집이었다. 어두컴컴한 집안으로 들어가니 내원에 장비가 서 있었다. 몇 년 만의 재회였다. 이제 장비는 황자의 어머니로 도르곤과 황권을 다투는 정적이었다.

"마마를 뵈옵니다."

예의를 갖춘 도르곤의 인사에 장비는 가볍게 고개만 끄덕였다.

"예친왕은 예전보다 혈색이 좋아지셨네요. 그 의원덕분인가요?"

"선제의 호의 덕분입니다."

"그런가요? 그동안 선제의 호의를 받으셨으니 이제 저에게 그 호의를 베풀어주세요."

장비는 부드럽게 자신의 뜻을 밝혔다.

"전 마마께 해드릴 수 있는 것이 없습니다."

"아니요. 당신만이 저와 제 아들을 살릴 수 있습니다. 우리 모자를 불쌍히 여긴다면 쑤니의 뜻을 외면하지 말아주세요. 도르곤."

장비는 자신의 앞에 서 있는 이의 이름을 친근하게 불렀다. 그녀가 그의 이름을 부른 것은 어릴 적 두 사람이 마주한 이래로 처음 있는 일이었다.

"전 아직도 기억하고 있어요. 태조께서 돌아가신 후 대비께서 어떤 일을 겪었는지…. 그리고 그 일로 당신이 얼마나 힘들었는지. 당신이 우릴 도와주지 않는다면 나 또한 대비와 같은 처지가 될 것입니다. 푸린은 어머니를 잃고 당신처럼 슬픔에 빠지겠죠."

장비는 천천히 자신에게 닥칠 위기를 하소연했다. 그녀의 말이 어떤 의미인지 도르곤은 누구보다 가슴 깊이 알고 있었다. 황권에서 탈락한 황자의 처지가 어떻게 되는지. 어머니를 잃은 슬픔을 묻고 황제에게 복종하며 살아온 시간은 고통 그 자체였다. 그 어두운 시간이 남기고 간 고통이 얼마나 크고 아픈 것인지 그만큼 잘 알고 있는 이는 없었다. 호거가 황위에 오르든 도르곤이 오르든 푸린은 도르곤과 같은 상황에 처하게 될 것이다. 나이가 너무 어린 푸린은 도르곤처럼 살아남기 힘들지도 모른다.

"우리 모자를 살려주세요. 제발. 그리고 그 대가로 이 나라를 다스리세요. 당신이 그렇게 해준다면 누구도 죽지 않습니다."

장비의 말은 진심이었다. 푸린이 황제가 된다면 모든 분쟁은 사라질 것이다. 어린 황자는 어머니를 잃지 않고 살아남을 수 있으며 팔기들은 자신들이 지지하는 왕을 위해 싸우지 않아도 된다. 모두가 살 수 있는 방법. 그 길이 도르곤에게 있었다.

장비를 만난 후 도르곤은 더 이상 고민하지 않았다. 고민할 이유가 없었다. 자신만의 만족을 위해 황권을 노린다면 그 여파를 스스로도 감당할 수 없을 테니. 팔기들 사이에 다툼이 생긴다면 중원정벌은 더 이상 불가능하다. 아니 이제 막 신생국의 티를 벗은 청은 여러 갈래로 찢어져 예전처럼 만주벌판의 부족국가로 전락할지도 모른다. 모두가 살기 위해 도르곤은 황제가 되고자 했던 자신의 뜻을 접어야 했다. 하지만 중원에 첫발을 내딛는 이가 되겠다는 욕망을 버리지는 않았다.

장비 또한 도르곤의 야망을 모르지 않았다. 그가 스스로 황제가 되고자 함을. 어쩌면 그의 자리가 되었을 지도 모를 자리를 위해 그는 오랜 시간 숨죽이며 선제에게 충성을 바쳐왔다. 호거가 황제의 자리에 오른다면 도르곤의 기인 양백기는 절대로 물러나지 않을 것이다. 도르곤이 포기하지 않을 테니까. 그래서 그에게 황제 버금가는 권력을 선물하기로 한 것이다. 절대 권력을 손에 쥔 그가 어린 황제를 몰아낼 수도 있겠지만 그건 불가능한 일이었다. 어린 황제에게는 양황기와 호르친부가 버티고 있으니. 만약 도르곤이 더 큰 욕심을 부린다 해도 그는 결코 어린 황제를 함부로 해하지 못할 것이다. 푸린은 아비를 잃고 정적들에게 둘러싸였던 어린 시절의 그와 같으니.

선제가 숨을 거둔 지 6일 만에 새로운 황제가 옹립되었다. 팔기의 제왕과 문무백관들은 어린 황제에게 충성을 맹세했다. 그들은 목숨을 걸고 황제를 보필하겠다는 의식을 거행했다.

즉위식이 거행되는 날, 여섯 살에 불과한 푸린은 의식을 치르기 위해 영복궁을 나섰다. 황교에 올라탄 어린 푸린은 홀로 독공전으로 향했다. 푸린이 들어서자 제왕과 문무대신들이 무릎을 꿇고 황제를 맞이했으며 복종을 맹세하는 삼궤구고두의 예를 행했다. 푸린은 태연히 그들의 맹세를 받았다. 비록 어린 나이였지만 푸린은 나이답지 않게 근엄한 즉위식을 치르고 정식으로 황제가 되었다. 황제가 된 푸린이 어머니인 장비와 함께 영복궁에 머무르자 측궁에 불과했던 궁은 황제가 기거하는 궁으로 그 위상이 바뀌었다. 선제의 오비 중 가장 낮은 서열이었던 장비의 신분도 태후로 높아졌다. 효장태후가 된 장비와 황제가 된 푸린은 이제 정식으로 양황기의 주인이 되었으며 양황기는 자신들의 주인을 위해 도르곤을 견제해야 했다.

즉위식이 끝나고 도르곤의 왕부에도 잔치가 벌어졌다. 도르곤이 섭정왕이 된 걸 축하하는 자리였다. 선제의 죽음 후 긴장감이 감돌던 왕부가 오랜만에 손님들로 북적거렸다. 잔치가 파하고 손님들이 모두 돌아간 후에도 도르곤은 동복 형제들과 함께 술을 마셨다.

"이렇게 모이자고 한 것은 긴히 할 말이 있어서입니다."

도르곤이 먼저 말문을 열었다.

"무슨 일이기에 그리 정색을 하고 말하는 것이냐?"

궁금증에 아지거가 도르곤을 바라보며 물었다.

"형님께서 양백기를 떠나주셔야겠습니다."

"뭣이!"

아지거는 도르곤의 말에 발끈하여 자리에서 벌떡 일어났다. 아지거의 반응을 이미 예상하기라도 한 듯 도르곤은 여전히 차분한 어조로 말을 이어나갔다.

"당분간 도도의 정백기로 기적을 옮기십시오. 양백기는 제가 맡겠습니다."

"양백기를 네가 혼자 차지하겠다고? 섭정왕이 되었으니 이제 모두 네가 가지겠다는 것이냐!"

아지거는 불만을 쏟아 내고도 분이 풀리지 않아 가쁘게 숨을 몰아쉬었다.

"제가 양백기를 맡게 되면 정백기와 이름을 바꿀 것입니다. 그리하면 제가 양황기 다음 서열인 정백기를 맡게 될 것입니다. 황제를 견제하기 위해서는 그 방법밖에 없습니다."

"고작 그 이유로 나를 밀어낸 것이냐? 그래 이제 다 네 마음대로 하거라!"

아지거는 자리를 박차고 나가 버렸다. 그의 분노를 어느 정도 예상한 터라 도르곤은 아지거의 행동에 어떤 만류도 하지 않았다. 아지거가 나가버리자 잠자코 자리를 지키고 있던 도도가 도르곤에게 따지기 시작했다.

"고작 아지거 형님의 기를 빼앗으려고 섭정왕이 된 것입니까? 어째서 황위를 그렇게 손쉽게 넘겨준 것입니까? 우리 형제가 끝까지 힘을 모았다면 형님이 황제의 자리에 앉을 수도 있었습니다!"

"그럴 수도 있었겠지. 하지만 그렇게 끝까지 싸웠다면 팔기들은 모두 살아있지 못했을 것이다."

도르곤의 대답에 도도는 기가 차다는 듯이 웃었다.

"성인군자 같은 대답은 집어 치우시오. 선제는 그래서 어머니를 죽였답니까? 팔기들끼리 싸우는 것보다 여인 하나를 죽이는 것이 간단해서?"

도도는 자신이 마시던 술잔을 들어 단번에 마시고 탁자위에 올려놓았다.

"이 술이 형님과 마시는 마지막 술일 것 같습니다."

자리에서 일어난 도도는 미련 없이 도르곤을 남겨두고 그 자리를 떠났다. 도르곤이 섭정왕이 된 날 아지거와 도도 모두 도르곤 곁을 떠났다. 도르곤 곁을 지키던 유일한 이들이. 권력은 누구와도 나누어 가질 수 없는 것이었다. 그것은 빼앗지 않으면 빼앗기는 것이니.

산해관을 넘다

어린 황제를 보필하는 두 명의 섭정왕은 제왕대신회의를 통해 나라의 대소사를 결정했다. 청나라는 그렇게 홍타이지를 잃고 겪어야 했던 혼란을 수습해 나갔다. 그들 앞에 선제가 남기고 간 중원 정벌이라는 대업이 존재했기에. 그 목적을 위해 도르곤도 자신의 발톱을 섣불리 드러내지 않았다.

청이 혼란을 이겨내던 사이 명은 내부에서부터 서서히 무너지고 있었다. 외부의 혼란으로 내정을 소홀히 한 틈을 타 도적이 곳곳에서 출몰한 것이다. 청군을 막기 위해 막대한 군비를 쏟아부었던 명나라의 재정은 점점 바닥을 드러내었고 급료를 받지 못한 변방의 군인들은 반란을 일으켰다. 이들이 도적의 무리와 함께하니 도적 떼에 불과했던 무리들은 어느새 반란군으로 변모하게 되었다.

각지를 떠돌며 약탈을 하는 유적의 우두머리가 된 이자성은 모든 토지를 농민들에게 균등하게 나누어 주겠다는 말로 농민들의 지지를 얻으며 급속히 세를 불려 나갔다. 순식간에 수십만 명의 규모로 커진 이자성의 군대는 더 이상 도적 떼가 아니었다. 그들은 반란군의 모습으로 바뀌었으며 명망 있는 학자들이 이자성 아래로 몰려들었다. 이자성의 군대는 규율을 강화하여 백성을 약탈하지 않았으며 부패한 명의 왕족을 죽이고 그 재물을 백성들에게 나누어 주었다. 자신의 세력을 키워가며 서쪽으로 향하던 이자성은 스스로 황제가 되어 북경으로 향했다. 자금성의 주인이 되기 위해.

이자성이 자금성으로 쳐들어온다는 소식을 전해 들은 명의 숭정제는 급히 자신의 세 아들을 피신시키고 왕비와 후비들에게 자결을 명했다. 그리고 거느리는 신하도 없이 북경의 매산에 올라가 스스로 목을 매었다. 276년을 이어온 명의 마지막 순간이었다.

명의 국운이 생사를 가로지르는 이 시기에 청에도 작은 분란이 일어났다. 푸린이 황제에 등극한 후에도 호거는 끝까지 도르곤을 믿지 않았다. 그는 도르곤이 언젠가 황제의 자리를 차지하려 할 것이라 의심했다. 섭정왕에 대한 불만이 가득했던 호거는 도르곤에 대한 소문을 거침없이 수하들 앞에서 떠벌렸다.

"도르곤은 유병불치*有病不治니 얼마 살지 못할 것이다."

이는 호거가 자신의 심복들을 믿고 무심코 내뱉은 말이었다. 허나 호거의 부하들 중 그의 실수를 이용해 변심을 한 자가 있었다. 바로 하락회다. 그는 호거의 실수를 고스란히 도르곤에게 고변했다. 도르곤이 권력을 잡자 그의 밑으로 들어갈 기회를 엿보다 호거의 말실수를 이용한 것이다. 하락회의 밀고를 전해 들은 도르곤은 바로 호거를 감금했다. 호거의 죄명은 도르곤에 대한 불충한 마음을 품고 흉악한 역모를 꾀했다는 것이었다. 도르곤은 호거가 단순히 불만을 토로했던 일을 역모로 꾸며 그를 제거하려 했지만 여러 왕의 반대로 이를 성사시키지는 못했다.

"호거의 죄악은 매우 중대하나 골육지친을 차마 해칠 수는 없습니다."

* 병이 있으나 치료할 수 없다.

제왕회의에서 양황기의 대신들이 도르곤의 뜻에 반기를 들었다. 이는 호거를 살려 도르곤을 견제하려는 효장태후 장비의 뜻이었다. 호거는 목숨을 보전했지만 군사를 빼앗기고 평민으로 강등되었다. 이 사건으로 호거는 왕의 신분과 심복을 모두 잃었으며 도르곤에게 대적할 힘을 모두 빼앗기게 되었다. 호거가 분기에 떠든 말들이 역모로 바뀌어 큰 죄가 되었으니 그 이후로 도르곤의 병을 거론하는 자는 없었다. 그럼에도 불구하고 도르곤을 가까이에서 지켜봐 온 이들 중 몇몇은 도르곤이 병을 앓고 있을지도 모른다는 의구심을 가지게 되었다.

도르곤은 자신의 치명적인 약점을 떠벌린 호거를 제거하고 싶었지만 태후의 뜻을 거스를 수 없었다. 전쟁을 앞두고 있는 시점이었기에 호거가 이끄는 정람기의 반란도 염두에 두어야 했다. 팔기들 사이에 반목이 일어난다면 전쟁에서의 패배는 자명한 일이었다. 대의를 위해 이번에도 도르곤은 한 발짝 물러나야 했다.

도적 떼로 시작된 이자성의 무리가 자금성을 빼앗고 숭정제가 자결을 한 지 십여 일 뒤 북경의 함락 소식이 청의 조정에도 알려졌다. 새로운 황제를 옹립하고 안정을 되찾은 청은 명의 상황을 지켜보며 만반의 준비를 갖추고 있었다. 이자성이 이끄는 반란군의 움직임이 예사롭지 않다고 여긴 청에서는 이미 명의 멸망 후 취해야 할 방안을 모색하고 있었다.

대학사 범문정은 도르곤에게 상서문을 올려 청이 군사를 이끌고 중원으로 진격해야 한다고 주장했다. 명은 이미 청의 상대가 되지 못했고 청이 대적해야 할 적은 반란군 무리였다. 반란군이 먼저 민심을 얻어 천하를 차지한다면 그들과 싸워 이기는 것은 오히려 큰 적과 싸우는 꼴이었다. 반란군이 북경을 완전히 장악하기 전에 청나라가 선수를 쳐야 했다. 도르곤은 범문정의 주장을 적극 받아들여 출정을 결심했다.

청의 대군이 떠나기 전날, 대정전에서 성대한 의식이 거행되었다. 순치제가 도르곤을 봉림대장군으로 임명하는 의식이었다. 대아문 중정에 여러 왕과 장수들이 모였다. 왕들과 장수들이 좌우로 늘어서자 황제가 황교를 타고 팔각전에 이르러 위에 좌정하였다. 도르곤이 앞으로 나아가 계단 아래 무릎을 꿇자 어린 순치제가 또랑또랑한 목소리로 장수들 앞에서 명령장을 발표했다.

"짐은 나이가 어리니 섭정왕 도르곤에게 전군에 대한 통솔권을 위임하노라. 모든 군은 봉명대장군의 명을 따르라."

도르곤은 순치제로부터 전권을 임명받았다. 만주팔기, 몽골팔기, 한군팔기 등 14만 명에 이르는 군대의 총 책임자가 된 것이다. 황제에게 군대에 대한 모든 권한을 위임받은 도르곤의 권한은 황제의 권력에 버금가는 것이었다. 이제 그는 양백기만의 기주가 아니었다. 청군 전체를 좌지우지할 수 있는 유일한 존재였다.

도르곤은 자신의 왕부에서 출정 전 마지막 밤을 보냈다. 여느 때처럼 윤성이 차를 가지고 내실로 들어왔다. 도르곤이 차를 마시는 사이 윤성는 조심스레 비단 주머니를 탁자 위에 올려놓았다.

"환약이옵니다. 가지고 가십시오."

윤성의 말에 도르곤은 비단주머니 안을 살펴보았다. 작은 환약들이 가득 들어 있다. 송금전투가 끝난 후 도르곤은 더 이상 발작을 일으키지 않았다. 탕약도 마시지 않는다. 그는 전쟁터에 돌아와서도 평상시와 다름없이 지냈다. 그런 그에게 윤성이 다시 환약을 건넨 것이다.

"이 환약을 복용하는 일은 없을 것이다. 이번 전투는 그리 오래

걸리지 않을 테니."

"저도 그러길 바랍니다. 부디 무사히 돌아오십시오."

윤성의 당부에 도르곤은 의미를 알 수 없는 미소를 지었다.

"난 돌아오지 않는다."

"돌아오지 않으신다니 그것이 무슨 뜻이옵니까?"

"북경을 함락시키지 못한다면 다시 성경으로 돌아오지 않을 것이다."

어떤 결과가 나온다 해도 그는 성경으로 돌아오지 않을 심산이었다. 배수의 진이었다. 중원을 얻을 수 있는 마지막 기회. 하늘이 준 천시였다. 이때 과업을 달성하지 못한다면 몇 백 년 후 다시 그 일이 이루어질지 알 수 없었다. 선제 홍타이지는 하늘의 뜻에 따라 운명을 달리하여 중원으로 들어가는 길을 열어 놓기만 하고 그 열매를 맺지 못했다. 그 열매를 이제 도르곤이 따야 했다. 만약 그가 이번에 산해관을 정벌하고 만리장성을 넘는다면 그는 청군을 이끌고 중원을 차지한 대장군으로 역사에 기록될 것이다.

"자금성에 들어가게 되면 그때 이 왕부의 사람들을 부르마."

도르곤의 말에 윤성은 작게 고개를 끄덕였다.

도르곤에게 더 이상 두려움은 없었다. 그의 권력은 누구보다 높았고 그와 대적할 이는 없었다. 그는 청나라의 전군을 손안에 쥔 유일무이한 실력자였다. 여러 왕들 중의 하나였던 도르곤은 이제 모든 왕들을 내려다보았다. 황제의 감시를 받아가며 자신의 고통과 싸우던 모습은 더 이상 찾아볼 수 없었다. 두려움에 떨던 어린 소년은 이제 최고 권력자가 되어 있었다.

다음날, 도르곤은 14만 대군을 이끌고 산해관을 향해 출정했다. 산해관으로 향하는 서행에는 세자도 함께했다. 선제가 그랬던 것처럼 세자는 조선의 행보를 좌우할 수 있는 존재였다. 조선의 섣부른 행동을 방지하기 위해서 도르곤도 세자를 이끌고 전쟁터로 향했다.

세자와 봉림대군은 서행에 동행하기 위해 여러 왕을 따라 성황당에 가서 제를 지내고 북쪽 출문 밖으로 향했다. 세자와 대군이 출병을 기다리는 사이 잉굴타이 장군과 청의 관리가 북문 쪽으로 찾아와 세자를 알현했다.

"세자께 급히 알려드릴 일이 있어 찾아왔소. 주변의 사람들을 물려주시오."

세자가 주변을 물리고 청장과 긴히 이야기를 나누었다. 조용히 대화를 나눈 후 그들이 돌아가자 소현세자가 봉림대군을 급히 불렀다.

"본국에 역변이 일어났다는구나."

"역모입니까? 도대체 누가 그런 일을 저질렀단 말입니까?"

조선에서 일어난 소식을 전해 듣고 대군은 놀란 마음을 감추지 못했다.

"청장이 말하길 조선에서 일어난 역변의 정황을 알아 오라며 너를 본국으로 보내라 하는구나."

"그럴 순 없습니다. 형님께서 서행에 나서시는데 제가 어찌 본국으로 돌아갈 수 있겠습니까?"

"어쩔 수 없는 일이다. 수어사 심기원이 회은군을 추대하려다 밀고를 당하여 지금 한참 추국을 하고 있다니 그 정황을 자세히 알아보고 오면 될 것이다."

"허나 이번 서행은 형님 혼자 가기에 너무 위험합니다."

봉림대군은 차마 세자의 명을 받아들이지 못했다.

"그래도 넌 본국으로 가야 한다. 사실 그들이 너를 조선으로 보내고자 함은 역변 때문이 아니다. 역변을 조사하라 한 것은 핑계요.

그들이 정녕 원하는 것은 조선의 포수들이다. 황제의 칙서에 그 내용이 들어 있을 테니 한 치의 어긋남도 없이 시행해야 할 것이야. 그래야 너와 나의 목숨이 온전할 것이다."

소현세자는 평소보다 더 진중하게 봉림대군에게 자신의 뜻을 전했다. 그동안 조선은 군대를 보내라는 황제의 명을 이행하는 척하면서 그 시일을 차일피일 미루고 있었다. 이런 일이 반복되자 청은 봉림대군으로 하여금 직접 조선으로 가서 청이 원하는 숫자대로 포수들을 선발하여 조총부대를 만들어 오라는 명을 내린 것이다. 중원을 차지하기 위해 싸웠던 명군은 이미 무용지물이 되었지만 멸망한 명에는 기세등등한 유적세력이 곳곳에 자리 잡고 있었다. 그들과의 일전을 준비하기 위해 청은 조선의 조총부대가 필요했다.

청의 뜻이 봉림대군에게 전해지고 세자만이 도르곤의 군대를 쫓아 심양을 떠났다. 북쪽 성문 밖으로 세자가 떠나는 모습을 지켜보며 봉림대군은 착잡한 마음을 금할 수 없었다. 세자는 인질로 전쟁터에 끌려가는 것과 다름이 없었다. 대군은 세자를 하루빨리 보필하기 위해서라도 조선에서 부대를 이끌고 속히 돌아와야 했다.

중원정복을 위해 심양을 떠나는 수만의 군사가 모래바람을 일으키며 점점 멀어져갔다. 군병과 군량을 실은 수레가 너른 들판에 끝도 없이 이어졌다. 십만이 넘는 대군이 동시에 이동하니 모래가 자욱하게 일어나 눈을 뜰 수 없을 지경이었다. 도르곤이 이끄는 대군은 비가 오면 천막을 치고 쉬었다 다시 산과 강을 넘었다. 세자는 언제나 도르곤의 진과 가까운 곳에 머물러야 했다. 바람이 모질게 불어 눈을 뜰 수 없을 지경이었지만 행군은 계속되었다. 다음날, 요하에 도착하여 강을 건너야 했다. 마부와 말은 안장을 풀어 헤엄쳐 건너고 작은 배 몇 척으로 짐을 실어 날랐다. 삼일이 지나자 군대와 행역 사이에 병든 이들이 나오고 지친 말들이 주저앉았다. 몽골인 촌에 머물며 사냥으로 식량을 확보하고 고된 걸음을 다시 시작했다. 그렇게 행군을 이어가던 중 뜻하지 않게 행렬이 멈추었다. 세자 또한 영문을 몰라 명을 기다리니 이윽고 한인이 붙잡혔다는 소문이 들려왔다. 청군 병사들이 한족 두 명을 잡을 것이다. 사로잡힌 이들은 산해총병 오삼계가 보낸 부총병과 유격 한 명이었다. 부총병은 도르곤 앞으로 나아가 오삼계가 보낸 뜻을 전했다.

'유적(이자성의 군대)이 황성(자금성)을 포위하여 삼월에 황성이 함락되었습니다. 황제는 목을 매 자살했고 후비들도 불에 뛰어들어 자결하였습니다. 나라가 이 지경에 이르고 보니 오직 산해관만이 남아 유적을 감당하기 어려운 형편입니다. 지금 대왕께서 이미 군대를 일으켰다는 소식을 들었으니, 군사를 재촉하여 와서 구원해 주신다면 마땅히 산해관 문을 열고 대왕을 맞이할 것입니다. 속히 군대를 움직이시기 바랍니다.'

어제의 적에게 구원병을 요청할 정도로 산해관은 다급한 상황에 처해 있었다. 오삼계의 서신은 이미 그가 이자성에게 항복할 생각이 없음을 뜻했다. 그의 심중이 청으로 기울어졌다는 의미이기도 했다.

이자성은 북경을 차지한 후 바로 산해관을 지키는 오삼계에게 투항을 권유했다. 오삼계도 처음엔 만주족이 세운 청나라보다는 같은 한족인 이자성을 따르려 했다. 하지만 반란군이 명나라 관원들과 지주를 수탈하고 자신의 가족을 몰살시켰다는 소식을 전해 듣고는 마음을 바꾸었다. 이자성에게 투항하는 것보다 한족 관리를 대우해주는 청의 힘을 빌리기로 한 것이다.

오삼계의 제안은 하늘이 준 기회였지만 도르곤은 오삼계의 뜻을 바로 받아들이지 않았다.

"오삼계는 구원병을 청했을 뿐 우리에게 투항한 것이 아니오. 그러니 이 조건은 수락할 수 없소."

도르곤의 뜻은 강고했다. 여러 장수들은 명의 영토를 손쉽게 얻을 기회라 여겼지만 도르곤에게 영토는 바라던 바가 아니었다.

"대장군의 뜻이 옳습니다. 지금 오삼계는 그저 우리를 이용하려 할 뿐 우리에게 완전히 항복한 것이 아닙니다. 그러니 대장군께서 서신을 보내 투항을 권유하십시오."

정황기의 대신으로 서행에 참여한 범문정이 도르곤의 뜻을 지지했다. 범문정까지 대장군의 의견에 동의하자 다른 왕들도 더 이상 토를 달지 못했다. 완전히 항복을 하면 돕겠다는 제안을 역으로 하니 다른 방도가 없었던 오삼계의 마음만 급해졌다. 서신이 오고가는 사이 이자성의 군대가 산해관 가까이 진격해왔다. 반란군은 오삼계가 투항하지 않는다면 일전을 벌일 각오로 산해관에서 불과 십여 리 떨어진 장소에 진영을 세우기 시작했다.

청군은 오삼계에게 투항을 권유하는 한편 행군속도를 두 배로 높였다. 행군하는 속도는 이전보다 빨라졌지만 길은 더 험해졌다. 산해관으로 향하는 길에는 언덕과 늪지대가 많았다. 평평한 땅처럼 보이지만 실은 진흙으로 이루어진 늪이니 노쇠한 말들 중 상당수가 진흙탕에 빠져 허우적거리다 죽고 말았다. 늪지대를 지나자 도랑과 하천이 나타났다. 행군하는 순간순간이 위험천만이었다. 그럼에도 도르곤은 행군을 재촉해 이틀 만에 중원 땅에 도달했다.

청의 군대가 연산역에 도달하여 진을 치니 오삼계가 다급하여 다시 장관을 보내 자신의 뜻을 전했다.

'적병이 이미 들이닥쳐 매우 위급합니다. 산해관의 모든 장수들

이 청군에 투항할 것이오니 약속대로 군사를 속히 보내 구원해 주십시오.'

오삼계의 투항에 도르곤은 즉시 정예병을 거느리고 산해관으로 달려갔다. 세자 또한 날쌘 기병만 거느리고 도르곤의 뒤를 쫓았다. 밤새도록 말을 멈추지 않고 달렸다. 황사가 가득하여 사방이 칠흑처럼 어두웠지만 달리는 말을 멈출 수 없었다. 황사와 어둠으로 가득한 밤길을 달리니 어느덧 멀리 불빛이 보였다. 성 안에서 새어 나오는 불빛이었다. 영원성에 도달한 것이다. 성 아래를 지나 쉬지 않고 달려 사하沙河(황하)에 이르니 새벽이 되었다. 잠시 강가에서 머물며 쉬었던 도르곤의 정예병은 동이 트자 다시 달리기 시작했다. 하루를 종일 달려 해가 저물 때 즈음 산해관에서 십오 리 정도 떨어진 곳에 도달했다. 도르곤이 이끄는 군대는 하루 밤낮 동안 이백 리를 달려 산해관에 도착한 것이다. 산해관 내에서는 이자성과 오삼계의 전투가 벌어지고 있었다. 산해관 위에서 포성이 울려 퍼지고 그 소리가 밤새 그치지 않았다.

다음 날 동이 트자마자 도르곤은 군사를 이끌고 산해관 밖 5리 앞까지 다가갔다. 그때 성안에서 포성이 크게 울리며 포탄 연기가 자욱하게 퍼졌다. 포탄으로 유적의 관심을 다른 곳으로 돌린 오삼계는 장수 수십 명과 기병 수백을 이끌고 성 밖으로 나와 청군에게 투항했다. 청군의 진영에 도달한 오삼계는 도르곤 앞에 나아가 항복례를 행했다. 이제 오삼계가 이끄는 군대와 산해관은 도르곤의 차지가 되었다. 그토록 넘고 싶었지만 넘을 수 없었던 장벽을 전투도 치르지 않고 손에 넣은 것이다. 이는 천하의 운이 청에 기울었다는 뜻이기도 했다.

도르곤의 명에 따라 오삼계는 산해관으로 돌아가 이자성과의 일전을 준비했다. 수적으로 유리한 이자성 군대와의 전투는 오삼계가 이끄는 군대에게 전적으로 불리했다. 산해관 관내 서쪽 강변에 진을 친 이자성의 군대는 넓게 펼쳐진 학익진으로 오삼계의 군대를 압박했다. 오삼계의 군대는 안간힘을 다해 반란군의 공격을 막아냈지만 점점 힘을 잃어갔다. 아군이 점점 밀리는 상황이었지만 청군은 쉽게 움직이지 않았다. 정오에 이르러 반란군의 힘이 빠지자 청군은 서서히 출격을 준비했다.

성안에서는 이자성의 군대와 오삼계군이 격렬한 전투를 벌이는 중이었다. 성문에는 양쪽에서 날아오는 화살과 탄환이 어지러이 날아다녔다. 청의 좌, 우 진이 동시에 관문으로 말을 타고 들어가 성 위에 백기를 세운 뒤 도르곤이 뒤이어 관문으로 들어섰다. 청군이 산해관 안으로 들이닥친 그 순간 어딘가에서 모래바람이 불어와 사방으로 휘몰아쳤다. 모래바람이 하늘을 가려 한 치 앞도 볼 수 없게 되자 격렬하게 싸우던 이들이 모두 동작을 멈추었다. 잠시 후 격렬하게 불어오던 모래바람이 잦아들고 이자성의 군대 앞에 기괴한 모습의 팔기군이 모습을 드러냈다.

청나라 군은 세 번 뿔피리를 불고 함성을 지른 후 동시에 적진으로 돌진하며 검을 휘둘렀다. 청군의 갑작스러운 공격에 반란군은 혼비백산하여 제대로 싸워 보지도 못하고 도망가기 바빴다. 한 식경이 지나자 텅 빈 전장에는 시체가 이리저리 뒤엉켜 넓은 벌판을 가득 메웠다. 청의 기병은 달아나는 적을 쫓아 성 동쪽 해구에 이르러 모두 잡아 죽였다. 상당수의 반란군이 청군을 피하다 바다에 몸을 던져 죽었다.

청군의 역습에 대패한 이자성은 살아남은 군사를 이끌고 영평으로 도망쳤다. 이자성의 군대가 물러가자 도르곤은 청군을 이끌고 정식으로 산해관에 입성했다. 그토록 넘고자 했던 만리장성의 동쪽 관문을 차지하게 된 순간이었다. 도르곤은 자신을 섭정왕이라 칭하며 산해관 백성들에게 유시*를 내렸다.

"관리와 병사들은 명심하라. 지난 날 세 차례에 걸쳐 명나라를 정벌하여 사람을 사로잡고 재물을 빼앗았으나, 지금은 나라와 백성을 안정시켜 대업을 이루어야 할 때다. 성에서는 살인을 불허하며, 머리를 깎아 변발하는 일 외에는 백성의 털끝 하나 범하지 말라. 마을에 흩어져 사는 인민 또한 함부로 살해하지 말 것이며, 함부로 빼앗아 종으로 삼는 일, 의복을 벗기는 일, 집을 훼손하는 일, 민간의 기물을 함부로 빼앗는 일도 모두 허락하지 않는다. 쳐서 빼앗은 성에서 법으로 사면할 수 없는 자는 죽이고, 포로가 된 자는 종으로 삼는다. 성 안의 모든 재화는 거두어 공용으로 하고, 성과 둔소에서 집을 불태우는 것을 불허한다. 이 명령을 어긴 자는 죽여서 여러 사람에게 경계로 삼게 할 것이다."**

과거 명나라를 침입했던 청군들은 무차별적으로 재물을 빼앗고 한족을 포로로 삼았으나 도르곤은 이를 모두 금지했다. 이 전쟁은 약탈 전쟁이 아닌 정복 전쟁이었으므로. 한족은 약탈의 대상이 아니라 이제 지배해야 할 백성이었다. 백성이 될 이들이니 그들을 백성으로 대해야 했다. 도르곤의 유시가 내려지자 산해관은 전쟁의 혼란을 딛고 안정을 되찾아갔다.

산해관이 평온을 되찾자 도르곤의 군대는 다시 행군을 시작했다. 관문 안으로 들어왔으니 이제 북경을 함락시키는 일이 남았다.

---

* 관청 따위에서 국민을 타일러 가르침.
** 소현 심양일기4 중 갑신년(1644년)4월 23일 도르곤이 내린 유시.

산해관 전투에 참여한 유적은 기병 십만과 보병 이십만 정도였는데 살아서 도망간 자는 겨우 육천 정도였다. 도르곤이 이끄는 청군이 산해관을 접수하고 추격해오자 북경으로 향한 이자성은 황성에서 급하게 황제 즉위식을 치르고 다음 날 바로 도망을 쳤다. 북경을 떠나기 전 유적들은 황성의 궁궐과 관청을 거의 모두 불태우고, 금과 비단, 궁녀들을 탈취하여 낙타와 노새에 실은 뒤 성을 버리고 남쪽으로 달아났다. 황성에 처음 입성했을 때 백성들의 환심을 사려 약탈을 금했던 이자성은 스스로 자신이 한 약속을 어기고 다시 도적이 된 것이다.

이자성이 떠난 후 청군이 북경에 다다르자 이자성군에 실망한 명의 문무백관들이 성문 밖까지 나와 청군을 환대했으며 백성들은 문밖에 둔 꽃병에 꽃을 꽂고 향을 사르며 군사들을 반겼다. 도성에 들어서자 명의 관리들이 성대하게 의장을 갖추어 청나라 군대를 맞이했다. 북경에 남아있던 관리들과 백성들의 환대를 받으며 성에 입성한 도르곤은 수레를 타고 궁궐 안으로 들어갔다. 유적이 불을 질러 궁궐은 모두 타버렸고 오직 무영전만 제 모습을 유지하고 있었다. 도르곤이 무영전에 들어가 어탑*에 올라앉자 명나라의 백관들이 절을 하며 예를 표했다. 명의 관리들이 순순히 청에 귀순하자 대장군인 도르곤은 바로 섭정을 시작했다. 도르곤은 제일 먼저 반란군을 피해 스스로 목숨을 끊은 숭정제의 넋을 위로했다. 이는 민심을 얻기 위한 명분이기도 했다. 청군은 명을 멸망시키지 않았으며 그저 반란군을 몰아낸 이들이었다. 싸워 빼앗은 것이 아니라 지켜주기 위해 온 해방군이었다. 명나라가 사라진 지금 북경의 백성들이

* 황제가 앉는 의자.

믿고 따를 수 있는 세력은 청군뿐이었다. 이렇게 청군은 자연스럽게 북경을 차지하고 다스리기 시작했다.

오랜 시간 기다리고 기다렸던 순간이었다. 긴 시간 명과 대적하기 위해 몽골사막을 가로질렀으며 여러 차례 전투를 벌였다. 운이 좋아 무혈 입성한 것이 아니었다. 명이 스스로 무너지기를 기다리며 끊임없이 공격한 덕분이었다. 그러나 대업은 이제부터 시작이었다. 도성을 얻었다고 해서 나라를 모두 얻은 것은 아니니. 명나라를 따르던 백성의 마음이 청에 귀속되어야 진정한 대국이 건설될 수 있었다. 이를 위해 도르곤은 명의 옛 관리들의 관직을 삭탈시키지 않고 녹봉을 그대로 내려주었으며 명의 왕손이 귀순하면 그 작위도 그대로 유지해 주었다. 명나라 관리들은 청의 관원들과 함께 조정의 일을 돌보았다. 한족으로 한족을 다스린다는 원칙은 적은 수의 만주인이 자신들보다 많은 한족을 다스리기 위해 선택한 필수불가결한 방법이었다.

청이 북경을 장악했지만 완전히 중원을 자신의 세력권 안에 둔 것은 아니었다. 도망간 이자성의 군대 외에도 장헌충이 이끄는 유적이 아직 남아있었으며 명을 복원하려는 남명정권이 반격을 노리고 있었다. 도르곤은 홍승주나 공유덕 같은 한족 장수들은 대거 기용하여 이들을 제압해 나갔다. 청군보다 명나라 군대가 전면적으로 나서 같은 한족을 공격하는 이한치한의 전법이었다. 이로 인해 청군은 민심을 잃지 않았으며 빠르게 중원을 정복해 나갈 수 있었다.

청군이 황성을 장악한 사이 세자 또한 성안에 머물렀다. 융경황제의 부마 후씨의 집으로 관소가 정해졌다. 여염집이었으나 황족의 집이었기에 그 규모가 크고 화려했다. 새로운 관소가 자리 잡자 세자는 심양관에 있는 이들을 데리고 오기 위해 심양으로 돌아가겠다는 뜻을 도르곤에게 전했다. 도르곤이 이를 허락하자 세자는 원역들을 이끌고 다시 성경으로 향했다.

　두 달 넘게 서행을 떠났던 세자가 심양으로 돌아오니 관소의 신하들이 나와 세자를 맞이했다. 세자가 돌아오고 사흘 뒤 봉림대군의 소식이 전해졌다. 나흘 뒤 대군이 조총부대를 이끌고 심양에 도착한다는 전갈이었다. 대군과 함께 온 조선인 부대는 정주 인근에 머물다 청군의 뜻에 따라 전장으로 출병했다. 오삼계의 투항으로 조선인 부대가 오기도 전에 손쉽게 산해관과 황성을 장악했지만 그렇다고 전쟁이 완전히 끝난 상황은 아니었다. 도르곤은 될 수 있는 한 다른 민족으로 반란군을 소탕하려 했다. 조선인 조총부대 또한 청군을 대신해 반란군과 싸워야 하는 것이다.

　청군이 북경에 입성한 뒤 세달 여 만에 순치제가 성경을 떠나 북경으로 향했다. 양황기의 호위를 받으며 순치제가 행렬을 이끌고 그 뒤를 효장태후와 황궁의 식솔들이 뒤따랐다. 천육백 리에 해당하는 먼 거리를 가야 하는 긴 행렬은 그 규모 또한 거대했다. 대군과 많은 인마가 길게 이어져 가니 그 장대함이 이루 말할 수 없었다. 서행하는 황제의 행렬 뒤에는 여러 왕부의 식솔들이 따르고 있었으며 심양 관소로 돌아와 있던 세자와 봉림대군도 그 행렬에 동참했다.

　구월 중순 황제의 행렬이 통주에 도착하니 도르곤과 여러 왕들이 성 밖으로 나와 황제를 맞이했다. 임시로 만든 행전에서 제왕들과 문무군신들은 효장태후와 순치제에게 삼궤구고두를 행했다. 청의 황제가 북경의 황궁에 왔으니 이는 새로운 천자의 탄생이었다. 중원의 새 주인이 되었음을 알리기 위해 청은 순치제의 황제 즉위식을 다시 거행했다. 순치제는 이제 청의 주인이 아니라 천하의 주인이었다. 황제즉위식이 거행되던 날 도르곤은 중원을 정벌한 공로로 숙부섭정왕에 봉해졌다. 도르곤이 황제와 같은 날 작위를 받은 것과 달리 지르갈랑은 십여 일 뒤 신의보정숙왕이라는 새로운 작위를 받았다. 도르곤과 지르갈랑은 순치제를 보위하는 같은 서열이었지만 북경이 함락된 후 둘은 더 이상 같은 위치가 될 수 없었다. 도르곤이 차지한 권력은 점점 더 커졌으며 지르갈랑의 힘은 더 이상 도르곤을 넘볼 수 없었다. 천하의 주인은 순치제였으나 모든 권력은 도르곤이 쥐고 있었다. 산해관을 넘어 중원에 입성한 대업을 이루었으니 그의 권위에 누구도 대적할 수 없었다. 도르곤은 황성에서 무소불위의 권력을 가졌다.

도르곤은 청의 행정부인 육부의 일을 왕과 버일러들이 겸직하지 못하게 하였으며 자신이 직접 육부의 일을 관장했다. 여러 왕과 버일러가 나랏일에 관여할 수 없게 되자 그들의 힘은 저절로 약해졌다. 자신을 넘볼 수 있는 이가 사라졌음에도 도르곤은 도찰원을 이용해 제왕과 버일러들을 감시했다. 각 아문의 사무는 제일 먼저 도르곤에게 보고되었으며 도르곤의 허가를 얻지 못하면 그 어떤 사무도 집행할 수 없었다. 도르곤은 황가의 기관인 내삼원의 대신들까지 자신의 측근으로 만들었다. 도르곤이 결국 중앙권력의 핵심인 내삼원과 육부를 모두 장악하게 된 것이다. 다만 이런 상황에서도 범문정은 도르곤의 심복이 되는 것을 거부했다. 다른 대신들은 도르곤의 편에 서서 높은 직위와 권세를 얻었지만 그만은 그 모든 것을 외면하고 병을 핑계 삼아 모든 정무에 참여하지 않았다.

청의 모든 권력이 도르곤에게 몰려 있으니 많은 사람들은 도르곤이 어린 조카를 몰아내고 황위를 빼앗을 것이라고 의심했다. 하지만 순치제의 뒤에는 양황기와 몽골의 호르친부가 버티고 있었다. 청의 대업은 청 홀로 이룬 것이 아니었다. 팔기의 화합과 몽골의 공조가 있었기에 가능한 일이었다. 도르곤의 업적 또한 그들의 도움이 있었기에 가능한 일이었다. 도르곤 또한 그 사실을 잘 알고 있었다. 청이 천하를 차지하기 위해선 모두의 힘이 필요하단 걸. 순치제와 도르권의 권력은 위태롭게 미묘한 균형을 이루고 있었다.

점점 더 강대해지는 도르곤의 권력을 저지할 수 있는 유일한 사람은 효장태후뿐이었다. 태후의 지위에 오른 장비는 이제 더 이상 연약한 여인이 아니었다. 선제에게 조정의 일을 조언하며 얻은 식견으로 그녀는 순치제를 대신해 국사를 이끌어 나갔다. 식견이 뛰어났던 그녀는 권력에 대한 지나친 욕심을 부리지 않았다. 그녀는 항상 전면에 나서지 않으면서 제왕 회의에서 대신들로 하여금 그녀의 의견을 대신 피력하게 했다. 그러나 도르곤이 내삼원과 6부를 모두 장악하자 그녀의 이런 우회적인 방법도 그 효력을 상실하게 되었다. 이제 태후 스스로 도르곤을 상대해야 할 때가 된 것이다.

두 사람은 어린 시절의 벗이자 서로에 대한 연민으로 오랜 시간 마음의 나누었던 사이였다. 그런 두 사람은 이제 정적이 되어 서로를 경계하게 되었다. 황위라는 절대 권력을 사이에 두고. 장비는 아들을 위해 황위를 지켜야 했으며 도르곤은 호시탐탐 그 자리를 노렸다. 두 사람의 뜻은 같이할 수 없는 것이었다. 하지만 장비는 도르곤을 적으로 만들지 않았다. 그녀가 원하는 것은 공존이었다. 청의 안정을 위해서라도 서로를 견제하나 죽이지 않고 서로를 도울 수 있는 그런 관계를 원했다.

황궁이 불타 버려 남아있는 궁이 별로 없었기에 태후는 동북쪽 영수궁에서 임시로 기거했다. 아직 어린 순치제는 그 나이 또래의 남자아이들이 그러하듯 장난치는 것을 좋아했다. 후원에서 뛰어놀고 있는 푸린의 모습을 지켜보며 태후는 작은 한숨을 쉬었다. 천하를 호령하는 황제의 거처인 황궁에서 부족한 것 없이 살아가지만 그녀의 앞날은 매일 매일이 살얼음 같았다. 도르곤은 가장 큰 정적이었던 호거의 모든 것을 일순간에 빼앗았다. 작위와 군사를 모두 잃은 호거가 유적을 물리친 공적을 세우지 않았다면 그는 목숨을 보전하지 못했을 것이다. 다행히 그의 전적이 훌륭하여 호거는 다시 숙친왕으로 신분을 회복할 수 있었다. 호거조차 도르곤에 의해 한순간에 나락으로 떨어지는 와중에 아직 어린아이에 불과한 푸린이 과연 살아남을 수 있을지 태후는 한순간도 걱정이 떠나지 않았다.

"태후마마 무엇을 그리 근심하십니까?"

언제나 태후 옆에서 그녀의 곁을 지키는 쑤마라가 태후의 기색을 살폈다.

"매일 매일이 걱정이구나. 푸린이 성장할 때까지 내가 버텨나갈 수 있을지."

"너무 걱정하지 마십시오. 마마는 여태껏 잘 해오셨습니다. 마마의 뜻을 알아주는 이들이 있지 않습니까? 마마의 사람을 늘여간다면 도르곤도 어린 황제를 어쩌지 못할 것입니다."

"허나 호거의 측근인 하락회 조차 주인을 배신하고 도르곤에게 가지 않았느냐?"

"이익을 쫓아가는 이들도 있지만 선제에 대한 충성심을 간직한 이들도 남아있습니다. 그러니 너무 근심에 빠져 있지 마십시오. 태후께서 약해지시면 모든 것이 무너집니다."

쑤마라의 위로에 태후는 나약해지는 마음을 다잡았다. 멀리서 푸린의 웃음소리가 들려왔다. 그 웃음소리가 사라지지 않고 지속될 수 있기를 효장태후는 마음속으로 간절히 빌고 또 빌었다. 죽음은 언제나 가까이에서 그녀와 푸린을 지켜보고 있었다. 매 순간의 선택은 그녀를 생과 사의 갈림길에 서게 했다. 한 걸음 한 걸음이 떨리고 두려웠다. 허나 이겨나가야 했다. 이겨나가는 것 외에 다른 길은 없었다.

　황궁과 가까운 곳에 위치한 도르곤의 섭정왕부는 그 규모가 황궁에 미치지는 못하지만 그 화려함만큼은 지지 않았다. 곳곳의 벽은 금칠로 치장되어 있었으며 지붕을 떠받치고 있는 기둥에는 화려한 목조 조각이 새겨져 있었다. 내원에는 알록달록한 꽃나무와 기이한 분재가 사람들의 시선을 잡아끌었다. 섭정왕부를 처음 접한 이들은 누구나 그 웅장한 규모와 아름다움에 감탄했다. 감탄사는 거기서 끝나지 않았다. 안채를 지나 후원으로 가면 연꽃잎이 가득 메워져 있는 넓은 연못이 나타났다. 그 연못중앙에는 후원을 사방으로 바라볼 수 있는 누각이 세워져 있었다. 연못을 가로지르는 다리를 지나 누각에 서면 연못주위에 세워져 있는 기암괴석이 눈을 즐겁게 해주었다. 상상한 것보다 넓고 큰 왕부는 심양의 왕부와 비교 대상이 될 수 없었다. 그 규모와 화려함이 너무나 월등하였으므로. 긴 여정 끝에 북경에 도달한 왕부의 식솔들은 모두 섭정왕부의 모습에 넋을 잃고 말았다.

　윤성 또한 그들과 마찬가지였다. 태어나서 한 번도 본 적 없는 왕부의 웅장함에 윤성은 자신이 천계에 온 것 같은 착각이 들 정도였다. 사람이 사는 곳이 이리 화려할 순 없었다. 옥황상제가 아니고서야 어찌 이런 부귀영화를 누릴 수 있단 말인가? 그 화려함을 만들기 위한 재화와 인력은 다 어디서 온 것인가? 섭정왕부의 위엄은 두려울 정도였다.

윤성과 량량이 기거하는 처소 또한 번듯하고 넓었다. 겉모습은 다소 소박하지만 생활하기에 불편함은 없었다. 달라진 것은 처소뿐만이 아니었다. 다른 하인들과 다르게 윤성은 더 이상 집안일을 하지 않고 서고를 관리했다. 안채와 가까운 곳에 위치한 전각 하나가 섭정왕부의 서고였다. 천하의 지식은 모두 북경으로 모여들었고 사람들은 그 지식을 기록해 서책으로 만들었다. 그리고 그 서책들은 섭정왕부로 모여들었다. 자신의 학식을 뽐내고 싶은 이부터 권세의 힘을 빌리려는 자까지 수많은 이들이 섭정왕부로 찾아왔다. 그들이 두고 간 서책들이 모여 전각하나를 채우니 천하의 학자들이 섭정왕부에 살고 있는 것과 같았다. 모이고 모인 서책들은 서궤를 가득 채우고도 남아 궤장 선반 위에 쌓였다. 그 서책들을 분류하고 관리하는 것이 윤성의 일이었다. 서고에 들어서면 오래된 종이 냄새가 났다. 윤성은 서책들 사이사이의 먼지를 털고 새로 들어오는 책들은 종류별로 달리 쌓아 놓았다.

수많은 책들 중 단연 윤성의 관심을 끄는 것은 의서들이었다. 귀동냥으로만 전해 들었던 의서들이 서고에 가득했기에 윤성은 서고에 들어서면 밥을 먹는 것조차 잊고 서고를 떠나지 못했다. 해가 기울어 어두컴컴해지면 그제야 윤성은 아쉬움을 뒤로하고 서고를 나서곤 했다.

때때로 윤성은 전각을 나와 바로 처소로 향하지 않고 후원으로 이어지는 길을 걸었다. 그날도 달이 밝아 윤성의 발걸음은 후원으로 향했다. 연못을 가로지르는 다리 위에 서서 먼 하늘을 바라보니 아직 여물지 못한 달이 휘영청 떠 있었다. 새로운 곳에 와 정신없이 지내다 보니 어느새 몇 달이 지나 있었다. 윤성의 몸은 시간이 지날수록 강도에서 점점 멀어졌다. 심양과 강도 사이의 거리도 천 리 길이지만 북경에서 심양으로 가는 길도 그만큼 멀었다. 그러니 강도로 돌아가기 위해서는 수천 리의 길을 되돌아가야 했다. 언제쯤 그 길을 돌아갈 수 있을지 이제는 기약조차 할 수 없다. 돌아갈 수 있다는 믿음도 서서히 허물어져 갔다. 절로 고개가 숙여졌다. 하늘을 바라볼 수 있는 당당함이 남아있지 않았기에. 윤성은 한동안 미동도 하지 않고 수면 위에 떠 있는 달을 바라보았다. 물위에 비친 달은 진짜 달은 아니었지만 윤성과 더 가까이에 있었다. 손만 닿으면 만질 수 있을 것처럼.

작은 파장에 물결이 요동치자 수면 위에 떠 있던 달이 일그러졌다. 물결이 퍼지는 소리에 주변을 살피니 잔잔한 수면을 깨우는 이의 모습이 보였다. 도르곤이었다. 그가 천천히 윤성에게 다가왔다.

"연못 위에 무엇이 있기에 그리 뚫어지게 바라보고 있는 것이냐?"

"달을 보고 있었습니다."

"달을 보았다고? 그럼 하늘의 달을 봐야지 왜 연못 위에 떠 있는 달을 보고 있는 것이냐?"

"연못 위의 달이 더 가깝지 않습니까? 제 옆에 있으니 더 살가울 수밖에요."

윤성의 대답에 도르곤은 그저 빈 웃음만 지었다.

"서고를 관리하는 일은 힘들지 않느냐?"

"힘들지 않습니다. 진귀하고 새로운 서책들이 많으니 항상 즐겁습니다."

"그래? 다행이구나. 내일도 귀한 서책이 올 테니 잘 받아 두어라."

"분부대로 하겠습니다."

윤성이 답을 하자 도르곤은 가만히 고개를 돌려 연못 위의 달을 내려다보았다. 넘실거리는 물결을 따라 달의 모양도 변했다. 침묵 속에 짧지만 영원처럼 긴 시간이 흘렀다. 어떤 말을 하지 않아도 곁에 있을 수 있는 사람. 도르곤에게 윤성은 그런 사람이 되어 있었다. 이제 도르곤은 어두운 밤이 되어도 두려움에 떨지 않았다. 환청을 듣지도 악몽을 꾸지도 않는다. 그는 강건했으며 천하를 자신의 권력 밑에 두었다. 모두 윤성이 있었기에 가능한 일이었다. 윤성은 노예였지만 노예가 아니었다. 그저 그가 가지고 싶은 여인이었다.

　　다음날 도르곤의 말대로 진귀한 서책을 가지고 낯선 이가 서고로 찾아왔다. 긴 수염을 기른 푸른 눈의 양인이 서고로 들어선 순간 윤성은 너무도 놀라 그 자리에서 움직일 수가 없었다.
　　"나는 탕약망이라 하오."
　　양인의 입에서 만주어가 흘러나왔다.
　　"당신이 이곳을 관리하는 사람이군요?"
　　양인의 물음에 윤성은 천천히 고개를 끄덕였다. 탕약망이라는 이름의 양인은 이국에서 온 선교사로 그의 본명은 아담 샬이었다. 귀족출신 집안에서 태어난 이였지만 예수회 선교사로 북경에 온 그는 명나라 때부터 황실과 가까이 지냈으며 역법에 능통했다. 그는 자신의 나라에서 가져온 역법서를 황제에게 바쳐 환심을 사는 한편 월식을 정확히 예측해 그 명성이 드높았다. 그는 유명세를 이용해 포교활동을 벌였으며 명 황실의 후비와 환관들을 개종시키기도 했다. 하지만 그의 포교활동이 여물기도 전에 명이 멸망하였으니 그는 다시 포교활동을 하기 위해서 청의 환심을 사야 했다.
　　"섭정왕께서 여러 서책들을 모으신다기에 이 책을 가지고 왔습니다."
　　아담 샬이 황금빛 보자기에 싸여있는 서책을 내밀었다. 보자기

안에는 그가 저술한 역법서와 의서가 들어 있었다. 책장을 넘기며 서책 내용을 훑어보던 윤성은 낯익은 책 내용에 손이 떨렸다. 심양 거리에서 우연히 보았던 의서가 그녀의 손안에 들려 있었다. 사람의 장기가 세세히 그려져 있었던 그 책은 윤성이 도저히 알아볼 수 없는 글로 쓰여 있었다. 그런데 그녀의 손안에 들려 있는 책에는 그 알 수 없는 글에 해석이 붙어 있었다.

"이 책은 누구의 책입니까?"

"베살리우스가 쓴 해부학책 입니다만."

"해부학이 무엇입니까?"

"사람의 몸속을 직접 관찰하여 분석하는 학문입니다. 근래에 여러 의학자들이 관심을 보이기 시작한 분야지요."

호기심 어린 윤성의 모습에 아담 샬은 천천히 의서에 대해 말해 주었다.

"섭정왕께서 학문에 조예가 있으시고 최근에는 의서에 관심을 가지신다 하여 가져왔습니다. 이 책을 드리고 서고의 책을 이용해도 된다 하였으니 몇 권 빌려 가도 되겠습니까?"

"그렇게 하십시오."

윤성은 아담 샬이 서고를 둘러보는 동안에도 그가 가져온 의서에서 눈을 떼지 못했다. 푸른 눈의 양인이 서책을 빌려 돌아간 후에도 윤성의 궁금증은 멈추지 않았다. 창으로 들어오는 빛에 의지해 그녀는 한 글자씩 천천히 의서를 읽어 내려갔다. 사람의 몸을 직접 들여다본다는 것을 윤성은 생각조차 한 적이 없었다. 기와 혈이 순환하고 음과 양이 오행의 조화와 맞물리는 인간의 몸은 그저 작은 우주와 같이 신비로운 존재였다. 그런 사람의 몸을 자르고 떼어내 세세히 살펴보고 실체를 마주한 이들이 있다니 놀라울 뿐이었다.

기존에 알고 있던 세계가 무너지고 새로운 세상이 도래한 것처럼.

　수도가 북경으로 옮겨지고 새로운 천자가 세워졌다. 세상은 변하고 있었다. 변하고 싶지 않아도 그 물결은 거스를 수 없는 것이었다. 아무리 권세가 드높다 하여도 일국의 황제조차 도적에게 궁을 빼앗기고 자결을 한 시대였다. 새로운 세상에는 새로운 법도가 필요했다. 조선의 세자가 청으로 끌려온 이유는 단 하나. 조선이 명과 내통을 하는 것을 막기 위해서였다. 그러나 이제 명은 무너졌고 그 잔존세력 또한 미미하다. 상황이 이러하니 조선이 무슨 명분으로 명과 내통할 것이며 청에 반기를 들 것인가? 대세는 이미 기울어졌고 천하의 주인도 정해졌다. 그러니 세자와 대군을 북경에 잡아둘 이유 또한 사라졌다. 이런 까닭에 청의 조정에서 대대적인 사면령이 떨어졌다. 잡혀 온 포로들과 함께 조선의 세자와 대군을 돌려보내야 한다는 중론이 모아진 것이다. 왕권을 물려받아야 할 세자를 돌려보내 조선의 내치를 안정시키는 것 또한 청의 입장에서는 중요한 일이었다. 청이 여러 전투를 치르는 사이 조선의 임금인 인조의 건강상태가 여러 차례 악화된 것도 한 요인이었다. 이런 조정의 결정을 관소에 전하기 위해 청의 관리들이 역관과 함께 관소를 찾아왔다.
　"황제께서 세자와 대군을 조선으로 돌려보내라 하셨소. 그 날은 아문의 관리들과 추후 의논할 것이니 먼저 황제를 찾아뵙고 감사인사를 드려야 할 것이오."
　"황제께서 저희를 이리 생각해주시니 당연히 찾아가야지요. 날이 정해지면 연통을 주십시오."
　세자는 청의 관리에게 자신의 뜻을 바로 답했다. 조선으로 돌아가라는 명이 떨어지니 이는 반가운 소식이 아닐 수 없었다.

소현세자는 이제 막 북경 관소에 적응해 새로운 문물을 접하는 재미에 빠져 있었다. 북경은 서양의 학문과 각종 재화가 모이는 곳이었다. 세자 또한 역법에 능통하고 새로운 종교를 포교하는 선교사들과 여러 차례 만남을 가졌다. 신문물에 빠진 세자는 자신의 지식을 조선에 적용해 새로운 세상을 만들고 싶다는 포부를 품고 있었다. 그런 와중에 귀국이 결정 난 것이다. 신학문이 아무리 세자의 흥미를 끈다 하여도 귀국에 비할 바가 아니었다. 조선으로 돌아가는 것은 그만큼 고대하고 기다리던 일이었다.

세자와 대군은 아문에서 통보해준 날에 맞춰 황제가 머물고 있는 궁을 방문했다.

"황제께서 아량을 베풀어 조선으로 돌아가게 해주시니 그 뜻에 감읍할 따름입니다."

조선의 왕자들이 예를 올리자 어린 황제는 황교에 앉아 늠름하게 인사를 받았다. 어리지만 황궁의 법도를 잘 알고 있는 순치제는 결코 경솔한 행동을 보이지 않았다. 이는 효장태후가 순치제의 곁을 지키고 있었기에 가능한 일이었다.

"그동안 청의 신하로 그 본분을 잘 지켜주었기에 상을 내리겠소."

순치제는 세자와 대군에게 각각 금과 은 그리고 비단을 내렸다. 이 선물들은 북경을 장악할 때 청군이 노획한 것들이었다.

"이리 선물을 내려주시니 황공할 따름입니다."

세자가 먼저 황제의 하사품에 답을 했다. 세자 옆에 서 있던 대군 앞에도 황제가 내린 하사품이 놓였다.

"황공하오나 저는 이 선물을 받을 수 없사옵니다."

봉림대군은 천하의 주인인 황제의 선물을 일언지하에 거절했다. 대군이 저지른 이 황당한 행동에 그 자리에 있던 이들이 모두 아연실색했다.

"대군, 그게 무슨 망발이오? 황제께서 내린 하사품을 거절하다니!"

놀란 마음에 소현세자가 먼저 대군을 나무랐다. 형의 꾸중에도 아랑곳하지 않고 대군은 황제 앞으로 한 발짝 더 나아가 주저 없이 자신의 뜻을 밝혔다.

"황제께서 이러 귀한 하사품을 내려주시니 그 은혜에 몰둘 바를 모르겠습니다. 다만 원하는 바가 따로 있으니 이 금은보화 대신해서 제 청을 들어주셨으면 합니다."

"그 청이 무엇이오?"

예상치 못한 대군의 언행에도 어린 순치제는 당황하지 않고 그 연유를 물었다.

"포로로 잡혀 와 섭정왕부의 노예로 있는 이를 사면해주시기 바랍니다. 그 노예는 송금전투가 한창일 때 원역으로 전투에 참여해 많은 청군의 목숨을 살렸습니다. 황제의 군대인 양황기의 병사들도 그 노예의 의술로 치료를 받았습니다. 그 공을 보면 사면을 받아 마땅하나 아직까지 그에 대한 보상을 받지 못했습니다. 이번 기회에 그 공을 보상하여 주십시오."

"그런 이가 있었소? 그이의 이름이 무엇이오?"

"허윤성이옵니다."

"알겠소. 내 대군의 청을 고심하여 보겠소."

어린 황제가 대군의 청을 받아들였다. 대대적인 사면령이 이루어지는 마당에 공적을 세운 이가 그 사면령에서 제외된다면 황제의 뜻이 공정하지 못하게 되는 것이니 마땅히 성사되고도 남을 일이었다. 허나 유일무이한 권력을 손에 쥔 도르곤의 노예를 풀어주라 명해야 하니 황제의 입장에서도 난감한 일이었다. 황제의 난감함은 태후의 몫이었다. 대군의 청에 태후의 고민이 깊어졌다. 이미 오래전 선제께서 그 노예를 황궁에 바치라 명했었지만 도르곤은 좋지 못한 소문을 감수하면서까지 그 뜻을 완강히 거부했었다. 많은 시간이 흘러 도르곤의 마음이 그때와 달라졌을지도 모르지만 도르곤은 쉽게 노예를 내놓지 않을 것이다. 비록 황제의 뜻이라고 하여도. 봉림대군이 하사품을 마다하고 직접 황제에게 그런 청을 한 연유도 황제의 권위가 아니고서는 윤성의 속환이 어렵다는 것을 알고 있기 때문일 것이다. 태후는 황제와 대군의 대화를 몰래 지켜보며 깊은 고민에 빠졌다. 이는 도르곤이 황제의 권위를 인정하는지 안하는지의 문제이기도 했다. 두 세력의 자존심 싸움처럼. 황제의 권위를 지키기 위해서라도 이번만큼은 도르곤을 굴복시켜야 했다.

태후는 천천히 궁 안의 정원을 거닐었다.

"어떻게 해야 도르곤을 꼼짝 못하게 할 수 있을까?"

태후는 허공을 향해 혼잣말을 중얼거렸다. 그리고 한참 동안 같은 자리에 서서 먼 곳을 응시했다. 일각의 시간이 채 지나기도 전에 태후는 옅은 미소를 지었다. 잠시 태후의 얼굴을 스치고 사라진 미소였지만 그것은 승리를 확신하는 자신감이었다. 도르곤은 절대로 그녀의 뜻에 반대할 수 없었다. 그가 가장 소중히 하는 것을 지키기 위해서는.

태후의 명이 섭정왕부에 도착한 것은 다음 날이었다. 서찰을 읽고 내실을 서성이던 도르곤은 결심을 한 듯 황궁으로 향했다. 태후가 머물고 있는 궁으로 들어서자 궁녀들이 도르곤을 후원으로 안내했다. 후원 한쪽에 세워져 있는 누각에서 태후가 도르곤을 기다리고 있었다. 태후의 후원에는 각양각색의 꽃나무가 심겨 있었지만 가을이 깊어지는 시기인지라 꽃은 찾아볼 수 없었다. 대신 붉은 색으로 물든 나무들이 후원을 지키고 있었다. 궁녀들이 차를 준비하고 물러나자 태후가 조심스럽게 말문을 열었다.

"이렇게 궁에서 섭정왕을 보게 되다니 참으로 신기하군요."

효장태후가 천천히 차를 마시며 소회를 밝혔다.

"저는 그저 정사를 논하기 위해 왔을 뿐입니다."

"알고 있습니다. 다만 이렇게 밝은 대낮에 그것도 궁 안에서 그대를 만나는 것이 처음이라 그렇게 말 한 것뿐입니다."

태후는 옅은 미소로 도르곤을 안심시켰다.

"긴히 말하고자 하신 것이 무엇인지요?"

도르곤의 물음에 태후가 잠시 찻잔을 바라보며 뜸을 들였다.

"지난번 의정회의에서 섭정왕이 분봉제왕*을 주장하셨다지요?"

"그랬습니다만 양황기 대신들의 반대로 의견을 거두었습니다."

도르곤은 자신의 뜻을 반대한 대신들이 태후의 뜻에 따라 움직인 것을 알고 있었다. 도르곤은 분봉제왕으로 팔기의 힘을 지방으로 분산시키려 했지만 태후는 그것을 용납하지 않았다. 팔기의 힘이 분산되어 약화된다면 지금의 권력구조는 유지될 수 없었다. 순치제를 옹호하는 팔기들이 황성에 있기에 그나마 도르곤의 권력을 제어할 수 있었던 것이다.

"섭정왕은 어째서 과거의 대국들이 멸망한 길을 따라가려 합니까? 한나라 고조 유방도 유씨 혈족들에게 봉국을 떼어주어 지방을 다스리게 하여 결국 반란이 일어나지 않았습니까?"

"저는 한족의 정책을 이용하여 한족을 다스리자는 취지에서 한

• 주나라 시대의 봉건제처럼 만주족 친왕들이 강남을 정벌하면 그 영토를 떼어주고 그 영토의 왕으로 삼는 정책. 효장(명자오신) 중.

주장일 뿐입니다.”

“그렇다면 더 이상 분봉제왕을 하려 하지 마십시오. 그것이 황제를 위한 길이니.”

태후의 말끝은 근엄하고 단호했다.

“이미 끝난 결정입니다. 다시 왈가불가할 필요가 있겠습니까?”

“알겠습니다. 그럼 섭정왕의 말을 믿어 보지요.”

잠시 두 사람 사이에 침묵이 이어졌다. 민감한 화제를 돌리듯 태후가 미소를 지으며 세자와 대군의 일을 언급했다.

“며칠 전에 조선의 왕자들이 황제께 감사의 인사를 전하러 왔답니다.”

“그렇습니까?”

“황제께서 그들에게 하사품을 내렸는데 글쎄 대군이 황제의 선물을 받지 않겠다 하더이다. 그 일로 황제께서 어찌나 당황하셨는지.”

“조선의 왕자가 하사품을 마다했다니 참으로 오만방자하군요.”

“대군의 행동은 예의에 어긋났으나 그 청이 갸륵하여 황제께서 그 부탁 들어주시기로 하셨습니다.”

“대군의 청이 무엇이기에 황제께서 친히 들어주시기로 한 것입니까?”

도르곤이 호기심을 참지 못하고 묻자 태후는 천천히 차를 마시며 뜸을 들였다.

“대군이 청하길 섭정왕부에 있는 한 노예가 전쟁에서 공을 세우고도 사면을 받지 못하였으니 이번 대사면령에 그 노예를 포함해 달라 하더군요.”

봉림대군이 고했던 내용을 말하며 태후는 가만히 도르곤을 응시했다. 태후가 노예의 이름을 직접 언급하지 않았건만 도르곤은 그 노예가 누구인지 바로 알 수 있었다. 예기치 못한 상황에 당황한 도르곤의 미간이 저절로 일그러졌다.

"그 노예는 제 소유입니다."

"알고 있습니다. 그러니 부탁을 드리는 것입니다. 대군의 청을 들어주지 못하면 황제께서 얼마나 난처하시겠습니까? 섭정왕께서도 황제가 웃음거리가 되는 것은 원치 않으시겠죠?"

"아니요. 어떤 일이 있더라도 그 청을 들어드릴 수 없습니다."

태후의 간곡한 부탁에도 도르곤은 여지를 남기지 않았다. 그 단호함에 화가 날 정도로. 노예 하나 때문에 도르곤의 심기가 어지러워지는 것이 태후는 못마땅했다. 오랜 시간 알아온 사이였기에 더 이해할 수 없었다. 지금 눈앞에 서 있는 이는 다위얼이 알아오던 그 사람이 아니었다. 그래서 더 시험해 보고 싶었다. 어디까지 그가 버틸 수 있을지.

"그렇게 단호하게 나오시다니 의심스럽군요. 호거가 떠들었던 말이 사실인지 아닌지."

태후는 도르곤이 호거를 제거하려 했던 사건을 들먹였다. 호거는 도르곤을 모함한 죄로 그 작위와 군대를 모두 잃었다.

"유병불치有病不治."

태후가 꺼낸 말 한마디에 도르곤의 얼굴이 순식간에 굳어 버렸다.

"호거의 말이 사실인 것을 인정하시는 건가요? 그렇다면 모함한 이는 호거가 아니라 섭정왕이겠군요. 호거는 사실을 말했을 뿐이니."

"무슨 뜻입니까?"

"그 노예가 뛰어난 의원인 것은 모두 아는 사실 아닙니까? 좋지 못한 소문을 감수하면서까지 그 노예를 빼앗기지 않으려 한다면 모두 섭정왕을 의심할 것입니다. 호거의 말이 사실일지도 모른다고. 그러니 황제의 뜻을 거스르지 마십시오. 의심을 받고 싶지 않다면."

도르곤은 태후에게 어떤 대답도 할 수 없었다. 스스로도 답을 모르기에.

무엇 때문인가? 정녕 병에 대한 두려움 때문일까? 아니면 그저 마음의 위안을 위해서인가? 고작 그것을 위해 의심을 받을 수는 없었다. 태후는 호거를 복귀시킬 기회를 호시탐탐 노리고 있었다. 작은 의심은 빌미가 되어 도르곤을 위험에 빠트릴 수 있었다. 그의 병이 밝혀진다면 호거의 말은 사실이 되고 호거를 모함한 죄를 도르곤이 뒤집어쓸 수 있으니. 도르곤의 병을 알게 된다면 양백기들도 그에게 등을 돌릴 것이다. 그들이 원하는 기주는 누구보다 강한 이일 테니. 이 모든 상황이 태후의 계략인 것인지 아니면 태후를 동조하는 대신들의 기지가 덧붙여져 있는지 알 수 없었다. 다만 태후와 그녀를 따르는 지지자들은 언제나 도르곤의 약점을 쥐고 흔들 태세였다.

도르곤의 편에는 많은 이들이 있었지만 그들은 모두 도르곤의 권력을 따르는 자들이다. 도르곤이 모든 권력을 쥐고 있기에 그 권세를 등에 업고자 모여든 이들이었다. 진정 도르곤의 편에 선 이라면 동복형제인 도도와 아지거 정도였다. 만약 도르곤의 약점을 태후가 물고 늘어진다면 불안감을 느낀 이들은 빠르게 도르곤을 배신할 것이다. 도르곤에게는 태후의 대신과 같은 이들이 없었다. 선제의 아들을 황제에 올려야 한다는 강한 충성심을 가진 신하들이.

도르곤은 황가에 속하는 내삼원 대신들을 자신의 편으로 만들기 위해 오랜 시간 노력해왔다. 그들의 충심을 진정 자신의 것으로 만들고 싶었기에. 그러나 긴 노력에 비해 성과는 그리 좋지 못했다. 충직한 성품을 가진 시푸는 태후와 순치제의 명을 따를 뿐 도르곤에게는 보고조차 하지 않았다. 시푸는 누르하치 시절부터 대학사를 지낸 대신이었지만 도르곤은 자신의 편이 되려 하지 않는 그를 어쩔 수 없이 불충죄로 파면시켜야 했다. 남은 두 명 중 강린은 권세의 힘에 굴복하여 황가를 배신하고 도르곤의 측근이 되었지만 범문정은 끝까지 도르곤의 편에 서지 않았다. 범문정은 도르곤이 명을 내리면 몸이 아프다는 핑계로 집안에 틀어박혀 정무에 참가조차 하지 않았다. 범문정이 정사에서 빠지자 황가의 일을 관장하는 내삼원은 도르곤의 심복들로 채워졌다. 하지만 이는 잠시 도르곤이 승기를 잡은 것에 불과했다. 그에겐 그의 권력에 기대어 권세를 가지려는 이들만이 가득했다. 오직 도르곤에 대한 충성으로 측근이 되려는 이는 없었다. 도르곤의 옆에는 권세를 잃는 한이 있더라도 주인의 뜻을 따르는 범문정 같은 신하가 존재하지 않았다.

범문정은 한족 노예였던 자신의 신분을 회복시켜주고 중용해주었던 홍타이지에 대한 충성심을 가지고 있었다. 그에게는 오직 선제의 아들만이 황제의 자격을 가지고 있었다. 황제의 자리를 탐하는 도르곤은 그에게 역적과 다름없었던 것이다.

도르곤에게 범문정과 같은 충신이 있었다면 그도 자신의 병을 두려워하지 않았을 것이다. 허나 동복형제 외에 그의 곁을 지켜주는 이는 없었다. 그런 형제의 우애도 도르곤이 섭정왕이 된 후 예전 같지 않았다. 제왕회의에서 보인 도르곤의 태도에 도도는 불만이 가득했고 양백기의 기주 자리에서 쫓겨나 도도의 정백기로 밀려난 아지거 또한 도르곤에게 불편한 심기를 가지고 있었다. 섭정왕이 된 도르곤은 자신이 직접 양백기를 다스렸고 이후 양백기와 정백기의 이름을 바꾸었다. 이는 정백기가 양백기보다 높은 위치였기 때문이었다. 도르곤이 다스리는 기는 정백기가 되었고 양황기 바로 밑으로 기의 위치가 높아졌다. 이는 도르곤이 자신의 권력을 차근차근 다져가기 위한 수순이었다. 형제조차 그의 앞길에 방해가 된다면 그는 주저 없이 밀어냈다. 그의 앞에 와있는 황위가 그를 그렇게 만들었다.

형제의 자리조차 과감하게 빼앗은 그였지만 윤성은 내어주고 싶지 않았다. 그 이유를 스스로도 분명하게 말할 수 없었지만.

왕부에 돌아온 도르곤은 바로 윤성을 내실로 불렀다. 그의 앞에 당도한 그녀는 언제나처럼 차분한 얼굴이었다. 그 모습이 도르곤의 화를 더 돋울 정도로.

"왕부의 사람으로 너는 어찌 봉림대군과 내통을 한 것이냐?"

도르곤의 말 한마디마다 분노가 서려있었다. 꾹꾹 눌러진 그 화는 말끝과 눈빛으로 뿜어져 나왔다. 도르곤의 추궁에 윤성은 어리둥절하여 고개를 들었다.

"저는 내통을 한 적이 없습니다."

윤성의 말은 분명했고 주저함이 없었다. 얼굴에는 의심을 받아 억울하다는 심정이 고스란히 드러나 있었다.

"내통을 하지 않았다면 어째서 대군이 너의 사면을 황제께 청한 것이냐?"

"무슨 말을 하시는지 저는 정말 모르겠습니다. 대군이 무엇을 하셨든 제가 청한 것이 아닙니다."

"그럼, 네가 청하지도 않은 일을 대군이 뜻대로 한 것이란 말이냐?"

이어지는 도르곤의 물음에 윤성은 천천히 고개를 주억거릴 뿐 변명하지 않았다.

"대군이 너를 사면해 달라 청했으니 황제께서 너를 면천시켜 주실 것이다."

"정말입니까? 그럼 저도 조선으로 돌아갈 수 있는 것입니까?"

윤성은 도르곤의 말을 듣고 저도 모르게 기쁜 기색을 보이고 말

앉다. 그동안 꽁꽁 숨겨왔던 본심까지 드러내면서. 윤성의 들뜬 모습을 지켜보던 도르곤의 표정이 점점 차가워졌다.

"넌 돌아갈 수 없다. 평민이 되면 내가 널 푸진으로 삼을 것이다."

선고와 같았다. 죄명에 대한 벌을 받는 것처럼. 상상하던 일이 눈앞에 벌어졌지만 허깨비처럼 사라져 버렸다. 있을 수 없는 일이다. 받아들일 수 없었다.

"싫습니다. 왕야의 푸진이 되지 않을 것입니다."

언제나 고개를 숙이고 있던 모습은 사라지고 강경한 윤성의 시선이 도르곤을 응시했다. 처음 보는 당돌한 시선에 도르곤 또한 분노를 삼키지 못했다. 그가 허리춤에 차고 있던 검을 뽑아 휘두르자 길고 날카로운 칼날이 윤성의 목 옆에 멈추었다. 검의 서늘한 한기가 느껴지자 윤성의 목에 소름이 돋았다. 두려움이 왈칵 몰려와 심장을 쥐어짰다. 손끝이 바들바들 떨렸다. 몸이 떨리자 칼날이 목에 붉을 선을 그었다.

"정녕 내 뜻을 따르지 않을 것이냐?"

도르곤의 분노가 검을 타고 전해졌다.

두려움을 삼켜야 했다. 이 순간을 이기지 못한다면 영원히 돌아갈 수 없다. 윤성은 마음을 굳건히 다지고 무릎을 꿇었다.

"돌아갈 것입니다. 돌아가지 못한다면 차라리 이 자리에서 죽겠습니다."

단호했다. 추호의 물러섬도 없이. 어떤 권력과 보화로도 그 마음을 돌릴 수 없었다. 그래서 화가 더 멈추지 않았다. 검을 쥔 손에 도르곤이 다시 힘을 주자 검이 높게 허공을 갈랐다. 바람 소리를 내며 윤성의 목에 다다른 날이 윤성의 목을 스치고 지나쳤다. 칼날에 베인 곳에 긴 상처가 생기고 그 살 틈으로 붉은 피가 스며 나왔다. 상처는 깊지 않았다. 날아오던 검은 윤성의 목 앞에서 힘이 빠지고 길을 잃었다. 따끔한 통증이 느껴졌다. 작은 통증은 그녀가 살아있다는 반증이었다.

윤성은 감았던 눈을 떴다. 도르곤의 등이 보였다. 한 번도 본 적이 없는 뒷모습이었다. 그의 앞에서 등을 보이며 물러난 건 언제나 윤성이었다.

"이제 다시는 내 앞에 모습을 드러내지 말라. 마주친 순간 네 목을 거둘 것이다."

도르곤의 말은 낮고 무거웠다. 그 말대로 윤성은 조심스럽게 일어나 천천히 내실을 나왔다. 주인의 마지막 명을 따르기 위해. 밖으로 나오는 걸음마다 몇 번이나 뒤를 돌아보고 싶은 마음이 불쑥불쑥 올라왔지만 고개를 돌릴 수 없었다. 본채를 나와 몇 걸음 걷지 못하고 윤성은 다리가 풀려 그 자리에 주저앉았다. 모든 일이 순식간에 벌어졌다. 영문도 모른 채 불려가 의심을 받을 때까지만 해도 자신에게 이런 일이 벌어지리라고 상상도 하지 못했었다. 위태로운 순간 오직 한 가지 생각뿐이었다. 돌아가야 한다. 아비가 있는 고향으로. 그 한 가지 목적뿐이었다. 자신의 목숨조차 생각나지 않았다. 돌아가지 못한다면 어차피 죽은 목숨과 같았다. 그러니 죽으려 한 것이다. 그 결과 그녀는 뜻을 이루었지만 상대의 뜻은 꺾이고 말았다. 윤성은 자신의 뜻을 이룬 것만으로도 벅차 그 이상은 볼 수 없었다. 꺾인 의지와 상실감은 그녀의 몫이 아니었기에.

赴
香
還
鄉

긴 시간 염원하던 일들이 단번에 이루어졌다. 꿈속에서 꿈을 꾸는 것처럼 요상한 일이었다. 겨울이 다가오던 날 소현 세자는 심양을 떠나 한양으로 향했다. 세자의 귀향은 조정의 경사였다. 호란 이후 청으로 잡혀갔던 신하들도 다시 돌아왔으며 이들의 등용도 허용되었다. 무엇보다 다행한 일은 청에 보내는 세폐가 줄어든 것이다. 사신 파견도 일 년에 한 번으로 조정되어 조선의 부담이 한결 가벼워졌다.

허나 모든 일이 좋을 수는 없었다. 그토록 안타깝게 기다리던 세자가 돌아왔지만 아비인 인조는 아들을 아들이 아닌 후계자로 받아들일 수밖에 없었다. 청의 급작스러운 호의가 인조의 불안감을 키운 것이다. 인조는 세자가 돌아오자 청이 자신의 왕위를 세자에게 양위하게 하려 한다고 의심했다. 도성으로 돌아왔건만 뜻하지 않게 세자는 아비의 의심을 사게 되었다. 심양에 있을 때부터 앓던 병이 완치되지 않은 상태에 왕의 냉대를 받게 되니 세자의 상심 또한 커져 병세가 악화되었다. 세자의 병이 점차 중해지니 의관들이 입진하여 여러 차례 침을 놓고 탕약을 올렸다. 한 달 이상 이어진 세자의 병은 점차 심해지더니 매우 고통스러운 지경에 이르렀다. 결국 의원들의 노력에도 세자의 마지막을 준비해야 할 때가 오고 말았다. 열이 몹시 나고 가슴이 답답한 증세를 겪던 세자는 정신이 혼미해지더니 결국 창경궁 환경당에서 세상을 떠났다. 조정의 신료들은 세자의 죽음에 대한 죄를 물어 의관들을 벌해야 한다고 청했지만 인조는 이를 받아들이지 않았다. 세자를 시료한 침의 중 인조의 후궁 쪽 사람이 있어 의혹이 가중되었다. 그럼에도 불구하고 인조는 끝까지 그 의관에 대한 치죄를 허용하지 않았다. 이로 인해 세간에 인조가 세자를 독살한 것이 아니냐는 의혹이 퍼졌다.

세자의 병세가 심해지던 그때, 봉림대군은 북경의 관소를 정리하고 조선으로 돌아오던 길이었다. 도성으로부터 급히 전해진 소식을 듣고 대군은 눈앞이 캄캄하여 행군을 멈출 수밖에 없었다. 호란이 끝나고 볼모가 되어 타향살이를 하는 동안 세자와 대군은 서로를 의지하며 힘든 시기를 버텨냈다. 함께하지 않았다면 그 고통을 이겨내고 조선으로 돌아가는 날을 맞이하지 못했을 수도 있었다. 세폐와 군사를 요구하는 청의 횡포를 견디고 생사를 넘나드는 전쟁을 치렀다. 그 모든 고난을 견디고 참을 수 있었던 것은 대군 스스로 세자를 보필해야 한다는 책임감 때문이었다. 세자는 장차 왕위를 이을 이니 그를 지키는 것이 아우이자 대군인 자신의 책무라 여겼다. 자신을 지탱하던 그 목적이 상실되었으니 봉림대군의 슬픔은 헤아릴 수 없이 깊었다.

섭정왕의 허락을 받아 조선으로 돌아오는 대군의 행군이 늦어진 것은 관소를 정리하기 위해서였기도 했지만 조선인 포로들과 함께 돌아오기 위해서이기도 했다. 북경을 떠나는 대군의 행렬 뒤에는 포로로 잡혀 와 북경까지 끌려온 조선인들이 따르고 있었다. 그리고 그 백성들 사이에는 윤성도 섞여 있었다. 섭정왕부에서 지내던 윤성은 황제의 사면령이 떨어지자 왕부를 나와 관소에 머물렀다. 그리고 다른 조선인 포로들과 함께 대군을 따라 먼 길을 떠나온 것이다. 심양으로 향하던 그 길을 되돌아 돌아오니 걷는 발걸음 하나하나가 그렇게 가벼울 수가 없었다. 선녀의 날개옷을 입은 듯 몸이 들뜨고 마음이 즐거우니 한 달 넘게 이어지는 행군이 힘들게 느껴지지 않았다. 조선으로 돌아가는 포로들은 그 나이도 천차만별이요. 포로로 지냈던 경험도 각양각색이었다. 청인의 목장에서 노예로 살던 이부터 팔기군 중 조선인 부대에서 한족과 싸웠던 이까지 한 사람 한 사람의 사연이 모두 긴 이야기책과 같았다. 포로의 신분에서 벗어나 양민이 되어 고향으로 돌아가니 행군을 하면서도 사람들은 노랫가락을 흥얼거렸다. 압록강을 건너 조선에 들어서니 그 기쁨은 배가 되었다. 먹을 것이 부족하고 길은 험했지만 백성들의 걸음은 결코 느려지지 않았다. 그렇게 행군이 이어지던 어느 날 갑작스럽게 행렬이 멈추었다. 그리고 잠시 후 여기저기서 애통해하는 곡소리가 들려왔다.

"아이고, 세자가 돌아가셨다니 이런 변고가 어디 있소!"

백성들 사이에 소현세자의 소식이 퍼지자 사람들은 땅바닥에 주저앉아 곡소리로 원통함을 달랬다. 소현세자는 포로로 끌려간 이들의 유일한 정신적 지주였다. 세자가 있었기에 조선인들은 적국에 끌려와 노예로 사는 고통이 언젠가 끝나리라 믿었다. 관소로 찾아온 포로들을 거두어 준 것도 모두 세자였다. 청군이 각박하게 굴어도 끝까지 조선인들이 믿고 의지할 데는 관소를 지키던 세자뿐이었다. 이제 겨우 포로 신분에서 벗어나 고국에 돌아온 마당에 세자가 죽었다 하니 모두 망연자실하여 그 죽음을 받아들일 수 없었다. 윤성 또한 세자의 죽음이 가슴 깊이 박혀 한동안 아무 말도 할 수 없었다. 세자가 왕이 되어 조선을 이끌어 줄 것이라 굳게 믿고 있었기에 그 상실감은 더욱 컸다.

'그때 말했어야 했던 걸까?'

윤성은 오래전 세자를 진맥했던 때를 떠올렸다. 그녀의 손끝에 닿았던 단단하고 묵직한 감촉이 아직도 생생하다. 그 병이 깊어질 것을 그녀는 알고 있었다. 하지만 차마 말할 수 없었다. 확신이 없었기에. 조정에서 보낸 의관들이라면 충분히 그 병을 알아차릴 것이라고 생각했다. 하지만 알았다 해도 방도가 없었을 것이다. 전쟁이 한창인 시기였기에 세자에게 안정만 취하라 할 수도 없었을 테니. 누군가는 알고도 포기했을 것이다. 세자의 간이 굳어가고 있었던 것을. 어찌할 수 없는 죽음이었을 것이다. 윤성은 안타까움을 긴 한숨으로 풀어야 했다.

멈추었던 행렬은 한동안 움직이지 않았다. 대신 선두를 이끌던 대군의 말이 수행원들과 먼저 도성을 향해 떠났다는 말만 들려왔다. 대군이 떠나고 남은 군관들이 뒤에 남은 행렬을 이끌었다.

도성에 도달한 백성들은 하나둘 고향으로 돌아갔다. 윤성도 홀로 강도로 향했다. 얼마 남지 않은 그 거리가 너무도 멀게 느껴져 애가 탈 정도였다. 꿈속에서 보았던 바다와 산이 손을 뻗으면 닿을 것처럼 가까이에 보였다. 나룻배를 타고 염하를 건너자 익숙한 풍광이 펼쳐졌다. 바다의 비릿함과 초목의 향기가 어우러진 강도만의 내음이다. 행인들로 북적이는 어시장을 지나 마을 초입으로 들어가니 눈에 익은 집들이 옹기종기 모여 있었다. 지나가는 이들 중 낯익은 이라도 만날까 윤성은 주위를 두리번거렸다. 몇몇이 윤성을 스쳐 지나갔지만 그들 중 누구도 그녀를 반기는 이는 없었다. 멀찍이서 곁눈질로 낯선 이방인을 훑어볼 뿐. 생각보다 긴 세월이 지난 것이리라. 정겨운 이들이 사라진 고향은 더 이상 예전처럼 윤성을 반겨주지 않았다. 마을 어귀를 벗어나 산으로 올라가니 산 허리춤에 낡은 초가가 아직 자리를 지키고 있었다.

사립문 앞에 서자 고르던 숨이 빨라졌다. 마당에 들어선 윤성은 아비를 불렀다.

"아버지, 윤성이 돌아왔어요!"

천천히 마당을 가로질러 초가 앞에 이르자 창호문이 삐걱거리는 소리를 내며 벌어졌다.

"윤성이라니?"

문밖으로 얼굴을 내밀던 허임은 자신의 눈앞에 서 있는 젊은 처자를 보고 한동안 아무 말도 하지 못했다. 그 생김새와 눈빛은 자신의 어린 딸과 닮아있었으나 여인의 모습은 그가 알던 윤성이 아니었다. 구년의 세월이 흘러 철없던 딸은 성숙한 여인이 되어 있었다.

"네가 정녕 윤성인 것이냐?"

"그럼 제가 아니면 누구겠습니까?"

"그 말대답하는 걸 보니 내 딸이 맞는 것 같구나."

허임은 그제야 딸을 보고 주름진 미소를 지었다. 수년이 지나도록 산허리의 초가를 홀로 지켜 온 아비의 얼굴에도 깊게 고랑이 파이고 희끗한 머리는 어느새 하얀 눈밭이 되어 있었다. 두 사람 사이에는 구년이라는 시간이 싹둑 잘려나간 것처럼 사라져 있었다.

봉림대군이 도성에 도착한 다음날, 세자의 발인이 행해졌다. 장례절차가 끝나자 민감한 사안들이 부각되기 시작했다. 인조는 소현세자의 아들에게 왕위를 물려주지 않겠다는 의중을 가지고 있었다. 신하들이 원손을 세손으로 정하라는 상소를 수차례 올렸지만 이 또한 무시했다. 상황이 이러하니 봉림대군은 어린 조카들을 내몰고 왕위를 물려받게 될 상황에 처하고 말았다. 이는 진정으로 대군이 원하던 상황이 아니었다.

세자의 아들인 원손이 당연하게 왕위를 물려받아야 될 상황에 인조가 딴마음을 가지니 그사이에서 대군의 입장이 난처하게 된 것이다. 대군은 조카의 왕위를 빼앗고 싶은 마음을 가진 적이 없었다. 왕위란 언제나 세자인 형님의 자리였고 그 자리를 보좌하는 것이 자신의 업이라 여겼기에. 세자가 돌아가셨다 하나 그 마음은 변하지 않았으니 대군에게 세자의 자리는 감히 넘볼 수 없는 것이었다. 신하들과 인조의 뜻이 달라 어수선한 이때 대군은 스스로 자신이 뜻을 밝히기 위해 인조가 머물고 있는 내전으로 향했다.

아비와 아들이었지만 동시에 왕과 후계자였다. 왕위를 물려줘야 하는 입장과 받아들이지 못하는 이의 뜻이 상충하여 그 만남이 여느 때처럼 화기애애하지는 못했다.

"저를 세자로 삼으시겠다는 뜻을 거두어 주십시오. 형님의 아들인 석철을 세손으로 삼는 것이 마땅합니다."

"장손을 세자로 삼는 것이 원칙이나 국가의 중대사를 하나의 뜻으로 세울 수 없다. 대를 이어 온 임금들이 모두 장자가 아닌 것이 그러하다. 내 몸이 늙고 병들어 그 끝을 알 수 없는 시기에 대군은 어찌 어린 조카에게 모든 짐을 지우려 하는 것이냐!"

인조는 눈물로 호소하는 대군의 의견을 일언지하에 맞받아쳤다.

"제가 마음을 다하여 원손을 보필하겠나이다."

"어찌 형에 대한 우애만 중하고 국사는 중하게 생각하지 않는 것이냐. 너는 장차 나라를 이끌 세자가 될 것이니 그 마음가짐부터 고치도록 하거라."

아들을 꾸짖는 인조의 언성은 강경했다. 그의 의중에는 소현세자에 대한 의심이 아직 남아있었으며 빈궁에 대한 불신도 원손을 믿지 못하는 이유 중 하나였다. 그런 인조의 마음을 알 리 없는 대군은 여러 차례 세자의 자리를 사양했지만 인조는 대군의 뜻을 받아들이지 않았다.

세자의 갑작스러운 죽음으로 왕위는 엉뚱하게 대군의 차지가 되었다. 왕손임에도 왕위에 오르지 못한 이는 그 존재만으로도 위협이 된다. 대군이 다음 후계자로 정해지자 인조는 그 후환을 제거하기로 마음먹었다. 소현세자의 아들들은 아직 어린아이에 불과했지만 그 아이들은 장차 봉림대군이 왕위를 물려받았을 경우 위협적인 요소가 될 것이 분명하니.

대군이 세자로 결정된 후 얼마 지나지 않아 왕의 수라에 독이 들어간 사건이 발생했다. 그리고 이 사건의 배후에 빈궁인 강빈이 관련되어 있는 것으로 밝혀졌다. 강빈은 궁에서 쫓겨나 사사되었고 소현세자의 아들들은 유배형에 처해졌다. 험한 유배 생활에 첫째와 둘째는 제주에서 죽고 막내만 살아 경상도로 유배지를 옮겨 살게 되었다. 소현세자의 아들들은 그 나이가 어렸음에도 할아버지인 인조에 의해 어미는 죽임을 당하고 목숨마저 잃었다. 왕권을 가질 수 없는 왕손의 비참한 최후였다.

조정에 피바람이 부는 사이 도성에서 멀리 떨어진 강도에는 예전과 다름없이 무던한 일상이 이어졌다. 윤성이 어린 시절을 보냈던 초가 또한 변한 것이 없었다. 단지 흙벽이 낡고 금이 갔을 뿐. 윤성은 예전처럼 작은 부엌에서 밥을 짓고 아비를 도왔다. 아비의 다친 허리는 나아진 지 오래였지만 기력이 예전 같지 않았다. 이제 허임은 초가로 찾아오는 이들의 병만 치료해주고 있었다. 아픈 이가 있는 곳이라면 산길도 마다하지 않았던 아비였지만 그런 기세는 더 이상 찾아볼 수 없었다. 병자를 치료하는 일은 예전보다 줄었지만 곳간은 비어있지 않았다. 그간 초가의 살림살이가 각박하지 않아 보여 윤성은 내심 마음이 놓였다. 그녀가 없는 사이에도 아비가 별 탈 없이 지내온 것 같아서.

강도에 온 이후 처음 며칠은 하루하루가 꿈처럼 낯설었다. 밤새 긴 꿈을 꾸면서 간혹 량량의 이름을 부르곤 했다. 수천 리 떨어진 곳에서 생사를 넘나들며 버틴 시간을 단번에 떨쳐버릴 수는 없었다. 꿈에서 깨어보면 어느 때는 식은땀으로 온몸이 흠뻑 젖어 있었다. 그럴 때마다 윤성은 저도 모르게 자신의 목에 난 상처를 손으로 만져 보았다. 상처는 아물었지만 그 흉터는 남아있었다. 노예였던 과거를 기억하게 하는 낙인처럼.

달이 차올랐다 가늘어지는 사이 초가에서 보내는 밤도 어느새 익숙해졌다. 잘려나간 시간을 모두 되돌릴 수는 없었지만 다시 아비와 함께하게 된 시간들로 그 낯선 어색함이 메워졌다.

찾아오는 이 없는 한적한 오후, 툇마루에 앉아 약재를 정성스럽게 싸던 허임은 고이 엮은 약첩들을 윤성에게 내밀었다.

"아랫마을 최 노인 댁에 가져다주고 오너라."

아비의 말대로 윤성은 오랜만에 산을 내려가 아랫마을을 찾았다. 어린 시절 종종 심부름으로 찾아갔던 적이 있었기에 기억을 더듬어 작은 초가를 찾았다. 서너 채씩 모여 있는 집들 사이를 지나 최 노인의 집 앞에 다다르자 길가에서 열 살 남짓한 사내아이들이 나뭇가지를 들고 저희들끼리 전쟁놀이를 하고 있었다. 전쟁놀이에 빠져있던 아이들 중 한 명이 윤성을 알아보더니 다른 아이들과 무언가를 수근 거렸다. 그렇게 저희들끼리 작당을 한 아이들은 저마다 작은 돌멩이를 손에 쥐었다. 그리고는 윤성에게 다가와 대뜸 쥐고 있던 돌을 던졌다.

"이 환향녀야, 저리 꺼지지 못해!"

한 명이 먼저 선수를 치니 다른 아이들도 질세라 작은 돌들을 집어 던지기 시작했다. 그중 단단한 돌 하나가 윤성의 이마에 맞았다. 살갗이 찢어지고 피가 흘렀다. 영문도 알지 못한 채 아이들에게 돌팔매질을 당한 윤성은 당혹스러움에 화도 낼 수 없었다.

"예끼, 이놈들. 당장 그만두지 못해!"

어수선한 상황에 최 노인이 집 밖으로 나와 지팡이를 휘두르며 사내아이들을 내쫓았다. 아이들은 노인의 지팡이에 맞을까 재빠르게 도망쳤다.

"저 조그만 것들이 아무것도 모르고 지껄인 것이니 마음에 담아 두지 말아라."

최 노인이 안쓰러운 표정을 지으며 윤성을 다독였다. 이마에 흐르는 피는 우물물로 닦아 내었으나 아이들이 윤성을 향해 소리친 말은 귓가를 떠나지 않았다.

'환향녀.'

고향으로 돌아온 여인이라는 말일 뿐인데 그 어감이 너무나 모욕적이었다. 욕지거리를 한바탕 들은 것보다 더 기분 나쁜 말이었다.

"네가 돌아오기 전에 청나라 관리의 첩이 되었다는 소문이 파다하게 퍼졌지 뭐냐."

"첩이라고요?"

"관아에서 너희 집에 곡식과 땔감을 하루가 멀다 하고 가져다주니 먹을 것이 없어 배곯는 사람들이 아니꼽게 보고 그리 말을 퍼뜨렸지 뭐냐. 허 의원께서는 그 곡식과 땔감을 양식이 떨어진 병자들에게 나누어 주었지만 사람들이 사정을 잘 알지 못하니 그런 소문이 퍼진 것이야.”

최 노인의 말을 듣고 윤성은 의문이 생겼다. 도대체 왜 관아에서 아비에게 도움을 준 것인지. 대부분의 백성이 굶주리고 헐벗어 청에 보낼 세폐조차 제대로 마련하지 못했던 조선 아닌가? 어찌 양식이 남아 시골에 사는 의원에게까지 곡식을 주었겠는가? 계속된 흉년과 우역으로 사람과 소가 죽어 나가고 살아남은 이들은 풀뿌리를 캐어 먹으며 겨우 목숨을 유지해 나가는 지경이었을 텐데 말이다.

초가로 돌아온 윤성은 아비에게 마을에서 겪은 일들을 말하고는 자신이 알고 싶은 사실을 물었다.

“누가 곳간의 곡식을 가져다준 것입니까?”

“글쎄, 그건 나도 잘 모르겠구나. 짐작건대 편지를 전해준 이가 아닐까 싶다.”

“편지요?”

윤성의 물음에 허임은 말없이 반닫이에서 서찰하나를 꺼내 윤성에게 건네주었다. 아비가 준 편지를 받아 펼치니 낯익은 글이 눈에 들어왔다. 그 편지는 윤성이 쓴 것이었다. 심양에서 처음으로 아비에게 쓴 편지였다. 그 편지를 잃어버린 후 한동안 편지의 행방을 알 수 없었는데 그 편지가 고스란히 초가에 보관되어 있으니 그 황당함에 윤성은 어안이 벙벙했다.

“너를 아는 이가 이곳까지 그 편지를 보낸 준 것이 아니냐? 편지를 가지고 온 병졸이 그러더구나. 청의 높은 관리가 명을 내려 가지고 온 것이라고.”

윤성의 침소에 두었던 편지가 어쩌다 이 강도까지 전해지게 된 것일까? 그 일을 할 수 있는 사람은 단 한 명뿐이다. 도르곤. 그녀의 주인이자 그녀가 돌봐야 했던 유일한 병자. 윤성이 돌아가겠다고 했을 때 그는 분노하고 원망했다. 그저 자신의 것을 잃은 상실감 때문이라 여겼다. 그녀는 물건처럼 사고파는 노예였으니까. 어째서 도르곤은 그녀의 편지를 이곳까지 보내준 것일까? 아비를 걱정하는 그녀의 마음을 헤아려서? 아니면 딸을 잃고 시름에 빠진 아비의 걱정을 덜어주기 위해서? 어떤 이유에서든 그 헤아림이 고마워 윤성은 저도 모르게 눈가에 물기가 고였다. 눈물이 빗방울처럼 누렇게 바랜 종이위로 뚝뚝 떨어지자 가지런했던 글씨가 지저분하게 번졌다. 눈물에 젖은 편지는 금세 글씨를 알아볼 수 없게 되었다.

떠올리고 싶지 않은 기억이라고 여겼다. 포로가 되어 노예로 살았던 시간들이 즐거운 추억이 될 수는 없으니. 그러나 그렇지 않았다. 량량과 함께 보낸 왕부에서의 생활이 그리웠고 밤마다 정성스럽게 탕약을 끓이며 도르곤을 마주했던 순간들도 정겨웠다. 모든 순간이 좋지는 않았지만 고통스럽기만 한 것은 아니었다. 새로운 의술을 접하고 전쟁터를 경험했던 그 시간들은 윤성을 커나가게 해준 자양분이었다. 그 긴 세월의 중심에는 언제나 도르곤이 있었다. 두렵고 먼 존재이자 안쓰러운 이. 그래서 더 알 수 없는 사람이다.

마당 한가운데 서서 어두워진 하늘을 바라보니 둥그런 보름달이 휘영청 떠 있다. 그 달은 손을 뻗어도 닿을 수 없는 먼 곳에 있었다. 너무나 멀어 다른 세상에 존재하는 것처럼. 왕부는 이제 닿을 수 없는 세상이 되었다. 그리고 도르곤은 밤하늘의 달처럼 먼 존재였다. 곁을 지킬 수도 만질 수도 없는.

윤성이 돌아오고 두 해가 지났을 무렵 마음의 한이 모두 풀려서인지 허임은 자리를 보전하다 다시 일어나지 못했다. 그의 나이 또한 인생을 마무리하기에 이르지 않았다. 며칠 곡기를 받아들이지 못하고 긴 꿈을 꾸던 허임은 조용히 숨을 거두었다. 숨을 거두기 전 마지막으로 허임은 윤성의 손을 꼭 쥐며 당부의 말을 남겼다.

"세상이 어지러워 길을 보이지 않을 땐 누구의 눈치도 보지 말고 네가 가고자 하는 길을 가거라. 길을 찾다 보면 어디에서든 살아날 방도가 보일 테니."

윤성은 아비의 죽음을 지켜보며 그가 남긴 마지막 말을 가슴에 새겼다.

인조 28년(1649년) 오월, 봉림대군이 새로운 왕으로 즉위했다. 전쟁의 시기가 지나고 새로운 임금이 탄생한 것이다. 대군에서 세자로 그리고 임금으로 생각지도 못한 신분의 변화였다. 대군이 효종이 되기까지의 시간은 참으로 질곡이 많은 시간이었다. 포로들과 함께 볼모로 끌려가 긴 시간을 청에서 보냈으며 형의 갑작스러운 죽음으로 원하지도 않던 세자가 되었다. 그리고 그 과정에서 소현세자의 부인과 자식들이 죽었으니 그 아픔 또한 작지 않았다. 그 모든 시련을 겪고 임금의 자리에 올랐으니 효종의 포부는 그 어떤 임금보다 컸다. 죽은 형님과 조카를 대신해서 조선을 반석 위에 올려놓지 못한다면 그가 왕위를 물려받은 의미가 없다고 여겼다. 즉위식을 치르고 새 임금이 된 효종은 제일 먼저 친청파인 김자점을 파직시켰다. 또한 관직에서 물러나 있는 학자들을 불러 모아 자신과 신하들의 학풍을 바로 세우고 백성들의 고통을 덜어주기 위해서 대동법을 실시했다.

나라의 내치를 바로 세우기 위해 노력하던 효종이 가장 심혈을 기울인 부분은 조선군의 기량을 높이는 일이었다. 온 백성을 도탄에 빠트린 호란을 두 번이나 겪고도 조선군의 실상은 전혀 나아진 것이 없었다. 청군이 조선의 군대에 관하여 언제나 감시와 압박을 가하기도 했지만 조선의 관리들은 무예에 대한 지식도 군대를 발전시키려는 의지 또한 없었다. 문인이 군대의 윗자리를 차지하고 있으니 군의 기강이 바로 서지 않았으며 군령 또한 엉망이었다. 조선군은 그저 이름뿐인 군대였다.

효종은 이런 조선군의 실상을 알고 먼저 그 기강을 바로잡고자 했다. 군령을 세우고 지키지 않는 자는 엄벌에 처했다. 그리고 청의 감시를 피해 능 행차 때마다 군대를 이끌고 가 훈련을 하곤 했다. 각 도별로 무예가 뛰어난 이들을 선발하여 친군을 만드니 이들을 어영군이라 칭했다. 효종은 이 군대를 함경도와 평안도를 제외한 각도에 배치했으며 도별로 군 장비를 점검해 상태가 나쁜 도의 관리는 파직시켰다. 효종이 무인에게 관심을 보이고 조직을 정비하며 새로운 무인들을 대거 등용하니 문인들의 불만이 커져 갔다. 전국 각지의 유생과 선비들은 무풍이 드세 지면 나라에 변고가 일어날 것이라며 매일 상소를 올렸다. 쏟아지는 상소에 효종은 점점 지쳐갔고 특히 친청파인 김자점을 파직시킨 일은 효종을 위협하는 불씨가 되었다.

조선에 새로운 왕이 등극하고 변화의 조짐을 보이자 청은 즉시 사신을 파견했다. 사신은 김자점을 파직시킨 문제와 조선이 청에게 고하지도 않고 성곽을 수리하고 증축한 점을 질책했다. 성곽과 방어시설을 새로이 개수하지 않는다는 조건은 병자호란 때 항복조건으로 청이 조선에 요구한 사항이었다. 조선은 청의 허가 없이는 무너진 성조차 보수할 수 없었다. 조선에 당도한 청의 사신들은 황제의 칙서를 내보이며 당당히 조선의 죄를 물었다.

"성을 증축하고 군사훈련을 하려는 의도가 무엇이오? 이는 모두 나라를 어지럽히는 일이니 이를 주장한 신하가 있다면 반드시 죄를 물어야 할 것입니다."

"어찌 모두 신하들의 탓이라고만 할 수 있겠소."

사신의 무례한 언행에 보다 못한 효종이 신하들을 두둔했다.

"그럼 이 일을 어찌 처리할 것이오? 왕이 이 죄를 묻지 않는다면 우리가 처리하겠소! 황제의 지시를 받고 조사한 이상 죄를 지은 자는 모두 사형에 처해야 할 것입니다!"

효종이 신하들을 감싸려 하자 청의 사신이 대뜸 으름장을 놓았다. 사신의 말대로 한다면 영의정을 사형에 처해야 할 상황이었다. 효종은 차마 영의정을 죽일 수 없다며 사신들을 설득했다.

"아무리 죄가 있다고는 하나 그 의도가 불순한 것이 아니니 그 형량을 낮추어 변경으로 귀양을 보내는 것이 마땅하오."

효종의 발언에 청의 사신들은 결국 영의정 이경석의 귀양을 수락했다. 그리고 이 일을 적당히 넘어가주는 조건으로 은 이 천량의 뇌물을 요구했다.

그저 나라를 위해 한 일이었을 뿐인데 아끼는 신하를 귀양 보내야 했으니 효종의 심정은 참담했다. 한 나라의 왕이었지만 대국의 사신보다 못한 위치였다. 사신들의 뒤에는 황제가 있었고 황제의 칙서에는 황제의 숙부이자 황제를 대리하는 섭정왕 도르곤의 명이 쓰여 있었다. 허락 없이 성곽을 수리한 이를 벌하라는 명은 조선의 왕에게 선전포고를 한 것과 다름없었다. 효종은 누구보다 도르곤을 잘 알고 있다. 그가 얼마나 영민하게 군대를 잘 다루며 청의 모든 권력을 독차지하고 있는지. 조선 조정 곳곳에는 도르곤에게 조선의 실정을 보고하는 간자들이 숨어 있을 것이다. 도르곤은 북경에 있었지만 누구보다 조선의 일을 잘 파악하고 있었다. 그러니 눈속임만으로는 일을 무마할 수 없었다. 효종은 안타까운 마음을 부여잡고 수족이나 다름없는 영의정 이경석을 멀리 귀양 보내야 했다.

효종의 상심은 이만저만이 아니었다. 근심이 깊어지니 수라를 들지도 못했다. 임금의 자리에 올라 뜻을 펼치기도 전에 청의 방해를 받아 아무것도 할 수 없으니. 효종은 깊은 밤이 되도록 잠을 이루지 못하고 뜬눈으로 밤을 지새웠다. 모두 잠든 새벽, 잠을 이룰 수 없는 효종은 후원으로 나가 어두컴컴한 하늘을 바라보았다. 컴컴한 하늘이 꼭 조선의 앞날처럼 어두웠다.

'허수아비 임금이 될 순 없다!'

해결되지 않는 난제들 속에서 효종이 할 수 있는 것이라고는 스스로에게 이런 다짐을 하는 것뿐이었다. 그 다짐이 이루어지는 날이 올 수 있을지 스스로도 장담할 수 없었지만.

심양에서 볼모로 지내는 시간 동안 조선으로 돌아갈 날만 손꼽아 기다렸다. 돌아가기만 한다면 조선을 위해 무슨 일이든 할 수 있을 것 같았다. 그렇지만 막상 조선이라는 큰 짐을 짊어지고 나니 도저히 앞으로 나아갈 방법이 보이지 않는다. 희망을 품고 있었을 때가 그나마 나았다. 언젠가 군사력을 키워 북을 정벌하리라고. 그런 소망이 있었기에 어떤 굴욕도 참을 수 있었다. 답답한 현실에 효종은 옛 추억을 떠올렸다. 겁 없이 포부를 품었던 그 시절들을. 옛 시간들을 반추하다 보니 그 시간들을 함께한 사람이 떠올랐다. 대군 시절 효종은 윤성의 모습에 위로를 받곤 했다. 윤성은 노예였지만 당당하고 비굴하지 않았다. 윤성과의 일을 떠올리니 어느새 효종의 얼굴에 저절로 희미한 미소가 번졌다. 둘이 함께 심양의 저자를 거닐던 때가 꿈처럼 느껴져서. 철부지였지만 두려움이 없었던 그때가 그리웠다.

아비가 떠난 후 윤성은 홀로 초가를 지켰다. 아비의 죽음으로 그녀가 조선으로 돌아와야 했던 이유는 사라졌다. 이제 강도뿐만 아니라 조선 어디에도 그녀의 마음을 붙잡는 곳은 없었다. 허나 강도를 떠날 이유도 없었다. 어디를 가도 조선의 사정은 매한가지였으니. 마을에 사는 이들 중 일부는 윤성을 환향녀라 욕하며 괴롭혔고 그녀와 아비의 덕을 보고 살아온 누군가는 그녀를 살갑게 대했다. 윤성은 자신에게 욕을 하는 이들을 탓하고 싶지 않았다. 그들이 그렇게밖에 할 수 없는 이유를 알고 있기에. 무능한 왕과 관리들은 백성을 구하지 못했고 수많은 이들을 포로로 내어주었다. 그사이에 누군가는 부모형제를 또 누군가는 자식을 잃었다. 누가 그들의 한을 달래줄 것이며 그 고통을 이해해 줄 것인가? 이런 상황을 알기에 욕을 하는 이들조차 애처로워 보였다. 그 악다구니의 근원이 안쓰러워.

허임이 죽고 나니 초가를 찾아오는 병자는 더 드물어졌다. 초가는 이제 의원이 머무는 집이 아니라 환향녀가 사는 집으로 불렸다. 산등성이를 지나치는 바람만이 초가를 찾아왔다. 초가는 작은 암자처럼 고요했다. 윤성은 여느 때와 같이 홀로 약초를 다듬으며 초가를 지키고 있었다. 찾아오는 이 없이 고요한 초가에 어느 날 난데없이 군졸들이 들이닥쳤다. 초가에 들어선 금군들은 다짜고짜 윤성을 찾았다.

"이곳에 허윤성이라는 의원이 계시오?"

금군들의 등장에 놀란 윤성은 마음을 가다듬으며 차분히 그들이 초가로 찾아온 이유를 물었다.

"제가 허윤성입니다. 이 산골에는 무슨 연유로 찾아오셨습니까?"

"왕후마마께서 허윤성이라는 의원을 뵙고자 하오."

"왕후마마께서요?"

윤성이 금군의 말을 믿지 않자 금군이 서찰을 내보였다. 서찰에는 강도에 살고 있는 허윤성이라는 의원을 궁궐로 데려오라는 내용이 쓰여 있었다.

"지금 당장 짐을 챙겨 도성으로 가야 하오. 서두르시오."

윤성은 금군의 재촉에 고심할 사이도 없이 초가를 떠나야 했다.

강도로 돌아온 지 몇 년 만에 윤성은 다시 염하를 건넜다. 포로로 잡혀 도성으로 향했던 그때와 지금은 사정이 달라졌지만 그때처럼 윤성은 자신의 앞날이 어떻게 변할지 알 수 없었다. 도성에 도착하자마자 금군이 윤성을 이끌고 간 곳은 궁궐이었다. 어디로 향하는 것인지 알지 못한 채 그저 이끄는 대로 궁에 들어가니 당도한 곳은 왕후의 처소였다. 왜, 무엇 때문에 자신이 불려왔는지 알고 싶은 것이 너무 많았으나 누구도 윤성에게 언질을 해주지 않았다. 입을 굳게 다물고 있는 궁인들이 윤성을 왕후의 처소로 안내했다. 왕후의 처소는 화려하지 않았고 오히려 단출한 모양새였다. 그 검소함이 윤성의 마음을 차분하게 만들었다.

인선왕후는 단정한 모습으로 윤성을 맞았다. 왕후 앞에 선 윤성은 머리를 조아려 예를 올렸다.

"네가 윤성이구나."

어감과 표정에서 왕후의 인품이 고스란히 드러나 보였다. 왕후의 강인한 눈매는 아랫사람을 긴장시켰지만 그 말투에는 부드러움이 묻어 있었다.

"왕후마마를 뵈옵니다. 저 같은 이름 없는 백성을 이렇게 불러주시니 몸 둘 바를 모르겠습니다."

"이름 없는 백성이라니? 내가 자네의 이름을 수도 없이 들었건만."

인선왕후의 농에 윤성은 의아하여 저도 모르게 고개를 들고 말았다.

"저를 어찌 아십니까?"

"그야 전하께서 그 이름을 달고 사시니 자주 들을 수밖에요. 요즘 들어 부쩍 자네 이름을 많이 거론하시지요."

왕후의 말에 윤성은 옛 기억들을 떠올렸다. 대군이었던 효종의 과거를. 아직까지 윤성에게 효종은 대군으로 남아있었다. 허나 이제 두 사람은 서로를 마주 볼 수도 함부로 말을 섞을 수도 없는 처지였다.

"요 근래 전하께서 근심이 많으십니다. 아끼는 신하를 잃고 상심이 크신지 수라도 잘 드시지 못하고 잠도 이루지 못하십니다. 어의가 극진히 돌보고 있으나 차도가 없어 방법을 찾던 중 허 의원을 부른 것이오."

인선왕후가 차근차근 윤성을 부른 이유를 말해 주었다.

"궁궐 안에는 저보다 뛰어난 의원이 있을 텐데 어찌 감히 저의 의술로 전하를 대할 수 있겠습니까?"

"아니오. 허의원만이 전하의 심기를 돌볼 수 있어요. 전하께서는 지금 의원이 아니라 벗이 필요하니."

그 말은 이 궁궐 안에서 효종의 마음을 헤아려줄 이가 하나도 없다는 뜻이었다. 인선왕후의 말에 윤성은 더 이상 자신의 소임을 거부할 수 없었다.

"나는 전하의 뜻을 지지합니다. 모든 국력을 모아 조선을 강하게 만들겠다는 그 의지를. 그래서 궁궐의 모든 허례허식을 없애고 근검절약을 하는 것이지요. 허나 아직 전하의 뜻을 따르지 않고 청의 허수아비로 호의호식하려는 이들이 조정에 넘쳐납니다. 믿을 수 있는 신하가 적고 마음을 나눌 이가 없으니 전하의 심기가 어지러운 것입니다. 그러니 전하의 무거운 마음을 다시 살아나게 해주시오."

윤성은 왕후의 간곡한 청을 받아들일 수밖에 없었다. 이 넓디넓은 궁궐 안에서 대군은 자신의 뜻을 세우기 위해 홀로 안간힘을 쓰고 있었다. 그 마음이 얼마나 아프고 쓸쓸할지 윤성은 짐작할 수 있었다. 도르곤이 그랬던 것처럼. 처한 상황은 달랐지만 그 마음은 다르지 않았다. 두 사람은 다르면서도 너무 닮아있었다.

수척한 얼굴과 차분한 어조. 그러나 분노가 서려 있는 매서운 눈빛. 윤성이 마주한 효종은 그녀가 알고 있던 대군이 아니었다. 의지가 충만하고 거침없었던 모습은 이제 사라지고 무언가에 짓눌린 울분이 그의 언성에 녹아있었다. 신분이 사람을 바꿔놓았기에 그렇게 변한 것만은 아닐 것이다. 그가 짊어지고 있는 부담감이 그만큼 크다는 반증이리라.

효종과 윤성, 두 사람이 마주했다. 힘겨운 시간들을 함께 이겨낸 벗으로.

"오랜만이구나."

효종의 입가에 저절로 미소가 번졌다. 자신을 온전히 이해해줄 사람을 만난 안도감에.

눈앞에 앉아있는 이는 무언가를 바라고 찾아온 이가 아니었다. 그녀의 걱정스러운 눈빛이 모든 걸 말해주었다. 몇 마디 말을 나누지 않아도 서로의 마음을 헤아릴 수 있었다.

윤성은 효종을 진맥하고 몇 군데 침을 놓았다. 그의 심신을 안정시키기 위해. 효종의 마음을 굳건히 세우기 위해서는 여러 날이 필요했다. 단순히 탕약과 침을 놓는 일이라면 윤성보다 뛰어나 어의가 나았다. 다만 윤성은 어의가 할 수 없는 것을 할 수 있었다. 그것은 오랜 세월 서로를 지켜봐 온 이만이 할 수 있는 것들이었다. 과거를 추억하고 나눌 수 있는 것. 살아온 시간이 결코 헛되지 않았다는 믿음. 그것이 효종에게 가장 필요한 의술이었다.

한고비를 넘기고 효종은 예전처럼 기력을 회복해 갔다. 상황이 여의치 않았지만 그래도 조선의 앞날을 위해 하루도 허투루 보낼 수 없었기에. 그가 해결해야 할 문제는 산적해 있었다. 친청파 문인들의 밀고로 영의정을 귀양보내야 하는 아픔을 겪었지만 그럼에도 효종은 조선군을 포기할 수 없었다. 모자란 병력을 더 모아 군령을 세우는 일은 지체할 수 없는 일이었다. 하루빨리 청의 속박에서 벗어나기 위해서라도.

해결해야 할 난제들이 산적해 있었지만 청의 사신들이 다시 효종의 발목을 잡았다. 원기를 회복하는 듯했던 효종의 안색이 다시 수척해졌다. 근심으로 말수가 줄어들 정도로. 이를 보다 못한 윤성이 효종을 시료하다 손을 멈추고 당부의 말을 고했다.

"전하의 심중에 무거운 돌덩이가 있으니 아무리 용한 침술과 신묘한 약제로도 기력을 회복시킬 수 없습니다. 우선 그 돌덩어리를 털어 내십시오."

"이제는 네가 내 마음속을 들여다보는구나."

"소인이 아니어도 누구나 전하의 근심이 깊다는 것을 알고 있습니다."

"그렇게 티가 났더냐?"

효종이 힘없이 미소를 지으며 말문을 열었다.

"사신이 가져온 칙서에 절대로 따르고 싶지 않은 명이 쓰여 있었다."

"어떤 명이 쓰여 있기에 그리 힘들어하십니까."

"왕족이나 대신들의 딸을 청으로 보내라 한다."

효종은 깊은 한숨과 함께 칙서의 내용을 말했다. 칙서에는 섭정왕과의 혼인을 위해 왕의 누나나 딸 혹은 대신의 딸 가운데 행실이 고운 처녀를 보내라는 명이 쓰여 있었다.

윤성은 칙서의 내용을 듣고 무심한 표정을 지을 수 없었다. 자신과 상관없는 일이었음에도 손이 떨리고 가슴이 아렸다.

"호란 이후 끌려갔던 백성들 중 몇몇을 겨우 다시 데리고 돌아왔건만 또다시 왕족의 여인을 바치라 하니 어찌 내가 그 명을 따를 수 있단 말이냐."

"청나라가 혼맹을 하자는 것은 동맹을 맺겠다는 약속입니다. 전하께서도 보시지 않으셨습니까? 황제 스스로 몽골부족의 여인들과 혼인하여 단단한 결속을 유지하는 것을."

"내가 어찌 그것을 모르겠느냐. 지난번 김자점을 파직하고 성곽을 수리한 일로 청나라가 조선을 의심하여 더 확실한 동맹을 맺고자 하는 것을. 문제는 누구의 딸을 보내야 하는 가이다. 옹주들은 아직 어려 혼인할 나이가 되지 않았고 돌아가신 형님의 딸을 차마 보낼 수도 없다. 그렇다고 대신들에게 딸을 바치라 할 수도 없으니…."

효종의 근심은 끝이 없었다. 임금인 자신도 먼 타국으로 딸을 보내고 싶지 않은데 누구에게 그 책임을 전가할 수 있겠는가?

여러 차례 사신의 재촉에도 효종은 즉답을 하지 못하고 시간만 끌었다. 결국 왕실과 대신들이 대책을 논의하여 종친 금림군 이개윤의 딸을 보내기로 하였다. 효종은 이개윤의 딸인 이애숙을 양녀로 삼아 의순공주라 명했다. 종친의 딸이었으나 효종의 양녀가 되었으니 공주라는 칭호를 받게 된 것이다. 공주를 보내기로 답을 보내자 청의 사신은 또 다른 요구를 내밀었다. 효종의 아들인 대군으로 하여금 그 호위를 맡게 하라는 것이다. 이는 왕자를 볼모로 보내라는 말과 다름없었다. 이번만은 물러설 수 없었던 효종은 의순공주의 행차에 시녀 16명과 여의, 침모 등을 동행하게 하여 공주의 예로 보내겠다고 답했다.

　도성 안에 머물며 효종의 침의로 궁궐을 드나들던 윤성은 조정에 퍼진 소문을 누구보다 빨리 듣게 되었다. 의순공주의 호종인*들을 모으고 있다는 소식이 그녀의 귀에도 들어온 것이다. 이 일을 듣자마자 윤성은 주저하지 않고 효종에게 자신의 뜻을 밝혔다.

　"의순공주의 행차에 여의가 동행한다고 들었습니다. 제가 호종인이 되어 의순공주를 모시겠습니다."

　전혀 예상치 못한 윤성의 말에 효종은 말문이 막혀 한동안 자신 앞에 앉아있는 윤성을 뚫어지게 바라보았다.

　"지금 네가 한 말이 정녕 진심인 것이냐?"

　"진심이옵니다. 호종인으로 제가 가고자 하옵니다."

　"내가 너를 어떻게 조선으로 데려왔는지 잊은 것이냐? 섭정왕의 뜻을 거역하고 태후를 이용해 너를 면천시켜주지 않았느냐! 그로 인해 섭정왕의 노여움을 사게 되었지만 난 그 일을 한 번도 후회한 적이 없다. 내 백성을 내가 구할 수 있었으니까. 그런데 네가 어찌 그런 말을 할 수 있는 것이냐."

　효종은 의아함을 넘어서 배신감을 느꼈다. 자신이 아끼고 마음을 준 사람이었기에 그 배신감은 더욱 컸다. 조선으로 돌아와 원하지 않던 세자가 되었고 임금의 자리에 올랐다. 만약 세자의 자리에 오르지 않았다면 윤성을 더 빨리 만날 수도 있었을 것이다. 허나 그는 조선이라는 막중한 짐을 짊어져야 했으며 섣불리 자신의 마음을 돌아볼 수 없었다. 지난 오 년은 인고의 시간이었다. 스스로의 자리에서 버티기 위해. 이제 겨우 마음을 나눌 수 있는 이를 지척에 둘

●　보호하며 따라가는 사람.

수 있다고 안심한 순간 그가 원래 있던 자리로 돌아가려 하니 그 분노가 쉽게 가라앉지 않았다.

"지켜야 할 약속이 있습니다."

효종이 울분을 토하는 와중에도 윤성의 표정에는 변화가 없었다. 효종의 분노는 이미 예상한 바였다. 효종이 자신에게 베푼 은혜로 다시 아비를 만날 수 있었으니 그 고마움은 평생을 갚아도 모자란다. 자신이 할 수 있는 것이 의술로 임금의 곁을 지키는 것임을 누구보다 잘 알고 있었다. 그래야 한다는 것도. 허나 마음이 동하지 않았다. 칙서의 내용을 들은 순간 윤성은 청나라로 돌아가고 싶다는 마음이 불쑥 생겨 버렸다. 자신도 모르게 그 마음이 점점 커지더니 어느 순간 이미 확고한 결심이 되어 있었다. 눈을 감는 순간 아비가 한 말이 떠올랐다. 가고자 하는 길을 가라고 한 아비의 말이 끊임없이 윤성의 머릿속을 떠돌았다. 조선에서 그녀를 붙잡는 것이라고는 효종에 대한 고마움뿐이었다. 그 외에 그녀가 마음 둘 곳은 어디에도 없었다. 오랫동안 살아왔던 고향에서 그녀는 환향녀로 천대를 받았으며 여의로 자신의 뜻을 펼치기도 어려웠다. 그럴 때마다 생각나는 것은 섭정왕부에서 수없이 반복해서 읽었던 양인들의 의서였다. 조선의 그 어떤 의서도 그만큼 그녀의 흥미를 끌지 못했다. 새로운 의술, 새로운 학문에 대한 갈증이 윤성을 더 답답하게 만들었다. 하지만 그 답답함 때문에 호종인이 되겠다고 결심한 것은 아니었다. 그보다 그녀를 더욱 옥죄어 온 것은 죄책감이었다. 스스로 약속을 저버린 배신자라는 낙인이 그녀의 심중에 꽈리를 틀고 있었다. 새벽녘, 때때로 윤성은 불현듯 잠에서 깨어 다시 잠들지 못하곤 했다. 깊은 어둠 속 어딘가에서 자신을 원망하는 도르곤의 목소리가 들리는 것 같아서.

압록강 앞에서 무릎 꿇고 했던 맹세는 진정 거짓이 아니었다. 그때만큼은 진심이었다. 두 여인의 목숨이 그의 손에 달려 있었고 군령에 따라 모두 죽임을 당하는 것이 마땅했다. 윤성의 진심이 통했던 것인지 도르곤은 스스로 군령을 어기고 질타를 받으며 윤성과 말순 모녀를 살려주었다. 그때 죽었다면 그녀는 다시 강도로 돌아갈 생각조차 하지 못했을 것이다. 목숨을 걸고 지켜주겠다고 맹세했었다. 허나 윤성은 목숨을 걸고 했던 맹세를 저버렸다. 이제 살아남아 하고자 하는 일이 있다면 그 맹세를 다시 지키는 것뿐이었다. 가고자 하는 길을 가다 보면 어둠 속에서도 스스로의 길을 찾을 수 있다는 아비의 말을 믿으며.

개
회
再
回

의순공주가 청으로 출발하는 날 효종은 서대문 밖까지 나와 떠나는 이들을 배웅했다. 나라에 의해 타국으로 가야 하는 백성들을 보는 임금의 마음은 그 어느 때보다 무거웠다. 수많은 호종인들 사이에는 효종이 차마 보내고 싶지 않은 이도 섞여 있었다. 여인이나 그 호기로운 의지와 총명함에 마음을 빼앗겼던 이였다. 함께할 수 있는 시간은 적었으나 먼 타국에서 그이가 있었기에 마음의 위안을 얻었다. 함께 조선으로 돌아가겠다는 뜻이 없었다면 그 긴 시간 동안 타국에서 어찌 마음을 다잡고 살 수 있었을지 가늠할 수 없었다.

청나라로 끌려가는 포로였으면서도 다른 백성을 살리기 위해 나섰던 그 기백이 부러웠다. 그래서 더 알고 싶고 가까워지고 싶었다. 여인이나 여인이 아니고 벗이나 벗이 아니다. 바람처럼 곁에 있다 물처럼 흘러가 버리는 자연스러운 이였다. 그래서 잊을 수 없다. 깊게 패인 상처가 아물어도 그 상흔이 사라지지 않는 것처럼 윤성은 그런 존재였다. 아무리 긴 시간이 흘러도 사라지지 않을.

수많은 이들이 생이별을 감수하고 떠나는 이들을 배웅했다. 열여섯의 나이에 부모를 떠나 먼 타국으로 시집을 가는 의순공주의 행차에 많은 백성들이 눈물을 찍어댔다. 공주의 행차에 역관과 시녀, 그리고 몸종과 의녀가 따랐다. 행렬을 따라가는 어린 시녀들이 어깨를 들썩이며 훌쩍거렸지만 윤성은 호종인들 사이에 섞여 담담히 길을 걸었다. 효종은 끝까지 윤성의 청을 들어주려 하지 않았지만 윤성이 가지 않으면 또 다른 이가 가족과 생이별을 해야 한다는 말에 그녀의 말을 들어줄 수밖에 없었다. 누군가는 가야 할 길이었다. 그 누군가가 원치 않는 길을 가야 한다면 그 또한 큰 슬픔이었다. 그 슬픔을 윤성이 대신 짊어질 수 있다면 슬픔의 크기를 조금이라도 줄일 수 있었다. 윤성이 의녀로 의순공주의 호종인이 되는 것이 가장 최선이었다.

북경으로 가는 수천 리의 길을 걸으며 윤성은 어쩔 수 없이 옛 기억을 떠올릴 수밖에 없었다. 어린 나이였다. 아비의 품에서 천방지축으로 살았던 윤성에게 원행은 그녀가 처음으로 마주한 고난이었다. 춥고 배고팠으며 죽는 것보다 살아남는 것이 더 힘들었다. 그럼에도 포기하지 않았다. 돌아갈 수 있다고 믿었다. 어찌 그런 순진한 믿음을 가졌던 것인지 지금 돌이켜보면 어이가 없을 정도다. 행렬 맨 앞에 공주를 싣고 가는 가마가 보였다. 흔들리는 가마에 앉아 청국으로 끌려가는 의순공주의 심정이 얼마나 불안하고 괴로울지 윤성은 짐작이 가고도 남았다.

도성을 벗어나 반나절을 가니 해가 저물었다. 사위가 어두워져 더 이상 길을 나아가지 못하고 호종행렬이 멈추었다. 호종인들은 근처 인가에 부탁하여 잠자리를 정했다.

사람들이 모두 잠든 깊은 밤, 공주의 몸종이 느닷없이 윤성이 머물고 있는 여염집을 찾아왔다.

"공주님이 몸이 아파 잠을 청하지 못하십니다. 어서 공주님께 가주십시오."

걱정스러운 얼굴로 찾아온 몸종이 윤성을 재촉했다. 설핏 잠이 들었던 윤성은 서둘러 자리에서 일어나야 했다. 한달음에 공주의 처소에 도달하니 의순공주가 창백한 얼굴에 식은땀을 흘리고 있었다.

"저녁도 밤톨만큼 밖에 드시지 않았는데 벌써 몇 번이나 구역질을 하십니다."

윤성이 공주의 맥을 짚는 사이 몸종이 그간 있었던 병증을 읊어 댔다.

"오심°이십니다. 만들어 온 환약이 있으니 드시고 나면 가슴이 편해지실 것입니다."

미리 준비해둔 환약을 가져와 공주에게 먹이고 침을 놓으니 공주의 숨결이 한결 차분해졌다. 몸종의 부축을 받으며 공주가 자리에 누웠다.

"불편한 것이 있으시면 다시 저를 부르십시오."

윤성은 공주에게 이불을 덮어주고 몸을 일으켰다. 윤성이 치료를 끝내고 자리에서 일어나려 하자 의순공주가 윤성의 옷소매를 붙잡았다.

"자네는 오랫동안 청국에서 살았다지?"

"네, 그러하옵니다."

"그곳도 살만한 곳인가?"

공주의 물음은 간절했다. 흔들리는 눈동자가 갈피를 잡지 못하고 애처롭게 윤성을 바라본다. 그 불안한 마음이 고스란히 드러나도록. 의순공주의 나이는 이제 열여섯. 포로가 되어 청으로 끌려가던 윤성의 나이와 같았다. 아직 부모의 정을 받으며 번듯한 낭군을

• 메스껍고 속이 느글느글한 경우(방약합편).

꿈꾸는 꽃다운 나이다. 어린 나이에 끌려가듯 시집을 가니 그 마음이 어찌 심란하지 않을까?

"청나라도 사람이 사는 곳입니다. 정을 붙이다 보면 어울려 살게 되니 너무 근심하지 마십시오."

"그럼 섭정왕이란 이는 어떤 이인가?"

이어지는 공주의 물음에 윤성은 잠시 말문이 막혔다. 질문에 대한 답을 몰라서가 아니었다. 그 답이 너무 방대해서 하나로 집어 말할 수 없기 때문이었다.

"만나보시면 아시게 될 겁니다. 선입견을 가지지 말고 있는 그대로 받아들이십시오. 그렇게 하신다면 분명 섭정왕께서도 공주의 마음을 알아주실 것입니다."

"그럴까?"

공주의 반문에 윤성은 말없이 고개를 끄덕였다.

첫날 병치레를 한 이후 공주는 다시 아프지 않았다. 청으로 향하는 행차 또한 순조로웠다. 압록강을 건너니 얼마 지나지 않아 요서에 도달했다. 섭정왕과 그를 따르는 일행이 공주를 마중하기 위해 산해관 인근 연산으로 마중 나왔다. 공주의 원행에 동원된 인원은 고작 몇십 명 남짓이었지만 조선의 공주를 맞이하기 위해 북경에서 동원된 청인들은 육만 명에 이르렀다. 대국의 방대함에 호종인들은 기가 눌릴 수밖에 없었다.

"어서 오시오."

섭정왕 도르곤이 친히 원행 행렬을 맞이했다. 호종인들은 섭정왕의 위세에 고개를 들지 못했다. 윤성도 시선을 발끝에 둔 채 행렬 속에 섞여 있었다. 인사말이 오가고 행렬이 움직이자 그제야 윤성도 고개를 들었다. 그리고 자신도 모르게 수많은 사람들 속에서 가장 높은 곳을 찾았다. 그곳에 도르곤이 있을 테니. 여러 사람들 사이에서 그녀의 눈길이 한 사람에게 머물렀다. 손님들은 맞이하는 도르곤의 시선이 윤성을 스치듯 지나친다. 무심하게. 아무것도 보지 못한 양. 고개를 돌리며 윤성은 허망한 웃음이 새어 나왔다. 무엇을 기대한 것이냐? 어리석게도. 이미 오 년의 시간이 흘렀고 배신을 한 이는 자신이었다. 보려 하려 하지 않는 것은 당연했다.

섭정왕이 이끌고 온 이들은 일사불란하게 혼인의식을 준비했다. 화려한 혼례가 시작되었고 잔치에 참석한 이들은 술과 음식을 대접받았다. 떠들썩한 잔치가 밤늦도록 이어졌다. 손님들은 악공과 무희들의 공연을 보며 잔치를 즐겼다. 섭정왕과 의순공주의 혼례는 청과 조선의 혼맹으로 그 의미가 남달랐다. 몽골의 많은 부족들은 자신들이 나서서 청나라와 혼맹을 기꺼이 하려 했지만 조선은 언제나 이 문제에서만큼은 한 발짝 물러나 있었다. 청을 대국으로 대하며 세폐를 바치면서도 조선은 청나라와의 혼맹을 꺼렸다. 아직도 청이 오랑캐라는 인식이 남아있어서였다. 중원의 맹주이기에 그 힘에 굴복하기는 했지만 의식만큼은 아직도 저항하고 있었던 것이다. 그러니 이 혼맹은 겉으로나마 조선의 완전한 굴복을 뜻했다. 혼인으로 의순공주는 섭정왕의 정실부인 중 가장 높은 대복진이 될 것이다. 만약 섭정왕이 황제가 된다면 황후의 반열에 오를 수 있는 자리였다. 대복진의 자리는 황후가 될 수 있는 자리이니 조선으로서는 황실에 세력을 만들 수 있는 기반을 만든 것과 다름없었다. 여인을 바쳐 청과 조선이 혈맹이 되었으니 조선은 이제 진정으로 청과 한 배를 타게 되었다. 혼인 의식이 시작되자 국가의 중대사를 이룬 것처럼 청의 왕족과 관리들은 기뻐했으며 잔치는 밤이 늦도록 이어졌다.

멀리서 혼례의식을 지켜보던 윤성은 오직 한 사람만을 바라봤다. 자세히 보이지는 않았지만 그의 몸짓 하나하나가 눈에 들어왔다. 잠시 의식을 지켜보던 윤성은 그 자리를 나와 한적한 곳으로 향했다. 후원은 아름다운 곳이었다. 기암괴석 사이로 작은 정자가 보였다. 정자의 기둥들은 모두 기기묘묘한 조각으로 치장되어 있었다. 눈에 보이는 모든 것들이 화려하고 아름다웠으나 그 어느 것도 윤성의 마음을 잡아끌지는 못했다. 아름다운 꽃과 정원도 그저 먼 풍경처럼 느껴졌다. 멀리서 간드러지는 악공의 연주소리가 바람을 타고 들려왔다. 술을 마시고 떠드는 사람들의 웃음소리와 함께. 윤성은 정자의 기둥에 기대어 앉아 스르르 눈을 감았다. 먼 타국으로 다시 돌아와 무엇을 하려했는지 기억이 나지 않았다. 그저 슬프기만 했다. 슬퍼서 눈물도 나오지 않았다.

윤성은 기둥에 기대어 눈을 감았다. 그리고 꿈을 꾸었다. 강도로 돌아가 아비를 만나고 열여섯 천방지축이 되어 산을 품었다. 아비와 함께 산을 오르고 약초를 캐어 아픈 이들에게 나누어 주었다. 즐겁고 걱정이 없었다. 그런 날들이 매일매일 이어지는 꿈이었다. 꿈속에서나마 윤성은 살포시 미소를 지었다. 꿈을 꾸는 윤성의 입꼬리도 꿈속의 그녀처럼 웃고 있었다.

"고작 이런 곳에 숨어 있었느냐?"

익숙한 목소리가 그녀의 단잠을 깨웠다. 놀란 마음에 번쩍 눈을 뜨니 도르곤이 눈앞에 서 있었다. 꿈에서 깨어나지 않았다는 생각에 윤성은 몇 번이나 눈을 비볐다. 그래도 도르곤은 그녀 앞에서 사라지지 않았다. 꿈이 아니었다. 윤성은 벌떡 일어나 두려움에 뒷걸음질을 쳤다. 바라던 일이기도 했지만 두렵기도 했다.

"여기까지 와서 도망을 칠 셈이냐?"

"아닙니다."

물러서던 걸음을 멈추고 윤성은 도르곤을 마주했다.

"그렇게 매정하게 가버렸으면서 왜 다시 돌아온 것이냐?"

"해야 할 일을 모두 끝냈으니 약속을 지키기 위해 다시 온 것입니다."

"약속? 네가 헌신짝처럼 버렸던 그 약조를 말하는 것이냐?"

도르곤의 두 눈이 분노로 번득였다. 오 년의 시간이 지났지만 그 노여움과 원망은 그대로였다. 마음속에 심지처럼 박힌 그 감정들은 오히려 시간이 지날수록 더 커져 도르곤을 괴롭히고 있었다.

"다시 그 약조를 지킬 수 있게 해주십시오."

윤성이 한 발짝 다가섰다.

"감히 네가 나를 희롱하는 것이냐? 네 맘대로 버렸던 약조를 이제 와서 다시 지키겠다고!"

격분한 도르곤은 저도 모르게 두 손으로 윤성의 어깨를 힘껏 쥐었다. 윤성의 양팔을 부여잡은 힘이 쇠처럼 강하게 그녀를 움켜쥐었다. 살을 파고드는 힘에 저절로 작은 비명이 새어 나왔다. 하지만 단단히 부여잡은 그 힘을 윤성은 뿌리칠 수 없었다. 그 고통을 이겨내야 다시 약속을 지킬 수 있을 것 같아서. 오히려 자신이 한 행동에 당황한 이는 도르곤이었다. 격분을 이기지 못한 그의 얼굴이 고통으로 일그러졌다. 분노와 원망이 뒤섞인 감정으로 두 눈에 광기가 번득이고 호흡이 가빠졌다. 그 고통에 도르곤 스스로 윤성의 팔을 움켜쥐고 있던 손을 거두었다. 도르곤은 겨우 몸을 추스르고 비틀거리며 돌아섰다.

"다시 나와 마주친다면 그땐 네 목을 베어 버릴 것이다."

그가 윤성을 등지고 마지막으로 경고했다. 차갑고 서늘한 맹세였다. 원망은 광기가 되어 다시 그를 집어삼켰다. 위엄 있는 왕의 모습은 그가 쓴 가면이었다. 모든 것은 되돌아가 있었다. 복수심은 사라졌지만 그 자리를 원망이 대신하고 있었다.

도르곤의 모습이 사라지고도 윤성은 그 자리에서 움직이지 못했다. 모두 자신의 잘못 같았다. 나아진 것은 아무것도 없었다. 어쩌면 도르곤의 병세는 돌이킬 수 없을 만큼 나빠져 있을지도 몰랐다. 사수에 사로잡힌다면 온전한 정신을 지탱할 수 없을 것이다. 그가 얼마나 더 버틸 수 있을까? 윤성은 스스로도 답을 할 수 없었다.

도르곤은 그날 새벽, 급한 정무를 핑계로 북경으로 돌아가 버렸다. 온전한 정신으로 사람들을 대할 수 없으니 도망치듯 섭정왕부로 돌아간 것이다. 남겨진 의순공주는 다음 날 청인들의 비호를 받으며 북경으로 향했다.

섭정왕부에 도착한 의순공주는 새로 단장한 별원에 머물게 되었다. 윤성도 공주를 모시는 의녀로 별원의 객방에 기거하게 되었다. 왕부의 모습은 오 년 전과 달라지지 않았으나 그 화려함은 더해졌으며 드나드는 이들의 수도 많아졌다. 다른 이들과 달리 윤성은 자신이 살았던 곳으로 돌아온 것이니 섭정왕부의 규모와 화려함에 그리 놀라지 않았다. 호종인들이 왕부의 방대함 놀라 감탄을 하는 사이에도 윤성은 그저 그리운 곳에 돌아왔다는 안도감을 느꼈다.

왕부에 돌아와서 윤성이 가장 먼저 만나고 싶었던 사람은 량량이었다. 윤성은 왕부 이곳저곳을 돌아다니며 만나는 이들마다 량량의 소식을 물었다. 그러나 그 누구도 량량이 누구인지 모른다며 고개를 절레절레 흔들었다. 십 년을 넘게 왕부에서 살아왔던 이인데 누구인지 모른다고 다들 잡아떼니 윤성은 그 황망함에 기가 막혔다. 그녀의 물음에 답을 줄 수 있는 이는 오직 한 사람, 금영부인뿐이었다. 윤성은 지체 없이 금영부인의 처소를 찾아갔다.

"부인을 뵙고 싶습니다."

윤성은 여러 차례 부인의 처소로 찾아가 금영부인을 만나게 해 달라 청했지만 모두들 안 된다며 고개를 가로저었다.

몇 날 며칠을 부인의 처소 앞에서 버티다 밖으로 나오던 부인과 겨우 마주치게 되었다.

"윤성이옵니다. 부인께 묻고 싶은 것이 있어 기다리고 있었습니다."

"여전히 당돌하구나. 섭정왕을 배신하고도 이렇게 뻔뻔히 왕부로 돌아오다니."

"부인께서 저를 못마땅하게 여기셔도 어쩔 수 없습니다. 저는 그저 제가 해야 할 일을 할 뿐입니다."

"그럼 네 뜻대로 한번 해 보거라. 섭정왕께서 널 살려 두실지 알 수는 없겠지만."

싸늘했던 금영부인의 태도가 누그러지자 윤성은 그제야 량량의 행방을 물을 수 있었다.

"량량이 어디 있냐고?"

윤성의 물음에 금영부인은 실소를 터트렸다.

"네가 떠나고 섭정왕께서 한동안 분노를 삭이지 못해 왕부의 모든 이들이 숨죽이며 살아야 했다. 그런 상황에 그 아이가 이 왕부에서 살 수 있었겠느냐? 섭정왕의 명으로 량량은 다른 왕족에게 팔려갔으니 그 이후 소식은 모른다. 어디 농장으로 보내졌거나 몸종이 되어 있겠지."

금영부인의 말에 윤성은 어떤 대꾸도 할 수 없었다. 그저 잠자코 부인의 말을 경청했다.

"지난 오 년 동안 왕부에 큰 화가 미쳤다. 두창*이 성행해 왕부의 여러 사람이 목숨을 잃었으며 섭정왕의 아우께서도 병으로 돌아가셨다. 지금 섭정왕이 믿을 수 있는 사람이라고는 동복형뿐이나 의지가 되지 않으니 모든 일을 홀로 감당하고 계신다. 그러니 그분의 심기를 불편하게 하지 말거라. 네 목숨이 아깝지 않거든."

금영부인의 경고는 꾸지람보다 충고에 가까웠다. 윤성이 조선에서 보낸 시간 동안 왕부의 시간도 흐르고 있었다. 윤성이 아비의 죽음을 겪는 사이 도르곤 또한 가까운 이들을 잃었다. 도르곤의 원망을 탓할 수 없었다. 그러나 량량을 다시 만날 수 없는 현실은 괴로운 일이었다. 피붙이와 생이별을 한 것처럼 가슴이 무너졌다. 어디에서 어떤 고역을 견디며 살아가는지 그 행방이라도 알면 좋으련만 량량의 소식은 더 이상 어디에서도 들을 수 없었다. 포로로 끌려온 다른 조선인처럼 량량도 어디에선가 노예로 평생을 일하다 늙고 병들어 죽고 말 것이다. 다시 고향으로 돌아가지도 가족을 만나지도 못한 채.

애타게 그리워했던 마음들이 미움이 되어 버렸다. 도르곤의 언행 하나하나가 사람들을 비탄에 빠지게 하니 미워하지 않을 수 없다. 그러나 그는 밉고 두려운 존재이면서 한편으론 가여운 이였다. 사람으로 태어나 그가 겪어 왔던 아픔들은 안쓰럽고 애처롭다. 상반된 두 감정이 치열하게 다투니 윤성의 마음은 번잡하고 어지러웠다. 명치에 무거운 돌덩어리가 박혀 있는 것처럼 답답했다. 그녀는 그 묵직한 고통을 잊고자 정처 없이 걸었다. 왕부 안의 길은 눈을 감고도 갈 수 있으니 걸음이 저절로 익숙한 길로 향했다. 작은 전각 앞

• 한의학에서 천연두를 이르는 말.

에 걸음이 멈추었다. 서고였다. 도르곤이 그녀를 위해 만들어 주었던. 세상의 온갖 지식이 모여들었던 그 서고다. 그리움에 서고로 다가가 보았지만 문은 열 수 없었다. 서고의 문은 굵은 자물쇠로 잠겨 있었다. 윤성은 닫혀있는 문을 바라보며 오래도록 그 자리를 떠나지 못했다.

"이곳에서 다시 만나게 되다니 정말 놀랍군요."

윤성의 등 뒤에서 낯선 어투가 들려왔다. 의아함에 뒤를 돌아보니 낯익은 양인 한 명이 서 있었다.

"저를 기억하시겠습니까?"

탕약망이라 불리는 아담 샬이었다.

"기억하고말고요. 어찌 당신을 기억하지 못하겠습니까?"

"기억을 해주신다니 정말 다행이군요. 여기서 당신을 만난 이후 몇 번이나 다시 찾아왔지만 만날 수 없어 아쉬웠습니다."

"그러셨습니까? 그럼 오늘도 저를 만나러 오신 것입니까?"

윤성의 농에 아담 샬이 너털웃음소리를 내었다.

"천만에요. 오늘은 황명으로 섭정왕을 문병하러 왔으나 문전박대를 당하여 돌아가던 길이었습니다."

"섭정왕께서는 병세가 어떠십니까?"

윤성은 걱정스러운 마음에 도르곤의 상태를 물었다.

"글쎄요. 며칠 동안 정사를 보지도 않고 병으로 두문불출한다기에 온 것인데 통 만나주질 않으니 저 또한 자세히 알지 못합니다. 돌아가 황제께 섭정왕의 상태를 고해야 할 텐데 큰 일 입니다."

"황제의 총애를 받으시나 보군요."

"이래봬도 제가 황제의 스승이랍니다. 황제께 기독교 교리와 역법을 가르치고 있죠."

몇 년 만에 만났지만 아담 샬은 윤성과 격의 없는 대화를 나누었다. 그는 윤성이 서양의술에 관심이 많은 것을 알고 있었다. 그녀의 관심을 끌어 친분을 쌓는다면 왕부의 사정 또한 자세히 알 수 있으니 여러모로 득이 될 것이라 여겼다. 요즘 들어 황제는 부쩍 섭정왕의 근황에 관심이 많았다. 비록 좋은 쪽의 관심은 아니었지만.

황궁으로 돌아온 아담 샬은 곧바로 황제에게 도르곤을 만나지 못하고 돌아온 일을 고했다.

"수고하셨습니다. 스승님."

비록 도르곤의 병세를 알 수 없었지만 순치제는 아담 샬을 나무라지 않았다. 순치제는 더 이상 어린아이가 아니었다. 몸이 큰 만큼 생각 또한 성숙해져 있었다. 황제에 오른 뒤 어린 나이로 인해 섭정왕과 태후의 꼭두각시로 살 수밖에 없었지만 요즘 들어 순치제는 태후의 의견에 서서히 반기를 들곤 했다. 태후가 아무리 꾸짖고 나무라도 그의 고집을 꺾기 힘들었다. 순치제는 점점 태후의 뜻을 따르지 않게 되었으나 아직 경험이 부족하고 나이가 어렸기에 정권을 잡고 있는 섭정왕의 말에는 잠자코 순응하고 있었다.

아담 샬이 보고를 마치고 돌아가던 차 태후가 황제의 처소로 찾아왔다.

"태후마마를 뵈옵니다."

아담 샬이 예를 갖추자 태후가 기다렸다는 듯이 참고 있던 질문을 던졌다.

"섭정왕의 상태는 어떠합니까?"

태후 또한 도르곤의 상태가 궁금하여 황제를 찾아온 것이었다.

"저 또한 만나지 못하여 자세히 알지 못합니다."

"그렇습니까? 사람을 만나길 꺼릴 정도군요."

"그런 것 같습니다."

"알겠습니다. 그리고 조선의 공주가 섭정왕부에 왔다는데 왕부의 분위기는 어떠하던가요?"

"혼례식을 연산에서 치르고 와서인지 왕부는 예전과 다름이 없었습니다. 다만 의외의 사람을 만나기는 했습니다."

"의외의 사람이라니요?"

"예전에 왕부에서 서고를 지키던 젊은 여인인데 의술에 관심이 많아 저와 대화를 나눈 적이 있었지요. 그 여인이 조선으로 돌아가 한동안 볼 수 없었는데 오늘 그 여인을 왕부에서 다시 만났습니다."

"의술에 관심이 많은 여인이 조선에서 돌아왔다?"

태후는 아담 샬의 말에 혼잣말을 중얼거렸다. 조선으로 돌아갔던 여인이라면 윤성이 틀림없다. 아담 샬의 말대로라면 윤성이 다시 돌아왔다는 말이었다.

무엇 때문에 그 여인이 돌아온 것이지? 태후의 의문은 꼬리를 물고 이어졌지만 아담 샬의 말에서 더 이상 다른 단서를 얻을 수 없었다.

"그럼 전 이만 가보겠습니다."

아담 샬이 물러나고 내실에 두 사람만 남게 되자 순치제는 태후에게 대놓고 못마땅한 내색을 드러냈다. 사사건건 태후가 자신의 일에 간섭을 하는 것이 마음에 들지 않았기 때문이었다.

"앞으론 제 처소에 오실 때는 미리 기별을 해주십시오."

"어미가 오는 것이 불편합니까?"

"이제 저도 어린아이가 아닙니다. 스스로 명을 내리고자 합니다."

"알아요. 황제께서도 이제 그리하셔야지요. 하지만 섭정왕에 대한 일은 아직 섣부르게 행동해서는 안 됩니다."

태후의 말에 잠자코 있던 순치제가 미간을 찡그렸다.

"섭정왕은 저의 신하일 뿐입니다. 왜 황제인 제가 그의 눈치를 봐야 하는 것입니까!?"

"황제도 알고 계시지 않습니까? 우리 모자의 목숨을 살리고 그 자리에 있게 한 이가 섭정왕이라는 사실을."

태후는 순치제의 역정에도 도발하지 않고 차분히 지난 과거를 상기시켰다.

"알고 있습니다. 하지만 이제 저는 섭정왕의 처분만을 기다리는 어린아이가 아닙니다. 전 제 자리를 되찾을 것입니다. 그리고 그가 이제 저의 명을 따라야 합니다."

순치제의 의지는 확고했다. 어머니의 뜻대로 섭정왕이 자신들의 목숨을 살렸다는 말에 항상 숨죽이며 살아왔다. 하지만 섭정왕의 전횡은 더 이상 순치제가 참을 수 없는 지경에 이르렀다. 섭정왕은 이제 순치제 앞에서 무릎조차 꿇지 않는다. 그런 모습을 신하들이 보고 배우니 섭정왕과 가까운 이들 또한 황제인 순치제를 우습게 볼 정도였다.

"지난 사냥에서 제가 어떤 모욕을 당하셨는지 아시지 않습니까?"

"그건 섭정왕을 따르는 우매한 무리들이 저지른 일입니다."

"우매한 무리들이라고요? 이 나라의 최고라 하는 양황기의 대신들이 섭정왕의 편에 붙어 저의 일거수일투족을 밀고하고 있습니다. 첩자질을 하는 것도 모자라 지난번 사냥에서는 저를 일부러 험하고 좁은 길로 이끌고 가 말에서 실족하게 했습니다. 그들은 말에서 떨어진 저를 도와주기는커녕 애송이라 비웃기까지 했습니다. 그런 이들을 그저 우매한 이들이라 치부하고 봐주어야 한다는 것입니까?"

"양황기의 대신들이 모두 그러한 것은 아니지 않습니다."

"만약 그들이 섭정왕의 편에 서지 않는다면 그들도 언젠가 섭정왕에 의해 제거되겠지요. 어머니는 제가 저의 신하들을 모두 잃고 허수아비가 되면 만족하시겠습니까?!"

순치제의 분노는 태후의 다독임에도 가라앉지 않았다. 태후 또한 황제의 분노를 이해 못하는 바는 아니었다. 도르곤의 야심은 순치제가 황제의 위에 오른 뒤에도 점점 커질 뿐 작아지지 않았다. 도르곤은 태후와 순치제로부터 병권을 빼앗았을 뿐만 아니라 호거에게 죄를 뒤집어씌우고 감옥에 가두었다. 호거가 유적을 소탕하는 군공을 세웠음에도 불구하고 말이다.

호거는 오래도록 청의 근심이었던 또 다른 유적의 두목 장헌충을 제거하고 대승을 거두어 북경으로 돌아왔다. 하지만 도르곤은 호거의 능력을 이용만 했을 뿐 그의 군공을 인정해주지 않았다. 호거는 그의 숙적이었고 제거해야 할 대상이었으므로.

호거의 군대가 장헌충을 제거했지만 그의 잔당들이 남아 반란군이 되어 저항하였기에 도르곤은 오히려 사천성을 안정시키지 못한 죄를 물어 호거를 감옥에 감금했다. 이에 태후가 나서서 호거를 살리고자 하니 도르곤 또한 양황기 대신들의 반대로 호거를 차마 죽이지 못했다. 도르곤이 직접 호거를 죽이지는 못했으나 감옥에 갇힌 호거는 이미 죽은 것과 같았다.

"내 선제의 장남으로 수많은 전투에서 대승을 거둬 그 군공이 높으나 숙적을 제때에 제거하지 못하여 이렇게 가소로운 저치가 되고 말았구나."

감옥에 갇힌 호거의 심중에는 도르곤에 대한 원한과 복수심이 들끓었다. 이듬해 호거는 결국 감옥에서 미곡을 끊고 울분을 토하다 죽고 말았다. 억울하게 호거가 죽자 그가 이끌었던 정람기는 도르곤의 차지가 되었다. 호거의 죽음 이후 주인을 잃은 정람기는 원래 황제의 소유가 돼야 했었으나 힘없는 황제는 도르곤에게 정람기를 빼앗기고 말았다. 도르곤이 동생인 도도를 정람기의 기주로 삼으니 팔기 중 3기가 도르곤의 편이 되었다. 이제 도르곤은 청에서 가장 강한 군사력을 가진 이였다.

호거가 감옥에 감금되어 생사의 기로에 놓였을 때 청나라에 또다른 변고가 일어났다. 청의 개국공신인 예친왕 다이샨이 죽은 것이다. 누르하치의 아들이자 홍타이지의 형이었던 그는 황위를 탐내지 않고 강직하게 살았던 인물이었다. 황실의 어른으로 도르곤을 제어하던 그가 사라졌으니 조정에서 도르곤의 권세를 막을 자는 더 이상 존재하지 않았다. 다이샨과 호거의 죽음으로 도르곤은 무소불위의 권력을 쥐게 되었다. 도르곤의 뜻을 제지할 이가 없으니 다이샨이 죽은 후 한 달이 지나지 않아 도르곤은 스스로를 황부섭정왕에 봉했다. 황부라 함은 태상황˙을 뜻하니 도르곤 스스로 황제의 위에 올라선 것이다. 호거를 옹립하려 했다는 죄명으로 양황기의 대신들 또한 파면되니 대신회의에서 도르곤의 뜻을 반대할 자는 없었다. 대신회의에서 도르곤 스스로 자신을 황부로 봉하니 도르곤의 권세는 하늘을 찌르고 있었다. 다만 아직까지 황제에게 충성을 다하는 양황기의 대신들 몇몇이 남아있었고 몽골의 호르친부가 순치제의 뒤에서 버티고 있었다.

도르곤과 순치제 사이의 이 아슬아슬한 관계가 언제까지 지속될 수 있을지 누구도 알 수 없었다. 순치제의 분노가 점점 더 커지고 도르곤이 스스로 야심을 제어하지 못한다면 둘 사이의 균형은 깨질

˙ 제국의 군주인 황제의 아버지를 뜻한다.

수밖에 없을 것이다. 불안한 앞날이 머지않았다는 것을 태후 또한 알고 있었다. 그럼에도 태후는 이 위태로운 상황을 어찌할 수 없었다. 그녀의 심중에는 아들을 지켜야 한다는 마음과 함께 도르곤에 대한 미련이 남아있었기에.

태후는 봉림대군의 청을 거절하지 않은 것을 후회했다. 그 조선인 의녀를 돌려보내지 않았다면 도르곤이 지금처럼 폭주하지는 않았을지도 모르니. 그랬더라면 도르곤과 순치제는 지금보다는 더 나은 관계가 되어있었을 것이다. 허나 질투심에 그 아이를 돌려보내고 말았다. 도르곤에게서 그 아이를 떼어놓고 싶다는 마음이 잘못된 선택을 한 것이다. 지금에 와서 옛일을 후회한다 해도 돌이킬 방법은 없었다.

혼례를 치르고 먼저 왕부로 돌아온 도르곤은 며칠 동안 바깥출입을 하지 않았다. 그의 내실에 들어갈 수 있는 이는 금영부인과 그녀를 따르는 시녀들뿐이었다.

왕부에 돌아온 그날 도르곤은 금영부인이 내온 탕약을 마시고 겨우 고통스러운 심신을 안정시킬 수 있었다. 쓰디쓴 약물을 목으로 넘기고 나자 겨우 가쁜 숨이 진정되었다. 검은 얼룩만 남아있는 빈 그릇을 보며 도르곤은 씁쓸한 표정을 지었다.

'참으로 우습구나. 이 탕약 또한 그 아이가 남기고 간 처방이니.'

원망하고 또 원망했다. 미움이 너무 커져 스스로 감당할 수 없을 만큼. 윤성과 처음으로 마주했던 순간을 꿈속에서 몇 번이나 다시 꾸었다. 불안한 날들이 이어질수록 미움에 기대어 자신의 마음을 다잡았다. 자존심이 허락하지 않았기에 그 아이 없이도 이겨낼 수 있다고 스스로 다짐했다. 몇 년을 그렇게 참고 또 참으며 지내왔다.

그러다 한순간에 무너지고 만 것이다. 호종인들 사이에서 윤성을 발견하고 자신이 헛것을 본 것이라 여겼다. 환영을 본 것이라고. 그러다 혼례의식 중 다시 윤성의 얼굴을 보고 말았다. 자신이 두 번이나 환영을 본 것인지 확인해야 했다. 의식이 끝나고 잔치가 벌어지는 사이 연회장을 빠져나온 도르곤은 저택 곳곳을 다니며 윤성을 찾았다. 만약 환영이 아니라면, 정말 윤성이라면 어떻게 해야 할지 생각조차 하지 못했다. 저택을 헤매다 후원의 작은 정자에서 윤성의 모습을 발견했다. 환영이 아니었다. 살아있는 이였다. 떠날 때보다 성숙해진 얼굴로 나타난 윤성은 옛 모습 그대로였다. 그래서 화가 치밀었다. 이렇게 돌아올 것이었다면 떠나지 말 것을. 오 년이란 시간 동안 고통 속에 갇혀 지내온 시간이 새삼 원망스러웠다. 응어리진 감정들이 분노가 되어 튀어 나왔다. 원망과 미움을 모두 쏟아내고 나자 나약해진 마음만 남았다. 다시 얼굴을 마주할 용기가 나지 않았다. 윤성을 다시 본다면 어린아이처럼 작아질 것만 같아서. 그날 이후 도르곤은 자신의 처소에서 칩거하며 밖으로 나오지 않았다.

　며칠 동안 두문불출하며 지내던 도르곤은 탕약으로 심신을 안정시키고 다시 기력을 회복했다. 아직 윤성에 대한 원망이 사라지지는 않았으나 그에게는 급히 처리해야 대소사들이 많았기에 더 이상 자리보전을 하고 있을 수만은 없었다. 그가 기력을 회복했다는 소식이 전해지자 조정의 일을 논하기 위해 측근들이 찾아왔다.

　"건강을 회복하셨다니 정말 다행입니다."

　도르곤을 가까이에서 보필하는 진명하가 안도의 표정을 지었다.

　"그동안 쌓인 정무가 많습니다."

　"알고 있소. 곧 조정에 복귀할 것이니 걱정하지 마시오."

　도르곤의 어투는 여느 때와 같이 진중했다.

"섭정왕께서 자리를 비운 사이 황궁의 분위기가 예사롭지 않습니다. 들리는 소문에 의하면 태후와 황제께서 여러 번 언쟁을 하셨다 하옵니다."

"황제와 태후가? 무슨 일로?"

"그것이 황제께서 섭정왕께 불만을 가지고 있다고…."

진명하는 차마 말을 끝내지 못했다.

"황제께서 많이 자라셨군."

"그리 한가롭게 말하실 때가 아닙니다. 황제는 점점 더 성장할 테고 태후께서도 더 이상 황제를 감당하지 못하실 것입니다. 만약 황제께서 다른 마음을 품으신다면 차라리 그전에 섭정왕께서 황위에 오르셔야 하지 않겠습니까?"

진명하의 말은 너무나 솔직했다. 아니 솔직함을 넘어 위험하기까지 했다.

"황제등극은 가법에 따라야하는 것이니 내 마음대로 할 수 있는 일이 아니오."

도르곤의 말은 아버지의 유언을 지칭한 것이었다. 누르하치는 팔기의 제왕들이 추천한 이만이 황제의 위에 오를 수 있다고 명했다. 순치제는 팔기의 대신들이 주관한 제왕회의에 의해 추천받아 황제에 올랐다. 그러니 도르곤 마음대로 황제를 폐하고 황제의 자리를 빼앗을 수 없는 것이다. 도르곤이 황제가 되고자 한다면 팔기들의 신임을 얻어 황제의 자리에 올라야 했다. 가법에 따라 정당하게 황제가 되고자 도르곤은 지금까지 팔기들의 대신들을 자신의 편으로 끌어들이기 위해 애써왔다. 특히 황제의 편인 양황기 대신들을 자신의 휘하에 두고자 많은 노력을 기울였다. 직위와 재물로 그들을 포섭하는 한편 자신의 편에 서지 않는 이들은 파직시키기도 했다. 그럼에도 양황기의 대신들 일부분은 아직까지 순치제에 대한 충성을 저버리지 않았다. 그들의 마음을 얻기 위해서 도르곤은 많은 시도를 했지만 이제 그 노력을 계속할 수 있을지 스스로도 장담할 수 없었다.

"그대에게 부탁할 것이 있소."

"하명하십시오."

"만일을 대비하기 위해 영평부에 성을 쌓도록 하시오."

"궁핍한 그곳에 왜 성을 쌓으라 명하시는 것입니까?"

"추후를 위한 것이니 그리 알고만 있으시오."

도르곤의 대답에 진명하는 의문을 가진 채 명을 받들어야 했다. 진명하가 돌아가자 다시 도르곤은 혼자가 되었다. 문득 도르곤은 지난해 죽은 도도가 떠올랐다. 도도가 살아있었다면 그에게 어떤 말을 했을지 말이다.

호거가 감옥에서 스스로 죽은 후 정람기를 차지했다는 기쁨이 채 가시기도 전에 도도가 병에 걸리고 말았다. 황위를 결정하는 제왕회의에서 푸린을 옹립한 도르곤의 행동에 화가 난 도도는 한동안 도르곤과 소원한 사이로 지내기도 했었다. 그런 동생에게 도르곤은 호거의 정람기를 주었으나 그 권력을 누릴 사이도 없이 도도는 생사의 기로에 서게 되었다. 도도의 뜻대로 위험을 무릅쓰고서라도 떳떳하게 황제의 자리를 노렸다면 지금과 같은 상황에 처하지는 않았을 것이다. 양황기와 싸우고 이겨서 떳떳하게 황제가 되었거나 패배해 죽음을 맞이했을 것이다. 도도는 어느 쪽이 되었든 선명한 결과를 원했다. 어린 황제를 옹립하고 그 권력을 도둑처럼 빼앗는 것이 아니라 승리와 패배 두 가지 중 하나를 선택하길 바랐다.

어린 시절부터 항상 함께였던 두 사람이었기에 도도는 도르곤의 선택에 누구보다 실망하고 있었다. 형을 황제로 만들기 위해 누구보다 애써왔던 이가 도도였으니. 병석에 누워 있는 도도를 찾아간 도르곤은 몸을 가누지 못하고 누워있는 도도의 마지막 모습을 보고 애통하여 슬픔을 가눌 수 없었다. 도도를 위해서라도 황제의 자리를 차지하고 싶었다. 그러나 도도는 기다려주지 않았다. 도도가 세상을 떠나자 자신이 무엇을 위해 황제가 되고자 했는지 그 이유가 생각나지 않았다. 황제의 자리는 손에 닿을 듯 가까웠으나 그저 눈앞에 펼쳐진 신기루와 같았다.

진명하가 왕부를 다녀간 후 도르곤은 다시 정무를 보기 시작했다. 청나라는 대륙을 아직 완전히 통일하지 못한 상태였다. 명의 잔당세력들이 남방지역에 버티고 있었기에 북방을 견고히 하면서 차츰 반란세력을 제압해 가야 했다. 전쟁을 치르는 와중에도 한인들의 불만을 해소하는 한편 만주족의 고유한 문화 또한 보존해야 한다. 이 모든 일은 섭정왕인 도르곤에 의해 주도되었다. 도르곤이 정사를 돌볼수록 의정대신회의에서 도르곤의 발언은 그의 측근들에 의해 더욱더 힘이 세졌다. 대신회의에 참석한 황제는 그저 꼭두각시처럼 그들의 의견을 따라야 할 때가 많았다.

도르곤이 다시 조정의 일을 시작하자 황제가 의정대신회의에 참석했다. 황제가 황좌에 앉자 대신들이 모두 무릎을 꿇고 황제에게 예를 올렸다. 지위고하를 막론하고 모든 신하들이 고개를 숙이고 무릎을 꿇었지만 도르곤은 홀로 무릎을 굽히지 않았다.

순치제는 그런 도르곤의 태도에 화가 치밀어 올랐지만 차마 내색을 하지 못했다.

"섭정왕의 몸이 아직 좋지 못한가 보오. 무릎조차 꿇지 못하는 것을 보니."

"송구할 따름입니다."

황제의 비아냥에도 도르곤은 견고한 자세를 유지했다.

"섭정왕께서 격무에 시달려 건강을 돌보지 못하니 잠시 머리도 식힐 겸 사냥을 나가는 것이 어떠하오?"

순치제는 짐짓 도르곤을 걱정하는 양 사냥을 권했다.

"그리 생각해주시니 고려해 보겠습니다."

"섭정왕이 강건해야 이 청국도 강건할 것이 아니오. 짐은 언제나 황부를 걱정하오."

순치제의 말이 본심이라고 믿는 이는 없었으나 황제가 한발 물러선 태도를 보이자 의정회의는 순조롭게 진행되었다.

황제의 명을 무시하지 않기 위해서라도 도르곤은 사냥에 나서야 했다. 사냥을 나서는 모습을 보임으로 황제와 도르곤의 관계는 아슬아슬하게 유지될 수 있었다. 황제의 명이 아니었어도 도르곤은 북경을 떠나 한적한 곳으로 떠나고 싶었다. 권력의 틈바구니에서 자유로운 곳으로.

도르곤은 형 아지거와 대학사 강린이 이끄는 병사들과 함께 북경을 떠나 하북성의 동북부지역으로 향했다. 허허벌판을 달리고 또 달렸다. 겨울이 깊어지는 시기여서 그 추위가 만만치 않았지만 매서운 바람이 오히려 도르곤의 어지러운 마음을 잠재워 주었다. 들판을 가로지르고 산과 계곡을 넘나들며 짐승몰이를 했다. 오랜만에 사냥을 나온 병사들도 사냥으로 지친 마음을 달랬다.

도르곤의 말이 계곡을 넘고 깊은 산속으로 달렸다. 사슴이 숲속으로 사라지자 사냥감을 추격하던 도르곤이 말고삐를 부여잡고 빠르게 내달렸다. 주위의 병사들을 제치고 앞으로 치고 나가 사냥감의 뒤꽁무니를 쫓았다. 잡힐 듯 잡히지 않는 사슴을 쫓던 도르곤은 자신의 주위를 신경 쓰지 못했다. 도르곤이 사슴을 쫓아 달리는 사이 먼 거리에 화살 하나가 쏜살같이 날아와 도르곤의 다리를 스치고 지나갔다. 예상치 못한 공격에 도르곤이 급히 말고삐를 당기자 흥분한 말이 앞발을 들고 뛰어올랐다. 고삐를 놓친 도르곤의 몸이 공중에 붕 떠오르다 땅바닥에 곤두박질치고 말았다.

도르곤의 비명에 뒤처져 있던 병사들이 급히 달려와 도르곤의 안위를 살폈다. 화살이 스치고 지나간 자리에 피가 맺혔으나 그 상처가 깊지는 않았다. 오히려 낙마로 다리를 다친 것이 더 중했다. 부상을 당한 도르곤은 어쩔 수 없이 몸을 추스르기 위해 인근의 카라호툰성으로 향했다.

무릎을 다친 도르곤은 성안에 틀어박혀 꼼작하지 않았다. 오직 형 아지거만이 도르곤의 처소를 드나들었다. 도르곤과 단둘이 밀담을 나눈 아지거는 깊은 밤 300명의 기병을 북경으로 보냈다. 아지거의 행동을 수상히 여긴 병사 하나가 이를 대학사 강린에게 고했다. 강린은 내삼원 대학사로 양황기의 소속이었지만 태후와 순치제를 배신하고 도르곤의 심복이 되어 문신의 우두머리가 된 이였다. 권력의 정점에 있었던 그에게 도르곤의 부상은 예기치 못한 일이었다. 만약 도르곤이 잘못된다면 그가 누리고 있는 권세가 위험해질 수도 있었다. 이런 상황에 도르곤의 형인 아지거가 비밀스럽게 병사들을 북경으로 보내니 강린은 심상치 않은 상황을 예감했다.

'다시 선택을 해야 할 때가 온 것인가?'

강린은 주저 없이 밤낮을 달려 아지거가 보낸 병사들보다 먼저 자금성에 도달했다. 북경에 도착하자마자 강린은 자신이 보고 들은 내용을 모두 태후에게 고했다. 강린의 말을 들은 태후는 북경의 성문을 모두 닫고 아지거가 보낸 병사들을 즉시 사로잡았다.

몰래 북경 성안으로 들어오려던 병사들은 사로잡힌 후 추궁을 당하자 자신들이 받은 명을 모두 실토하고 말았다. 그들은 아지거의 명으로 양백기의 군사를 카라호툰으로 이끌고 가려했으며 도르곤이 보낸 밀지에는 섭정왕부의 의녀 허윤성을 데리고 오라는 명이 적혀 있었다. 아무리 병권이 섭정왕에게 있다고는 하나 군대를 사사로이 움직이려 했으니 도르곤과 아지거의 의도는 모반에 가까웠다. 태후는 북경으로 온 병사들의 죄를 물어 모두 사형에 처했다.

이 모든 일이 갑작스럽게 이루어졌기에 누구도 앞일을 예측하지 못했다. 양황기가 황제를 지지하는 한 도르곤이 쉽게 군대를 움직이려 하지 않을 것이라고 태후는 굳게 믿고 있었다. 팔기들끼리 싸우게 된다면 신생국인 청은 금세 무너지고 말테니. 힘들게 이룬 과업을 하루아침에 물거품으로 만들만큼 도르곤은 어리석지 않았다. 그가 평생을 바쳐 이룬 대국이 코앞에 있는데 어째서 그리 쉽게 도발을 하겠는가? 분명 도르곤이 군대를 움직일 수밖에 없을 만큼 중대한 사건이 벌어진 것이리라. 그리고 그 사건을 일으킨 장본인은 도르곤의 존재를 누구보다 증오하는 황제. 황제뿐이었다. 황제가 도르곤의 목숨을 노렸다면 도르곤도 가만히 앉아서 당하지는 않을 테니까. 태후는 이 혼란을 잠재울 방법을 고심했다. 누구도 다치게 하고 싶지 않았다. 팔기들 사이에 전쟁이 벌어지는 것 또한 막아야 한다. 황제와 섭정왕 사이의 균형은 더 이상 이루어 질 수 없으니 이제 그녀는 선택해야 했다. 이 대국의 진정한 주인이 누구인지.

불길한 사건이 이어지고 있는 와중에도 섭정왕부는 평상시와 다름이 없었다. 왕부에 돌아왔지만 윤성은 단 한 번도 도르곤과 마주치지 못했다. 당연한 일이었다. 도르곤 스스로 윤성을 보려하지 않앗으니. 그래도 시간이 흐르고 나면 윤성은 도르곤이 자신에게 가지고 있는 미움이 옅어질 것이라 믿었다. 그러니 그 시간들을 감내하면서 기다리겠다고 마음을 다지고 있었다. 그 기다림이 언제까지 이어질지 알 수 없었지만.

윤성의 예상과 달리 기다림은 길지 않았다. 이른 새벽, 정체를 알 수 없는 두 명의 여인이 윤성의 처소를 찾아왔다. 비단 천으로 얼굴을 가리고 온 두 여인의 외양은 범상치 않아 보였다. 두 여인 중 한명은 나이가 있어보였지만 그 여인과 함께 온 이는 윤성보다 어린 나이였다.

"이 늦은 밤, 무슨 일로 저를 찾아오셨습니까?"

"긴히 상의드릴 일이 있으니 저희들과 함께 가시지요."

나이든 여인이 차분히 자신들이 찾아온 이유를 말했다.

"누군인지도 모르는 이를 어찌 따라간단 말이오?"

윤성은 수상한 여인의 말에 의심을 거두지 않았다. 그때 천으로 얼굴을 가리고 있던 젊은 여인이 다가와 윤성의 손은 잡았다.

"언니, 저 말순이에요."

"말순이?"

윤성은 오래전 익숙했던 그 이름을 떠올렸다. 어린 여인이 천을 내리고 얼굴을 드러내자 성숙한 그 얼굴에서 언뜻 어린 말순이의 모습이 보였다.

"태후께서 긴히 하실 말씀이 계시 답니다. 그러니 저희를 조용히 따라와 주세요."

윤성은 말순을 다시 만났다는 사실보다 말순이 궁녀가 되어 태후의 측근이 되어 있다는 사실에 더 놀라고 말았다. 말순과 함께 온 여인은 태후가 가장 총애하는 궁녀 쑤마라였다. 그녀들을 따라 왕부를 나서니 마차가 세 여인을 황궁으로 이끌었다.

황궁의 가장 은밀하고 깊은 곳에 도달하자 두 여인은 윤성을 남겨두고 사라졌다. 두 여인이 모습을 감추자 방안에는 윤성만이 남았다. 잠시 후 어둠 속에서 나지막한 발걸음소리가 들려왔다. 윤성 앞에 나타난 여인은 선황제의 비이자 황제의 모친인 효장태후였다.

"당신이 윤성이라는 여의군요."

"태후마마를 뵈옵니다."

당황한 윤성이 황급히 예를 올리자 태후는 의미를 종잡을 수 없는 미소를 지었다.

"오랫동안 만나고 싶었는데 이제야 그대를 만나네요. 아쉽게도 만나자마자 이별을 해야 하니 나와 당신은 함께할 수 없는 운명인가 봅니다."

태후는 말을 멈추고 물끄러미 윤성을 바라보았다.

"무슨 일로 이렇게 저를 부르신 것입니까?"

윤성은 난생처음 태후를 마주한 탓에 손이 떨렸지만 마음을 다잡고 마음에 품었던 질문을 던졌다. 윤성의 당돌한 물음에 태후의 입가에 머물고 있던 미소가 사라졌다. 잠시 침묵을 지키던 태후가 조용히 말문을 열었다.

"당신이 도르곤을 죽여줘야겠습니다."

태후의 말은 명확했고 군더더기가 없었다. 그래서 더 무섭고 두려웠다.

"불가합니다."

윤성은 태후 앞에 무릎을 꿇었다. 윤성이 절대로 받아들일 수 없는 명이었다. 그녀가 내린 명을 거둘 수만 있다면 자신이 대신 죽는 편이 나았다. 약속을 지키기 위해 다시 이곳으로 돌아왔다. 그 뜻을 무용지물로 만들 수 없었다.

"당신은 내 뜻을 받아들여야 합니다. 그렇게 하지 않는다면 도르곤은 함부로 군사를 일으킨 죄로 역모를 일으킨 이가 될 테니. 도르곤이 반역자가 된다면 황제는 도르곤의 사람들을 가만히 내버려 두지 않을 것입니다. 섭정왕부에 있는 모든 이들이 도륙을 당하겠지요. 얼마 전 조선에서 온 공주까지. 황제의 분노는 아마 거기서 끝나지 않을 거예요. 도르곤의 편에 서서 권력을 누렸던 이들을 모두 참하고 그 가솔들은 노예로 만들 것입니다. 황제의 분노는 어려서 더 무섭거든요. 그러니 많은 이들의 목숨을 살리고자 한다면 내 말을 따라야 할 것입니다. 동이 트기 전에 북경을 떠나 카라호툰성으로 가세요. 그리고 그곳에서 도르곤의 죽음을 이곳으로 전하세요. 이 일을 할 수 있는 사람은 당신뿐입니다. 당신은 도르곤이 총애하던 의녀니 의심을 받지 않고 성으로 들어가 도르곤을 만날 수 있을 것입니다. 그러니 그에게 가서 이 말을 전하세요. 도르곤은 죽었다고. 살아서 북경으로 돌아올 수 없다고. 도르곤의 시체가 북경으로 온다면 황제도 도르곤의 죽음을 받아들일 것입니다."

"그럼 도르곤을 죽이라는 말은?"

윤성이 의문을 던지자 태후가 가만히 고개를 가로저었다. 더 이상 그 의문을 말하지 말라는 뜻으로.

"도르곤이 죽은 후 당신이 해야 할 일이 또 한 가지 있습니다."

"무엇입니까?"

태후는 말없이 품속에 있던 서찰 하나를 내보였다.

"모든 일이 끝나면 그때 이 안의 편지를 읽어 보세요. 만약 일이 그릇된다면 반드시 이 서찰은 없애야 합니다. 이 편지를 쓴 사람의 목숨이 위험하니."

"알겠습니다."

윤성은 태후가 건넨 서찰을 품 안 깊숙이 넣으며 다짐했다.

"황궁을 나가면 당신을 기다리고 있는 병사가 있을 것입니다. 그 사람은 믿을 수 있는 이니 그를 따라 카라호툰으로 가세요."

윤성은 태후의 명대로 밤낮을 가리지 않고 달려 도르곤이 있는 카라호툰에 도착했다. 성에 다다르자 윤성을 호위했던 병사는 북경으로 돌아가고 윤성만이 성으로 들어섰다.

북경으로 간 병사들의 전갈을 목이 빠져라 기다리던 아지거는 바라던 소식 대신 윤성이 나타나자 당황하지 않을 수 없었다.

"섭정왕의 병이 깊다 들었습니다. 섭정왕을 만나게 해주십시오."

윤성이 도르곤의 병을 치료하기 위해 왔다고 하니 성안의 이들 누구도 의심하는 이가 없었다. 아지거 또한 그녀가 도르곤이 아끼던 의녀임을 알고 있었기에 의심 없이 도르곤이 있는 곳으로 윤성을 데리고 갔다. 도르곤이 머물고 있는 처소 밖은 병사들이 지키고 있었으며 아무도 함부로 그곳을 드나들 수 없었다.

어두컴컴한 내실로 들어서니 침소에 도르곤이 누워있었다. 창백하다 못해 검게 변한 낯빛이 꼭 죽은 이 같았다.

"제가 왔습니다. 눈을 떠보십시오."

윤성이 조심스럽게 다가가 말을 걸어 보았지만 도르곤은 미동도 하지 않았다. 차라리 다시 만나면 죽이겠노라 호통을 치고 화를 내는 편이 나았다. 눈앞에 누워있는 이는 도르곤이었지만 도르곤이 아니었다. 윤성은 울컥거리는 심중을 진정시키고 도르곤의 맥을 짚었다. 그의 몸을 살피니 오른쪽 다리를 감싸고 있는 천에 피가 굳어 있었다. 상처를 보기 위해 윤성이 천을 풀려 하자 도르곤의 손이 윤성의 옷깃을 잡아당겼다.

"상처는 깊지 않다. 그저 독이 닿아 그런 것이다."

"깨어나셨습니까?"

도르곤이 정신을 차리고 몸을 일으켰다.

"화살이 스쳤을 뿐 독이 몸 안으로 퍼지지는 않았다. 그러니 걱정할 것 없다."

"누가 그런 짓을 한 것입니까?"

"내가 사라지길 바라는 사람이겠지."

입 밖으로 말하지 않아도 이미 알고 있는 이였다. 가장 높은 곳에 있어 누구도 함부로 할 수 없는 천자天子.

윤성은 도르곤 앞에 무릎을 꿇었다. 처음 약조한 그 약속을 지킬 때가 왔기에.

"저를 죽이신다고 하셔도 저는 이제 떠나지 않습니다. 제가 왕야를 지켜드리겠습니다. 그러니 부디 제 말을 따라주십시오."

"너를 죽이겠다는 말을 정녕 믿는 것이냐? 내가 너를 어찌 죽이겠느냐?"

"그럼 지금부터 제 말을 들어주십시오."

윤성은 가까이 다가가 도르곤의 손을 잡았다.

"제게 맹세해주세요. 황위에 대한 욕심을 버리시겠다고."

윤성의 요구에 도르곤은 허탈한 미소를 지었다. 노예였던 아이가 자신을 지켜주겠다고 큰소리를 치는 것도 모자라 이제 자신의 과업조차 포기하라 하니 그 맹랑함에 헛웃음이 나올 지경이었다. 허튼소리임이 분명함에도 이상하게 노여움이 일어나지 않았다. 오히려 무겁던 마음이 가벼워지고 비로소 힘겹게 지고 있던 짐을 내려놓은 것 같았다.

그 누구도 도르곤에게 황위에 대한 욕심을 버리라 말한 이가 없었다. 그의 형제나 신하들 누구도. 모두 그에게 더 큰 권력을 가지라 했다. 그래서 당연히 황위를 자신의 것으로 만들어야 한다고 생각했다. 그것만이 자신이 진정 원하는 것이라고 여겼다. 그래서 수많은 이들을 짓밟고 더 높은 권력을 쟁취했다. 허나 권력의 정점에는 그가 원했던 것들이 존재하지 않았다.

"나는 이미 마음을 접었다. 사냥을 떠나기 전 영평부에 성을 쌓아 그곳으로 떠나려 했다. 하지만 황제께서 그때까지 나를 기다려 주지 않는구나."

황제가 점점 커가는 모습을 보며 도르곤의 고민 또한 커졌다. 선택을 해야 할 시간이 다가오기에. 어린 황자와 그 모친을 죽일 만큼 그는 모질지 못했다. 선황제처럼 황위를 위해 매정해질 수 없었다. 그러니 황위는 그의 것이 될 수 없었다. 황제에게는 인간적인 연민이 필요하지 않았으므로. 아직 시간이 남아있다고 생각한 것이 실수였다. 황제가 성인이 되기 전까지만 떠날 준비를 하면 될 것이라 생각했던 것이다.

"그러면 되었습니다. 섭정왕 도르곤은 이 카라호툰성에서 죽은 것입니다."

"그것이 무슨 뜻이냐?"

"태후께서 명하시길 섭정왕의 주검을 가져오면 그 죽음을 믿을 것이라 하셨습니다. 그러니 형님께 시체를 가지고 북경으로 가게 하십시오."

윤성의 말은 곧 태후의 뜻이자 도르곤이 살아날 유일한 방도였다. 그리고 그와 관련된 자들이 죽음을 면할 수 있는 단 하나의 길이었다. 도르곤의 죽음만이 모두를 살리고 전쟁을 막을 수 있었다.

도르곤은 깊은 밤, 은밀히 형 아지거를 자신의 침소로 불렀다.

"장례를 치른 지 얼마 되지 않은 시체를 찾아주십시오."

"시체를 찾으라니? 그것이 무슨 말이냐?"

"저를 대신할 주검을 가지고 형님께서 북경으로 돌아가셔야 합니다. 그것만이 모두를 살리는 길입니다."

"설마 황위를 포기하겠다는 것이냐?"

"이미 황위는 푸린의 것입니다. 형님도 더 이상 헛된 꿈을 꾸지 마십시오. 형님도 알고 계시지 않습니까? 북경으로 보낸 병사들이 돌아오지 못하는 이유를."

도르곤의 말에 아지거는 고개를 떨어뜨리고 말았다. 그 또한 알고 있었다. 양백기를 빼돌려 모반을 준비하려 했던 자신의 뜻이 들통났음을.

"제가 죽으면 모두가 살 수 있습니다."

도르곤의 설득에 아지거는 모든 것을 체념한 채 고개를 끄덕였다. 아바하이의 죽음으로 아지거와 도르곤 그리고 도도는 누구보다 돈독한 형제로 자랐다. 서로를 위하는 것만이 살길이었기에. 삼 형제가 함께하지 않았다면 선황제 아래에서 살아남기 힘들었을 것이다. 서로가 있었기에 모두 살 수 있었다. 함께 험난한 시간을 견뎌왔던 세 형제가 어긋나기 시작한 것은 도르곤이 섭정왕이 되고부터였다. 권력의 차이가 형제 사이를 소원하게 만들었고 그 와중에 도도는 병에 걸려 죽고 말았다. 도도의 죽음 이후 도르곤과 아지거는 다시 서운한 마음을 털어버리고 가까워졌지만 아지거의 섣부른 욕심이 일을 그르치고 말았다.

"걱정하지 말거라. 내가 저지른 잘못은 내가 마무리할 테니."

아지거는 담담히 도르곤의 부탁을 수락했다.

며칠 후, 아지거는 도르곤의 죽음을 만천하에 공포했다. 그 소식은 북경까지 전해졌고 태후는 도르곤의 장례를 성대하게 준비했다. 아지거가 카라호툰 성에서 도르곤의 주검을 가지고 북경으로 돌아오자 순치제는 왕족과 문부백관을 거느리고 성문 밖으로 나와 영구 행렬을 맞이했다. 북경의 모든 백성이 소복을 입었으며 장례는 성대하게 치러졌다. 이로써 청나라의 내분을 일으킬 위험요소는 사라졌다. 황제의 기인 양황기와 섭정왕의 양백기 사이에 벌였던 오랜 경쟁도 끝났다. 청은 이제 오직 푸린의 나라였으며 순치제가 이끄는 대국이 되었다.

이름이 없는 사내 한 명과 조선인 여인이 먼 길을 떠났다. 사내는 이름이 없었기에 무명이라 불렸다. 호르친 평원을 지나 사막을 거쳐 두 사람은 서남쪽으로 향했다. 그들이 가고자 하는 그 길의 끝에 무엇이 있는지 두 사람은 알지 못했다. 다만 어디를 가더라도 둘은 함께할 것이란 것은 알았다.

어둠으로 길조차 분간할 수 없는 깊은 밤, 두 사람은 카라호툰 성을 아무도 모르게 빠져나왔다. 말을 타고 끝도 없이 달렸다. 말이 지쳐 멈춰선 강가에서 동이 터오는 아침 해를 보았다. 이상한 하루였다. 그 어떤 것도 강요되지 않았다. 지치면 그 자리에서 쉬고 마음이 동하면 길을 떠났다.

먼 거리를 달린 말들이 강가에서 목을 축일 때 윤성은 태후가 준 서찰을 꺼내보았다. 봉투 안에는 두 장의 편지가 적혀 있었다. 그중 하나는 태후가 윤성에게 쓴 것이었다.

모든 일이 무사히 끝난다면 그와 함께 오문*으로 가시오. 그
곳에서 예수회를 찾아가 탕약망이 써 준 소개장을 보여주십
시오. 그들이 두 사람의 살길을 열어줄 것입니다.

봉투 안에 들어있는 또 다른 편지는 아담 샬이 써준 소개장이었다.

가야 할 곳이 있으니 마음이 놓였다. 태후의 뜻이 고맙고 또 고
마웠다. 그녀는 자신과 아들의 목숨을 살려준 도르곤의 마음을 잊
지 않았다.

강이 흐르고 하늘에 별이 반짝였다. 거친 바람이 잠잠해지니 멀
리서 늑대울음소리가 울려 퍼졌다. 강과 하늘 사이에 두 사람이 있
었다. 무명인 사내는 고개를 들어 먼 하늘을 바라보았다. 하늘에서
반짝이던 별이 그의 눈 안으로 쏟아져 들어왔다.

죽음을 앞둔 어머니가 그의 손 안에 쥐여 준 단 하나의 글자. 별
성星.

별은 그 누구도 아닌 자기 자신이었다. 그는 태양이 될 수 없는
이였다. 모두 위에 군림하는 유일무이한 존재인 태양은 그의 운명이
아니었다. 복수심으로 최고의 권력을 차지하고 연민으로 모든 것을
잃었으니 그는 어두운 밤하늘에서 가장 빛나는 별이었지만 무수히
많은 별들 사이에 존재하는 하나의 별일뿐이었다. 별이었음에도 태
양이 되고자 했으니 모든 것이 편치 못했던 것이다. 허나 이제 그는
스스로 자신이 별임을 알았다. 그리고 그의 옆에 또 다른 별이 반짝
이고 있다는 사실도. 까만 하늘에 두 개의 별이 유독 반짝였다.

● 마카오.

가장 빛나던 별이 중원에서 사라진 후 청나라는 강건한 대국의 길로 들어섰다. 순치제를 이어 등극한 강희제가 전국을 통일하고 옹정, 건륭이라는 위대한 황제가 연달아 제국을 다스리니 그 영토는 드넓었으며 전국은 번영을 누렸다. 그리고 그 역사는 250여 년 동안 이어졌다.

참고문헌

멍자오신, 《효장》(앨피출판사, 2016).

신하령 외5인, 《역주 소현심양일기 1-4》(민속원, 2008).

옌 총리엔 , 《청나라, 제국의 황제들》(산수야, 2017).

유소맹, 《여진부락에서 만주국가로》(푸른역사, 2013).

장한식, 《오랑캐 홍타이지 천하를 얻다》(산수야, 2015).

주돈식, 《조선인 60만 노예가 되다》(학고재, 2007).

한의학대사전편찬위원회, 《한의학대사전》(정담, 2010).

황도연, 《對譯(대역)證脈(증맥)·方藥合編(방약합편)》(도서출판 남산당, 1989).

허임, 《침구경험방》(정담, 2003).

네이버, 도르곤(多爾袞)(중국어 위키피디아 번역)-2(http://blog.naver.com/fudrns).

네이버, 섭정왕 도르곤의 급사에 관한 수수께끼(http://blog.naver.com/shanghaicrab).

네이버, 조청 전쟁사(https://blog.naver.com/rjsung/30020676565).

두산백과, 강홍립(http://www.doopedia.co.kr).

두산백과, 정묘호란(http://www.doopedia.co.kr).

위키피디아, 사르후전투(https://ko.wikipedia.org).

한국민족문화백과, 부차전투(http://encykorea.aks.ac.kr).

호란(胡亂)
오랑캐, 난을 일으키다

1판 1쇄 펴낸날 2019년 1월 30일

지은이 김은미

펴낸이 서채윤 펴낸곳 채륜서
책만듦이 김승민 책꾸밈이 이한희

등록 2011년 9월 5일(제2011-43호)
주소 서울시 광진구 자양로 214, 2층(구의동)
대표전화 02-465-4650 팩스 02-6080-0707
E-mail book@chaeryun.com Homepage www.chaeryun.com

책값은 뒤표지에 있습니다.
ISBN 979-11-85401-40-9 03810

이 도서의 국립중앙도서관 출판예정도서목록(CIP)은 서지정보유통지원시스템 홈페이지(http://seoji.nl.go.kr)와 국가자료공동목록시스템(http://www.nl.go.kr/kolisnet)에서 이용하실 수 있습니다. (CIP제어번호 : CIP2018043058)

채륜서(인문), 앤길(사회), 띠움(예술)은 채륜(학술)에 뿌리를 두고 자란 가지입니다.
물과 햇빛이 되어주시면 편하게 쉴 수 있는 그늘을 만들어 드리겠습니다.